人民共和國文化與文學叢書

初　編

李　怡　主編

第 9 冊

近二十年中國詩歌的「詩江湖」特徵研究

湯巧巧 著

花木蘭文化出版社

國家圖書館出版品預行編目資料

近二十年中國詩歌的「詩江湖」特徵研究／湯巧巧 著 -- 初版
-- 新北市：花木蘭文化出版社，2014〔民 103〕
目 2+222 面；19×26 公分
（人民共和國文化與文學叢書 初編：第 9 冊）
ISBN 978-986-322-763-2（精裝）
1. 詩歌　2. 詩評
820.8　　　　　　　　　　　　　　　　　　103012661

特邀編委（以姓氏筆畫為序）：

吳義勤　孟繁華　張　檸
張志忠　張清華　陳思和
陳曉明　程光煒　劉福春
（臺灣）宋如珊
（日本）岩佐昌暲
（新西蘭）王一燕
（澳大利亞）鄭　怡

人民共和國文化與文學叢書
初　編　第九冊　　　　　　ISBN：978-986-322-763-2

近二十年中國詩歌的「詩江湖」特徵研究

作　　者　湯巧巧
主　　編　李　怡
企　　劃　北京師範大學民國歷史文化與文學研究中心
　　　　　四川大學現代中國文化與文學研究中心
總 編 輯　杜潔祥
副總編輯　楊嘉樂
編　　輯　許郁翎
印　　刷　普羅文化出版廣告事業
出　　版　花木蘭文化出版社
社　　長　高小娟
聯絡地址　235 新北市中和區中安街七二號十三樓
　　　　　電話：02-2923-1455／傳眞：02-2923-1452
網　　址　http://www.huamulan.tw 信箱 hml810518@gmail.com
初　　版　2014 年 9 月
定　　價　初編 17 冊（精裝）新台幣 30,000 元

近二十年中國詩歌的「詩江湖」特徵研究

湯巧巧　著

作者簡介

湯巧巧，1975 年 10 月生於四川。文學博士，西南民族大學文學與新聞傳播學院教師。主要從事中國現當代文學與文化研究。近年來，在《社會科學研究》、《北方論叢》、《當代文壇》等國家核心期刊發表相關研究領域文章數十篇。主研國家社科基金、教育部人文社科基金等多項。同時，也在多種詩歌刊物發表詩歌，曾經獲得四川省「薛濤詩歌獎」。

提　　要

　　20 世紀 90 年代以降，中國詩歌場域構建呈現出與任何一個時代相區分的現象和特質。其中最突出的三個方面是：其一，市場的擠壓、商品的打擊讓詩歌場域空間急劇萎縮，詩人及詩歌生產、傳播、評介機構等等的活動和影響力日益縮小，詩歌場域整體失重感導致關於詩歌的嚴重危機感；其二，在互聯網語境中，詩歌場域空間又突然無限擴大，分散為一個個缺乏交集和公眾整體對話能力的場域碎片；其三，詩歌「幫派」林立，詩歌事件迭出，「下半身」寫作、「垃圾派」寫作等「低詩歌寫作」風行；黑社會行話、髒話、暴力語言等公行於大眾媒介；策略、關係、運作和潛規則等手段風行於詩歌生產、傳播、評介等各個方面，整個場域呈現出濃厚的江湖氣。

　　本書以「江湖」的視角切入近二十年詩歌場域現象的研究，分析在新的詩歌語境下，具有本土性質的「江湖文化」小傳統對詩歌場域構建逐漸強大的影響力和表現。具體而言，將盡可能如實細緻地考察江湖化的詩歌場域現象從潛在到凸顯再到深入人心、全面到來的主要表現，反思詩人們關於「江湖」的過度浪漫的文化想像，理清「詩江湖」以詩歌幫派為基礎、以「鬥」為核心、以「爭」為鵠的的主要特質，反思「詩江湖」帶給詩歌場域構建、詩人精神和詩歌寫作的突出影響。在展開過程中，力求對市場、互聯網在中國運行的特殊性以及中國當代詩歌所處的特殊語境與「江湖文化」在詩歌場域大行其道的關係有所觸及和思考，也致力於揭開具有悖謬性的一個真相：在當前的中國詩歌語境下，有時候恰恰不是知識分子總結的諸如後現代主義等等理論，而是深具中國性的「江湖」文化，在影響著詩歌場域的構建。

《人民共和國文化與文學叢書》總序

李 怡

中國當代文學是與「中國現代文學」相對的一個概念，指的是中華人民共和國建立之後的文學。追溯這一概念的起源，大約可以直達 1959 年新中國十週年之際，當時的華中師院中文系著手編著《中國當代文學史稿》，這是大陸中國最早編寫的「中國當代文學史」教材。從此以後，「當代文學」就與「現代文學」區分開來。與中國現代文學研究比較，中國的當代文學研究是一個相對年輕的學科，所以直到 1985 年，在一些「現代文學」的作家和學者的眼中，年輕的「當代文學」甚至都沒有「寫史」的必要。〔註 1〕

但歷史究竟是在不斷發展的，從新中國建立的「十七年」到「文化大革命」十年再到改革開放的「新時期」，而後又有「後新時期」的 1990 年代以及今天的「新世紀」，所謂「中國當代文學」的歷史已達六十餘年，是「中國現代文學三十年」的整整一倍！儘管純粹的時間計量也不足說明一切，但「六十甲子」的光陰，畢竟與「史」有關。時至今日，我們大約很難聽到關於「當代文學不宜寫史」的勸誡了，因為，這當下的文學早已如此的豐富、活躍，而且當代史家已經開始了更為自覺的學科建設與史學探討，這包括洪子誠的《中國當代文學史》，孟繁華、程光煒的《中國當代文學發展史》，張健及其北京師範大學團隊的《中國當代文學編年史》等等。

中國當代文學研究的活躍性有目共睹，除了對當下文學現象（新世紀文學現象）的緊密追蹤外，其關於歷史敘述的諸多話題也常常引起整個文學史

〔註 1〕 見唐弢：《當代文學不宜寫史》，《文藝百家》1985 年 10 月 29 日「爭鳴欄」（見《唐弢文集》第九卷，社科文獻出版社 1995 年），及施蟄存：《關於「當代文學史」》（見《施蟄存七十年文選》，上海文藝出版社 1996 年）。

學界的關注和討論，形成對「當代文學」之外的學術領域（例如現代文學）的衝擊甚至挑戰。例如最近一些年出現的「十七年文學研究熱」。我覺得，透過這一研究熱，我們大約可以看到中國當代文學研究的某些癥結以及我們未來的努力方向。

我曾經提出，「十七年文學研究熱」的出現有多種多樣的原因，包括新的文學文獻的發掘和使用，歷史「否定之否定」演進中的心理補償；「現代性」反思的推動；「新左派」思維的影響等等。〔註 2〕尤其是最後兩個方面的因素值得我們細細推敲。在進入 1990 年代以後，隨著西方後現代主義對「現代性」理想的批判和質疑，中國當代的學術理念也發生了重要的改變。按照西方後現代主義的批判邏輯，現代性是西方在自己工業化過程中形成的一套社會文化理想和價值標準，後來又通過資本主義的全球擴張向東方「輸入」，而「後發達」的東方國家雖然沒有完全被西方所殖民，但卻無一例外地將這一套價值觀念當作了自己的追求，可謂是「被現代」了，從根本上說，也就是被置於一個「文化殖民」的過程中。顯然，這樣的判斷是相當嚴厲的，它迫使我們不得不重新思考我們以「現代化」為標誌的精神大旗，不得不重新定位我們的文化理想。就是在質疑資本主義文化的「現代性反思」中，我們開始重新尋覓自己的精神傳統，而在百年社會文化的發展歷史中，能夠清理出來的區別於西方資本主義理念的傳統也就是「十七年」了，於是，在「反思西方現代性」的目標下，十七年文學的精神魅力又似乎多了一層。

1990 年代出現在中國的「新左派」思潮在相當大的程度上強化著我們對「十七年」精神文化傳統的這種「發現」和挖掘。與一般的「現代性反思」理論不同，新左派更突出了自「十七年」開始的中國社會主義理想的獨特性——一種反西方資本主義現代性的現代性，換句話說，十七年中國文學的包含了許多屬於中國現代精神探索的獨特的元素，值得我們認真加以總結和梳理。在他們看來，再像 1980 年代那樣，將這個時代的文學以「封建」、「保守」、「落後」、「僵化」等等唾棄之顯然就太過簡單了。

「反思現代性」與新左派理論家的這些見解不僅開闢了中國當代文學史寫作的新路，而且對中國現代文學的基本價值方向也形成了很大的衝擊。如果百年來的中國文學與文化都存在一個清算「西方殖民」的問題，如果這樣

〔註 2〕參見李怡：《十七年文學研究「熱」的幾個問題》，《重慶大學學報》2011 年 1 期。

的清算又是以延安—十七年的道路爲成功榜樣的話，那麼，又該如何評價開啓現代文化發展機制的五四？如何認識包括延安，包括十七年文化的整個「左翼陣營」的複雜構成？對此，提出這樣的批評是輕而易舉的：「那種忽略了具體歷史語境中強大的以封建專制主義文化意識爲主體的特殊性，忽略了那時文學作品巨大的政治社會屬性與人文精神被顛覆、現代化追求被阻斷的歷史內涵，而只把文本當作一個脫離了社會時空的、僅僅只有自然意義的單細胞來進行所謂審美解剖，這顯然不是歷史主義的客觀審美態度。」〔註3〕

利用文學介入當代社會政治這本身沒有錯，只不過，在我看來，越是在離開「文學」的領域，越需要保持我們立場的警覺性，因爲那很可能是我們都相當陌生的所在。每當這個時候，我們恰恰應該對我們自己的「立場」有一個批判性的反思，在匆忙進入「左」與「右」之前，更需要對歷史事實的最充分的尊重和把握，否則，我們的論爭都可能建立在一系列主觀的概念分歧上，而這樣的概念本身卻是如此的「名不副實」，這樣的令人生疑。在這裡，在無數令人眼花繚亂的當代文學批評的背後，顯然存在值得警惕的「僞感受」與「僞問題」的現實。

只要不刻意的文過飾非，我們都可以發現，近「三十年」特別是1990年代以來中國當代文學及其批評雖然取得了很大的發展。但是也存在許多的問題，值得我們警惕。特別需要注意的是1990年代以後中國文學現象的某種空虛化、空洞化，一些問題成爲了「僞問題」。

眞與假與僞、或者充實與空虛的對立由來已久。1980年代的現代主義文學也曾經被稱爲「僞現代派」，有過一場論爭。的確，我們甚至可以輕而易舉地指出如北島的啓蒙意識與社會關懷，舒婷的古代情致，顧城的唯美之夢，這都與詩歌的「現代主義」無關，要證明他們在藝術史的角度如何背離「現代派」並不困難，然而這是不是藝術的「作僞」呢？討論其中的「現代主義詩藝」算不算詩歌批評的「僞問題」呢？我覺得分明不能這樣定義，因爲我們誰也不能否認這些詩歌創作的眞誠動人的一面，而且所謂「現代派」的定義，本身就來自西方藝術史。我們永遠沒有理由證明文學藝術的發展是以西方藝術爲最高標準的，也沒有根據證明中國的詩歌藝術不能產生屬於自己的現代主義。也就是說，討論一部分中國新詩是否屬於眞正西方「現代派」，以

〔註 3〕董健、丁帆、王彬彬：《我們應該怎樣重寫當代文學史》，《江蘇行政學院學報》2003 年第 1 期。

「更像」西方作爲「非僞」，以區別於西方爲「僞」，這本身就是荒謬的思維！如果說1980年代的中國詩壇還有什麼「僞問題」的話，那麼當時對所謂「僞現代派」的反思和批評本身恰恰就是最大的「僞問題」！

不過，即便是這樣的「僞」，其實也沒有多麼的可怕，因爲思維邏輯上的某種偏向並不能掩飾這些理論探求求真求實的根本追求，我們曾經有過推崇西方文學動向的時代，在推崇的背後還有我們主動尋求生命價值與藝術價值的更強大的願望，這樣的願望和努力已經足以抵消我們當時思維的某種模糊。

文學問題的空虛化、空洞化或者說「僞問題」的出現，之所以在今天如此的觸目驚心在我看來已經不是什麼思維的失誤了，在根本的意義上說，是我們已經陷入了某種難以解決的混沌不明的生存狀態：在重大社會歷史問題上的躲閃、迴避甚至失語——這種狀態足以令我們看不清我們生存的真相，足以讓我們的思想與我們的表述發生奇異的錯位，甚至，我們還會以某種方式掩飾或扭曲我們的真實感受，這個意義上的「僞」徹底得無可救藥了！1990年代以降是中國文學「僞問題」獲得豐厚土壤的年代，「僞問題」之所以能夠充分地「僞」起來，乃是我們自己的生存出現了大量不真實的成分，這樣的生存可以稱之爲「僞生存」。

近20年來，中國文學批評之「僞」在數量上創歷史新高。我們完全可以一一檢查其中的「問題」，在所有問題當中，最大的「僞」恐怕在於文學之外的生存需要被轉化成爲文學之內的「藝術」問題而堂皇登堂入室了！這不是哪一個具體的藝術問題，而是滲透了許多1990年代的文學論爭問題，從中，我們可以見出生存的現實策略是如何借助「文學藝術」的方式不斷地表達自己，打扮自己，裝飾自己。《詩江湖》是1990年代有影響的網站和印刷文本，就是這個名字非常具有時代特徵：中國詩歌的問題終於成爲了「江湖世界」的問題！原來的社會分層是明確的，文學、詩歌都屬於知識分子圈的事情，而「江湖世界」則是由武夫、俠客、黑社會所盤踞的，與藝術沒有什麼關係。但是按照今天的生存「潛規則」，江湖已經無處不在了，即便是藝術的發展，也得按照江湖的規矩進行！何況對於今天的許多文學家、批評家而言，新時期結束所造成的「歷史虛無主義」儼然已經成了揮之不去的陰影，在歷史的虛無景象當中，藝術本身其實已經成了一個相當可疑的活動，當然，這又是不能言明的事實，不僅不能言明，而且還需要巧妙地迴避它。在這個時候，生存已經在「市場經濟」的熱烈氛圍中扮演了我們追求的主體角色，兩廂比

照，不是生存滋養了文學藝術的發展，而是文學藝術的「言說方式」滋養了我們生存的諸多現實目標。

於是，在 1990 年代，中國文學繼續產生不少的需要爭論的「問題」，但是這些問題的背後常常都不是（至少也「不單是」）藝術的邏輯所能夠解釋的，其主要的根據還在人情世故，還在現實人倫，還在人們最基本的生存謀生之道，對於文學藝術本身而言，其中提出的諸多「問題」以及這些問題的討論、展開方式都充滿了不真實性，例如「個人寫作」在 20 世紀中國新詩「主體」建設中的實際意義，「知識分子寫作」與「民間寫作」的分歧究竟有多大，這樣的討論意義在哪裏？層出不窮的自我「代際」劃分是中國新詩不斷「進化」的現實還是佔領詩壇版圖的需要？「詩體建設」的現實依據和歷史創新如何定位？「草根」與「底層」的真實性究竟有多少？誰有權力成為「草根」與「底層」的的代言人？詩學理論的背後還充滿了各種會議、評獎、各種組織、頭銜的推杯換盞、觥籌交錯的影像，近 20 年的中國交際場與名利場中，文學與詩歌交際充當著相當活躍的角色，在這樣一個無中心無準則的中國式「後現代」，有多少人在苦心孤詣地經營著文學藝術的種種的觀念呢？可能是鳳毛麟角的。

在這個意義上，中國當代文學的研究與批評應該如何走出困境，盡可能地發現「真問題」呢？我覺得，一個值得期待的選擇就是：讓我們的研究更多地置身於國家歷史情態之中，形成當代文學史與當代中國史的密切對話。

國家歷史情態，這是我在反思百年來中國文學敘述範式之時提出來的概念，它是百年來中國文學生長的背景，也是文學中國作家與中國讀者需要文學的「理由」，只有深深地嵌入歷史的場景，文學的意味才可能有效呈現。對於中國現代文學研究而言，這樣的歷史場景就是「民國」，對於中國當代文學而言，這樣的歷史場景就是「人民共和國」。

感謝花木蘭文化出版社，使得我們對百年來中國文學的研究有了兩大厚重的背景——民國與人民共和國，這兩套大型叢書將可能慢慢架構起百年中國文學闡述的新的框架，由此出發，或許我們就能夠發現更多的真問題，一步一步推進我們的學術走上堅實的道路。

2014 年馬年春節於江安花園

目
次

緒　論

一

　　20 世紀 90 年代以降，關於詩歌寫作的興奮點和論爭重點集中在「個人寫作」之中。部分人將這個時代以來詩歌的多數罪狀，歸結在脫離了時代和承擔、逃避「介入」的「個人寫作」之中。對先鋒詩歌和青年詩人一直持支持態度的前輩學者謝冕和孫紹振等，也對 90 年代以來的個人化寫作提出「警告」，「詩歌過分地私人化，成爲壓倒一切的傾向」，逃避現實和眞實，以西方哲學和文化來裝飾對中國活生生現實的感受力和洞察力底氣不足的「門面」，導致大量人格和詩格虛假的「塑料詩歌」和「僞詩人」，這是「藝術的敗家子」的寫作。〔註 1〕

　　在梳理這個事實的時候，有必要認清經常被混淆的兩個詞：「個人寫作」和「個人化寫作」。「個人寫作」是在努力擺脫「朦朧詩」面向社會和公眾發言的寫作模式中，部分朦朧詩人和一些後來者重點實踐的一個詩學概念。作爲一個詩學概念，它強調詩歌的切入點應該從過去的國家、社會、時代回到「個人」，從抽象的「大我」回到具體可感「小我」，建立「個人詩學譜系」，發掘「個人」作爲詩歌切入時代和現實基點的種種可能。〔註 2〕從這個概念提出的脈絡來分析，它無疑是有十分明確的針對性的。從場域建設的角度講，它的提出對於糾正過去詩歌場域過多的政治意識形態干擾，重新構建詩歌場

〔註 1〕孫紹振：《後新詩潮的反思》〔J〕，《詩刊》，1998 年第 1 期。
〔註 2〕王家新：《夜鶯在它自己的年代——關於當代詩學》〔J〕，《詩探索》，1996 年第 1 期。

域的自主性具有深刻的意義。但是,在具體的寫作和批評實踐中,伴隨著踐行者過於強烈的規範意識和陣營意識,在急迫推進「個人寫作」的理論「立法」中,沒有深刻檢討和反省寫作實踐與概念之間,可能產生或者已經產生的巨大裂縫,在過於自我和小集團化的書寫中,導致理想中的「個人寫作」滑向個人化寫作,也就是後來被指責為詩歌缺乏對話能力、「向內轉」過度的私人化寫作。

所以,究其實,「個人寫作」的概念並沒有錯,我們應該反思的重點不僅僅是「概念」的問題,而是將「個人寫作」陣營化、制度化的策略方式。按照洪子誠在《中國當代新詩史》的總結,就是:在急迫的文學史意識焦慮中的策略性寫作、「規範」意識、理論「立法」意識、使某些藝術傾向、藝術方法和詩歌展開的方式(結社、發表、流通、闡釋)轉化為詩歌「原則」、過早的凝結為「傳統」。〔註3〕同樣,新世紀以來,為人所詬病的「下半身詩歌」、以口語詩為代表的「網絡詩歌」等,其概念或者命名並沒有錯(比如「下半身詩歌」的命名是針對中國詩歌過於疏遠自我的身體,缺乏肉身化書寫的傳統),而是將「下半身詩歌」或「口語詩歌」導向為攻擊不同寫作方式的工具、將「下半身」炒作成與生殖器和赤裸裸的性劃等號、將「口語詩」蛻變成「口水詩」的手段、策略、關係網絡和詩人心理有問題。而這些手段、策略、關係網絡、心理等等又是和詩人自我精神世界與外部世界的互生關係,即詩人所處的詩歌場域,緊緊相聯。歸結成一點,就是:我們應該更多地關注使得概念發生偏移以致無效的詩歌場域,尤其是當這個場域內的詩歌生產環節和其它環節相互影響形成惡性循環,導致詩歌寫作出現種種低級問題的時候,而不是僅僅糾結於對一個個概念的批判之中。

因此,研究近二十年來的中國詩歌問題,應該更多地關注詩歌場域問題,重視場域問題就需要在「關係」和「鬥爭」的視野下,觀察此時期中國詩歌內外場域發生了怎樣的變遷,具有什麼鮮明的特點。

上個世紀 90 年代以降,詩歌場域呈現出與任何一個時代相區分的突出現象和特質。從詩歌與其它權力場域(政治、經濟、文化)的關係來看,其中最突出的兩個方面是:其一,市場的擠壓、商品的打擊讓詩歌場域空間急劇化縮小,詩人、詩歌傳播機構、詩歌生產機構和評價機構活動和影響力大幅

〔註 3〕 洪子誠、劉登翰:《中國當代新詩史》〔M〕,北京:北京大學出版社,2010 年,第 469 頁。

度減弱，詩歌場整體失重感導致嚴重危機感；其二，在互聯網語境中，詩歌場域空間又突然無限擴大，數不勝數的詩歌網站、論壇、博客等等各自為政，分散為一個個缺乏交集和公眾整體對話能力的場域碎片。另一方面，從詩歌場域內部來看，更呈現出以下幾個方面的突出現象：

一、林立的幫派。近二十年來，不斷細分的詩歌群落表現出「江湖幫派」的特徵。「知識分子寫作」、「民間寫作」、「第三條道路」寫作；「下半身」、「垃圾派」、「第三極」；「中間代」到「70後」、「80後」等等詩歌派別此起披伏，更有以網絡詩歌論壇、網站、博客為基地擴大開來的各個詩歌幫派：以下半身詩人為主體的《詩江湖》幫、以四川「前非非」詩人及後來者為主體的《橡皮》幫、以「垃圾派」為主體的《北京評論》幫等等。多種細分類似「幫派」、「山頭」的圈地運動，多數群落都以炒作自我、攻擊不同寫作方式的對手出場，以大大小小的「造反」和「鬥爭」攪起江湖風浪。

二、激烈的鬥爭。各個幫派劃地為營或者分裂解散的過程總是伴隨著激烈的鬥爭。近二十年來，詩歌場內大大小小的鬥爭不計其數，相對激烈而且聲勢浩大的就有「盤峰論爭」〔註4〕、「民間寫作」內部的分裂鬥爭〔註5〕、「下半身」與「垃圾派」的鬥爭〔註6〕、「非非」詩人的分裂鬥爭〔註7〕、「第三條

〔註4〕 1999年4月，由中國社科院文學研究所當代室、北京市作協、《北京文學》、《詩探索》編輯部在北京平谷縣盤峰賓館聯合舉辦的「世紀之交：中國詩歌創作態勢與理論建設研討會」中，王家新、孫文波等「知識分子寫作」與于堅、伊沙等「民間寫作」之間爆發的激烈爭吵。

〔註5〕 影向較大的包括：2000年初，沈浩波在「衡山詩會」上點名批評韓東《甲乙》之後的寫作變成了一些小柔弱小情調的抒情寫作，是偽先鋒寫作。韓東隨後在《作家》上明譏暗諷沈浩波是「新的詩壇權威」，於是，爆發了在《詩江湖》網站上歷時40多天的沈韓之爭，加入兩派鬥爭的詩人達數十人之多；2001年4月在《唐》與《詩江湖》網站爆發的以沈浩波為代表的「下半身」詩歌團體與伊沙的伊沈之爭；2007年，伊沙、沈浩波作詩罵于堅進入人民大會堂接受表彰，導致于堅與他們最後決裂的「于堅大笑門」事件。

〔註6〕 2003年「垃圾派」為了宣傳炒作，其成員有意大罵挑釁「下半身」詩歌代表人物沈浩波，由此激起了雙方長達半年之久的大混戰：其中包括黑對方論壇、博客；論壇直接對罵、寫文章、詩歌互罵等極端行為。

〔註7〕 「非非」群有兩次分裂。第一次是1990年，藍馬與周倫祐分道揚鑣，楊黎、何小竹、吉木狼格、尚仲敏等站在了藍馬一邊，一起辦公司，並繼續出刊了兩期《非非稿件集》。而周倫祐另組「後非非」，繼續出版《非非》刊物及「非非」叢書。第二次是藍馬與楊黎、何小竹、吉木狼格分裂，公司解體。兩次分裂，第一次有人情上的原因，但更重要的是詩歌觀念的衝突導致分裂。第二次基本上是人情原因導致分裂。分裂後楊黎開始主張「廢話寫作」，

道路」內部的分裂鬥爭〔註8〕以及 70、80 後的代際鬥爭等等。這些鬥爭大都持續時間長、參與人數多、並且多數是詩學論爭之外的名利之爭。

　　三、頻繁的事件。近十年來一個凸顯的現象是，詩歌場域內部與外部的交集與互動更多的不是依賴「詩歌」本身，而是依賴頻繁的「詩歌事件」。比如：「梨花體」事件〔註9〕、「詩人裸誦」事件〔註10〕、「詩歌手稿拍賣」事件〔註11〕、伊沙冒充非非主編參加「鹿特丹詩歌節」事件〔註12〕等等。

　　四、公開的「江湖」。1998 年，熟悉詩壇掌故的百曉生在《文友》上發表《詩壇英雄座次榜》，它將 108 單水滸英雄，與當代詩人一一對應，某種程度上成為詩人江湖化的象徵，在詩壇產生了廣泛的影響〔註13〕。緊接著，《詩江湖》網站和《詩江湖》雜誌創建，並獲得極高的人氣。粗糙的「江湖」漸漸揭開詩歌優雅高貴的面紗，過去諱莫如深的「江湖」一詞開始成為很多詩人的口頭禪和公開的話題。標榜獨立氣質的詩人們言必稱「江湖」，還有很多詩人寫詩歌的「江湖」，比如朵漁的《詩歌走在江湖上》、孟雲麗的《詩歌生活

　　　　周倫祐開始「紅色寫作」。

〔註 8〕 林童主張「第三條道路」的開放、自由、包容，譙達摩主張開「三道」的後現代運動，兩人在爭領袖和座次排行之間出現幾次關係破裂，2005 年 6 月，林童批評譙達摩想成為「第三條道路」的精神領袖，兩人關係惡劣，在多次反覆鬥爭後，譙達摩與林童宣佈分裂。譙拉起一幫人馬重新組建了「三道綜合網」。

〔註 9〕 「梨花體」取自詩人趙麗華名字「麗華」的諧音。2006 年 8 月以來，網絡上出現了「惡搞」詩人趙麗華的詩歌，網友以嘲笑的心態仿寫了大量的口語詩歌，更有好事者取「趙麗華」名字諧音成立「梨花教」，封其為「教主」；文壇也出現了「反趙派」和「挺趙派」激戰，成為引入注目的詩歌事件。

〔註 10〕 指「物寫作」的創始人蘇非舒，於 2006 年 9 月 30 日在北京第三極書局的詩歌朗誦會上突然脫掉 16 層衣服，裸體讀自己的詩歌作品，引起媒體和司法關注，被處以 10 天治安拘留。

〔註 11〕 2007 年 10 月 27 日，在北京舉行的「中國漢語詩歌手稿拍賣會」中，策劃者黃岩、蘇非舒等以天價自拍自買詩歌手稿的事件，被質疑為詩人惡意炒作的「一場鬧劇」。

〔註 12〕 指 2008 年 3 月 5 日，「詩江湖論壇」出現的一條帖子稱，去年應荷蘭鹿特丹之邀前往參加國際上影響很大的「鹿特丹詩歌節」的口語詩人伊沙，可能偽造了身份，在外國人不瞭解中國詩歌界內情的情況下，冒充國內著名詩歌雜誌《非非》的主編身份參加了詩歌節。掀起軒然大波，在各方的強力壓力下，詩人伊沙出具了邀請函和相關證明，隨後訴諸法律。

〔註 13〕 該座次榜在網上被各大網站、論壇、個人博客反覆轉帖，做仿。單看近幾年出現的《70 後詩壇英雄座次榜》、《80 後詩壇英雄座次榜》的做仿體例，也可見它的影響力。

與江湖藝人》、巫昂《我獨愛這個江湖》、南人的《當生命遭遇詩歌的江湖》等等。詩歌與「江湖」的想像和關係逐漸公開化。

　　這些突出的現象，首先被敏感的新聞記者捕捉。2002 年《新聞周刊》文化專欄一位記者的專題報導《詩歌進入江湖時代》，是較早正式描述詩歌江湖世界的一篇文章。這篇文章主要是針對「詩江湖」網站和「下半身」雜誌的活動，提出詩歌進入江湖時代的表現，比如「山頭林立」、「小題大做」、「借機生事」、「土匪幫會的黑話切口」、「詩歌的市場包裝和炒作」等等〔註 14〕。其次，被一些敏感的詩人詳細分析。2003 年 4 月 15 日劉歌發表在《詩歌報》網站又被新華網等各大網站轉載的《爭鳴：詩江湖質疑》一文，是首先明確提出「詩江湖」概念並初步分析「詩江湖」性質的文章。在文章中，他從戲仿水滸英雄排座次的《詩壇英雄座次排行榜》談起，分析了「詩江湖」的江湖屬性：民間割據、不合作的反叛的力量、無政府主義的狂歡，弱肉強食、你死我活的叢林法則。〔註 15〕

　　面對詩歌與「江湖」越來越緊密的聯繫，學界也開始有一些關注。長期從事詩歌場域、譜系學研究的學者張大為的《詩歌標準重建——從江湖化到政治化》、《當下詩歌：文化機制與文化場域》、《新詩「傳統」的話語譜系和當代論爭》等文章，富有洞見地分析了當代詩歌場域的江湖化標準導致詩歌標準本身存在和發揮作用的文化中介和文化場域深切的不可靠性。另外陳仲義、何同彬等關於網絡詩歌場域的研究，胡續冬、趙尋等關於各個時代詩歌場域的文章，雖然沒有明確提出「江湖」二字，但是卻不同程度地涉及到場域象徵資本的角逐、幫派鬥爭以及與「詩江湖」全面推行有著密切關聯的網絡媒介權力等重要方面。另外還有荷蘭漢學家柯雷，他在對中國當代詩歌持續的跟蹤研究中，寫出了《Chinese Poetry in Times of Mind、Mayhem and Money》（中譯文《精神、混亂和金錢時代的中國詩歌》）等論著，對市場和網絡等經濟、媒介權力「挾持」下的詩人精神、詩歌寫作和整個場域的突出變化做了全面的分析。

　　然而，有關詩歌場域的研究才剛剛起步，許多問題尚處於探索階段。具體而言，在以下一些方面尚缺乏系統而完整的思考與表述。

〔註 14〕郭蓋：《詩歌進入江湖時代》〔J〕，《新聞周刊》，2002 年第 7 期。

〔註 15〕劉歌：《爭鳴：詩江湖質疑》〔J／OL〕，http://news.xinhuanet.com/book/2003-04/15/content_833551.htm，2003-04-15。

一是方法論層面。長期以來，從事詩歌場域研究的學界，對「場域」、「資本」等西方文論的概念不加辨析地運用，可能並未注意到或者有意迴避中西之學作爲不同的話語言說形態的非對稱性及其存在語境的錯置性。西方「場域」理論是用於分析19世紀下半葉法國「文學場」形成過程的。由於時代背景的不同，特別是由於中國特殊的意識形態管理體制的存在，不可能也不應該完全依據這套理論來分析中國實際的問題，所以必須結合上世紀90年代中國社會政治、經濟、文化轉型的背景和中國自身的文化傳統。而且「場域」理論主要涉及的「關係網絡」和「鬥爭」在西方也有，它在中國的特殊性還需要用研究中國文化的一些方法再深入探討下去。如何在中西語境之非對稱性和錯置性這一基本狀況下進行詩歌研究呢？反對那種傳統的自身封閉的單義性閱讀範式的合法性，召喚一種跨語際的開放性的有「他者」介入其中的研究範式，將不失爲一種有效的策略。

二是理論起點的層面。雖然有些學者結合了中國的「江湖」文化來談這個時期詩歌場域的主要特徵，但對於「江湖」文化理論缺乏更深入系統的辨析。「江湖」文化作爲學界提出的中國文化「小傳統」，是中國文化歷史上的一股重要潛流，它的表現和特徵非常豐富，且隨著社會的發展逐漸泛化，滲入到社會政治經濟文化的各個方面而不爲人明顯察覺。而且，中國文人關於「江湖」的理解也是多向度的，既有地理的「江湖」，也有「文化」的江湖，更有現實的「江湖」。因此，籠統地以表面的幫派鬥爭來對之進行概括和評價，難以深入。再者，對「江湖」文化的理解和運用，也始終存在一種二元對立的思維模式。要麼對「詩江湖」的先鋒性、民間性充滿文人式的浪漫想像，要麼對「詩江湖」的叢林法則和炒作、策略等等憤而慨之。如何在全面把握「江湖」文化特徵的基礎上，召喚對於「詩江湖」的開放性研究，將有利於「詩江湖」的可能性建構和一種新方法、新視角的運用。

三是思想核心的層面。近二十年來詩歌場域「詩江湖」特徵的核心是什麼？當前詩歌寫作的「粗鄙化」、「低俗化」以及「民間寫作」、「底層寫作」等詩歌觀念的風行與此有什麼深刻的關聯？「詩江湖」的凸顯與近二十年社會文化的市場化、商業化、技術化轉型有哪些主要的聯繫（「江湖」文化一直潛隱地存在，但爲什麼會在近二十年擡頭）？當前是否應該對詩歌場域的「詩江湖」特徵進行價值判斷——等等問題，都是值得進一步思考的。

沿著上述思路，本書致力於納入歷史語境、文化傳統、現實語境等緯度，

把細緻的文本精讀和宏闊的外部視野相結合，也就是內部研究和外部研究相結合的方式。同時，將具有中國性的「江湖」文化傳統與西方「場域」理論結合起來，召喚一種跨語際的開放性的有「他者」介入其中的研究新方法、新視角。

二

　　文化研究是本課題的基本研究方法。在具體的理論框架上，主要借鑒法國當代社會學家皮埃爾・布爾迪厄（Pierre Bourdieu）（又譯為皮埃爾・布迪厄）的文學文化場域理論和王學泰、曲彥斌、閏泉、紅葦等當代中國學者的「江湖文化」理論。

　　根據布爾迪厄的理論，「文學場」是由出版社（出版商）、文學雜誌、贊助人等組成的文學生產結構；由評獎委員會、批評者、沙龍、學院等組成的文學價值認定機構；以及作家——文學的直接生產者等團體和個人組成的網絡空間。這些團體和個人為了控制場的「特殊利潤」——象徵資本不斷地鬥爭，「文學鬥爭的中心焦點是文學合法性的壟斷」。〔註16〕

　　在研究當前的詩歌場域現象時，布爾迪厄的文學場域理論在以下兩個方面對本書具有較大的啓發性：

　　其一，場域理論重視「關係」。他認為「從場的角度思考就是從關係的角度思考」。〔註17〕這一方面是指文學場作為權力場域中的「被統治」一方，它與政治場、經濟場等其它上級場域處於不斷交換之中，它是開放的；另一方面是指居於文學場內部的各個位置之間，基於共同的遊戲規則緊密聯繫著，處於交互的闡釋和需要之中。

　　其二，場域理論強調「鬥爭」。他認為，場域內結構的調整和變化就是通過「對抗位置的共時對立（統治者／被統治者、至尊者／新手、正統／異端、衰老／年輕等等）」。不同位置間力量的消長、場的秩序的變動等都是在鬥爭中進行，鬥爭的焦點內容「就是界線，及由此而來的等級」。「鬥爭的目的是推行定義」。〔註18〕同時，內部鬥爭還要受到外部鬥爭的制約，外部經

〔註16〕〔法〕皮埃爾・布爾迪厄：《藝術的法則——文學場的生成和結構》〔M〕，劉暉譯，北京：中央編譯出版社，2003年，第263～275頁。

〔註17〕〔法〕皮埃爾・布爾迪厄：《文化資本與社會煉金術——布爾迪厄訪談錄》〔M〕，包亞明譯，上海：上海人民出版社，1997年，第141頁。

〔註18〕〔法〕皮埃爾・布爾迪厄：《藝術的法則——文學場的生成和結構》〔M〕，劉

濟、政治等權力場域對文學場域的擠壓是最主要的。但是，這種影響並不是垂直的，而是「折射」的——既通過文學場內部自主原則的實現程度反映出來。

邵燕祥先生認為，布爾迪厄的這套理論是用於分析 19 世紀下半葉法國「文學場」的形成過程的。由於時代背景和具體的歷史語境的不同，特別是中國特殊的意識形態管理體制的存在，我們不可能也不應該完全根據這套理論來分析中國文學場域的實際問題。〔註 19〕他在一些研究中，特別是在《傾斜的文學場——當代文學生產機制的市場化轉型研究》中，重點研究當代文學場中最具「中國特色」的一部分的創見和發現，對本書的研究方向也是具有相當的啟發性的。

對於詩歌場域來說，90 年代以降，詩歌場域的「中國特色」部分無異於「江湖文化」。按照王學泰等學者的研究，「江湖文化」是中國文化特有的「小傳統」。〔註 20〕它是在中國社會漫長的歷史發展中形成的本土文化，與中國傳統農耕文化、中國封建官吏制度以及游民心理的發展息息相關。中國傳統的農耕文化重土地，但是有限的土地和無限增長的人口之間存在著固有的矛盾，當有限的土地沒辦法養活多餘的人口時，大量的農民為了謀生便脫離原來的土地，成了游民。另一方面，中國封建官吏制度規定縣級以下不設行政機構，主要依靠宗法制度來管理民眾。而民眾一旦脫離原來的宗法秩序，即進入到一種無政府狀態，主流社會的規範不再起到調節作用，而最原始的弱肉強食的規則就自然開始發揮效力。〔註 21〕這些游民具有四個典型特徵：反社會性、主動進擊精神、幫派意識、脫離了宗法社會喪失了角色意識。〔註 22〕在游民基礎上形成的江湖文化「其本質是一種生存文化和寄生文化，奉行爾

暉譯，北京：中央編譯出版社，2003 年，第 272～273 頁。

〔註 19〕邵燕祥：《傾斜的文學場——當代文學生產機制的市場化轉型研究》〔M〕，南京：江蘇人民出版社，2003 年，第 9 頁。

〔註 20〕參見 1956 年，美國人類學家羅伯特・雷德菲爾德提出了「大傳統和小傳統」的概念。「大傳統是指代表著國家與權力的，由城鎮的知識階級所掌控的書寫的文化傳統；小傳統則指代表鄉村的，由鄉民通過口傳等方式傳承的大眾文化傳統。」（參見 Redfield Robert, Peasant society and culture: an anthropological ap－proach to civilization. Chicago: University of Chicago Press, 1956, p97）

〔註 21〕王學泰：《游民與中國社會》〔M〕，學苑出版社，1999 年，第 69～92 頁。

〔註 22〕王學泰：《廟堂太遠，江湖很近——底層文化視角的中國社會》〔J〕，《社會科學論壇》，2008 年第 4 期。

虞我詐、弱肉強食、自私自利的價值觀念」。「而『游俠』與『俠文化』推動了『江湖文化』的傳播與文化認同」。〔註 23〕

　　學者們對「江湖文化」的研究和理論建構，對於本書中「詩江湖」的研究具有以下幾個方面的意義。

　　第一：強調「江湖」與「廟堂」的異質同構。「江湖」是相對於「廟堂」的異質文化，但卻具有與「廟堂」同構的特點。雖然它的產生與發展都是作為「廟堂文化」的對立面或者補充面出現，加上「游俠文化」的傳播，增加了「江湖」與「廟堂文化」對立的文化認同，但事實上，它仍然是「廟堂」儒教文化的延續。「江湖是蛻化的『儒教』」〔註 24〕「江湖是用儒家文化武裝起來的游民組織。江湖人士的『拜把子』、『拜師傅』實際上是把儒家的宗法秩序移置到江湖之中，這樣使得原本沒有血緣關係的陌生人之間獲得了某種『不是手足勝似手足』的群體歸屬感。而江湖上所尊奉的『老大』實際上就是儒教所尊崇的『皇帝』。江湖組織的存在就是努力在主流的帝國體制之外再建一個帝國體制，甚至以取代既有的帝國體制為最終目標。」〔註 25〕認識到這一點，是深刻反思充斥在詩歌場域中關於「詩江湖」的文化認同和文化想像中浪漫性一面的基礎。

　　第二：強調「江湖」的中國特色語境。「江湖」本身就是一個關係網絡的場域，它具有布爾迪厄強調的場域「關係」和「鬥爭」的突出特性。但是，由於它特有的中國游民文化基礎，江湖文化的「關係」和「鬥爭」就不僅僅是「場域」理論突出的「關係」和「鬥爭」。它強調的關係是具有中國特色的「類血緣關係」〔註 26〕。具體講，就是指脫離了土地和宗法秩序的單個游民，為了應對殘酷的生存，模仿主流社會宗法制度推己及人的血緣關係構成的「差序格局」〔註 27〕，結拜「義兄弟」，組建幫派，建立起非血緣關係的、人為的

〔註 23〕杜向陽：《江湖文化與文化認同：潛規則盛行的文化心理機制》〔J〕，《徐州師範大學學報》，2011 年第 5 期。

〔註 24〕於陽：《江湖中國：一個非正式制度在中國的起因》〔M〕，北京：當代中國出版社，2006 年，第 33 頁。

〔註 25〕杜向陽：《江湖文化與文化認同：潛規則盛行的文化心理機制》〔J〕，《徐州師範大學學報》，2011 年第 5 期。

〔註 26〕「類血緣關係」也稱「擬血緣關係」，是根據費孝通在《鄉土中國與鄉土重建》一書中提出的著名的「差序格局」發展而來的。

〔註 27〕「差序格局」是費孝通提出的著名概念，意思是中國傳統宗法社會依據血緣關係的遠近組成的社會關係網絡，「這個網絡就像蜘蛛，有一個中心，就是自

宗法制度。因此，它們的鬥爭也是以「類血緣關係」幫派爲基礎的生存鬥爭和利益鬥爭。認識了這一點，對於「詩江湖」不同群體和個人的「關係」和「鬥爭」就有了更深入地理解和多方位的進入角度。還有一個方面，「江湖」是相對於「官方」的「民間」，它具有「民間」的特性。「民間」一詞也是具有中國本土性的，它在中國的各個歷史階段具有不同的性質。它並不必然包括與「官方」的對立，在「官方」控制力量比較薄弱的時代，它是「官方」文化有效地補充；但在極權時代，官方榨空了社會的中間層，這時候的「民間」就具有了與「官方」對立的品格。這一點，對於認識「詩江湖」作爲中國特色語境下的「民間生產力」的範圍限定以及它所標舉的「民間立場」具有重要的作用。

　　總的來說，「場域」和「江湖」理論框架的結合，使得具有西方特質的「場域」理論能夠有效地應用到中國的「江湖」情景中。對於「詩江湖」的研究具有重要的方法論意義。

三

　　選擇「近二十年」作爲研究的時段，首先面臨時間闡釋的困擾。因爲「90年代以降」至今的二十年跨越了兩個世紀：一個是 20 世紀的最後十年，一個是 21 世紀第一個十年。但是，雖然跨越了兩個世紀，這兩個十年前後的聯繫卻是十分緊密的。從社會結構的角度來看，它是計劃模式的同質性社會結構「斷裂」、新的歷史階段的發生和發展期。這個新的歷史階段意味著過去計劃經濟、階級鬥爭爲綱的政治、一元文化的同質整合關係呈現了分裂的狀態，「市場經濟」和「互聯網」兩個關鍵詞，成爲這個時期經濟、文化多元化快速發展的表徵，兩個十年先後見證了以「市場經濟」和「互聯網」爲基礎的新的歷史結構的形成和發展。從詩歌場域構建的角度看，此時期詩歌場域的構建也呈現出與任何一個時代詩歌場域相區分的現象和特質。其中最突出的兩個方面：其一是市場的擠壓、商品的打擊讓詩歌場域空間急劇化縮小，詩人、詩歌傳播機構、詩歌生產機構和評價機構活動和影響力的縮小，詩歌場整體

己」，「我們這個社會最重要的親屬關係就是這種丟石頭形成同心圓波紋的性質」，這波紋，「一圈圈推出去，愈推愈遠，也愈推愈薄」這樣從自己推出去和自己發生社會關係的那一群人裏所發生的波紋的差序就是『倫』（人倫）」。費孝通：《鄉土中國與鄉土重建》〔M〕，臺北：風雲時代出版公司，1993 年，第 22 頁。

失重感導致嚴重危機感。其二是在互聯網語境中，詩歌場域空間又突然無限擴大、分散爲一個個缺乏交集和公衆整體對話能力的場域碎片。當然，兩者對於詩歌場影響結果的背離並不意味著分裂，而是前後有著深刻的關聯。正是詩歌場域空間急劇縮小的危機感導致後來詩歌場空間建設的報復性反彈，正是詩人的失重感導致詩歌理論、寫作等詩歌實踐多元互相解構以致無元，文化碎片無中心共生互存、共建互解，「它本質上是精神坐標和價值系統的匱乏，或是精神坐標和價值系統過多，相互解構而無一成爲證判時代基本尺度」〔註28〕因此，把上個世紀 90 年代以降的「近二十年」作爲一個研究時段，是具有整體意義的。同時，爲了便於敘述，本書中指涉到「90 年代以降」的時間限定，均是指 20 世紀 90 年代以降。

關於「中國詩歌」，在本書中主要指大陸詩歌，不包括中國港澳臺等地區。由於這個概念是相當大而全面的，本書無意描寫出「中國詩歌」的全貌，只能結合中國文化語境，對近二十年中國詩歌的主要現象進行較爲深入的研究——這就涉及到本書的核心概念「詩江湖」。

「詩江湖」在本書中不是指 2000 年 3 月創辦的《詩江湖》網站，而是作爲具有中國特色的詩歌場域現象提出來的。需要特別闡明的是，作爲中國特色的詩歌場域現象，它的中國性體現在以下幾個方面：

其一，它與中國傳統文化心理和行爲方式緊密相連。這一點是理解當前詩人及其行爲方式的關鍵點。詩人們都熱衷於談「先鋒」，「先鋒詩人」、「先鋒詩歌」的封號和口號層出不窮，甚至把「江湖」等同於「先鋒」。但是，作爲「先鋒」本質意義上的「獨立、自由與創造」的品質在江湖社會和當前多數詩人身上並不存在。在江湖社會和多數詩人身上存在的，仍然是中國傳統「集體」文化的因子。詩歌場域的江湖化，本身也是傳統集體文化心理與人格大於現代獨立人格的表現和結果。中國傳統文化重集體、輕個人，個人主義的文化在整個文化傳統中是缺失的。梁漱溟在《中國文化要義》中說：「中國文化之最大偏失，就在個人永不被發現這一點上。一個人簡直沒有站在自己立場說話的機會，多少感情要求被壓抑，被抹殺。」〔註29〕因此，即使如需要張揚個性的文學藝術領域，個人和個性的被發掘也需要借助集體的力

〔註28〕黑黑：《懸浮於失重時代的詩歌事件》〔J〕，《安徽師範大學學報》，1999 年第 2 期。

〔註29〕梁漱溟：《中國文化要義》〔M〕，上海：上海人民出版社，2011 年，第 259 頁。

量，否則很大程度上就要被「遮蔽」。而集體的力量，在中國傳統文化裏是由宗法親緣關係發展而來，江湖的稱兄道弟和異性結拜就是構成一種「類血緣關係」來穩固彼此之間的關係和集體的整合力。因此，「詩江湖」中林立的幫派從某種程度說就是詩人個體性和獨立性不夠強大，因而需要尋找志同道合的「兄弟」，並建立組織來依靠的結果。另外，實用主義的行為模式與傳統人格追求的名實分離，使得江湖中詩人們既想追求精神的自由、獨立，又往往趑趄於名分等級秩序中不能自拔。中國文化傳統中理想的人格是以「仁」、「義」為核心的「君子」、「大丈夫」。按照孔子、孟子等儒家傳統的闡釋，「君子」、「大丈夫」是集勇敢、智慧、無私、仁義和忠信於一體的完美人格，既孔子所謂的「成人」〔註30〕，但理想人格畢竟是很難實現的，實現它所要求的自由獨立、自律自省等精神至上的基礎又往往受到外在現實中各種「禮」的規範、「勢」的誘惑和壓抑，自律往往潛在地轉化為他律，理想人格所需的主體性在現實中逐漸喪失，實用主義的行為方式佔據了主要地位，對「勢」的崇拜和追求相對「道」的追求更具有可靠性和現實性，從而形成中國式名實分離的悖論性人格：「既想自主、獨立，又想合於倫理化的名分等級秩序；欲求功利實惠，又想合乎道德規範……」〔註31〕，因此產生出所謂滿口仁義道德，行為卻與此背道而馳或者不符的大量「偽君子」。同樣，觀察江湖化的詩歌場域，詩人們的所言所為也時時體現出這樣的悖論。一方面高揚「先鋒」、「民間」的獨立、自由，另一方面卻擺脫不了尋求「集體」、「幫派」依傍的渴望和追求現實名分等級秩序的焦慮；一方面以鋤強扶弱、反抗律令，維護社會公平和正義的「江湖俠客」自居，另一方面卻拉幫結派，為維護幫派和個人利益大打出手。近二十年來詩歌幫派間的「廝殺」很大程度上也是爭取名分、等級與在場域中的位置的搏殺，並無俠客的「公共精神」和「奉獻精神」可言。

　　其二，它是在作協、文聯等官方組織管理並佔據大量詩歌資源的中國特色的當代詩歌語境下產生的。在當代中國，作家協會和文聯等組織是官方化、體制化的，這與國外一些相應組織的民間社團性迥然不同。官方化的結果是國內大部分詩歌資源由體制內的文化官員掌握並分配，詩歌資源相

〔註30〕參見《論語・憲問》中對「成人」的描述：「見利思義，見危受命，久要（指窮困）不忘平生之言，亦可以成人矣。」

〔註31〕陳曼娜：《論中國傳統文化的心理結構》〔J〕，《湖北大學學報》，1998年第6期。

對較少，詩人相對較多，而體制內的文化官員更傾向於將有限的資源分配給體制內或者規訓於體制內的文人。這樣的語境下勢必會產生出大量的「詩歌游民」〔註32〕。「詩歌游民」的構成十分複雜，既有失意於官方的詩人，也有追求獨立理想不想依附官方的詩人，還有以與官方對立的姿態爭取「象徵資本」或者獲取體制內利益的詩人，但總的來說，具有強大個體性、主體性人格的詩人是極少數。大部分「詩歌游民」在失去固定詩歌資源的情況下，不得不尋求相互的庇護和支持來應對現實的風險和遮蔽，於是逐漸形成幫派、團體，爲追求「江湖」的名位、利益相互搏殺。所以，公開的「詩江湖」現象與中國特有的詩歌語境有深刻的關聯。它強調的是與「廟堂」相對的「江湖」價值、與「官方」相對的「民間」價值。因此，對「詩江湖」的特徵研究就意味著本書的重點研究對象在詩歌場域的民間生產力部分。

　　其三，它以對「江湖文化」認同的文化心理爲基礎。一個比較有趣的現象是，儘管江湖充滿「腥風血雨」，但中國人對「江湖」卻有一種天然的親近感。詩人們也如此，表達過對江湖熱愛情緒的詩人爲數不少。這種現象與在長期的歷史發展過程中，國人對於「江湖文化」認同的文化經驗與心理的累積有著深刻的關聯。中國是一個戰爭和自然災害頻繁的國家，幾千年以來，國人的生存焦慮，不管是在普通老百姓還是構成江湖社會的「游民」身上，都不同程度地存在。所以，彼此能夠感同身受，有著理解的基礎。另一方面，普通老百姓對儒家文化較爲高深的精神意蘊很難形成共鳴，相反，他們對另一種更可靠的、能夠貼近和指導自己生活的文化更加信服和親近。尤其是當主流社會制度不能維持基本的公平和正義時，江湖文化弱肉強食的規則更符合普通老百姓的生活經驗，而「江湖文化所強調的人情關係、江湖義氣以及由此所帶來的現實利益可能更符合一般民眾的口味」。〔註33〕另外，游俠文化的傳播也增進了江湖文化的認同。春秋戰國以來的游俠故事和近現代以來的武俠小說，塑造了一個個行俠仗義、鋤強扶弱、具有獨立精神氣質的俠客形象，也描繪出一個個氣勢恢宏、博大精深、充滿活力與鬥爭精神的江湖世界，加強了人們對江湖的好感和親近。

〔註32〕　「游民」的概念源於王學泰的《游民與中國社會》，學苑出版社，1999 年版。他認爲江湖的基本構成就是失去土地或者游離於土地之外的游民。

〔註33〕　杜向陽：《江湖文化與文化認同：潛規則盛行的文化心理機制》〔J〕，《徐州師範大學學報》，2011 年第 5 期。

四

基於前面的論述，本書將對以下幾個觀點進行深入闡述。

一、近二十年來，中國詩歌處在「個人寫作」「下半身寫作」等詩歌概念的反覆糾纏與論爭之中。當然，這些爭論的立意甚高，卻並未開拓出研究詩歌問題的新方法和新視閾，且使得詩歌概念問題被無限放大。我們認爲：針對近二十年的詩歌語境，應該反思的重點不僅僅是「概念」的問題，而是將「個人寫作」陣營化、制度化的策略方式，將「下半身詩歌」或「口語詩歌」導向成爲攻擊不同寫作方式的工具的問題，即是：使得概念發生偏移以致無效的詩歌場域。

二、近二十年中國詩歌場域構建，並未完全形成西方自由市場經濟下的獨立自主場，不能完全套用布爾迪厄關於場域的一整套理論來研究。考察近二十年詩歌場域的變化，我們認爲：在政治權力對詩歌的垂直影響相對退隱時，詩人們開始爭奪的主要是民間新出現的部分文化資本，作爲中國民間文化傳統的「江湖」文化重新擡頭，中國詩歌場域構建的突出特徵從過去的「政治化」過渡到「江湖化」。

三、「詩江湖」的特徵並不能以表面的幫派鬥爭籠統概括或評價，複雜現象本身包括了文化江湖、現實江湖等豐富的內容，它的凸顯意味著影響當前中國文化建設的因素並不僅僅是具有高級文明樣態的所謂西方現代、後現代文化或者知識分子總結出的種種理論，而恰恰是傳統文化中一些低級文明樣態的文化具有更加潛在而強大的生命力。因此，關於「詩江湖」的價值判斷就不應該在「好」或者「壞」的二元語境中對立，而應著眼於歷史的「同情的理解」，現實的「詳細解讀」和未來的可能性建構之中。

1 近二十年中國詩歌場域的變遷與「詩江湖」界定

1.1 詩歌場域的變遷

　　談詩歌場域的問題，勢必會涉及場域內部的建設問題，而場域內部的建設問題又勢必涉及與外部的關係問題。在當代中國特殊的歷史語境下，詩歌場域建設一直處於兩難的困境。一方面，對場域自主性的追求雖沒有獲得十分明確的意識和努力，但相關的想像與實踐也在潛在的進行；另一方面，政治場與詩歌場長期複雜的關係，使得詩歌場對政治場產生了一種依賴，這種依賴，較長時間內表現為正面的依附關係，政治機制直接滲透到詩歌場域內部，對詩歌生產、傳播、評介等各個環節產生垂直的影響；在一些特殊的時期，卻表現為反面的對抗關係。比如 70 年代末 80 年代初的朦朧詩，它以時代代言人的身份與龐大的政治意識形態宣戰，但不可否認的是，它的存在感和重量卻是它對抗的政治場給予的。當歷史進入到 90 年代，國家政治、經濟、文化等各領域開始全面轉型，市場經濟作為轉型期的主角，開始登上中國歷史舞臺，深刻地改變了政治場、經濟場、文化場等「權力場域」〔註1〕的關係。「這個時期的顯著特點之一，是社會同質性的消解。在過去計劃模式的

〔註 1〕　布爾迪厄認為，權力場是各種因素和機制之間的力量關係空間，這些因素和機制的共同點是擁有在不同場（尤其是政治場、經濟場或文化場）中佔據統治地位的必要資本。參見布爾迪厄著、劉暉譯：《藝術的法則——文學場的生成和結構》，中央編譯出版社，2001 年，第 263 頁。

社會裏，經濟、政治、文化三者之間呈現一種高度同質的整合關係，計劃經濟、以階級鬥爭爲綱的政治、一元主義文化，三者之間的關係是高度協調與同構的，可以相互支持、相互解釋，非常『配套』；而到了 90 年代，政治、經濟、文化三者之間的同質、整合關係在很大程度上被打破了，呈現出空前的分裂狀態，經濟與政治、政治與文化、經濟與文化之間不再存在同質耦合，可以相互支持與闡釋的『配對』關係。不僅三者之間的變革速度不同，就是在經濟、政治、文化各領域的內部，也呈現分裂、多元、異質化傾向。」〔註 2〕「社會同質化的消解」意味著社會一體化模式的各個領域內部的調整和相對獨立性呈現多種可能性。在這樣一個特殊的時期，詩歌場域發生了怎樣的變化？呈現出與其他時代相區分的什麼現象和特質？——是需要回答的問題。當然，詩歌場域是一個由生產、傳播、評介、消費等機制組成的非常複雜抽象的關係網絡，它的變化更是十分龐大複雜的研究題目，我們無法在本書中完成場域每個環節的細化研究，只能從總體的角度突出研究一些具有代表性的現象和問題，指出這樣的變遷和時代、個人精神的深刻關聯。

一、詩歌場域空間的縮小與詩人的失重感

市場經濟的主體地位和高速發展，改變了中國社會的深層結構和功能。包括政治場、經濟場、文化場等在內的權力場域更是面臨結構性調整，場域的空間、邊界、自主性等問題開始發生改變。按照布爾迪厄的劃分，作爲權力場域的政治場、經濟場、文化場是相互滲透的，其中，文學場是處於權力場中的「被統治者」〔註 3〕。轉型期，政治場的主導權力功能和合法的符號暴力雖然仍然存在並發揮關鍵作用，但其滲透性主要由臺前而幕後，符號暴力也更加隱蔽和多樣化；經濟場域隨著市場經濟的主導地位被推向前臺，滲透性越來越普遍越來越強大。這兩個場域的調整對處於權力場中被統治地位的文學場域，並進而對文學場中的詩歌場域產生了複雜而深遠

〔註 2〕陶東風：《社會轉型與當代知識分子》〔M〕，上海：上海三聯書店，1999 年，第 4 頁。

〔註 3〕布爾迪厄認爲，由於建立在各種不同的資本及其持有者之間的關係中的等級制度，文化生成場暫時在權力場內部處於被統治地位。參見〔法〕皮埃爾·布爾迪厄著：《藝術的法則——文學場的生成和結構》，劉暉譯，中央編譯出版社，2001 年，第 264 頁。

的影響。

　　市場經濟以資本爲生產的目的、方式和結果，在經歷了相當長時間物質貧乏的中國社會，當商品的豐富紛至沓來，它的魅力像幽靈一樣逐漸滲入到社會的每一個角落，「經濟邏輯開始把社會關係變成商品關係，並將自己的意志銘刻到人的靈魂深處。……而且，它還通過作用於整個社會肌體、作用於整個社會體制、作用於社會意識形態來無限地擴張自己的控制領域和話語範圍，並通過由此建立的符號暴力，驅使文學實現自己的表意策略」〔註4〕。隨著市場經濟的深入發展，西方消費社會的模式也進入中國。由於資本技術強力的支持和保障，資本邏輯關注的重心不再是商品製造和生產，而是如何將大量豐富的商品成功出售。「因而消費社會不是生產而是消費決定一切。」〔註5〕爲了刺激人們的消費欲望，消費社會關注的重心也不再是物質形態的商品，而是附加在商品上的象徵符號的非物質性商品。它也不再是僅僅滿足生活需要，而是地位、身份、時尚、享樂的象徵和欲望的滿足，在此意義上，「消費等於意義的生產和存在的確證」。〔註6〕而曾經作爲意義生產和存在確認的詩歌，開始變得虛無起來。消費主義通過價值評價系統、大眾媒介等勢力深入文學的肌理，使得文學服從於經濟邏輯，作爲精神獨立個體的文學創作向面向大眾消費的文學生產大規模轉移，純文學意義的詩歌空間日益逼仄。

　　詩歌空間的縮小，意味著詩人、詩歌傳播機構、詩歌生產機構和評介機構活動和影響力的縮小。20 世紀 90 年代初、中期，一些在 80 年代享有盛名的詩歌刊物《青春詩歌》、《詩歌報月刊》等等先後停刊，堅持下來的國家紙質詩刊和詩報等只有《詩刊》、《詩探索》、《星星》、《詩潮》、《綠風》等等 10家，其中大多數只能靠政府的財政支持和政策扶持，少數靠相應的出版社支持。由此不得不承擔的一些意識形態內容成爲詩歌平庸、缺乏先鋒性探索的口實。在 1998～1999 年度各大文學期刊掀起一個改版或換刊的熱潮，熱潮中，最突出的變化之一是：「小說、詩歌等傳統純文學數量大幅減少，特別是

〔註4〕　朱國華：《文學與權力——文學合法性的批判性考察》〔M〕，上海：華東師範
　　　　大學出版社，2006 年，第 125～126 頁。

〔註5〕　李濤、劉鋒傑：《無奈的交換：消費時代的文學與政治》〔J〕，《廣西社會科
　　　　學》，2009 年第 1 期。

〔註6〕　李濤、劉鋒傑：《無奈的交換：消費時代的文學與政治》〔J〕，《廣西社會科
　　　　學》，2009 年第 1 期。

詩歌，很多文學期刊取消了詩歌版面，而內容涉及思想文化、政治、經濟、社會、教育、體育等諸方面的雜文、隨筆、言論、回憶等跨文體或模糊文體的綜合性文章大為增加，這類文章在有的文學期刊中超過一半以上的比重」〔註7〕。詩歌的影響力日趨減弱，甚至被部分人宣稱90年代以來是作為「自由之眞的詩性危亡到人性死亡到詩歌整體性存在的危亡」〔註8〕。商業與大眾媒介的合謀，拒絕了詩歌本身的傳播，卻把詩歌事件和詩人身份當做一個可供「圍觀」傳播的對象，借助對詩人事件的宣揚炒作達到自身的利益目的。比如對詩人顧城殺妻然後自殺一事的炒作，「它以詩人、海外、罪行、瘋狂、緋聞、秘史、暴力等佐料充分滿足了初興的大眾傳媒對於『名人之死『的需求和飢渴，從而也創造了一系列相應的『注意力經濟』價值。」〔註9〕這種效應發展到後來竟至除非詩歌和詩人本身構成令人關注的詩歌事件，否則詩歌將漸漸被人遺忘。市場經濟消費主義邏輯深入到了詩歌場內部，詩人似乎不再重「思」，而重社會轟動效應；人們不再讀詩，而僅熱衷於做一個事件的看客。詩歌的傳播陷入了一個怪圈。

另一方面，在市場經濟語境下，政治場也調整了和詩歌場的關係，既不著意扶持重用，也不刻意打擊。政治機制在詩歌場的功用由前臺至幕後，長時期賴以證明詩歌場存在感的政治場悄然隱退，留下一個個失去政治呵護的詩人，面對從「刺錐胸的荊棘鳥之歌向大戰風車的唐吉柯特之舞」〔註10〕的空虛和無助，「從絞刑架」到「秋韆」的失重感，不知所措。90年代一系列的「詩人之死」，從某種程度上說，即是詩人在市場經濟消費主義文化語境中的失重感所致。他們既不願意接受商業文化對詩性世界的吞噬，也無法重新找回詩歌和自身存在的重量和厚度。詩人面臨艱難的調整期，詩歌生產者走向分化：包括詩人之死〔捲入死亡事件的詩人包括海子（儘管海子是89年去世的，但事件的影響波及九十年代眾多的詩人之死〕、駱一禾、顧城、戈麥、徐遲、蝌蚪、麥殼、阿櫓、岳冰等等〕、詩人經商：放棄詩歌理想回到平常生活

〔註7〕 邵燕君：《傾斜的文學場──當代文學生產機制的市場化轉型》〔M〕，南京：江蘇人民出版社，2003年，第109頁。

〔註8〕 黑黑：《懸浮於失重時代的詩歌事件》〔J〕，《安徽師範大學學報》，1999年第2期。

〔註9〕 劉大先：《20世紀90年代詩歌事件的文化意味》〔J〕，《唐山師範學院學報》，2003年第1期。

〔註10〕 劉大先：《20世紀90年代詩歌事件的文化意味》〔J〕，《唐山師範學院學報》，2003年第1期。

或走向市場經濟的洪流（如 80 年代著名詩人李亞偉、萬夏、尚仲敏等成爲成功的商人、藍馬遁入佛教研究等等，當然，他們中有些並未放棄詩歌創作，而是改變了詩歌作爲重心的生活，改變了關於詩歌的理想和抱負）、詩人出國（如北島、芒克、多多等等）、詩人改行（寫小說、評論、學術），堅守詩歌理想的少數在沉默中尋找新的可能。

二、關於失重的反思和詩歌場域自主性構建的努力

對於 90 年代以降的詩歌，多數人的印象停留在詩歌失去了過去的中心地位走向邊緣中的邊緣，失去了過去的重量走向輕飄與虛浮。這樣的總體判斷雖然不無道理，但忽略了 90 年代部分詩人對於重建詩歌場域自主性的反思和努力，即使這樣的努力被整個社會精神價值的抽空和互聯網的大舉入侵所擊敗。

90 年代以來，市場經濟的加速推進把人們思維和實踐的重心推向了經濟，時代賦予的意識形態對抗語境消失了。彷彿一夜間，人們從 80 年代的「文學神話」、「詩歌神話」中清醒，在見證了經濟的巨大魔力之後，轉而投向「市場經濟神話」。整個文學場從 80 年代文學場在權力場中的重要地位、詩歌場在文學場中的主要地位向 90 年代文學場在權力場中的次要地位、詩歌場在文學場中的更次要地位突變。詩歌，作爲最難與市場發生直接關聯的文學種類，空間不但隨著文學場空間的整體縮小而縮小，還隨著文學場內小說、散文等其他次場的擠壓而縮小。大部分詩人強烈感受到「從絞刑架到秋韆」的虛空和無助，詩人的身份和寫作開始變得可疑，寫作的有效性失卻了某種可靠的保證。一部分詩人無法忍受生命中不能承受之「輕」，放棄詩歌寫作投身到經濟大潮中；另一部分詩人在經歷了一段時間的調整之後，發現了問題之所在。

發現了問題的這部分詩人後來成爲詩歌場中的首批獲益先鋒。問題之所在也是重構和機會之所在。在切膚的體驗中，這部分詩人發現，轉型期詩人的狀態是長期以來詩歌過分依賴外部場或者說是權力場的結果，詩歌尚未形成可以獨立自主或者相對獨立自主的場，沒有建立獨立自主的場域的規則和邊界。它與權力場域的關係要麼是臣服要麼是對抗，因此，外部場或者上級場的風吹草動會影響到詩人的寫作和判斷，更何況轉型期各層上級場發生的結構性震動。「詩歌在缺乏對抗性和壓迫感的處境中顯然是過於輕鬆自如了。無論成功還是失敗、聳立還是崩潰都不具備嚴重性與尖銳性，喪失了引人注

目的前衛作用。」〔註 11〕對對抗性和壓迫感的意識形態要求，嚴重性、尖銳性、引人注目的前衛作用是過去詩人對詩歌的過度闡釋和期許，一旦公眾對詩歌表現出冷漠，權力場不再與詩歌產生強烈的互動，詩人的「失重感」才會真正給詩歌帶來災難。問題的關鍵是如何在一系列災難性的、斷裂的感受中，重建詩歌場域狹小卻獨立的邊界，重新調整它與文化場、權力場等上級場域的關係，從「對抗」到「對稱」，或者發掘出一系列關鍵詞比如「對抗」「斷裂」〔註 12〕等面向歷史語境敞開的新的活力，才是詩歌可能實現的真正「轉變」。在這方面，王家新在一篇文章中的思考是富有意味的。他在《從聽眾席中站起來的女生》一文中，以在北大講座時，一個女生列舉的詩「她把帶血的頭顱／放在生命的天平上／讓所有苟活者／失去了重量」和提出的疑問「你們能不能這樣用生命和鮮血寫詩呢」談起，以對西班牙詩人希內《1969年夏天》的解讀出發，提出了面對各種暴力的滲透，詩人和詩歌何為的問題：是以「生命和鮮血寫詩」還是警惕上述命題的陷阱，以獨立的思考者、洞察者和提醒者的身份介入承擔。正是在深刻認識到過去詩歌場被太多意識形態因素所蠱惑，他提出真正的具有精神獨立性的詩人是在各種複雜矛盾的張力中，始終堅持藝術的戒律和場的自主性的詩人，這是葉芝《詩歌的糾正》的精神：

> 這類具有精神耐力的人物都傾向於淡化他們的成就的英雄的一面，而堅持他們職業核心那嚴屬的藝術戒律，……一個詩人從他提筆那天，就被置入一個充滿各種蠱惑和要求的歷史話語場中。因此，離開了這種「詩歌的糾正」，一個詩人不僅很難獲得它自己，相反，他可能早已成為什麼意識形態或道德的犧牲品了。90 年代以來詩隨著社會、時代、文化和詩人們自身的變化，早期朦朧詩所體現的那種對社會歷史和公眾發言的模式已成為歷史，那種二元對立的詩歌敘事已經失效，那種呼籲式、宣告式、對抗式聲音也早已顯得大而無當。因此，後來的詩人們包括部分朦朧詩人面臨的任務之一就是修正這種寫作模式。正是在這種不無艱難的自我修正中，90 年代詩歌漸漸確立了切入現實和時代生活的基點：個人。縱然對這種

〔註 11〕歐陽江河：《對抗與對稱：中國當代實驗詩歌》〔M〕，北京：北京師範大學出版社，1993 年，第 51 頁。

〔註 12〕陳旭光、譚五昌：《斷裂·轉型·分化——90 年代先鋒詩的文化境遇與多元流向》〔J〕，《詩探索》，1996 年第 2 期。

> 獨立的、日趨多樣化的、具有知識分子精神的個人寫作有著來自不
> 同方面的誤解和指責，但我相信它已將寫作設置在了一個更為深
> 刻、堅實的基石上，它也會在未來的實踐中持續保有一種寫作的有
> 效性。〔註13〕

從這篇文章可以看到 90 年代以來，部分詩人在自我和時代關係的調整中，已經開始對過去詩歌場依賴的各種各樣的意識形態產生清醒的自覺和反省。並試圖以一種堅實的個人聲音去糾正過去大而無當的聲音，建立以「藝術的自律」為準則的獨立的詩歌場。

90 年代初期一部分詩人和詩評家這樣的思考和努力無疑是非常重要的。經過幾年孤獨的堅守和努力，看似消沉的詩歌場其實取得了短暫的平靜和自主。「個人寫作」等詩歌實踐開始與直接的意識形態對抗劃清界限並取得了詩歌場的主要位置，原來伴隨著兩者關係的歌頌與暴露、維護與批判、制約與反制約的衝突和張力，被個人隱秘靈魂和日常生活的敘事消解。沒有了和主流意識形態對抗的張力雖然使詩歌缺少了轟動效果，但根植於詩人自身獨立的思考和實踐是一個自主場域確立的基礎。詩人已經能夠冷靜面對在公眾面前 80 年代詩歌的輝煌和 90 年代詩歌的衰落，並認為這種意義的衰落正是回歸詩歌藝術個人的、自由的精神，回歸獨立自主的詩歌場域的開始。這樣的思考、表達和實踐取得了 90 年代以來很多詩人的認同，諸如詩歌——「獻給無限的少數人」〔註14〕和「個人寫作」「知識分子寫作」等概念的提出以及對市場經濟有利於詩歌場域建設的思考。對於後一點，他們認識到，詩歌與市場的天然不相接，從一面看是缺乏直接經濟效益，從另一面看，卻是累積象徵資本的天然優勢。布迪厄認為，西方獨立自主的藝術場往往是藐視經濟、挑戰既定道德觀念，追求「為藝術而藝術」和最大限度的象徵資本，場的經濟邏輯是「輸者贏」。以藝術標準的名義向市場說「不」，市場的擠壓從某種程度更利於獨立詩歌場的發展。「商業文化和消費文化對純粹的詩歌精神肯定是一種擠壓，但不一定就不能相容；姿態是一回事，現實是另一回事。現實是：在所有的文學藝術種類中，詩大概是最不易被商業文化與消費文化所同

〔註13〕王家新：《從聽眾席上站起的女生》〔C〕//《2000 中國新詩年鑒》，廣州：廣州出版社，2001 年，第 481～485 頁。

〔註14〕比如王家新的文章《知識分子寫作，或曰「獻給無限的少數人」》，參見《中國詩歌九十年代備忘錄》，人民文學出版社，2000 年，第 1 頁；楊克：《詩歌，獻給無限的少數人》，《羊城晚報》，2009 年 6 月 13 日，等等表達。

化、所徹底『吃掉』的一個品類；詩既不能被改編，又不好利用，能借用一點的反而可能正是純粹的詩所想要拋棄的。所以應該說『擠壓』其實是好事，是能讓詩更是詩也更可體現詩的價值與作用的好事。」〔註15〕這些方面的反思和努力在90年代詩歌場域建設中無疑是重要的，但它關於建設自主詩歌場域的想像，在中國特殊的歷史語境下，在詩人們的實踐中有多大的有效性，也是需要進一步探討的。

三、詩歌場自主性構建的失敗和場域江湖化

當政治權力在詩歌場的控制和影響慢慢轉入隱蔽，部分詩人對建立獨立詩歌場域的想像開始展開。他們認為政治權力的退場是中國獨立詩歌場域建設的大好契機，糾結了整個當代的，關於詩歌建設與政治的複雜關係可以在「斷裂」和「對稱」中獲得重生。但是，他們忽略了一個獨立自主詩歌場域建設的根本條件：制度保障和精神保障。在西方，自主的文學場是與資本主義制度同時建立的，它與資本主義制度及其自由主義的意識形態有著直接的關係，與中國的語境具有質的不同。

市場經濟條件下，政治場的主導權力功能和合法的符號暴力仍然存在，而且，經由市場經濟的掩護，其滲透性主要由臺前而幕後，符號暴力也更加隱蔽和多樣化；在中國特殊的歷史語境下，政治權力的滲透從直接到間接、從突出到隱蔽、從單一到多樣，並不表示它對文學場滲透力的減弱。事實上，「國家意識形態管理將以一種『常態化』的方式與『市場化』長期並存，而不是像一些人設想的那樣，會在『市場化』徹底降臨之際退場。只不過以往的行政管理方式越來越與經濟手段結合。」〔註16〕比如對詩歌刊物的支持。在文學期刊的市場化改革中，詩歌刊物由於無法被推向市場，很多被迫停刊。幸存下來的幾本詩歌刊物比如《詩刊》、《詩探索》、《星星》、《詩潮》、《綠風》等大部分資金來源仍然靠政府財政撥款或者出版社支持。雖然國家不再像過去一樣對「寫什麼」的內容直接干預，但由於政府撥款可以有重點的扶持導向，比如組織一些專門的選題和詩歌活動，無形中會影響刊物的組稿導向和風格。而且這些詩歌刊物也願意同地方各級政府聯合打造一些選題和活動。

〔註15〕沈奇：《詩歌：從「80年代」到「新世紀」——答詩友十八問》〔J〕，《當代文壇》，2007年第6期。

〔註16〕邵燕君：《傾斜的文學場——當代文學生產機制的市場化轉型》〔M〕，南京：江蘇人民出版社，2003年，第17頁。

比如，《詩刊》、《星星》2009〜2010年組織中國十大農民詩人的評選活動。評選啟事如下：

> 中國是農業大國，農村人口約占全國人口的四分之三。為了繁榮社會主義新農村建設中的文學創作，發現和培養優秀的農民詩人，《詩刊》社、《星星》詩刊社將於即日起面向全國舉辦「首屆中國十大農民詩人」評選活動。
>
> 主辦單位：中國作家協會《詩刊》社、四川省作家協會《星星》、詩刊社中共羅江縣委、羅江縣人民政府
>
> 組委會主任：高洪波（中國作家協會黨組成員、書記處書記、《詩刊》主編）
>
> 組委會副主任：梁平（四川省作家協會副主席、《星星》詩刊主編）、李小雨（《詩刊》常務副主編）、盧也（中共羅江縣委書記）
>
> 〔註17〕

這方面的評選活動，刊物得到資金的支持，地方政府可以詩歌興政，因為主題是明確的，為了繁榮社會主義新農村建設。這樣的詩歌活動與詩歌本身有多少關係是可以商榷的。但有一點可以肯定，靠政府撥款的詩歌刊物無法實現所謂在商業大潮中堅守獨立純正的詩歌夢想，它可以不迎合商業的胃口，卻不能不迎合政府的趣味和導向。

另一方面，市場經濟的高速發展是與全社會政治冷漠的彌漫、消費主義的高漲、娛樂工業的畸形發達聯繫在一起的。有專家指出，「90年代以來，中國式的畸形消費主義的特點是：政治上的冷漠和經濟上的消費主義、生活方式上的享樂主義同時並存，是有限度、有選擇地開放某些方面的自由、增加某些方面的權利，肯定並鼓勵私人生活中消費和娛樂緯度的所謂的『個性』和『自由』。而另一方面則是大眾在政治領域以及其他重大的公共事務領域的參與仍然存在相當大的限制。」〔註18〕因此，大眾只能把自己的參與欲望發泄在娛樂與消費領域，由此導致的是全社會精神價值、信仰的真空狀態。精神價值、信仰的真空又必然導致對作為精神產品的文學的無興趣或者排斥，而對於感官享受的追求成為社會風潮。從人的精神塑造這個角度講，政治權

〔註17〕星星詩刊：《詩壇動態》〔J／OL〕，http://www.xxsk1957.com/Index.html，2010-01-05。

〔註18〕陶東風：《當代中國文藝思潮與文化熱點》〔M〕，北京：北京大學出版社，2008年，第22頁。

力通過經濟權力對精神的控制和塑造更加隱蔽，它們塑造出來的人的精神質素，成爲影響文學場的重要因素，生產者和接受者都在這個輻射範圍之內，「多數人的趣味可以形成新的壟斷與霸權。」〔註 19〕從這個意義來說，政治權力對詩歌場的影響從未退出，它以一種更不易爲人察覺的、常態化的方式滲透進場的肌體，看不見的力量比看得見的屏障更加能夠影響人心，「無物之陣」的力量更加強大。所以，當越來越多的詩人沉溺於書齋的自說自話或者感官享受的刺激性描寫，當越來越多的詩人把策略、運作等手段應用於詩歌場內個人的利益所得，當越來越多的詩人面對公眾發言能力的萎縮，我們看到一群缺乏精神力量的詩人，沉溺在缺乏精神信仰的社會。「在意識形態對詩歌的規約日漸消隱之後，詩歌的獨立品格不僅沒有浮出歷史地表形成自強和自律，而且，明顯地，詩人曖昧的寫作姿態，嚴重影響了詩歌在當代的寫作可能性，限制了詩人應有的對現實處境和人的存在狀況的當代覺悟。詩歌的權威性、審美標準、藝術影響力和衝擊力、詩人的靈感，都在相當大的程度上呈現萎縮的狀況。……詩人對當下生活的眩暈，在很大程度上代表了我們對現實的某種屈從。而詩歌的沉淪，就是人的存在備受壓抑和頹唐造成的精神性危機。」〔註20〕很多詩人、評論家的共同感覺就是「詩歌缺乏力量」，大家都在提詩人精神，但都不能觸及這場精神危機的根源，這本身也是一種悖論。

在缺乏制度保障，詩人整體精神萎頓、信仰價值抽空的語境下，擺脫各種意識形態控制、建構自主詩歌場域的理想是缺乏現實力量支撐的。而在中國式的互聯網到來之際，由於網絡運營管理所需要的法制傳統和契約精神的缺失，使得網絡的負面影響泛濫，另一種力量——江湖意識形態，伴隨著詩人精神的抽空和對中國特色的詩歌語境的實踐感受，慢慢成爲詩歌場域的一種突出現象，成爲主導詩歌場域建構的突出力量。

網絡作爲詩歌場中兼具詩歌生產、傳播的平臺，爲 90 年代初期日趨逼仄的詩歌空間打開了另一扇門。單從數據上來考量，從 1999 年 10 月重慶詩人李元勝創辦《界限》詩歌網站伊始和 2000 年 2 月 28 日國內第一家擁有獨立國際域名和獨立服務器的非商業性詩歌綜合網站《詩生活》的成立開始，

〔註 19〕邵燕君：《傾斜的文學場——當代文學生產機制的市場化轉型》〔M〕，南京：江蘇人民出版社，2003 年，第 130 頁。
〔註 20〕評論家：《我們的詩歌缺乏力量》〔N〕，《文學報》，2009 年 3 月 3 日。

截止 2004 年 8 月 26 日一位專業的網絡詩歌研究者提供的數據，獨立、專業、可實名搜索的漢語詩歌網站（論壇）共 503 個，其中大陸詩歌網站及個人網站 475（還不包括個人詩歌博客等等）〔註 21〕。此數據到現在應該成倍的翻升。另外看一份數據，「筆者曾經發函調查過一些詩歌網站，保守估計，每個網站平均每天貼詩 20 首左右，以此推算，全國年產量不低於 200 萬首。這個數字，是《全唐詩》的 40 倍，也是紙介詩歌年產量的 40 倍」。〔註 22〕面對巨大的反差，謝冕先生說：「中國歷史悠久的詩歌以如此迅疾、如此決然，而且是以如此廣泛的方式介入網絡並通過網絡得到傳播，並因而贏得了眾多熱心的、甚至是癡迷的參與者，這熱烈的甚至還有些『火爆』的場面，與當今人們感慨萬千的傳統詩界的清寂和讀者對它的冷漠的形式，形成了鮮明的反差。」〔註 23〕這句話裏有幾個值得注意的話題，先生連續使用三個如此：「如此迅疾、如此決然、如此廣泛」，一個形容速度之快、一個表示態度之堅決、一個反映人數之眾多，同時，熱心的、癡迷的參與者，熱烈的、火爆的場面，不但生動展示了網絡帶給詩歌的巨大震動，也暗示了一個以網絡為媒介的新的詩歌場域的生成。網絡詩歌的熱鬧與紙質媒體詩歌的冷清的鮮明對比，帶來了一個問題：究竟「熱鬧」是對詩歌寫作本身感興趣還是對詩歌新的空間場所帶來的某種運作方式更感興趣？也許網絡詩人藍蝴蝶紫丁香的一段話可以說明一些問題，她說自己對於詩歌本來沒有什麼興趣，「可是，到了網絡以後，我又對詩歌重新產生了濃厚的興趣，我頻頻出現在詩歌網站論壇，我在無休止地進行肆無忌憚地灌水。所謂灌水，不是指發口水貼一類的東西，而是不斷地發貼回貼。以文字為水，以話語為水，以情感為水，以詩為水，不斷地灌水。思維越來越活躍，靈感會不斷地噴發出來。奇思妙想，在灌水的時候層出不窮。不斷地灌水，不斷地給詩歌注入新的東西，不斷地實驗，不斷地創造，也不斷地分享灌水的快樂。」〔註 24〕從這段話裏，可以得到幾個信息：紙質媒體時代對詩歌不感興趣的人在網絡時代開始寫詩，而且很快成

〔註 21〕 魏天無：《1999 年以來的網絡詩歌：狀況、特徵和問題》〔C〕//《2004～2005 中國新詩年鑒》，廣州：海風出版社，2006 年，第 244 頁。

〔註 22〕 陳仲義：《中國前沿詩歌聚焦》〔M〕，北京：中國社會科學出版社，2009 年，第 79 頁。

〔註 23〕 謝冕：《另一片天空》〔C〕//《網絡詩三百——中國網絡原創詩歌精選》，大象出版社，2002 年，第 1 頁。

〔註 24〕 張德明：《互聯網語境下的新世紀詩歌》〔J〕，《中南大學學報》，2008 年第 14 期。

爲網絡詩歌寫手；網絡詩歌寫作以交流和對話的方便、快捷贏得了參與者的
熱心和持續不斷的關注；匿名參與者可以「無休止地」「肆無忌憚」地發表
意見。

　　交流、匿名和發表的自由、快捷是網絡媒介區別於傳統紙質媒體的特點，
這使網絡對詩歌（詩人）的影響變得非常複雜。許多研究者從不同角度分析
了網絡對詩歌的影響，有的歡呼網絡給詩歌帶來了眞正意義上的解放，「實現
了『我手寫我口』的詩歌自由之夢」〔註 25〕，有的悲觀地認爲網絡帶給詩歌
更大的傷害。深究下來，兩種聲音都沒有認同當前網絡對於詩歌寫作本身有
實質性改變，數量的突飛猛進並不代表質量的提高，口號、命名不斷的「革
命」並不代表詩歌美學、藝術有了更多的革命成果。當前的詩歌寫作很大程
度上是紙質媒體的「陣地轉移」或者「臨屏寫作」，它們眞正的區隔在於網絡
對詩歌文本寫作、傳播等操作方法的改變，並進而影響到整個詩歌場域的建
設，「詩壇」的「壇」有了更具體的現場。

　　從場域建設的角度來看，一個突出的方面是網絡使剛剛穩定的詩歌場域
邊界無限制擴大，進入標準無限制降低，詩人和「參與者」變得混雜不清，
詩與非詩變得混雜不清，詩歌流派與詩歌派別變得混雜不清。在以網絡爲媒
介的詩歌場中，超大量的詩歌文本本身容易被人忽略，而詩歌和詩名傳播的
策略和運作方式受到了空前的重視。詩歌網站、論壇、個人詩歌博客及其人
氣效果是積累象徵資本和話語權的新方式，默默寫詩遠沒有在網上製造一次
詩歌事件或論爭更能提高知名度（點擊率），集團衝鋒遠比孤軍奮戰更能強化
話語權。這個大的震動促使詩人重新調整個人與詩歌場的關係，詩歌場與網
絡場的關係，他們開始更多地關注詩歌以外的運作、策劃。網絡（internet）
詞根（inter）的含義是「交互」，它突出的就是關係、系統，它解構的是過去
詩人和詩歌高不可攀的清高形象，詩歌神聖的面紗被網絡無形之手慢慢揭
開，90 年代一批詩人爲詩歌場域或詩歌「賦魅」的努力遭遇了滑鐵盧，詩歌
不斷被詩人和參與者們「祛魅」：「文學藝術不等於競技體育，但是，它們都
是人類爲自己發明的遊戲——都是由有血有肉的人來玩的。在虛構的高僧和
現實的球員之間，它所處的位置還是距後者近些。」〔註 26〕既然它同樣是人

〔註 25〕謝向紅：《網絡詩歌的優勢與面臨的挑戰》〔J〕，《河南社會科學》，2004 年第
　　　　 1 期。
〔註 26〕伊沙：《看誰更有飢餓感——與姜飛同志商榷》〔J〕，《重慶評論》，2009 年 S1
　　　　 期。

類發明的由有血有肉的人來玩的遊戲，那麼，詩人寫作就不應該要求其像高僧一樣無欲無念。「現實球員」在競爭中「贏」的目標是合乎人情的，「贏」的可能性和方式由很多因素決定並不僅僅取決於「技術」，所謂「高僧」的無欲無念只是歷史的建構物，詩歌並不是什麼神秘的東西，也不是無條件的東西，它是由一個複雜的、包括多種社會因素在內的環境系統決定的——儘管這樣的思考不代表詩人的全部，也不代表詩人們只是現在才有這樣的思考，但無疑這是網絡時代詩人和參與者認同並不斷突出的部分，與傳統紙媒比較，網絡也讓這樣的思考有了更強的可操作性並能迅速產生效果。因此，網絡帶給詩歌以狂歡，平民化、口語化詩歌美學觀念深入人心，「下半身」「垃圾派」等各種詩歌派別山頭林立，各種詩歌事件、論爭層出不窮，《詩江湖》網站、《詩江湖》雜誌等陸續面世，並迅速激發出廣泛的關注和參與。

　　回到上面的問題，從這個意義上說，謝冕先生所形容的網絡詩歌的熱鬧與傳統詩界的冷清的對比是富有深意的，這個熱鬧並不在於人們對詩歌本身有多麼熱愛，而是更熱衷於新的詩歌場域的運作方式、爭取新一輪象徵資本和話語權的方式。有研究者已經一針見血地指出：「網絡詩歌面對這種空間生產，參與人數、詩歌產量的浩如煙海乃至論壇、博客的等活躍存在，並不能證明屬於詩歌的空間構築成功了，自由、迅捷、公正、透明的表象後面是情緒化、江湖化、隱匿性和僞公共性。」〔註27〕2002 年《新聞周刊》文化專欄一位長期關注詩歌創作的記者寫出一篇專題調查報告《詩歌進入江湖時代》，同樣，這也不是說詩歌江湖世界是現在才出現，而是強調潛在的江湖世界在互聯網時代特別凸現出來，當前詩歌場的典型特點是」網絡時代」的江湖化。

　　一個獨立的詩歌場是由詩歌雜誌、出版社、贊助人等組成的生產機構，由批評家、詩歌史寫作者、評獎委員會、學院等價值認定機構以及詩人——詩歌的直接生產者等各種力量組織起來的，內部處於爲自身的合法性不斷鬥爭之中，但它的進入標準、評價標準有一個相對穩定的時期，詩人身份有一個基本的認知平臺，鬥爭也是圍繞美學革命進行，有一套相對獨立於外部準則的內部法則在推動。但在中國特殊的歷史語境下，制度文明、精神文明的發展遠遠落後於物質文明的發展，由於缺乏制度保障和精神支撐，新的生產傳

〔註27〕何同彬：《空間生產與網絡詩歌的瓶頸》〔J〕，《當代作家評論》，2010 年第 2 期。

播方式——網絡，也未能如期實現重建自主詩歌場的夢想。相反，它對詩歌生產、評價標準的無限制消解，對詩歌無限度地祛魅，使得詩歌生產進入標準無限制降低、詩人標準失範，似乎誰到網上發幾首詩弄出點動靜就是詩人；它使評價標準紊亂，詩人各自爲政，藐視公共的話語平臺和基本的詩歌標準，小圈子評論盛行；它讓傳播環節泛濫，以詩歌的名義進行的策劃、炒作大行其道，導致詩歌場域建設陷入了混亂，呈現出典型的江湖化現象：詩歌山頭林立、詩歌事件迭出、詩歌口號不斷；黑社會行話、髒話、爭鬥等公行於大眾媒介；策略、關係、運作等手段風行於詩歌生產、傳播、評介等各個方面。「詩江湖」作爲另一種意識形態，成爲詩歌場的突出力量，滲透進詩歌場的各個環節。因此，90 年代以降詩歌場自主構建的努力總體上是失敗的。

1.2 「詩江湖」界定：中國特色的詩歌場域現象

一、現象的提出

事實上，對詩歌場域「江湖化」的敏感判斷源自上個世紀末「盤峰論爭」後，以唐晉爲代表的批評家對於「盤峰論爭」暴露出來的詩歌的「江湖化」表示了憂鬱，他在《「盤峰會議」的危險傾向》中推究出的「一個可怕的事實」——詩壇的「江湖化」，他認爲，在（詩人）極度自我膨脹的同時，是某些小團夥的整體膨脹。這種現象帶來的後果是，詩歌界『山頭主義』、『圈子主義』泛濫，詩歌話語霸權沉渣浮起，一場又一場的原本是『華山論劍』式的詩歌探討，最終都成爲『江湖大廝殺』。」〔註28〕新世紀伊始，隨著《詩江湖》網站和同名雜誌的出現和表現，觀察者們更是直接宣稱「詩歌進入江湖時代」。2002 年《新聞周刊》文化專欄一位長期關注詩歌創作的記者寫出一篇專題調查報告《詩歌進入江湖時代》，他在這篇文章中以「下半身」詩歌團體和《下半身》雜誌爲例，指出「山頭林立」「宣傳推廣」「小題大做」「借機生事」「土匪幫會的黑話切口」「詩歌的市場包裝和炒作」等是「詩歌進入江湖時代」的主要表現。〔註29〕2003 年 4 月 15 日劉歌發表在新華網上的《爭鳴：詩江湖質疑》一文，是首先明確提出「詩江湖」概念並深入分析「詩江

〔註28〕唐晉：《「盤峰會議」的危險傾向》〔N〕，《太原日報·雙塔文學周刊》，1999
　　　 年 7 月 26 日。
〔註29〕郭蓋：《詩歌進入江湖時代》〔J〕，《新聞周刊》，2002 年第 7 期。

湖」性質的文章。在文章中，他從詩歌場戲仿水滸英雄排座次的《詩壇英雄座次排行榜》談起，分析了「詩江湖」的江湖屬性：四分五裂的民間割據、流浪、無家可歸和不合作的反叛的力量、無政府主義的狂歡、陰謀傾軋、黑幕重重、血腥暴力、義氣與虛僞，「罪性永遠大於德行，破壞永遠大於建樹。這裡沒有秩序可言，是一座眞正無法無天的詩歌叢林，通行不二的仍然是弱肉強食、你死我活的叢林法則」。〔註30〕學者張大爲在《詩歌標準重建——從江湖化到政治化》中，一個基本的判斷也是「當下的中國詩歌本身，缺少關於詩歌標準本身的達成和發揮作用的實質性的文化中介和文化場域，至少是缺少對於它們的眞實感。在前者缺席的情況下，詩歌領域和詩歌標準具有一種『江湖化』的性質。在缺少一種對於詩歌存在的當下文化場景的現實感的情況下，詩歌領域與詩歌標準的制定是一個『江湖化』的景象：在這時，詩人與詩歌標準的制定，具有『山大王』和『僭政』的性質」。〔註31〕除此之外，批評家陳仲義和紫薇雖然沒有明確指出「詩江湖」這幾個字，但他們分別把新世紀十年網絡詩歌場域比作「新羅馬鬥獸場」〔註32〕和「黑社會火拼場」〔註33〕，突出了血腥殘酷的江湖爭鬥場面。還有另外一些關注網絡詩歌的學者一針見血的指出了「網絡詩歌面對這種空間生產，參與人數、詩歌產量的浩如煙海乃至論壇、博客的等活躍存在，並不能證明屬於詩歌的空間構築成功了，自由、迅捷、公正、透明的表象後面是情緒化、江湖化、隱匿性和僞公共性」。〔註34〕

這些觀察者從不同的角度提出了對於「詩江湖」的理解，從中可以發現關於「詩江湖」的「江湖」的某些共同點：圈子化（山頭主義）即拉幫結派、話語霸權爭奪、暴力鬥爭、極端炒作、娛樂與狂歡。顯然，共同的指向是負面的、否定的。

〔註30〕 劉歌：《爭鳴：詩江湖質疑》〔J／OL〕，http://news.xinhuanet.com/book/2003-04/15/content_833551.htm，2003-04-15。

〔註31〕 張大爲：《詩歌標準重建——從江湖化到政治化》〔J〕，《海南師範大學學報》，2008 年第 4 期。

〔註32〕 陳仲義：《新羅馬鬥獸場——十年網絡詩歌論爭縮略》〔J〕，《文藝爭鳴》，2009 年第 12 期。

〔註33〕 紫薇：《網絡「黑社會」》〔J／OL〕，http://www.bj2.netsh.com/bbs/95633/，2003-11-09。

〔註34〕 何同彬：《空間生產與網絡詩歌的瓶頸》〔J〕，《當代作家評論》，2010 年第 2 期。

　　另一方面，以《詩江湖》網站和同名雜誌的創辦來看，詩人們對「江湖」的理解卻有明顯的不同。從《詩江湖》網站的創辦者的角度來說，「詩江湖」就是民間詩歌、先鋒詩歌的代名詞。《詩江湖》網站明確標注網站創辦宗旨是：堅持民間詩歌寫作立場、中國當代先鋒詩歌原創作品發布陣地、中國民間詩歌刊物網絡發布陣地〔註35〕。即使拋開宣言的誇張慣性，也可以比較清楚地感覺到詩人們對於「江湖」與「民間」的想像關聯。在 2001 年 8 月創辦的《詩江湖》雜誌創刊號封面，也赫然印著：詩江湖——民間詩歌的傳播者。除了突出江湖的「民間性」，詩人們對「江湖」的熱愛還因爲其俠氣和雄性氣質。巫昂說：「我是喜歡江湖氣勝過學院氣或者正經氣的，大概由於我是個南蠻子並且生性中有俠氣，我最喜歡別人叫我某大俠，喜歡相見一笑泯恩仇，喜歡江湖中男女相對的平等，因爲江湖中人皆小人，沒有見不得人的君子。」〔註36〕沈浩波也在一篇文章中大贊「盤峰論爭」，「使一代人被嚇破的膽開始恢復癒合，使一代人的視野立即變得宏闊，……使一代人重新擁有了『逐鹿中原』的江湖氣質」。〔註37〕據此可以得出，民間之質、俠義之風、雄性之氣——是這些詩人對「江湖」的論述，也是許多詩人流連「江湖」的動力。

　　兩方面的理解南轅北轍，暗示「詩江湖」的界定複雜含混。事實上，「江湖」一詞的內涵本身就是複雜含混的。爲了更好地理解，需要對該詞的詞源流變和文化特徵進行一些梳理。

二、「江湖」釋義與「詩江湖」界定

　　「江湖」在《辭海》中的條釋是：「(1)舊時指隱士的居處。《南史‧隱逸傳上》：『或遁迹江湖之上。』(2)泛指四方各地。如：走江湖。杜牧《遣懷》詩：『落魄江湖載酒行』。」〔註38〕陳平原在《千古文人俠客夢》中對「江湖」一詞的釋義是：「『江湖』原指長江與洞庭湖，也可泛指三江五湖，只是個普通的地理名詞，並沒有什麼深刻的含義。若《史記‧貨殖列傳》述范蠡

〔註35〕參見《詩江湖》網站首頁，http://d.g.wanfangdata.com.cn/Periodical_ddxs20020 2022.aspx。

〔註36〕巫昂：《小人看江湖》〔J／OL〕，http://www.wenxue2000.com/yk/yk002b.html，2001-02。

〔註37〕沈浩波：《詩歌的 70 後和我》〔J〕，《詩江湖》創刊號，2001 年。

〔註38〕夏微龍：《辭海》〔M〕，上海：上海辭書出版社，1999 年，第 803 頁。

『乃乘扁舟浮於江湖』，其中的『江湖』即指五湖。故《國語·越語下》又稱范蠡『遂乘輕舟，以浮於江湖，莫知其所終極』。可范蠡『既雪會稽之恥』，官拜上將軍，卻又突然辭官遠逝，並非真的為謀家財，實為避禍全身之計。……有感於范蠡的超然避世，後人再談『江湖』，很可能就不再是地理學意義上的三江五湖，而有隱居之處的含義。高適詩『天地莊生馬，江湖范蠡舟』（《古樂府飛龍曲留上陳左相》），……其中的『江湖』，就隱然有與朝廷相對之意，即隱士和平民所處之『人世間』。『江湖』的這一文化意義，在范仲淹如下名句中表現得最為清楚：居廟堂之高，則憂其民；處江湖之遠，則憂其君。」〔註39〕另據專家考證，《莊子》全書使用「江湖」一詞共七處，其中影響最大的是：「泉涸，魚相與處於陸，相呴以濕，相濡以沫，不如相忘於江湖。」〔註40〕這裡的「江湖」除了指江河湖海，顯然還有逍遙適性之地的含義，其中隱含著「獨與天地精神之往來」的飄逸獨立之道家風骨。

按照這些考證，「江湖」一詞是從地理概念演化為文化概念，它既包含有三江五湖的泛地理意義，也有隱居之地以及與「廟堂」相對的「民間」等含義，後隨著「俠客」與「江湖」的想像加入，「江湖」更指向飄逸獨立、自由不羈、有著區別於「廟堂」運行法則的獨立世界，而不僅僅是指與朝廷相對的「人世間」，從而發展成為具有中國特色的一種文化象徵符號。陳平原先生也判定：「『江湖』當然不只是現實世界中江湖的簡單摹寫。經過無數說書人與小說家的渲染、表現，『江湖』已逐漸走出歷史，演變成為一個帶有象徵色彩的文學世界。」〔註41〕這一內蘊隨著唐代豪俠小說的出現，得到更大的傳播，「唐人小說中的俠客，出場時位不顯赫貌不驚人，行俠後飄然遠逝」。〔註42〕把「江湖」作為這類俠客的活動背景，更增添了前述「江湖」的褒義色彩。但是，這樣的色彩發展到宋元時期，開始產生巨大的流變。「宋元話本中的『江湖』則已跟搶劫、黑話、蒙汗藥和人肉饅頭聯繫在一起。《汪信之一死救全家》中『汪世雄躲在江湖上，使槍棒賣藥為生』，其『江湖』已頗有血

〔註39〕陳平原：《千古文人俠客夢》〔M〕，北京：北京大學出版社，2010年，第116頁。

〔註40〕張遠山：《「江湖」的詞源——從陳平原《千古文人俠客夢》談到江湖文化第一元典〈莊子〉》〔J〕，《書屋》，2004年第5期。

〔註41〕陳平原：《千古文人俠客夢》〔M〕，北京：北京大學出版社，2010年，第116頁。

〔註42〕陳平原：《千古文人俠客夢》〔M〕，北京：北京大學出版社，2010年，第116頁。

腥味；而《宋四公大鬧禁魂張》中『江湖』上殺人越貨的勾當以及武功的比試，已跟《水滸傳》及後世的武俠小說沒有多少差別了」。〔註43〕宋元以來，後世武俠中的江湖已然充滿腥風血雨，武俠小說裏刀光劍影的生活並非正常的生活秩序，現今社會也唯有以暴力衝突爲常態的黑道生態貼近所謂的江湖，因此，「江湖」一詞慢慢演變成較爲負面的用語，與「黑道」、「黑社會」等詞產生千絲萬縷的聯繫。武俠小說家金庸、古龍先生對江湖的注解，「有人的地方，就有江湖」「人在江湖，身不由己」〔註44〕，更突出了江湖的主客觀一體性，在這句深入人心的話語裏，江湖不僅是客觀存在的處所，更是人心，是高度主觀化和人格化的所在。

　　「江湖」這一詞源的變化實際是與現實中存在的「江湖社會」的演變息息相關。王學泰在《游民文化與中國社會》一文中爲我們勾勒了「江湖社會」的起源和文化內涵，被學界稱爲「另一個中國」的發現。〔註45〕還有部分學者如曲彥斌、閆泉、紅葦等等分別在《試論中國江湖文化》、《江湖文化》、《體驗江湖》等著作中對江湖文化進行了深入的研究。他們認爲：「江湖的產生、演變與中國社會進程是同步的。每當社會動蕩，戰亂頻仍，災荒連年，民不聊生，大量人口被迫背井離鄉，流入市井，步入江湖。作爲個體的江湖人，其力量弱小，生存能力單薄，因此，他們便以某種方式組織起來形成江湖團體，由江湖人、江湖團體以至江湖社會、江湖文化是一個自然而然的過程。可以說，江湖文化產生的土壤是傳統農業社會，其發展演變都離不開這一層背景。」〔註46〕總的來說，逸出傳統農耕生活正常秩序的流民是江湖社會形成的基礎，結拜、幫派等「類血緣關係」是江湖社會得以發展的基礎，流動性、幫派性、秘密性是江湖社會的基本屬性，形形色色的人物、「五花八門」的團體、相對穩定的規矩和道義、稀奇古怪的語言是江湖社會的內容，山寨和幫會、人情關係網絡是江湖社會的主要表現形式。江湖社會就是與正統社

〔註43〕陳平原：《千古文人俠客夢》〔M〕，北京：北京大學出版社，2010年，第116頁。

〔註44〕金庸小說《笑傲江湖》和古龍小說《小李飛刀》，多處皆有類似表達。古龍說：「有人的地方，就有江湖」，並在《三少爺的劍》第七回中借燕十三之口說到：「一個人到了江湖，有時做很多事都是身不由主的。」

〔註45〕李慎之在爲該書做的序言中提到：王學泰先生爲我們發現了「另一個中國」，即傳統社會中與廟堂相對的「江湖」中國的存在。王學泰：《游民文化與中國社會》〔M〕，北京：同心出版社，2007年，第2頁。

〔註46〕劉平：《近代江湖文化研究論綱》〔J〕，《文史哲》，2004年第2期。

會相對的另一個潛在世界。

當然，江湖社會不是一朝一夕形成的，從春秋戰國時期江湖現象產生到唐代，尚未形成獨立的江湖社會，多是春秋戰國時期的游俠（如荊軻、聶政等）和隱士文化，沒有形成一定的制度，江湖人多是獨來獨往。所以，唐以前的「江湖」一詞更多地象徵隱居之處和獨立自由的逍遙之處。從宋至明清，受社會經濟發展和游牧民族文化的影響，開始出現大量形形色色的江湖團體，秘密宗教和江湖幫會也逐漸成型，並且建立起比較完整的江湖組織，逐漸擁有獨立的江湖制度——江湖規矩及人情制度，原本動蕩時期才會出現的流民現象開始常態化，大量流民開始從事「五花八門」的江湖行當，形成以「跑江湖」爲生的游民，江湖社會組織化、流民游民化是這一階段的主要特點；所以，此時期的宋元話本裏「江湖」一詞內涵複雜起來，已頗具有血腥味。晚清至新中國成立前係江湖文化的制度化時期，其特點是江湖社會泛政治化。尤其近代以來，江湖幫派眾多，江湖文化從傳統文化的派生物逐漸發展壯大、大行其道，並且登堂入室，從體制外潛入入體制內，許多政治事件都有江湖幫派或江湖手段的痕迹，而政治團體也開始染上江湖習氣，甚至組織方式上出現類江湖化。所以，這一時期文學作品或社會接受的「江湖」一詞與「黑社會」「秘密行會」「黑道」等有了更深的聯繫。

由於江湖社會的複雜流變，「江湖」一詞的內涵也被納入動態的關係之中。它既包含被解構的結構，也包含建構中的結構，一方面，它是一個與廟堂的高高在上、統一整飭分庭抗禮的、相對獨立自由、逍遙適性的想像空間，以「義氣」、「民間」作爲結構原則。另一方面，表面自由率性、透著草莽精神的江湖又是在「潛規則」引導下的另一種意識形態，具有幫派性、黑道氣，分裂割據缺乏共同認知平臺的爭霸場所；它還不僅是客觀的空間、處所，更是被客觀環境型塑的人心和不斷解構客觀環境的人心，「江湖可以具體地體現在武林、綠林及幫會社團中，也可以抽象地潛存於人心」。〔註47〕「有人的地方就有江湖」，這是江湖的威風之處，也是江湖的可怕之處。民間的意識形態，主客觀的綜合體，動力的系統場，一面是文化想像的空間，另一面是遵循實踐感形成的場域，想像與實踐的合謀或者背離爲「江湖」一詞形成特殊的張力，眞正對人的行動產生切實影響的是實踐感，實踐感是決定江湖性質的更重要因素。因此，界定「詩江湖」主要應該從現實的「江湖」表現出發，對

〔註47〕紅葦：《體驗江湖》〔J〕，上海：上海三聯書店，2003 年，第 68 頁。

於文化想像的「江湖」則應保持一定的距離。

在此基礎上,我們來看一個關於「詩江湖」的界定:「我所理解的『江湖』大約只是在這個意義上才能成立:即它只不過指稱了在官方壟斷詩歌話語權和詩歌流通資源的中國特色詩歌生態環境下詩歌民間生產力的一種割據狀態,亦即指稱了詩歌版圖上一塊最深淺莫測、且最具爆發力的叛亂和失控的省份。」〔註48〕界定指出了「詩江湖」的當代語境、民間意識形態,但用「省份」一詞更多強調了平面地理概念,忽略了江湖主客觀一體的動力系統場的特點。基於此,我們是否可以如此界定:

> 「詩江湖」是建立在中國傳統的江湖文化基礎上,在官方壟斷
> 詩歌話語權和流通資源的當代詩歌語境中,詩歌民間生產力的一種
> 割據狀態,是最具有反叛性、暴力性和破壞性的江湖化的詩歌場域
> 現象。

當代詩歌語境指代了中國式寫作的官方化和行政化:中國作協組織、管理文學創作的模式和官方佔有大量寫作資源和話語權的現實。這樣的語境催生了大量「詩歌無產者」逸出該秩序,成為「詩歌游民」,單個的「詩歌游民」為適應生存和發展結成各種類型的詩歌團體,詩歌團體為了爭奪話語權既與官方對抗或被「招安」,也與內部爭鬥,形成公開的詩歌江湖化現象。江湖文化指代中國社會經過漫長歷史發展形成的江湖社會的傳統,包括聚群、趨利、恃強、尊上、寄生等內容,體現在詩歌場中就是拉幫結派、人情關係、黑幕操作和關於名利意氣的激烈爭鬥和相互傾軋。

1.3 「詩江湖」的基本表徵

「詩江湖」中並不排除堅持獨立寫作的詩人和「行俠仗義」的俠客存在,也當然具有前述詩人們想像中的俠義之氣、雄性之風,但俠義、雄性之風並不能掩蓋其基本的性質。認識其基本的表徵有利於廓清關於它過度浪漫的隱喻,使其回到江湖情景與社會體驗的同構性中來。

一、民間意識形態性

通過前面對「江湖」詞源的梳理和「詩江湖」的界定,「江湖」作為地理

〔註48〕劉歌:《爭鳴:詩江湖質疑》〔J∕OL〕,http://news.xinhuanet.com/book/2003-04/15/content_833551.htm,2003-04-15。

或者人文概念，與「廟堂」或者「官方」相對應的「民間性」是十分清楚的。但是，爲什麼把「民間」上升到一種意識形態呢？這需要我們首先對「民間」概念的發展演變以及在「詩江湖」中詩人們對它的態度進行大概的論述。

「民」的原始義及基本義之一是「人民」「民眾」，尤其指與「官」相對的普通民眾。在民後加一個「間」字，等於在「民」的概念上加入了一重社會性空間的含義，令普通民眾生活於其中的世界清晰可見。在此基礎上，民間的基本含義可以被界定爲以普通民眾爲基礎的各種社會組織、群體聯合而成的社會網絡。〔註49〕它並不必然包括「民」與「官」二元對立的模式。在古代和近代社會，由於國家對社會控制能力的有限性，「民間」的自主性相對來說得到了有效地發揮，成爲社會的中間層和「官方」管理補充形式。比如各種民間行會、村社、宗族和近代民間社團和企業等等。只是，在特殊的歷史階段，尤其是作爲民間的社會網絡被「國家」的強權切斷，國家一管到底，社會中間層被架空，「民間」與「官方」的對立才顯得特別迫切。這就是爲什麼在詩歌的語境下，作爲當代詩歌「民間」的傳統總是被追溯到「文革」中後期以《今天》爲代表的一批人物和刊物的主要原因。80 年代中後期，作爲民間的社會中間層部分恢復了活力，但是，再大的詩歌場，國家仍然通過各級作家協會對詩歌的資源進行牢牢地控制，形成中國特色的詩歌寫作語境。在這個語境下，繼續強調「民間」與「官方」精神立場的二元對立無疑具有重要的意義。因此，80 年代的「民間」成爲詩歌江湖一個標杆性的象徵；90 年代以降，隨著市場經濟的活躍，「民間」社會經濟中間層開始發揮重要作用。文化方面，雖然國家仍然通過各級文聯、作協領導創作，但是，對於詩歌資源的控制至少在外在層面上越來越鬆動和隱蔽。一時之間，「民間」找不到與「官方」對立的有效籍口，轉而在內部尋找「靶子」。於是，90年代一度引領風騷的「知識分子寫作」被選中。「被指定」爲「民間寫作」的一脈（十分有意思的是，雖然這一脈的詩人害怕被人誤以爲把「民間」當攻擊的工具，一直在強調他們是「被主持盤峰論爭的吳思敬臨時指定」的，但是，從另一方面看，這也許恰恰就是他們一直故意張揚「民間立場」的效果和影響決定的），在宣稱「獨立自由的民間立場」中，總是預設了一個假想

〔註49〕梁治平：《「民間」、「民間社會」和 CIVIL SOCIETY－CIVIL SOCIETY 概念再檢討》〔J〕，《雲南大學學報》，2003 年第 2 期。

敵:「知識分子寫作」＝「偽民間」。不管他們怎樣去強調和界定抽象的民間概念和精神〔註50〕，但是，在實踐的詩歌江湖中，「民間」開始作為一種策略或者說攻擊不同立場者（也許是當時的詩歌權威者）的有效武器來運用——在「盤峰論爭」前後起始，在新世紀的詩歌論爭中達到高峰。〔註51〕「好詩在民間」「好詩人在民間」，「一個詩人，他的作品只有得到民間的承認，他才是有效的」。〔註52〕在大量的這些關於「民間」的過度闡述中，詩人們非「民間」就不是好詩人，「在民間，即使一個三流的詩人也可以靠著民間刊物聲名鵲起」。〔註53〕「民間」成為詩歌江湖的主流話語和觀念話語，具有了意識形態的控制性和工具性。

二、幫派性

　　詩江湖是一大批「詩歌流民」逐漸匯合而成，這些「詩歌流民」在現實生活中大部分很難得到官方秩序的認可，他們像江河湖海一樣，四處漂泊。由於屬於詩歌的無產者，沒有固定的「詩歌土地」可以收穫，他們不得不四處奔波，謀求自身詩歌寫作的出路。在精神世界裏，他們同樣具有流動和漂泊的精神狀態，努力尋找精神的歸宿。但是，單個的「詩歌游民」勢單力薄，必須倚重集團的力量才能在江湖中有所作為，於是他們或攀附於某個權威，或拉幫結派，按照地域、代際、學緣等等條件結拜兄弟，再招兵買馬，形成一個個詩歌幫派。比如詩歌的南幫、北幫；知識分子幫、民間寫作幫。這些幫派以圈子為基礎：流派圈子、同學圈子、代際圈子、網絡圈子，圈子與圈子間、圈子內部間關係糾結、矛盾重生，你中有我，我中有你。比如流派圈子突出的有下半身、第三條道路、垃圾派等等；同學圈子有伊沙、徐江、侯馬等北師大圈和西川、臧棣等北大圈；代際圈子有中間代、70後、80後等等；網絡圈子有代表民間寫作的《詩江湖》和傾向知識、技術的《詩生活》等等。可以說，整個「詩江湖」就是由一個個大大小小、形形色色的圈子組

〔註50〕比如，韓東在《論民間》中對抽象的民間進行的很好的詮釋，包括放棄權力的場所、未明和暗啞之地、獨立精神的子宮和自由創造的漩渦等等內容。見何小竹主編《1999中國詩年選》，代序，第17頁。

〔註51〕比如新世紀前後歷時四十多天的「沈韓論爭」中對「真偽民間」的爭執，參見中島主編民刊《詩參考》第17、18期合刊之刊中刊:《沈韓之爭及相關說法》，2001年4月。

〔註52〕于堅:《當代詩歌的民間傳統》〔J〕，《當代作家評論》，2001年第4期。

〔註53〕于堅:《當代詩歌的民間傳統》〔J〕，《當代作家評論》，2001年第4期。

合而成的幫派構成的。

三、暴力性

有江湖就有爭端，江湖爭端的解決通常不是依據廟堂的法則和尺度，在漫長的形成過程中，它自有一套應對爭端的處理方式，其中最直接的就是「暴力」。江湖總與暴力相聯繫，暴力性是江湖社會的特徵。所以，當我們談論「詩江湖」的時候，對於存在於其中的「暴力性」要進行仔細的甄別。詩歌江湖的暴力性主要體現在各個詩歌派系之間和派系內部的鬥爭之中，以「鬥」為核心，以「爭」為目的。鬥不是真刀實槍的械鬥，而是以語言為武器的謾罵、攻擊，因其語言攻擊的火爆和殺傷力具有與械鬥相同的凶、狠和威脅性，所以稱之為「語言的暴力」。因此，「詩江湖」的暴力性主要是「語言的暴力性」。

語言的暴力性首先體現在粗暴的語言方式中。比如殺掉、幹掉、搞掉、斃掉；欠揍、對擂、修理、擺平；傻×、狗屎等等。其次是污言穢語，各種生殖器的叫罵和人身、家族的侮辱性語言；再者是炒作性語言，動不動拋出一些極端的自我標榜性的駭人語言，比如「最佳」、「最多」「最強」「牛逼」、「先鋒到死」「什麼什麼第一人」（比如先鋒詩歌第一人、後口語第一人等等）、什麼什麼鼻祖（比如後現代鼻祖何拜倫）等等。這些語言不但在詩人之間的對罵之中廣泛存在，也在詩歌和詩論的語言當中存在，成為詩歌江湖現象的突出表徵。

暴力語言是重要的基礎，它通過鬥爭表達出來。鬥爭的暴力還可以從以下幾個方面來看：從鬥爭的方式看，大部分的詩歌爭鬥，以短兵相接的叫罵和對擂為主，特別是網絡時代，以論壇「近身肉搏」為主。在很多詩歌論壇，充斥著各種謾罵，其中夾雜著一些立場、觀點的論爭，但都被淹沒在大面積的污言穢語之中，難以辨析〔註54〕。有的只是比拼誰的語言更勁爆，誰的人身攻擊更火爆。鬥爭的暴力方式還有黑論壇和封 IP。在互聯網的前提下，叫罵式的「近身肉搏」如果仍不能泄憤，黑對方的論壇或者封禁對方的IP，等於限制了對方在自己領域中的言論和行為自由，同樣是一種暴力。當然，鬥爭的方式還包括面對面的真人搏鬥，雖然在詩歌江湖中不是主流，詩

〔註54〕例如《北京評論》在 2005 年 5 月 23 日發帖說：「這兩天刪去約 400 個罵貼、水貼」。

人在聚會或者各種活動中打群架和單打獨鬥的場面還是存在的；從參與的人來看，各個派系以集團衝鋒或者輪番攻擊的方式，有步驟有戰略的實施「攻城拔寨」的目的。除了一個核心人物外，需要更多的參與者形成一個支持隊伍以壯聲勢，於是拉幫結派，不限來者，不論是否詩人，只要對鬥爭感興趣的或者有發泄欲望、罵人天賦的均可入夥。以垃圾派的參與人員爲例，「入派退派，快如輪轉，人事調整不斷。有人用王朔小說中的臺詞戲稱垃圾派：『假如你不是我黨黨員，就發展你進來，假如你已是我黨黨員，就把你開除出去，總之，不能讓你閒著！』」〔註 55〕這樣以強烈功利色彩組織起的散兵游勇，無限擴大的圈子趣味與「同人」之趣相差甚遠，熱鬧過後即煙消雲散。再者，從鬥爭的內容來看，大致可分爲立場之爭、意氣之爭、詩學之爭，且不論意氣之爭大量的人身攻擊和隱私暴露，即使涉及立場、詩學的內容，也是以立場、詩學爭論開始，以人身攻擊結束；或者以立場、詩學爭論爲由頭，以滅掉對方爲旨歸。爭鬥內容的背後隱藏著急迫的占位意識和「弒父」衝動。誠如「下半身」核心人物沈浩波所說：「從 2000 年到現在，發表在網絡上的大大小小的論爭一直不絕於耳，大規模的論戰就發生了好幾次，詩江湖、唐、橡皮等網站一度成爲硝煙彌漫的戰場。網絡上的論戰導致朋友反目、同志成仇的事例更是令人觸目驚心。無論是牽涉極多的『沈韓之爭』，還是發生在于堅、韓東、楊黎、何小竹等老朋友之間的唇槍舌劍，無論是徐江與韓東、楊黎，還是我與伊沙，無一不是從一觸即發開始，到反目成仇、互相傷害結束。」〔註 56〕如此的派系鬥爭，借用經歷過相關鬥爭的知識分子詩人王家新的觀點：「那種不是通過艱苦的寫作而是憑藉謾罵和詆毀對一代詩人寫作史做出的粗暴踐踏，也和藝術本身的革命無關，只能稱之爲一種暴力。」〔註 57〕

四、不確定性

說到「詩江湖」表徵的不確定性，並不是說「詩江湖」是不可認識的，

〔註 55〕小魚兒：《2003 年華語網絡詩歌不完全梳理》〔J／OL〕，《詩歌報》，http://www.shigebao.com，2004-01-16。

〔註 56〕沈浩波：《從嘲笑開始到無聊結束》〔C〕//《詩江湖——先鋒詩歌檔案》，西寧：青海人民出版社，2002 年第 247 期。

〔註 57〕王家新：《沒有英雄的詩》〔M〕，北京：中國社會科學出版社，2002 年，第 156 頁。

或者說是「詩江湖」只能處於不確定狀態。而是說,「詩江湖」在擁有自身確定性的內在特徵的同時,比如「幫派性」以及由此衍生的兄弟義氣等等,其在具體的表現形態上,比如價值選擇和身份確認等等方面,又都具有不確定的特點。

作為游離於詩歌官方秩序之外的詩歌江湖,其人員的主要構成是「詩歌流民」或者「詩歌游民」。這裡的「詩歌流民或游民」,既是指稱在現實的詩歌秩序裏處於官方體制之外的詩歌寫作者,也指稱一種流動和移動的精神狀態。流動和移動的精神狀態決定了他們是非常善變和矛盾的,以此來拓寬自身的生存空間。比如在對民間的價值選擇上,他們有些是獨立堅定的真正的民間立場者;有些是以「民間」為用,以賺取象徵資本和意識形態資本的;有些橫跨「民間」和「官方」,哪邊有利益投靠哪邊;還有的表面是「民間」實質是「官方」招安的。另外,他們還總是在義與利、規則和手段的矛盾之中徘徊。一方面,他們宣稱是最為反感秩序,崇尚自由、創造與獨立的詩人,但卻在面對旨在人為創造和梳理詩歌秩序的各種詩歌獎項中流連忘返;一方面,他們反感神話人物,但于堅被封為江湖的「宰相」,韓東被封為「政委」,楊黎被封為「教主」,還有各種自封或他封的「鼻祖」「大師」「70、80 後第一人」;他們強調民意、反對權威,但在具體的操作過程中卻總是屈服於各種權威,比如大眾媒介話語權、經濟資本的話語權、詩歌權威的話語權等等;你很難說清楚這個江湖到底是最看重義還是利,很難辨析這個江湖到底是規則在起作用還是手段在起作用。

所以,江湖的「險惡」之處在於江湖到處存在活生生的辯證法。由此,大的江湖整體和小的江湖個體的價值選擇或者評判處於多個標準互相解構的局面,造成整個江湖價值體系的不確定性。

2 潛在與凸顯：90 年代「詩江湖」的兩個階段

2.1 「盤峰論爭」前的詩江湖

一、「知識分子寫作」的重新闡釋和「個人寫作」的提出

　　如前所述，89 過後，詩歌從與意識形態對抗的中心被迫隱退，更兼及市場經濟、商業文化的衝擊，社會「知識型構」發生轉變。部分詩人在經過短暫的調整反思後，著手進行「斷裂」後的重建。一個新的詩歌場域在各種力量的相互牽制、組合中慢慢形成。其中最突出的力量無疑是指稱與被指稱爲「知識分子寫作」的一脈。

　　之所以要說指稱與被指稱，反映了這個概念的兩個側面。其一是自己對自己的命名，其二是他人對該命名的闡釋。「知識分子寫作」雖然是特指 90 年代一個詩歌寫作的向度，但這一提法，早在 1987 年，詩人西川在青春詩會上就提出來了，並經由民刊《傾向》有所倡導。西川說：「從 1986 年下半年開始，我對用市井口語描寫平民生活產生了深深的厭倦，因爲如果中國詩歌被十二億大眾的庸俗無聊的日常生活所吞沒，那將是極其可怕的事。……我提出了『詩歌精神』和『知識分子寫作』等概念，並以自己的作品承認了形式的重要性，我的所作所爲，一方面是希望對當時業已泛濫成災的平民詩歌進行校正，另一方面也是希望表明自己對於服務於意識形態的正統詩歌和以

反抗的姿態依附於意識形態的朦朧詩的態度」〔註1〕。西川這時提出「知識分子寫作」，是個人詩學立場的表達，他也許並沒有想到它在 90 年代的意義之重大。

90 年代開始，這個概念被反覆闡釋，成為一個群體的象徵符號。在歐陽江河著名的《89 後國內詩歌寫作：本土氣質，中年特徵和知識分子身份》中，知識分子身份的詩歌寫作被作為 89 後國內詩歌寫作的標識從而與 80 年代詩歌區隔開來，他為這個群體的構成是，「為自己的閱讀期待而寫作，這一命題中的自己是影子作者，前讀者、批評家、理想主義者、『詞語造成的人』。所有這些形而上角色加在一起，構成了我們的真實身份：詩人來的知識分子，而知識分子詩人的身份確認，一是說明我們的寫作已經帶有工作的和專業的性質；二是說明我們的身份是典型的邊緣人身份，不僅在社會階層中，而且在知識分子階層中我們也是邊緣人，因為我們既不屬於行業化的『專家性』知識分子（specific intellectual），也不屬於『普遍性』知識分子（universal intellectual）。」〔註2〕值得注意的是，這個界定不再是如西川所述的個人詩學立場，「我們」的反覆強調，已經成為一個群體的代言。標舉「為自己的閱讀期待而寫作」和「典型的邊緣人身份」，是在有限生產的詩歌場域裏增強自主性，與文化大生產的次場拉開距離。如布爾迪厄所說：「（場的）自主程度越高，象徵力量的關係越有利於最不依賴需求的生產者……」〔註3〕由此，知識分子寫作具有了象徵符號的意義，收穫了較大的象徵資本，並和 80 年代詩歌生產以及同時代依賴需求的文化大生產和主流意識形態詩歌生產區隔開來。

為了進一步闡釋「知識分子寫作」的概念，程光煒在《90 年代詩歌：另一種意義的命名》中，以「一類知識分子的消失」為醒目的第一部分，證明「知識分子寫作」是對「一代與社會關係密切的『有機知識分子』」的『告別』」。他所說的「有機知識分子」是「活動在社會運動中心的那些以寫作為使命的知識分子」，他們「隨著『接受一個時刻』，將會從這一『時刻』開始，

〔註 1〕 西川：《答鮑夏蘭、魯索四問》〔C〕//《大意如此》，長沙：湖南文藝出版社，1994 年，第 245～246 頁。

〔註 2〕 歐陽江河：《89 後國內詩歌寫作：本土氣質，中年特徵和知識分子身份》〔J〕，《花城》，1994 年第 5 期。

〔註 3〕 〔法〕皮埃爾・布爾迪厄：《藝術的法則——文學場的生成和結構》〔M〕，劉暉譯，北京：中央編譯出版社，2003 年，第 265 頁。

逐漸在詩歌作品裏消聲匿迹。而「告別」，就是九十年代的「知識分子寫作」的使命，應該從兩個方面來理解，「首先，它要求詩人、詩論家與自己熟悉的強大的知識系統痛苦地分離，然後，又與他們根本無從熟悉的另一套知識系統相適應。他們要習慣在沒有『崇高』、『痛苦』、『超越』、『對立』、『中心』這些詞語的知識譜系中思考與寫作，並轉到一種相對的、客觀的、自嘲的、喜劇的敘述立場上去。寫作依賴的不再是風起雲湧、變換詭異的社會生活，而是對個人存在經驗的知識考古學，是從超驗的變爲經驗的一種今昔綜合的能力。」〔註4〕作爲傾力支持「知識分子寫作」的詩評家，程光煒對比了兩個時代（80 與 90 年代）知識分子詩人的不同，以 80 年代知識分子的「消失」，突出了 90 年代「知識分子寫作」的合法性和重要性。

除了上述幾位「知識分子寫作」詩人和詩評家的闡釋，知識分子寫作群體和他們的支持者們也從不同角度反覆闡釋了「知識分子寫作」的內涵、外延、重要性、合法性。在過度的闡釋中，他們發現了問題，無論他們怎麼闡釋其獨立的內涵，但「知識分子寫作」這個概念外延太廣太普泛，人們很容易從詩人身份和寫作的內容來聯想這種寫作，這樣，任何一個時代都有「知識分子寫作」，任何一種寫作都可能定義爲「知識分子寫作」，這就起不到區分時代的作用。爲了進一步證明「知識分子寫作」和 80 年代詩歌寫作的區隔，詩人和詩評家們在 90 年代中期提出了「個人寫作」的概念。

提出「個人寫作」的概念，是基於「知識分子寫作」對詩歌歷史特別是 80 年代詩歌歷史的判斷。他們認爲，中國詩歌和批評的歷史總是伴隨著國家、集體的意識形態焦慮，80 年代詩歌和批評體現出一種「集體的興奮」，一種「對整體講話」的方式和「君臨」事物的姿態。而一旦被「集體」、「整體」遺忘或者拋棄，詩人們就無所適從，就像「波德萊爾所寫的那隻『信天翁』，它本是『雲霄中的王者』，可是一旦被捕捉放置於甲板上，它巨大的翅膀反倒防礙行走，顯得笨拙可笑起來。在這個歷史語境中，『個人寫作』也就有了意義，其意義在於自覺地擺脫、消解多少年來規範性意識形態對中國作家、詩人的支配和制約，擺脫『獨自去成爲』的恐懼，最終達到能以個人的方式來承擔人類的命運和文學本身的要求」。〔註5〕對於個人寫作，歐陽江河以一個

〔註4〕 程光煒：《90 年代詩歌：另一種意義的命名》〔J〕，《山花》，1997 年第 3 期。
〔註5〕 王家新：《夜鶯在它自己的年代──關於當代詩學》〔J〕，《詩探索》，1996 年第 1 期。

類比來闡釋它的意義：「在我看來，群眾寫作、集體寫作的時代結束了。在個人寫作中，群眾是不存在的。我最近在美國看了加拿大鋼琴家格林‧古爾德的傳記片，他是一個絕對的個人主義者，怪傑。他在三十多歲最紅的時候告別了舞臺，堅決不演出，跑去錄音。問他為什麼，他說：『不公平，我演奏是面對幾千大眾，我和他們的關係是1：0的關係。我在對0演奏，而我是1我寧願面對機器，我不想交流，你想聽你就去買唱片。那時是一個人在對另一個演奏：1：1』。哪怕是幾萬個1，個人寫作與集體寫作的關係與古爾德說的很相似。」〔註6〕而唐曉渡認為的「個人寫作」係「個體詩學」和「個人詩歌知識譜系」的建立。〔註7〕在經過一系列文章、訪談等深入闡釋後，「知識分子個人寫作」的核心理念「對集體寫作、意識形態寫作的反撥」已經十分清楚，按照他們的命題和歸類，達到這種寫作的詩人和詩評家主要包括：王家新、蕭開愚、歐陽江河、西川、陳東東、唐曉渡、陳超、程光煒、張曙光、孫文波等。

　　90年代以來，這批詩人一直在通過各種方式從各個角度反覆闡釋和強調「知識分子個人寫作」的命題，儘管他們也強調這不是一個寫作的群體，只是一種寫作的精神，但命名和闡釋的熱情以及多次的集體「亮相」，〔註8〕給他人的印象已經是一個集體的寫作宣言。他們為什麼提出和反覆強調「知識分子個人寫作」的概念呢？

二、資本分析

　　總的來說，團結在「知識分子個人寫作」旗幟下的上述詩人，大都畢業於國內名牌大學，畢業後又留在大學或研究機構或一些重要文學刊物編輯部工作，受到系統完整的中西方文學文化知識教育。加之80年代參與詩歌寫作的實踐，於80年代詩歌的內在邏輯有著清醒的把握。但是，他們中的大部分雖然參與了80年代詩歌實踐，但整個時代都活在「朦朧詩人」和「第三代詩人」的巨大陰影之下，80年代那些響亮的名字中很少有他們的身影。如何抓

〔註6〕 歐陽江河等：《對話：中國式的「後現代」理論及其它》（上）〔J〕，《山花》，1995年第5期。
〔註7〕 唐曉渡：《90年代先鋒詩的若干問題》〔C〕 // 《批評的趨勢》，北京：北京圖書館出版社，2001年，第322頁。
〔註8〕 謝有順在《誰在傷害真正的詩歌》一文中，對他們過度的闡釋和北京圈子的集體行為有所提及，參見《北京文學》，1999年第7期，第70～71頁。

住歷史機遇，在「知識型構」發生轉變的時機，分析自我身份確認和客觀條件包含的可能性與不可能性，運用掌握的資本，重新調整其在新的詩歌場裏的位置和結構，成爲他們詩學實踐中新的方向。通俗地說，進入 90 年代詩歌語境的變化，他們擁有的資本，使他們「自立山頭」、確立一個時代的可能性大大提高。

首先我們來分析他們在 80 年代和 90 年代擁有資本的數量和結構，以及，在新的語境中的變化。

從文化資本來說，80 年代這批詩人大多是名牌大學中文系學生、剛畢業生或者研究機構人員，從事詩歌創作的時間短，積累了一定的文化資本但相對薄弱；經濟資本在中國 80 年代，幾乎對所有詩人的滲透不大，可以忽略；政治資本對於整個 80 年代詩人佔據了重要的位置，以對抗的姿態取得較大的意識形態資本是 80 年代大多數詩人的共性，相對於聲名巨大的朦朧詩人和以于堅、韓東、李亞偉、周倫祐等爲代表的「第三代詩人」，這批詩人的象徵資本並不突出。

至 90 年代，在市場經濟和商業文化的新語境下，這批詩人的知識分子身份（大學教授、研究機構人員、出版機構編輯）大大提高了他們的文化和象徵資本。他們擁有的文學資源日漸豐富。比如，他們自身的詩人、學者、批評家三位一體的身份使得與其他詩人、學者、批評家和詩歌刊物編輯的接觸更多更廣泛，並且可以在國際文化交流中擁有先天的優勢，因此，也就提高了增加其話語權的可能；有相對獨立的經濟資本使得在商業浪潮、拜金浪潮席卷社會時，能夠保持較超然的姿態（作家只有擁有一定經濟資本例如財產、穩定的職業，才能盡量保持超然的姿態面對寫作）；高校和研究機構相對於政治場的獨立，作爲「社會良心」的知識分子形象和他們有意識地遠離政治、經濟權力中心可以爲他們贏得更多的特殊象徵資本。

在這樣一個變化的語境中，如何進一步提高自身的象徵資本，在有限的詩歌空間中舉起一面突出「差異性」的旗幟，是能否取得「90 年代詩歌」命名的關鍵。象徵資本的邏輯是「輸者贏」，也就是說，在某個方面（比如政治資本方面的「輸」）往往可以大幅度增加「象徵資本」的累積。知識分子經過89 事件後，可以說政治資本大打折扣，但這也恰恰爲他們贏得了更多的象徵地位，提出「知識分子寫作」這個概念，更能加深他們身份的符號意義。也許這就是 90 年代剛剛開始，這個概念就被重新闡釋另一個主要原因。但提出

這些概念只是其中重要的一步，更重要的是在這個概念中斷裂 80 年代、確立 90 年代。如何斷裂和確立呢？

三、斷裂、確立與對時代的壟斷需求

布爾迪厄說：「文學（等）競爭的中心焦點是文學合法性的壟斷，也就是說，權威話語權利的壟斷。」〔註9〕「知識分子個人寫作」要取得時代的壟斷，首先要面對一個強大的 80 年代，其次要面對同時代詩人的創作成果和聲名壓力。觀察他們在 90 年代詩壇的所為，可以清楚地看到一個邏輯思路：話語權制高點的佔據；突出與 80 年代斷裂的感受，割斷與 80 年代詩歌的血脈和聯繫，確立「知識分子個人寫作」；以「知識分子個人寫作」指稱 90 年代詩歌即達到對時代命名的壟斷。

首先來看對 90 年代話語權制高點的佔據。如前所述，這批詩人中的大部分親身參與和目睹了 80 年代詩歌的歷史，積累了相當的文化資本和人事資本。以詩人王家新為例，在 80 年代，他被一些選本（《朦朧詩選》、《朦朧詩精選》、《新詩潮詩集》）及某些評論（《崛起的詩群》）列進朦朧詩人名單中，雖然並不引人注目，但擁有了較之其他詩人更多的象徵資本。因此，他被借調到北京詩刊社。在詩刊社工作這段時間，他與唐曉渡合編《中國當代實驗詩選》，參與組織詩刊社 1987 年青春詩會，對第三代一批重要詩人的推助都起到關鍵性的作用，他與沈睿合編的《當代歐美詩選》也在詩人圈及詩歌愛好者中廣受歡迎。再加之他《詩刊》社編輯的身份，「那一時期很多年輕的先鋒詩歌寫作者都把王家新當成了躍上這本全世界發行量最大的詩歌刊物《詩刊》的一個缺口。王家新對很多青年詩人的關心幫助已經超出了一個普通編輯的工作範疇，給他們寄書寄資料等等」〔註10〕。這段時間的美好形象，為他積累了豐厚的人脈資源，再加之「89」這個特殊的歷史時期過後，他在國外兩年的「流亡生活」和系列「流亡詩」，塑造了他在特定歷史時期，受難的知識分子和敢於承擔的鬥士的象徵形象。這次流亡生活被詩評家沈奇稱作「90 年代中國詩壇的兩大事件」〔註11〕之一，程光煒也說：「王家新對中國詩歌界

〔註9〕〔法〕皮埃爾·布爾迪厄：《藝術的法則——文學場的生成和結構》〔M〕，劉暉譯，北京：中央編譯出版社，2003 年，第 271 頁。

〔註10〕伊沙：《王家新：一塊提醒哭泣的手帕》（4）〔J／OL〕，《詩生活》，http://www.poemlife.com/showart-14847-yisha.htm，2011-10-13。

〔註11〕伊沙：《王家新：一塊提醒哭泣的手帕》（4）〔J／OL〕，《詩生活》，http://www.

產生實質性影響，是在他自英倫三島返國之後。」〔註12〕可見，「流亡生活」對王家新確立詩壇位置的重要性。更逢90年代，在商業文化的大背景下，以知識分子、大學教授身份堅持寫詩的王家新更加具有了象徵符號的魅力，一躍成爲享譽國際的重要詩人。在北京這個文化中心，王家新還擁有與評論家和國外漢學家交流的便利關係，與大量的詩歌刊物和出版機構關係深厚，他的詩歌因此得到更廣泛的關注、傳播和研究，奠定了他在90年代話語權的至高地位，以他爲核心的「知識分子寫作」的影響力從京城輻射到全國。隨著影響力的日增，他們開始通過訪談、文章、出版以「90年代詩歌」或者「當代詩歌」命名的詩集等確立自身在90年代的地位。

要確立90年代，必須首先從歷時上割斷與80年代的血脈和聯繫。從時間的角度看，此間，一系列「中斷」、「斷裂」、「終結」等標誌時間刻度的詞在部分詩人和詩評家那裡反覆出現。歐陽江河在著名的《89後國內詩歌寫作》中寫道：「對於我們這一代詩人的寫作來說，1989年並非從頭開始，但似乎比從頭開始還要困難。一個主要的後果是，在我們已經寫出和正在寫的作品之間產生了一種深刻的中斷。每個人心裏都明白，詩歌寫作的某個階段已大致結束了。」〔註13〕西川在《答鮑夏蘭、魯索四問》中說：「對所有的詩人來講，1989年都是一個重要的年頭……；它一下子報廢了許多貌似強大的『反抗詩歌』和貌似灑脫的『生活流詩歌』，詩人們明白，詩歌作爲一場運動結束了。」〔註14〕程光煒在《不知所終的旅行》中說：「……恰在1991年初，我與詩人王家新在湖北武當山相遇，他拿出他剛寫就不久的詩《瓦雷金諾敘事曲》、《帕斯捷爾納克》、《反向》等給我看。我震驚於他這些詩作的沉痛，感覺不僅僅是他，也包括在我們這代人心靈深處所生的驚人的變動。我預感到：八十年代結束了。」〔註15〕80年代詩歌無疑是一個難以逾越的屏障，對「中斷」、「斷裂」、「結束」等感受的突出，是與上個時代詩學追求區分的前提，也是新的

poemlife.com/showart-14847-yisha.htm，2011-10-13。

〔註12〕 程光煒：《歲月的遺照》〔M〕，北京：社會科學文獻出版社，1998年，第10頁。

〔註13〕 歐陽江河：《89後國內詩歌寫作：本土氣質，中年特徵和知識分子身份》〔J〕，《花城》，1994年第5期。

〔註14〕 西川：《答鮑夏蘭、魯索四問》〔C〕//《大意如此》，長沙：湖南文藝出版社，1994年，第245～246頁。

〔註15〕 程光煒：《歲月的遺照》〔M〕，北京：社會科學文獻出版社，1998年，第1頁。

詩歌場域取得合法性的前提。

　　布魯姆認為，在後來詩人的潛意識裏，前驅詩人是一種「精神秩序的權威」和「自然秩序的優先」——首先是歷史性平面上的優先，是一個愛和競爭的復合體。由此為發軔點，後來詩人在步入詩歌王國的一剎那就開始忍受「第一壓抑感」。他無可避免地——有意識抑或無意識——受到前驅詩人的同化，他的個性遭受著緩慢的消融。為了擺脫前驅詩人的影響陰影，後來詩人就必須極力掙扎，竭盡全力地爭取自己的獨立地位。〔註16〕觀察「知識分子寫作」詩人的文章、專著、訪談，可以看到很多關於 80 年代詩歌和 90 年代詩歌對比的文字表述。例如，王家新在《當代詩歌：在確立與反對自己之間》一文中寫道：「如果說 80 年代中期的詩大體上是反叛的、抒情的、自戀的，這幾年則是反諷的、敘述的、多聲部；如果說 80 年代末 90 年代初的詩是凝重的、內聚的、承受式，這幾年則朝向一種開放和自我顛覆。」〔註17〕他還在另一篇文章中說：「『今天派』早期詩歌中的那種單一性，無法為 1989 年以後的中國詩歌提供其『縱深發展』的可能性……回想 1989 年後那一、二年間的寫作，我們明確了我們的寫作與早期的『今天派』再無直接關聯。就我個人來說，在那時對我產生主要作用的，除了國內的朋友外，是另外兩個：帕斯捷爾納克激勵我如何在苦難中堅持，而米沃什把我導向一個更開闊的高地。」〔註18〕在《夜鶯在它自己的時代——關於當代詩學》中，王家新強調了自己的的時代：「80 年代末尤其是 90 年代以來，中國當代詩歌就其最具實力與探索意識的那部分而言，其實已經進入到一個個人寫作的時代。無視這種轉變，批評就會失效。在 80 年代末我們所經受的一切，並沒有使我們返回到類似於早期今天派那樣的寫作之中，而是以個人的方式對詩歌的生存與死亡有所承擔。曾有人認為我在那一階段的詩是對朦朧詩的縱深發展，我在《回答四十個問題》中已劃出了兩者的區別。而在此後的發展中，臧棣在一篇評論中說我『完成了在一種新的寫作中徹底結束舊的寫作的藝術行為』，我想完成這行為的並不止我一人，有人完成得更好，或是更早。總之，在我看來有

〔註16〕〔美〕哈羅德·布魯姆：《影響的焦慮》〔M〕，徐文博譯，南京：江蘇教育出版社，2006 年，第 6～16 頁。

〔註17〕王家新：《當代詩歌：在確立與反對自己之間》〔C〕//《夜鶯在它自己的時代》，上海：東方出版中心，1997 年，第 89 頁。

〔註18〕王家新：《回答四十個問題》〔C〕//《遊動懸崖》（二十世紀末詩人自選集），長沙：湖南文藝出版社，1997 年，第 188 頁。

那麼十多位詩人，正是他們構成了一個既不同於朦朧詩也有別於新生代的個人寫作的時代。」〔註 19〕這段話的微妙之處在於王家新以「個人寫作」區分了他認為是集體寫作的「朦朧詩」和「新生代」詩歌，然後又以「個人寫作」指認了十多位詩人小集體的自己的時代，並認為這是中國當代詩歌「最具實力與探索意識的那部分」，與歐陽江河早就斷言的「89 後『知識分子』寫作是國內詩歌界最重要、最具代表性的趨勢」〔註 20〕前後呼應。這種對「最」的壟斷要求為詩歌江湖中持其他詩學觀念寫作者的不滿埋下了種子。有詩人說：「一手玩『個人寫作』，一手玩『知識分子寫作』，用『個人寫作』去對付舊的整體性，用『知識分子寫作』來建立新的整體性，這絕對是流氓的玩法。有一個事實可以一目了然，90 年代惟一興起的詩人小集團就是『知識分子寫作』，喊『個人寫作』喊得最凶的也正是他們。」〔註 21〕然而他們並沒有覺察或者是覺察了反而增加了對一個時代的攫取意識。

順著這個邏輯，在 90 年代後期，「知識分子寫作」開始書寫自己的歷史，如果只是書寫自己的歷史本無可厚非，進入歷史的渴望是人性使然。但是，「占山為王、一統江湖」的現實渴望更能誘發詩人們的圈子意識和自然的排他意識，如果說「知識分子寫作」對前輩詩人和 80 年代的策略性決絕還包含有「影響的焦慮」，那麼，世紀末，對時代急迫的壟斷需求使他們對共時形態的九十年代詩人採取的是更直接的排斥和忽略的態度。在一篇以九十年代命名的《九十年代詩歌紀事》中，可以清楚地看到其中的圈子邏輯和自我歷史的書寫。

這篇記事以子岸的名義寫出，編者說明寫道：「本『紀事』主要限於 90 年代中國大陸現代詩歌部分，或所謂『先鋒』詩歌部分。」〔註 22〕那麼，這個側重於一個時代的先鋒詩歌及詩論的紀事究竟怎樣書寫的？書寫的是哪一家的歷史呢？

從整體上說，該篇紀事提到「知識分子寫作」群體詩人和詩評家的事件

〔註 19〕 王家新：《夜鶯在它自己的時代──關於當代詩學》〔J〕，《詩探索》，1996 年第 1 期。

〔註 20〕 歐陽江河：《89 後國內詩歌寫作：本土氣質，中年特徵和知識分子身份》〔J〕，《花城》，1994 年第 5 期。

〔註 21〕 伊沙：《王家新論──質疑王家新》〔J／OL〕，http://www.chinapoesy.com/gongxiang6b1854d6-b1f9-44f9-97af-16697daa9014.html，2009-12-17。

〔註 22〕 王家新等：《中國詩歌九十年代備忘錄》〔M〕，北京：人民文學出版社，2000 年，第 394 頁。

共 278 次（占總數的 70%以上），「今天派」21 次，「第三代」43 次（其中還有部分是負面評論），其他各類詩人 75 次；從個人角度看，記王家新事 93 次，于堅 35 次，伊沙 13 次。從敘述的方式上看，涉及到「知識分子寫作」群體或個人的描述詳細，多用積極肯定的語調；涉及到「第三代」或者于堅、伊沙等的描述簡單，多用懷疑負面的語氣。比如：

（一）如何書寫歷史中的自己？

1991 年 3 月：《花城》第 2 期刊出王家新《帕斯捷爾納克》、《守望》等詩 5 首……引起注意和反響。四川學者大遲寫出長篇思想札記論述「俄羅斯的啓示」和王家新此詩在中國歷史語境中的意義。

1992 年 11 月：《花城》第 6 期刊出王家新《瓦雷金諾敘事曲》，受到注意。

1993 年 9 月：《今天》第 3 期「詩歌專輯」刊出……歐陽江河《89 後國內寫作：本土氣質、中年特徵與知識分子身份》……，歐陽江河的文章描述了 90 年代以來國內詩歌幾個明顯的變化特徵，發表後引起了廣泛注意和反響。10 月：……在王家新專輯裏刊有長詩《詞語》、訪談《回答四十個問題》和程光煒的《王家新論》。《詞語》和《回答四十個問題》引起廣泛注意。

1994 年 7 月：……以及臧棣的長篇論文《後朦朧詩：作爲一種寫作的詩歌》，臧文從寫作意識、語言策略、修辭特徵、結構方式等多方面對當代詩歌的發展和變化做了考察，引起了廣泛的關注。

1995 年 5 月……本期及下一期《山花》連續刊出歐陽江河、陳超、唐曉渡《對話：中國式的「後現代」理論及其它》，對話涉及對中國式的「後現代」理論的質疑，對當下語境、批評的有效性、「知識分子個人寫作」等諸多問題的看法，發表後受到注意。

1996 年十二月：《山花》第 12 期王家新與陳建華的對話「在詩與歷史之間」。對文學與話語、寫作與語境、倫理與審美、歷史承擔與個人自由、本土身份與普遍性等問題進行了探討和分析，提出一種有別於「純詩」追求的能夠在「詩與歷史的兩端之間保持張力」的詩學，發表後引起注意。

1997 年 3 月：《山花》第 3 期刊出程光煒《九十年代詩歌：另一種意義的命名》，引起注意和反響，「九十年代」成爲一個詩學意義上的話題；8 月：湖南文藝出版社「二十世紀末中國詩人自選集」出版，共 4 種：王家新《遊動懸崖》……出版後受到注意和歡迎。〔註23〕

（二）如何書寫歷史中的他人，尤其是那些與自己的詩學主張、詩歌立場相左的人？

1994 年十二月：15 日，在進修於北大的沈奇的奔走游説下，北大「批評家周末」舉行「對《0 檔案》發言」討論會，于堅本人到場。

1996 年十一月：……三年後，韓東卻把這種「從閱讀開始進入角色」用來專門描繪他要攻擊的「知識分子寫作」，並將之別有用心地命名爲「讀者寫作」，用來詆毀其他詩人。

1998 年二月：《詩探索》第 1 期刊出于堅《詩歌之舌的硬與軟：關於當代詩歌的兩類語言向度》，……於文發表後引起爭議。……五月：《今天》第 2 期刊出楊黎、何小竹、小安等人詩作及楊黎、何小竹、吉木狼格的文章，均稱到現在也沒有搞清楚「非非理論」的所指是什麼。

1998 年十月：于堅、韓東、楊克等人在廣州策劃《1998 中國新詩年鑒》，確定下「民間立場」的策略。十一月：6～11 日，中國作協在江蘇張家港召開「全國新詩座談會」，牛漢等一批詩人學者謝絕與會，于堅赴會，並在大會發言中抨擊「可恥的殖民化知識分子寫作」。……

1999 年二月：一本由于堅、韓東、楊克、謝有順等人策劃的《1998 中國新詩年鑒》……有人認爲該《年鑒》在新詩史上製造了「三最」：一、痛罵持詩歌不同意見者之最；二、自我包裝與宣傳之最；三、製造假輿論之最……三月：《文友》第 3 期刊出徐江《烏煙瘴氣詩壇子》，用地攤小報筆法對他所謂的「知識分子寫作」詩人和批評家進行詆毀和攻訐。〔註24〕

〔註23〕子岸：《九十年代詩歌紀事》〔C〕//《中國詩歌九十年代備忘錄》，北京：人民文學出版社，2000 年，第 365～394 頁。
〔註24〕子岸：《九十年代詩歌紀事》〔C〕//《中國詩歌九十年代備忘錄》，北京：人

在同一篇「文章」中，自己與他人，兩相對比，採用的筆法完全不同。對自己用的是編年史標準的客觀陳述筆法，對他人則完全是主觀色彩極濃的隨筆和戲說。而且，所述內容也遭到質疑，比如他說自己的詩集《遊動懸崖》出版後受到歡迎和注意，伊沙等卻告知事實是，這套詩集賣得很差，導致本來準備接著要出的後幾本詩集和詩論如于堅《0 檔案》等，也被迫擱淺。詩人何小竹評論這個記事就是九十年代「知識分子寫作」詩人的發表史，與 90 年代詩歌這個整體概念無關。〔註25〕

在另一本書由程光煒主編、社會科學文獻出版社 1998 年 2 月出版的《歲月的遺照》中也表現出同樣的自我歷史書寫的痕迹。該書的序言《不知所終的旅行——九十年代詩歌綜論》可以說是清楚地遵循如下邏輯：斷裂 80 年代——確立「知識分子寫作」——以「知識分子寫作」指稱 90 年代詩歌：

> 恰在 1991 年初，我與詩人王家新在湖北武當山相遇，他拿出他剛寫就不久的詩《瓦雷金諾敘事曲》、《帕斯捷爾納克》、《反向》等給我看。我震驚於他這些詩作的沉痛，感覺不僅僅是他，也包括在我們這代人心靈深處所生的驚人的變動。我預感到：八十年代結束了。
>
> 九十年代詩歌所懷抱的兩個偉大的詩學抱負：秩序和責任。在八十年代的朦朧詩、第三代詩那裡，對此要麼做了偏誤的理解，要麼給弄顛倒了。朦朧詩人希圖重建的是一種二元對立模式裏的政治意味的詩學秩序，第三代詩人則通過達達的手段對付複雜的詩藝，文化的反抗被降低為文化的表演。《傾向》以及後來更名的《南方詩志》對《今天》、《他們》、《非非》藝術權威的取代，不是一般意義的一個詩歌思潮對另一個詩歌思潮的頂替，它們之間不是連續性的時間和歷史的關係，而是福柯所言那種非連續性的歷史關係，……關鍵在於，這個同仁雜誌成了『秩序和責任』的象徵，正像彼得堡之於俄羅斯文化精神，海德格爾、雅斯貝爾斯之於二戰后德國知識界普遍的沮喪、混亂一樣，它無疑成了一盞照亮泥濘的中國詩歌和人心的明燈。團結在這個雜誌周圍的，有歐陽江河、張曙光、王家

民文學出版社，2000 年，第 365～394 頁。

〔註25〕伊沙：《王家新：一塊提醒哭泣的手帕》（4）〔J／OL〕，《詩生活》，http://www.poemlife.com/showart-14847-yisha.htm，2011-10-13。

新、陳東東、柏樺、西川、翟永明、開愚、孫文波、張棗、黃燦然、

鐘鳴、呂德安、臧棣和王艾等……〔註26〕

接下來，該文分別對提到的詩人分別進行詳細地分析。

《歲月的遺照》是在「90 年代文學書系」〔註27〕之名下編選的「詩歌卷」。作為以「九十年代詩歌」為名的文章，真實地反映九十年代詩歌全貌本是「題中之意」，然而，令人懷疑的是，突出在書中的是明顯的「個人審美趣味」和「圈子意識」。〔註28〕在這本厚達 513 頁的詩選中，共選入張曙光等 55 位詩人的詩作，入選詩作最多者依次為張曙光、王家新、翟永明、西川、臧棣 5人，均為 10 首（含長詩、組詩）。引人注目的是于堅、韓東作為非「知識分子寫作」的代表，祇入選兩首小詩作為點綴。而在 90 年代仍保持創作活力的北島、多多、嚴力、王小妮和真正崛起並活躍於 90 年代的伊沙、余怒、阿堅、賈薇、楊鍵等均未入選。

不可否認的是，「知識分子寫作」最初的詩學實踐為建構一個獨立自主的詩歌場域作出了貢獻，他們也由此獲得了較廣泛的聲譽。但對自身詩學實踐合法性的壟斷需求和命名「90 年代詩歌」的急迫規範意識，阻礙了詩學的進一步拓展，也刺激了競爭者占位的鬥志。整個 90 年代詩歌江湖，看似風平浪靜，其實隱藏了諸多潛在的鬥爭。該書一出現，把潛在的「詩江湖」激起層層浪花，可以說，它是把潛在「詩江湖」推出「水面」的直接導火索。很多詩人指出，「其他詩人不選也罷，編選者完全可以有自己的個人趣味和圈子氣候，完全可以光明正大地編一部『傾向』詩選，但盜用『九十年代』的全稱，以『檢閱一個時期的文學風貌』為旗號，『擡舉一個圈子氣候』」〔註29〕，就是急於形成權威話語，就是典型的江湖手段。沈浩波在北京《中國圖書商報》發表《誰在拿「90 年代」開涮》批評這本詩選只偏向了一方，質問道：「我們這個時代真的只有這些知識型詩人、技術型詩人和把詩歌當作金縷玉衣的詩人嗎？難道我們就沒有那些直截了當的，充滿生機和活力的詩人嗎？……是編選者真的對他們在九十年代的詩歌業績視而不見呢？還是想通過出版這種

〔註26〕 程光煒：《不知所終的旅行──九十年代詩歌綜論》〔C〕//《歲月的遺照》，北京：社會科學文獻出版社，1998 年，第 1～2 頁。

〔註27〕 「90 年代文學書系」是洪子誠先生主持的，他在總序中說：「其宗旨當然包括舉薦佳作，檢閱一個時期的文學風貌」。

〔註28〕 于堅：《誰在製造話語權力？》〔N〕，《今日生活》，1999 年 8 月 28 日。

〔註29〕 于堅：《誰在製造話語權力？》〔N〕，《今日生活》，1999 年 8 月 28 日。

『強制性』手段達到某些硬性規範和排斥的目的呢？作為一部詩選的主編，程光煒有理由僅僅選入自己喜愛的詩人，但既然動輒以『九十年代』和『當代詩歌』自詡，他們對這些優秀詩人的有意冷落與排斥便不得使人懷疑他們的編選目的。」〔註30〕

　　本來，「詩江湖」中「占位」就是「永恒衝突的產物和焦點」〔註31〕，同一個場中的維護者（資本最豐厚，因此也最需要結構的穩定）和覬覦者（潛在占位者，試圖挑起鬥爭擴大自身資本的數量和位置空間）之間的潛在對立造成場的內部的緊張壓力。正因為這本書的直接刺激，潛在占位者也浮出水面，將鬥爭和壓力推到了江湖的前沿。

2.2 占位的衝動與可能性：新勢力　民間策略　合法性

　　在程光煒《歲月的遺照》出版後，最為激動的一批詩人和詩評家浮出水面，紛紛針對該書著文立說。他們是于堅、韓東、楊克、伊沙、徐江、謝有順、沈奇等。于堅、韓東是 80 年代早已揚名的「第三代」的代表，伊沙、徐江是 90 年代的「新世代」，其中還有支持他們的詩評家謝有順、沈奇。這個陣容的集體出場，可以看出其中強烈的針對色彩。于堅曾說：「一個『詩壇』出現的時候，就是詩歌相對隱退，與某個『鐵板』造成的遮蔽鬥爭開始的時候。」〔註32〕換言之即是：「新勢力集體」的出場，就是與「知識分子寫作」這個「鐵板」造成對 90 年代詩歌遮蔽的鬥爭的開始。那麼，除了共同的目標，是什麼使得這批詩人能夠團結在一起？

　　從詩學淵源來看，于堅、韓東成熟的「口語詩」對伊沙、徐江影響很大。伊沙非常坦率地承認，1988 年，他在一次閱讀中讀到了于堅的《作品第 39號》和韓東的《我們的朋友》等等作品，他為之深深感動，感到詩歌原來是這樣一種近在眼前的東西，伸手可及，與人類最普通的情感和最具體的生存緊密相連。「我喜歡他們並不單純因為他們寫的是口語，而是以他們二人為代表的一批的成熟的口語詩人開闊了現代漢詩的空間，把一批真正富有生命力

〔註30〕沈浩波：《誰在拿「90 年代」開涮》〔J〕，《中國圖書商報》，1998 年 10 月 30日。

〔註31〕〔法〕皮埃爾·布爾迪厄：《藝術的法則——文學場的生成和結構》〔M〕，劉暉譯，北京：中央編譯出版社，2003 年，第 280 頁。

〔註32〕于堅：《當代詩歌的民間傳統》〔J〕，《當代作家評論》，2001 年第 4 期。

和藝術才華的詩人從詞語堆和意象群中解放出來。……韓東教會我進入日常生活的基本方式和控制力，于堅讓我看到了自由和個人創造的廣大空間。可以說，韓、於是最終領我入門的『師傅』」。〔註33〕除此之外，伊沙還在多種場合提到于堅、韓東是他寫作上的師傅。〔註34〕詩學觀念、創作思路、創作成果的親近和師承關係，是面對共同「敵人」時站在同一陣營的基本原因。更為根本的是，潛在的占位衝動和自身擁有資本的微妙關係促進了他們的合縱聯合。

一、資本分析

如前所述，90 年代，隨著市場經濟的大規模入侵，文學場日益緊縮，文學場中的詩歌場愈加逼仄。在有限的詩歌場域內，爭奪話語權和場域主要位置的鬥爭顯得更加緊迫。90 年代中期以來，「知識分子寫作」通過不斷地創作和闡釋佔據了話語權的制高點，他們在反覆地自我闡釋中割斷與 80 年代朦朧詩和「第三代」詩歌的關係，同時，通過對 90 年代的命名，拒絕或者漠視同時代持不同詩學觀念的詩人和詩評家。

于堅、韓東等「第三代」詩人，在 80 年代中期創辦「他們」、「非非」、「莽漢」等詩歌流派，以「詩到語言為止」「零度寫作」「口語詩」等創作理念反撥朦朧詩過於龐大的語言體系和過於密集的意象系統，其反叛的先鋒實驗為他們積聚了豐厚的象徵資本，但到了「整個的氣氛都是很壓抑很糟糕的」〔註35〕九十年代以降，時代的巨變，「知識分子寫作」的出場和強勢的話語權以及自身寫作激情和成果的退化或者因較長時間的調整出現停滯不前，使「第三代」的面目變得搖搖欲墜、模糊不清，在 80 年代中後期積聚起來的象徵資本大大縮水。再加上這部分詩人大多並不擁有穩定的工作和收入，市場經濟的擠壓使得很多「第三代」詩人紛紛棄詩經商或者改詩為文（小說、劇本），更使得他們在詩歌場中擁有的象徵資本日益減少。經濟資本的不穩定、

〔註33〕伊沙：《扒了皮你就能認清我》〔C〕//《十詩人批判書》，時代文藝出版社，2001 年，第 59 頁。

〔註34〕比如他在《詩江湖》中對于堅、韓東的評價：于堅是我的詩歌師傅。我因讀他的《作品第 39 號》而正式開始了自己的寫作，我在心裏拜他為師。伊沙：《江湖月刊》〔J／OL〕，http://wenxue2000.com/yk/yk002b.html#于堅：喧囂內外，2001 年第 2 期。

〔註35〕楊黎：《燦爛——第三代人的寫作和生活》〔M〕，西寧：青海人民出版社，2004 年，第 308 頁。

象徵資本的日益縮小，更由於地處「外省」導致政治文化資本相對貧乏，而「知識分子寫作」的象徵資本以及由於地處政治文化中心所帶來的穩定文化資本卻越來越多。身處以爭奪象徵資本爲首位的詩歌場域，作爲「第三代」的代表詩人之一，于堅、韓東等內心所遭遇的衝擊是非常微妙的。儘管于堅等在 90 年代還寫出策略性的作品《0 檔案》、《飛行》等影響較大的作品，但與 80 年代的風光相比，顯然是不可同日而語。1998 年 2 月，一個由「在京和來自全國各地的重要詩歌評論家、詩人和學者 40 多人」參加的「後新詩潮研討會」，在北京開了三日，作爲在世紀之交特殊時空下召開的帶有總結性質的研討會，沒有邀請于堅和韓東參加。整個會議，「知識分子寫作」成了與會專家、詩人討論的重點，多數人認爲他們構成了 90 年代詩歌的內涵和「希望所在」。〔註 36〕顯然，「知識分子寫作」遮蔽了「第三代」詩人的光芒，時代遮蔽了他們的光芒，所以，所有的不安和憤怒指向「知識分子寫作」。爲了重新積聚新的象徵資本，必須以新的面目和新的勢力來衝擊詩歌場中的有限位置，向急於取得九十年代詩歌霸主地位的「知識分子寫作」開戰，即是一條便利的路線。要向他們「開戰」，除了舊勢力，還必須拉攏一批新新力量。

而伊沙、徐江等「新世代」並沒有這樣的壓力。他們大多數在 80 年代還是學生，參加了一些詩歌實踐，直到 90 年代才發表或者寫作出比較有影響力的詩作。他們資本的積累和構成大都是在 90 年代進行的。以伊沙爲例，他在學生時代開始創作，但他的成名作或者說三首代表作《車過黃河》、《餓死詩人》、《結結巴巴》都是在 90 年代發表並產生較大反響，詩人因此積累起較多的象徵資本。然而，對象徵資本的追求永無止境，特別是對於像伊沙這類的新新勢力，打破舊的秩序，「占位」的衝動是伴隨著象徵資本的累積而累積的。在爭奪象徵資本的道路上，當時的權威話語——「知識分子寫作」，已經成爲他們最大的阻礙。

謝有順、沈奇等係詩歌評論家，90 年代前中期，相對於唐曉渡等詩歌評論權威，是默默無聞的。謝有順當時還是大學學生，一直致力於小說研究批評，未曾涉足詩歌批評。沈奇雖然從事詩歌創作批評歷時已久，1974 年從事詩歌創作，1986 年後分力於現代詩學及評論，但在 90 年代前中期仍然沒有積

〔註 36〕荒林：《當代中國詩歌批評反思——「後新詩潮」研討會紀要》〔J〕，《詩探索》，1998 年第 2 期。

累起足夠的資本引起強大的「知識分子寫作」的注意。相對於當時一直研究並推崇「知識分子寫作」的詩歌評論權威唐曉渡、陳超、程光煒等，他所擁有的文化資本、象徵資本無論從結構還是數量上都有差距。

三者擁有的各種資本雖然在 90 年代中前期沒有「知識分子寫作」顯赫，但如果整合在一起，在一個恰當的出口處，卻可以爆發出相當的能量。于堅、韓東等詩壇老勢力，有豐厚的文化資本為基礎，加上「新世代」以伊沙等為代表的越來越上昇的象徵資本，再組合幾個批評家——以謝有順的青春加上沈奇的沉著老練：一個既有青春的衝動激情，又有豐富鬥爭經驗的「新勢力集體」形成了。對於資本結構和數量尚不完善的個人，只有經過重組，優勢互補，以集體的力量衝鋒才有取勝的可能——這也是為什麼他們針對「知識分子寫作」集體亮相出場的重要原因。

二、「民間」如何策略

「策略」一詞，按照布爾迪厄的解釋，是他「用來擺脫客觀主義觀點的手段，……用來擺脫結構主義（例如通過依賴於無意識這個概念）預先假定的排除行動者的行為的手段。……，策略是實踐意義的產物，是對遊戲的感覺，是對特別的、又歷史性決定了的遊戲的感覺，……這就預先假定了一種有關創造性的永久的能力，它對於人們適應紛紜繁複，變化多端而又永不雷同的各種處境來說，是不可或缺的。這一過程並不因為對清晰的、整理成章的規則（當這種規則存在時）的機械服從而得到什麼保證」。〔註37〕在充滿鬥爭的詩歌江湖世界，每個詩人都有各自參與遊戲的感覺，然後根據這個感覺決定生存和發展的策略。下面分析的是這批反對者是怎樣來確定占位競爭策略的。

首先，他們分析了 90 年代詩歌的表達模式空間、藝術形式空間、地理空間和主題空間中被大量佔據的位置。「知識分子寫作」佔據了詩歌地理空間中最主要的位置（該詩歌群體成員大多地處中國政治文化中心北京），這樣的位置一方面可以帶來穩定的政治文化資本，另一方面也可以作為與「邊緣」對立的「中心」被附加以「壟斷」和「官方詩歌」的象徵含義。在表達模式方面，進入 90 年代以來，「知識分子寫作」通過不斷命名和闡釋來爭奪時代命

〔註37〕〔法〕皮埃爾・布爾迪厄：《場的邏輯》〔C〕//《文化資本與社會煉金術——布爾迪厄訪談錄》，包亞明譯，上海：上海人民出版社，1997 年，第 148 頁。

名權和最大的象徵資本，當「命名」行爲被多次用在公眾場合時，它們因而也具有了官方性質。而他們的主題空間和藝術形式空間更多的指向「西方資源」和知識，也可以給競爭者找到依附「西方『語言資源』、『知識體系』」〔註38〕這個龐然大物的口實。綜合來看，「知識分子寫作」以90年代「詩歌中心」「詩歌權威」的整體形象出場，「中心」和「權威」的對立面是「邊緣」、「民間」等概念，在幾番綜合對比之後，他們最後選定「民間」作爲競爭的突破口。

其一，民間比邊緣更有實體意義和象徵意義。當代「民間」這個概念，依據陳思和在把「民間」作爲當代文學史某種走向的闡釋中表述爲：「民間是與國家相對的一個概念，民間文化形態是指在國家權力中心控制範圍的邊緣區域形成的文化空間。……它與政治權力話語、知識分子和精英意識共構爲三種話語空間。」〔註39〕在這裡，「民間」首先是與「國家」相對的，且與「知識分子」是兩個並置的概念，是具有針對性、特指性的。而在90年代末，于堅、韓東等對民間的概念遵循這樣的邏輯：70年代末80年代初誕生的《今天》是當代民間的開端，一個物質性的標記。在此之後，物質樣態的民間刊物成爲當代詩壇的民間傳統。80年代中後期，《他們》、《非非》、《南方詩志》、《傾向》等等民間刊物，成爲民間的中堅力量，造就了一大批有影響力的詩人。民間物質形態發展、完備的同時，其精神核心也逐步孕育、成長。理想的民間精神是「獨立的意識和創造的自由」，這種獨立和自由是不依附於任何龐然大物（體制、西方話語優勢、市場）的獨立和自由。〔註40〕當代詩歌的歷史爲「民間」這個概念賦予了深刻的內涵和豐富的象徵資本，成爲「今天派」和「第三代」詩人崛起的標誌。所以，選擇「民間」的概念具有實體和象徵的雙重意義。

其二，無論是知識分子表述的民間還是詩人認同的民間，「民間」這個概念都有與國家意識形態相對抗的含義。在特定的歷史環境中，結社、自辦刊物和民間串聯是與體制對抗的有效形式，國家意識形態的強大使得民間

〔註38〕于堅：《穿越漢語的詩歌之光》〔C〕//《1998中國新詩年鑒》，花城出版社，1999年第7期。

〔註39〕陳思和：《民間的還原：文革後文學史某種走向的解釋》〔J〕，《文藝爭鳴》，1994年第1期。

〔註40〕韓東：《論民間》〔C〕//《1999中國詩年選》，西安：陝西師範大學出版社，1999年，第8～18頁。

話語空間逼仄，越是逼仄越是有訴說的欲望和想像的空間。在倍受壓抑和缺乏獨立自由的中國詩歌歷史語境下，「民間」無疑成爲十分有煽動力的口號，具有非凡的魔力，很容易引起飽受意識形態壓制的中國詩人們的認同。那麼，認爲在 90 年代飽受「知識分子寫作」權威壓抑的競爭者如果利用「民間」作爲反對的資本，其逍遙獨立充滿鬥士精神的「民間」想像與在體制內、書齋中津津樂道於西方話語的迂腐的知識分子形象相比，既靠近大眾，容易引起人們的共鳴，也可以爲他們自身作爲鬥士的形象帶來豐富的象徵資本。

值得注意的是，「知識分子寫作」中大部分人也是源於 80 年代中後期的「民間」，即團結在《南方詩志》、《傾向》的一批「知識分子詩人」。運用「民間」這一概念，就必須證明他們在 90 年代的所寫所爲已經脫離了眞正的民間，即「證僞」。「僞民間」的問題，韓東在《論民間》一文中有專節論述。除了在理論上闡明被曲解的民間精神：民間就是爲了取得與體制、西方話語優勢和市場同等的權力，或者就是爲了爭奪體制、西方話語優勢和市場本身——更爲了證明 90 年代的「知識分子寫作」是「僞民間」，然後用眞正的民間去奪取被他們佔據的詩歌空間，他寫道：

> 部分出身於八十年代民間的詩人躋身於主流詩壇，正式出版詩集，得到公開評論，頻繁出現於各類媒體，熱衷於參加國際漢學會議，他們自覺地脫離民間的方式並不意味著民間的消失或已經完成使命。〔註41〕……僞民間即是將民間作爲一種利益場所，作爲獲取和維護權力的一種手段、方式、工具和過渡。它丟棄的是民間的本質，即獨立精神和創造性的目標，徒有其表，是標識性的表面化的軀殼。在多元化的格局中充當相對性的一元，與其它數元勾連一體，強調其間的互動性和相互制約。……僞民間即是：一、將民間作爲一種權力手段的運作。二、將民間作爲不得志者苦大仇深的慰籍。三、將民間作爲自我感動者純潔高尚的姿態。〔註42〕九十年代躋身於主流話語的部分詩人所理解和實踐的正是這樣的一種民間，並不能因爲他們煽動性的現身說法，這樣的民間就成爲唯一眞正的

〔註41〕 韓東：《論民間》〔C〕//《1999 中國詩年選》，西安：陝西師範大學出版社，1999 年，第 9 頁。

〔註42〕 韓東：《論民間》〔C〕//《1999 中國詩年選》，西安：陝西師範大學出版社，1999 年，第 17 頁。

> 民間。而眞正的民間即是：一、放棄權力的場所，未明和暗啞之地。
> 二、獨立精神的子宮和自由創造的漩渦，崇尚的是天才、堅定的人
> 格和敏感的心靈。三、爲維護文學和藝術的生存，爲其表達和寫作
> 的權利（非權力）所做的必要的不屈的鬥爭。〔註43〕

　　韓東關於眞正民間的定位，是很多在飽受磨難之中仍然堅持默默無聞寫作的詩人們共同的精神追求。但是，如果按照這個定位來考察競爭者的「民間」表現，會發現很多問題。比如，既然眞正的「民間」是放棄權力的場所，未明和暗啞之地，那麼，他們爲什麼聲勢浩大挑起「民間」的大旗；民間崇尚的是天才，天才怎麼界定？他們的鬥爭是「爲維護文學和藝術的生存，爲其表達和寫作的權利所作的必要的不屈的鬥爭」嗎？「知識分子寫作」有剝脫他們表達和寫作的權利嗎？所以，理解「民間」的提法和闡釋，只能超越它的口號意義。作爲一種精神，它是理想化的、內外同一的；作爲一種策略，它是實踐的，有針對性、內外分裂的。理想化的精神、立場並不包括在江湖的策略鬥爭中。于堅、韓東們並不是不明白這個道理，而是對這個道理的高度自覺，歷史的檢索需要關鍵詞、概念、口號，眞理可以當做旗幟，但卻空洞遙遠，難以企及，「鬥爭」講究的是效果不是眞理。

　　作爲一種實踐策略，除了寫文章、發言闡發民間精神釐清民間概念，指出「知識分子寫作」是「僞民間」，爲了進一步確立民間立場的合法性，並與體現「知識分子寫作」利益的《歲月的遺照》形成對照，還需要一本體現民間立場的詩選作爲實物支撐。在此基礎上，《1998中國新詩年鑒》應時而生。該書封面標舉：「藝術上我們秉承：眞正的永恒的民間立場」〔註44〕。可以說，該書的運作出版，既是民間策略從感覺到行動的確立，也是「新勢力」與「知識分子寫作」兩個不同向度寫作集體爭奪合法性鬥爭的公開。

三、民間策略的合法性：關於年鑒

　　1999年2月，由楊克主編，于堅、韓東、謝有順、溫遠輝等任編委的《1998中國新詩年鑒》（以下簡稱《年鑒》）。按照于堅的說法，「本世紀最後一年在中國南方出版的這部年鑒，僅僅是要表明，所謂『好詩』的民間標

〔註43〕韓東：《論民間》〔C〕//《1999中國詩年選》，西安：陝西師範大學出版社，1999年，第17頁。

〔註44〕楊克：《1998中國新詩年鑒》〔M〕，廣州：花城出版社，1999年，扉頁。

準。」〔註45〕如果僅僅是這個意圖，該年鑒引不起隨後的爭議。問題的關鍵是，也許編選這本《年鑒》就是要引起爭議，爭議是「民間策略」鬥爭的一部分，合法性的確立從來都是鬥爭的產物。可以從《年鑒》的幾個方面來看「民間」作為一種策略在合法性鬥爭中的運用，這也是它引起廣泛爭議的根源。

1.「民間」內涵強烈的針對性

作為最能體現《年鑒》編選方向，最有分量的敘述性、評論性或理論性的文章，《年鑒》98 工作手記、序言《穿越漢語的詩歌之光》和放在「理論卷」第一篇《秋後算賬──1998：中國詩壇備忘錄》中，楊克、于堅、沈奇從不同角度、不同程度地闡發了該書標舉的「真正的永恒的民間立場」的內涵。楊克從編選的起因、宗旨等方面說明《年鑒》的民間立場：「《中國新詩年鑒》的編選緣起於 1998 年春節，當時《〈他們〉十年詩歌選》已經付梓印刷，忙過之後，我猛然醒悟，在世紀末，在商業氣息濃鬱的南方，相對遠離意識形態，更能體現民間邊緣立場，我們有能力且有實力為中國新詩的發展作些有意義的實際工作。」〔註46〕……「經過討論，進一步明確了年鑒的編選主旨：這是一部不同於官方機構編纂的年鑒，不是誰有名就選誰的，方方面面都照顧到的那種四平八穩的選本。它更多是代表民間的，體現的是我們看詩的方法。詩歌寫作不能成為知識的附庸，並非能夠納入西方價值體系的就是好詩。」〔註47〕這個闡述把「民間」和「官方機構」「意識形態」「知識分子寫作」明確對立起來。而于堅在《穿越漢語的詩歌之光》中，把這種針對性表達得比較隱晦，但卻更有力量。「詩歌在民間，這是當代詩歌的一個不爭的事實，也是漢語詩歌的一個偉大的傳統。民間的意思就是一種獨立的品質。民間詩歌的精神在於，它從不依附於任何龐然大物，它僅僅為詩歌本身的目的而存在。」〔註48〕這段話相當客觀地表達了民間精神的本質，他還區分了民間與「地下詩歌」，指出「地下詩歌依附的是所謂『反對派』，當這個『反對派』一旦成為龐然大物，『地下』詩歌的地下性與龐然大物的勾結就會昭然若

〔註45〕 于堅：《穿越漢語的詩歌之光》〔C〕//《1998 中國新詩年鑒》，廣州：花城出版社，1999 年，第 9 頁。
〔註46〕 楊克：《1998 中國新詩年鑒》〔M〕，廣州：花城出版社，1999 年，第 517 頁。
〔註47〕 楊克：《1998 中國新詩年鑒》〔M〕，廣州：花城出版社，1999 年，第 518 頁。
〔註48〕 于堅：《穿越漢語的詩歌之光》〔C〕//《1998 中國新詩年鑒》，廣州：花城出版社，1999 年，第 9 頁。

揭。」〔註 49〕這些見解都是相當深刻理性的。但到後來,他筆鋒一轉,把民間立場和詩人寫作進而和「知識分子寫作」聯繫起來,「就詩歌而言,民間立場意味著一種『詩人寫作』……對於詩人寫作來說,我們時代最可怕的知識就是『知識分子寫作』鼓吹的漢語詩人應該在西方獲得語言資源。應該以西方詩歌爲世界詩歌的標準。在這個人民普遍與意識形態達成共識,把西方生活作爲現代化唯一標準的時代,這種知識尤其容易妖言惑眾,尤其媚俗。這是一種通向死亡的知識。它毀掉了許多人的寫作,把他們的寫作變成了可怕的『世界圖畫』的寫作,變成了『知識的詩』……。」〔註 50〕從這些表述可以看出,無論對「民間」的界定有多理想,但最終的主觀指向非常明確地指向「知識分子寫作」。

2. 把「第三代詩歌」作為理想化民間詩歌的標本

把「第三代詩歌運動」中的「他們」流派作爲標本中的標本。在《序言》和「理論卷」第一篇文章中,都提出「今天派」詩歌,是中國當代民間詩歌的源頭,但「第三代詩歌」才是詩歌的民間立場眞正確立的關鍵。序言《穿越漢語的詩歌之光》認爲:「七十年代末期出現的《今天》,使我們重新聽見了民間的聲音,……《今天》的魅力在於它的詩歌而不是《今天》的這個刊物的形式,其實正是這一形式被龐然大物所利用,受時代的影響,《今天》同時自覺地具有『民間』和『地下』兩種身份。民間的身份是《今天》的魅力所在,後一種身份則使得它在後期終於淪爲龐然大物的附庸。《他們》在 1984年誕生,使詩歌的民間立場得以眞正地確立。《他們》僅僅爲寫作的目的而存在,當年《他們》出刊的時候,就表明這是一份『詩歌內部交流資料』,它貢獻的僅僅是一批詩人,以及由他們的文本產生的對文學和生活的影響,而不是反對派。……《今天》和《他們》都是中國最傑出的詩人的陣地,但前者成了流亡者,後者在相同的處境下,則僅僅是一群詩人。這就是《今天》和《他們》的區別。」〔註 51〕區別了《今天》的民間身份,確立了《他們》作爲民間的眞正標準,進而擴大到整個「第三代詩歌」運動,「『第三代詩歌』

〔註 49〕 于堅:《穿越漢語的詩歌之光》〔C〕//《1998 中國新詩年鑒》,廣州:花城出版社,1999 年,第 9 頁。

〔註 50〕 于堅:《穿越漢語的詩歌之光》〔C〕//《1998 中國新詩年鑒》,廣州:花城出版社,1999 年,第 16 頁。

〔註 51〕 于堅:《穿越漢語的詩歌之光》〔C〕//《1998 中國新詩年鑒》,廣州:花城出版社,1999 年,第 10 頁。

作爲本世紀最重要的詩歌運動，其意義只有胡適們當年的白話詩運動可以相提並論。……第三代詩歌使民間話語第一次大面積地進入中國當代文學銅牆鐵壁的舌面，並且從此開始了詩歌精神的重建，……第三代詩歌中斷了中國新詩自五十年代以來，與龐然大物勾搭的歷史，勇敢地張揚了詩歌的獨立精神，詩歌回到了詩歌。一批傑出文本使漢語重新具有了詩的功能，眞正的詩歌標準得以確立」。〔註52〕在《秋後算賬──1998：中國詩壇備忘錄》中，評論家沈奇更是提出：「整整激蕩二十年的民間詩潮，眞正產生歷史性的巨大影響，且形成某種足以催生並導引新的詩歌思潮和詩歌生長點的，當屬早期的《今天》和1985年後的《他們》（應該還有嚴力主辦的《一行》，但因其不在本土，當存別論）。《今天》移師海外後，《他們》便成爲從八十年代中期持續深入至世紀末的一方重鎮，這方重鎮的存在，不僅有力地改變了朦朧詩後中國大陸詩歌的發展格局，於詩學和詩歌作品都提供了富有影響力的經典文本，還以其既具凝聚力、號召力，又具延展性的藝術氣質，滋養了當代小說和散文的新的生長──以一個民間社團的小小存在，竟然極大地改觀了當代文學的樣貌，實在是我們時代極爲罕見的一個傑作。」〔註53〕把民間與「『第三代詩歌』」的意義和胡適們當年的白話詩運動相提並論，「最傑出」「眞正的詩歌標準」「極爲罕見的傑作」「巨星雲集」等帶有霸氣和空洞結論性詞語的運用，既顯示了「民間」草莽英雄的氣概，也突出了「民間」在「第三代詩歌」確立中的策略性地位。

3. 年鑑編選體例的「民間」標準

年鑑總七卷，第一卷，按照楊克的說法，「是九十年代『進入』詩壇的實力詩人方陣」〔註54〕。共選了魯羊、伊沙等16位九十年代詩壇新人共65首詩，體現了年鑑對新新勢力的推重。第二卷從編選的詩人陣容來說，應該是最具有分量的詩人組，該卷從北島開始，依次是多多、韓東、舒婷、于堅、食指、芒克、呂德安、王小妮、楊克、張棗、翟永明、梁曉明、張子選、小海、楊黎、何小竹等17人，共61首詩。從名單上看，這組詩人主要

〔註52〕于堅：《穿越漢語的詩歌之光》〔C〕//《1998中國新詩年鑑》，廣州：花城出版社，1999年，第5頁。

〔註53〕沈奇：《秋後算賬──1998：中國詩壇備忘錄》〔C〕//《1998中國新詩年鑑》，廣州：花城出版社，1999年，第392頁。

〔註54〕楊克：《中國新詩年鑑98工作手記》〔C〕//《1998中國新詩年鑑》，廣州：花城出版社，1999年，第519頁。

是朦朧詩人和「第三代詩人」中的「他們」「非非」（特別是「他們」）的重要人物，把朦朧詩人和「他們」、「非非」並置在一卷中，對應了序言中所說的朦朧詩作爲當代中國民間詩歌的源頭，第三代詩歌作爲當代民間詩歌的眞正標準，《今天》和《他們》都是中國最傑出的詩人的陣地的論斷定位。第三卷主要選了九十年代「知識分子寫作」和「第三條道路」詩人 11 人，共19 首詩。第四卷是大雜和，是各個詩派或者無派的優秀詩人選，第五卷是邵燕祥、牛漢、鄭敏等老詩人和新卷，第六卷是發掘出來的曾經被忽略的兩位詩人（胡寬和灰娃）的詩歌各一首，第七卷是詩歌理論卷。其中包括沈奇、謝有順、于堅、溫遠輝等四位編委和詩歌批評家孫邵振、王岳川等的詩歌批評。

　　既然是年鑒，詩選的質量可以先擱置，僅從數量上分析，第一卷實力詩人 16 人共選詩 65 首、第二卷重要詩人 17 人共 61 首、第三卷知識分子詩人和第三條道路詩人 11 人共 19 首，第四卷各類優秀 30 人 51 首，第五卷老詩人20 人共 32 首，第六卷被忽略詩人 2 人 2 首。從數據上看，在看似兼顧各面的編選方針下，突出的是 90 年代「進入」詩壇的青年詩人和 80 年代的第三代詩人。突出 90 年代青年詩人是爲了反駁「知識分子寫作」對 90 年代的命名和佔領企圖，是爭取 90 年代詩歌的另一種話語權。按照編選者的說法，「重點推出的是九十年代進入詩壇、卻因長期活在其他詩人的陰影下而未受關注的青年詩人」〔註 55〕，是對「詩歌的現狀進行清場，使讀者明白什麼是眞正的詩歌精神」〔註 56〕；以北島、多多等爲背景突出「第三代」詩人，既是確立「第三代」詩人在詩壇的歷史地位，也是對「知識分子寫作」斷裂 90 年代與 80 年代歷史聯繫的反撥。從編選的面來看，第六卷中推出了兩個默默無聞寫好詩卻長期被忽略的詩人：胡寬和灰娃。「胡寬這閃爍著奇異才華的詩人，寫了近二十年的詩，可直到病逝，詩歌界居然對他一無所知；灰娃，則是到了古稀之年才被注意」。〔註 57〕編選這兩個人的詩，或者說「這兩個人在『年鑒』中的存在」，是爲了「強烈地說明，當下的詩歌秩序是極不可靠的，它所

〔註 55〕謝有順：《内在的詩歌眞相》〔C〕//《1998 中國新詩年鑒》，廣州：花城出版社，1999 年，第 527 頁。

〔註 56〕謝有順：《内在的詩歌眞相》〔C〕//《1998 中國新詩年鑒》，廣州：花城出版社，1999 年，第 528 頁。

〔註 57〕楊克：《中國新詩年鑒 98 工作手記》〔C〕//《1998 中國新詩年鑒》，廣州：花城出版社，1999 年，第 519 頁。

淹沒的，很可能是詩歌領域最真實而有價值的部分」〔註58〕。而《年鑑》對這些詩人的努力發掘就是重建詩歌秩序，那麼，《年鑑》的意義就不僅僅是一本書的意義。一個饒有意味的問題是，于堅、韓東、沈奇等既然已經把「知識分子寫作」定性為「僞民間」和「可恥的殖民化『知識分子寫作』」，且在《年鑑》序言裏大肆抨擊他們，爲何還要在標舉「真正的永恒的民間立場」的《年鑑》裏選出他們的詩歌？這裡有一個針對性的問題。《年鑑》是針對《歲月的遺照》遍選的，在《歲月的遺照》中，90 年代新新實力詩人伊沙、魯羊、阿堅、余怒、楊鍵、侯馬、徐江等沒被入選，韓東、于堅的詩也只是作爲陪襯，《北京青年報》在其「一句話書評」中是這麼寫的：「沒有選入伊沙的詩成爲這部詩選的遺憾。」〔註59〕很多詩人認爲這是「知識分子寫作」自我歷史的抒寫，是打著九十年代詩歌名義的知識分子詩選。那麼，在《年鑑》中除了隆重推出在《歲月的遺照》中沒被入選的 90 年代實力詩人和作爲陪襯的韓東、于堅等的詩，爲了避免陷入《歲月的遺照》同樣的基調和印象，把「知識分子寫作」和「中年寫作」詩人的主要代表：西川、王家新、歐陽江河、蕭開愚、臧棣、西渡等選入，且在六卷詩作中專占一卷（第三卷），是不是更突出《年鑑》重建詩歌秩序形象的大度公允？其中，是否更凸顯出「民間」標準在應對實踐問題時的策略性和「真正的永恒的民間立場」之不易得和不可得？

4. 投資《年鑑》的「民間」資本

《年鑑》從運作到出版等所有環節的資金均由國內「民間」資本贊助。說國內，是相對於境外資本。境外資本在 90 年代「知識分子寫作」等詩選、詩集的出版裏存在。說「民間資金」是相對於國家資金，這在體制化的寫作制度內廣泛存在。楊克說：「我們至今沒有動用過一分國家資金也就是納稅人的錢，也沒有謀求過境外的任何資助。中國新詩年鑑編委會依靠個人的綿薄之力，依仗民間資本，獨立支撐起漢語詩歌藝術平臺。」〔註60〕作爲一本「藝術上標舉永恒的民間立場」的詩選，在資金來源上突出中國性、私人性，在詩歌生態環境日漸惡劣的情況下，無疑積累起相當的象徵資本，成爲「民間」

〔註58〕 謝有順：《内在的詩歌真相》〔C〕//《1998 中國新詩年鑑》，廣州：花城出版社，1999 年，第 528 頁。

〔註59〕 《一句話書評》〔N〕，《北京青年報》，1998 年 2 月 25 日。

〔註60〕 楊克：《中國詩歌現場——以〈中國新詩年鑑〉爲例證分析》〔J〕，《南方文壇》，2007 年第 3 期。

形象的有效保證之一。它的有效性一是源於中國圖書發行渠道的特殊性。「圖
書市場並沒有眞正開放，作爲主渠道的新華書店，只跟國營出版社結算，而
且要等待很長時間。作爲民間第二發行渠道，更適合暢銷書運作。一本詩歌
年鑒，既不能像最暢銷的圖書那樣叫下游發行環節先付款，也只適合城市的
少數『精英』書店售賣，若拖欠書款，因爲也就是幾十本書，派人催款的話
連路費和住宿都不夠，變得沒有意義。……諸此種種，……卻只能做到減少
虧損而無法盈利。」〔註 61〕發行渠道的艱難，明知虧損的私人投資，是市場
行爲的失敗——卻能獲得象徵精神的成功。因爲標舉獨立自由的先鋒藝術總
是市場經濟下的輸者，象徵資本的邏輯遵循「輸者贏」，由此，「民間」的象
徵意義更具有充分說服力。同時，「民間資本」相對 90 年代佔有詩歌場域多
數資本的「知識分子寫作」的弱勢地位，更能激發起青年詩人們對《年鑒》
的尊敬和對「知識分子寫作」強勢地位的反感。如前述，「知識分子寫作」在
90 年代前期已經積累起相當的象徵資本，他們在國內外獲得了廣泛的聲譽，
成爲國內學者、專家的重要研究對象，也成爲國際詩歌界和漢學界關注的對
象。象徵資本由此帶來經濟資本，他們可以獲得比較豐厚的資助，國家的、
學院化的、境外的等等，讓許多默默無聞寫詩卻無路發表或出版詩集的青年
詩人感到：他們儼然成爲時代詩歌的主流，已然喪失了民間性。《年鑒》僅以
民間資金的有限資本形象，在場域內經濟、文化、政治等資本方面處於劣勢
的情況下，完成了許多 90 年代進入詩壇的青年詩人的「民間」想像，從而升
發了「民間」一詞的理想意義和象徵意義，也生發了這些青年詩人們的象徵
資本。

5.《年鑒》銷售的「民間」法則

在很多詩人的文章裏，都提到《年鑒》取得了很好的市場效果。在各種
類型詩歌選本、詩集的出版十分低迷的當前，《年鑒》首版 20000 冊，很快銷
售一空，並再版。這樣說，是爲了突出《年鑒》的影響力優於同時期其他詩
歌選本，或者具體說優於「知識分子寫作」詩人及詩評家遍選的如程光煒的
《歲月的遺照》、唐曉渡編選的《1998 現代漢詩年鑒》。一位詩人提到：「兩部
關於中國當代詩歌的選集在不同的時間出版了，等待它們的命運也不盡相
同。前者的版權頁上雖標明印數 10000，但在各地書店中都極難見到。而後者

〔註61〕楊克：《中國詩歌現場——以〈中國新詩年鑒〉爲例證分析》〔J〕，《南方文
　　　　壇》，2007 年第 3 期。

卻在近年詩集發售的頹勢中創造了一個不小的奇迹，主渠道、二渠道齊發，出版數月約 20000 冊書已全部批發到位，出版人楊茂東已決定加印，投資迅速回收已爲來年《年鑒》的出版創造了一個良性循環。《年鑒》是第一本成功打入二渠道發售的當代詩歌選集……」〔註 62〕「楊克主編的《1998 中國新詩年鑒》（花城版）在大家的印象中已經不算是一本新書，這本在近年詩集發行的頹勢中創造了商業奇迹的《年鑒》，已讓大家感到眼熱。它的出版所表現出的對於前進中的中國詩歌的必要性與重要性，卻是大鍋飯人人一碗（誰可以盛飯誰不可以盛飯也小有心機）的唐氏《年鑒》所無法比擬的。」〔註 63〕許多詩人也在文章中作出類似的表述。且不論「商業奇迹」這個詞對於《年鑒》影響力的概括能力，在這個詞的背後，我想，他們忽略的是《年鑒》出版後的大規模贈送行爲。這方面，參考作爲《年鑒》主編楊克的敘述似乎更能說明問題。楊克說：

> 它（指《年鑒》）之所以有影響力，首先不在於商業發行量，而是因爲廣爲贈送。從《1998 中國新詩年鑒》出版至今，每年的「年鑒」都贈送了中國近百家文科主要大學的圖書館、中文系資料室，以及外國一些著名大學的亞洲文學系圖書館，包括贈送給中國眾多的文學批評家（不僅是詩評家）、西方漢學家、中國報紙讀書版編輯和文學期刊編輯等，還贈送給了許多中國詩人，每年「年鑒」贈送掉的碼洋高達人民幣三萬多元。〔註 64〕

與其它詩人刻意以《年鑒》的商業奇迹證明影響力不同，楊克說的大規模的影響力源於大規模地贈送行爲，卻是大實話，也從側面說明民間策略深明詩歌生產領域最高法則：象徵資本的成功（不是商業成功）才是合法性取得的關鍵。因爲，詩歌生產不可能取得眞正的商業成功。正是經由這樣的贈送，「民間」這一概念重新出發，指明或者暗示與曾經是廣義民間陣營的「知識分子寫作」的分道揚鑣，爲 90 年代合法性的爭取贏得廣泛的關注度。

那麼，作爲有明確意圖和針對性的這本《年鑒》，它的民間符號，是否達

〔註 62〕 伊沙：《世紀末：詩人爲何要打仗》〔C〕//《1999 中國新詩年鑒》，廣州：廣州出版社，2000 年，第 517 頁。

〔註 63〕 伊沙：《兩本年鑒的背後》〔J／OL〕，《詩生活》，http://www.poemlife.com/showart-43334-1268.htm，2003 年第 5 期。

〔註 64〕 楊克：《中國詩歌現場——以〈中國新詩年鑒〉爲例證分析》〔J〕，《南方文壇》，2007 年第 3 期。

到了「意圖定點」？「意圖定點」是符號發出者針對一個闡釋社群可以用各種手段達到的一個效果。〔註65〕《年鑒》發出的民間符號意圖達到一個什麼效果，是否達到，是判斷民間策略成功與否的基本標準。按照前面的梳理和表現，90年代的詩歌語境中，競爭者發出「民間」的符號可以生出至少如下的衍生義：民間——對抗——90年代——知識分子寫作——挑起爭端，那麼，這個意圖定點可以肯定的是至少在挑起爭端這個點上。從《年鑒》出版後，緊接著的兩篇文章可以更清楚地看到。2月《年鑒》出版，3月《文友》第3期刊出徐江《烏煙瘴氣詩壇子》，4月《南方周末》發出謝有順《內在的詩歌真相》一文，兩篇文章目的明確，以武斷的態度直接提結論，討伐「知識分子寫作」，爲《年鑒》的民間立場賦魅。特別是《內在的詩歌真相》一文。如果說，于堅、沈奇在此前針對「知識分子寫作」的論文還比較隱晦地表達著對「知識分子寫作」的厭棄，那麼該篇文章就是公開直接地宣泄這種情緒，且把兩種立場寫作的對抗推到了極致。「該書（指《年鑒》）的編者，面對詩歌處境的低迷，沒有象一些自戀的詩人那樣，簡單地把責任推給遠離詩歌的公眾，他們首先表現出的是對現存詩歌秩序的反省：公眾之所以背叛詩歌，一方面，是因爲許多詩人把詩歌變成了知識和玄學，變成了字詞的迷津，無法卒讀；另一方面，是因爲詩歌被其內部腐朽的秩序所窒息」，「爲了反擊這種腐朽而閉抑的詩歌秩序，《1998中國新詩年鑒》明確提出：好詩在民間，真正的詩歌變革在民間……」，「秉承『真正的永恒的民間立場』的《1998中國新詩年鑒》與其說它奉行的是『好詩主義』（它的確輯選了1998年度的絕大部分好詩），還不如說它完成了一次對詩歌現狀的清場，使得那些長期存在於詩歌內部的矛盾開始浮出水面。特別突出的是，關於兩種最有代表性的詩歌寫作——一種是以于堅、韓東、呂德安等人爲代表的表達中國當下日常生活經驗的民間寫作，一種是西川、王家新、歐陽江河、臧棣等人爲代表的，所謂『首先是一個……知識分子，其次才是一個詩人』，明顯渴望與西方接軌的知識分子寫作——之間的衝突，在《1998中國新詩年鑒》中成了尖銳的話題」。〔註66〕更值得玩味的是，該篇文章是由《年鑒》最年輕的編委謝有順寫出的，可以說他只是有感而發，初生牛犢不怕虎，愛憎分明，儘管觀點激烈，

〔註65〕趙毅衡：《意圖定點：符號學文化研究中的一個關鍵問題》〔J〕，《文藝理論研究》，2011年第1期。
〔註66〕謝有順：《內在的詩歌真相》〔N〕，《南方周末》，1999年4月2日。

但不乏真理和真性情；也可以說是用年輕氣盛的謝有順來揭露「真相」，故意強化詩歌內部鮮明的對立。無論從哪方面說，持民間立場的競爭者挑起爭端，最好是爭端越大越好的意圖定點都是非常明確的。從《年鑑》和文章出版、發表後媒體、「知識分子寫作」和詩人詩評家們的表現來分析，可以看到這個意圖定點是完全達到了。在眾多媒體的評論中，一個比較共同的表述是，該《年鑑》出版後，立即在詩歌界引起一片「譁然」。〔註67〕「譁然」一詞首先是群體的反應，不是個別人的反應，說明引起了眾多的關注；該詞另一個潛在的含義是帶貶義的不滿，有不滿就容易導致爭端。敏銳的批評家和媒體也立刻聞到了大戰爆發前的硝煙氣息，在《年鑑》出版 2 個月後，立刻組織雙方召開了一場「世紀之交：中國詩歌創作態勢與理論建設研討會」，也就是後來著名的「盤峰論爭」（也有稱「盤峰論劍」），將這場有意挑起的爭端現場化、白熱化，成為世紀末「詩江湖」凸顯出來的標誌性事件。

2.3 盤峰論爭

　　1999 年 4 月 16～18 日，中國社科院文學研究所當代室、北京市作協、《北京文學》、《詩探索》編輯部聯合舉辦的「世紀之交：中國詩歌創作態勢與理論建設研討會」在北京市平谷縣盤峰賓館召開。由於此次會議「知識分子寫作」和「民間寫作」兩種不同立場激烈的爭論（或者說爭吵）和對抗引起多方關注，後被各大媒體和報刊雜誌統稱為「盤峰論爭」（或「盤峰論劍」）。按照當時的策劃人之一《詩探索》主編、首都師大吳思敬教授的說法，這次會議邀請的主要以青年詩人和青年批評家為主，而且會議在開之前已發出一些不同的觀點，讓人感受到了尖銳的分歧，如果讓大家把氣兒憋在底下，不如給它提供一個機會，一個場合，讓大家當面鑼對面鼓，讓一些事情越爭越明。〔註68〕

〔註67〕參見子岸編：《90 年代詩歌記事》以及《科學時報・今日生活》1999 年 7 月 31 日的報導：《詩人口槍舌彈亂作一團　媒體筆戈墨陣又起烽煙——「盤峰論劍」是非後的是非》，在《紀事》中說到，一本由于堅、韓東、楊克、謝有順等人策劃的《1998 中國新詩年鑑》由花城出版社出版，……出版後引起詩壇「譁然」；後一篇文章說：在該年鑑的序言（于堅作）及理論批評部分，對九十年代詩歌及眾多詩人、詩評家進行了大肆攻擊和指責。該年鑑出版後，立即在詩歌界引起一片「譁然」。

〔註68〕王巍：《關於盤峰論爭的「背景與其它」》〔N〕，《太原日報・雙塔文學周刊》，

上述這段表述的一個核心字「爭」，可以說涵蓋了「盤峰會議」前、中、後的大氣氛——恰恰「爭」字也是江湖世界一個關鍵詞。我們圍繞「爭」來看「盤峰會議」各方的表現。各方主要是指在整個場中積極參與到事件當中，且影響到事件發展和最終效果的各個主要方面：包括「知識分子寫作」和「民間寫作」的詩人、批評家，其他關注事件的詩人和批評家、各大媒體和報刊雜誌的編輯、記者，出版商等等。

一、會議前、中「爭」的表現與辨析

「盤峰論爭」前的「爭」在前文已做詳細分析，概括起來說就是兩本書（《歲月的遺照》和《1998 年中國新詩年鑒》）之爭、兩種寫作立場之爭，背後的深層背景「不是『兩個概念』發生了對立，而是兩夥人之間發生了對立」〔註69〕，是關於一個時代的命名權問題。在這段時間的「爭」之中，「知識分子寫作」憑藉自身的資本優勢先聲奪人，以「知識分子寫作」「個人寫作」等概念命名 90 年代，運用出版和宣傳優勢，以「90 年代」「當代詩歌」等總體性稱謂冠名其詩集、叢書等，激起了以于堅、韓東等爲代表的另一部分詩人的強烈不滿。這部分詩人以「民間」爲旗幟，以挑起爭端爲鵠的，通過公開場合直接指責、寫文章點名批評挑釁、有針對性地出版詩集等一系列的舉措成功達到最低目標，「爭」被挑起來，開始被各方廣泛關注。這段時間的「爭」，「知識分子寫作」是被動應戰，但保持著較大的心理優勢。「民間寫作」主動挑戰，氣勢昂揚。其他各方有靜觀其變的，有相機而動、以細微的言辭刺激詩人的鬥志，促進更大的話題。比如，在《歲月的遺照》出版後，《北京青年報》2 月 25 日在其「一句話書評」中是這麼寫的：「沒有選入伊沙的詩成爲這部詩選的遺憾。」短短的一句話，後來被「民間寫作」反覆引用和作爲攻擊的主要論據。一年後，當《1998 中國新詩年鑒》出版，《中國圖書商報》於 6 月 15 日刊出程光煒的《令誰痛心的表演》、西渡《民間立場的眞相》，《中華讀書報》於 6 月 16 日登出西渡《書商立場與藝術原則：評〈1998 中國新詩年鑒〉》等文章，不失時機的又去刺激「民間」一方。媒體的敏銳和特點深明微妙的發酵效用，對雙方的「爭」產生很大的影響。

而「盤峰會議」中的「爭」應該是各方有充足準備的「爭」。伊沙稱：「這

1999 年 7 月 26 日第 5 期。

〔註69〕 張清華：《道路的前面還是道路——關於「第三條道路」的閒話》〔J〕，《上海文學》，2005 年第 8 期。

次會議的召開絕不是偶然的。據林莽介紹：「此會在會前已被傳聞成『北伐』和『鴻門宴』，何謂『北伐』？何謂『鴻門宴』？『民間立場』大都居於外省，而『知識分子』大都住在北京，故有如此兩說。」〔註70〕因此，會議中的「爭」是雙方有準備，其他人明白而且期望看到的「爭」。關於會議中「爭」的版本也是一個比較複雜的問題。首先是會議錄音的問題，據伊沙說，這次會議的錄音由於技術的原因沒有將原聲保存下來，「令人痛惜的是，負責錄音的某報記者由於技術上的原因而使這次會議的原聲沒有得以保存下來，否則的話，民刊《詩參考》主編中島將會把它一字不落地整理出來並一字不落地公之於眾——這一定是讓許多與會者感到心驚肉跳的舉動，可惜已無法實施。」〔註71〕但王家新在《也談「真相」》一文中，明確指出「但紙是包不住火的——有那麼多人參加了盤峰詩會，何況還有會議錄音」。〔註72〕《太原日報‧雙塔文學周刊》1999年7月26日第5版登出的《世紀之交的詩歌論爭——中國詩歌創作態勢與理論研討會紀要》中，也說整個紀要和發言是「本刊記者王巍根據錄音整理，未經本人審閱」。張清華的《一次真正的詩歌對話與交鋒——「世紀之交：中國詩歌創作態勢與理論研討會」述要》中說「本書根據在會議上的記錄整理，未經發言者本人審閱」。〔註73〕關於會議的三種表述，一個明確沒有錄音；一個明確有錄音；一個說的「會議上的記錄」，比較含糊，沒說是文字記錄還是錄音記錄。不過，比較明確的是，會後確實沒有關於該會議完整的錄音材料公佈，正因此，兩派詩人和媒體各自的表述恰恰呈現給讀者一個生動的詩歌江湖世界。首先來看伊沙比較完整地描摹出的會議論爭的基本脈絡，鑒於該篇描述對我們理解盤峰論爭的重大意義，我將原文全文收錄如下：

> 作為與會者，我感到自己有責任為大家描摹出本次論爭的基本脈絡，我以詩人的人格擔保它的客觀性和公正性，同時我也深知我無法提供偽證，因為歷史的見證者不只我一個。

〔註70〕 伊沙：《盤峰論劍的大背景》〔C〕//《1999中國新詩年鑒》，廣州：廣州出版社，1999年，第523頁。

〔註71〕 伊沙：《盤峰論劍的大背景》〔C〕//《1999中國新詩年鑒》，廣州：廣州出版社，1999年，第523頁。

〔註72〕 王家新：《也談真相》〔C〕//《1999中國新詩年鑒》，廣州：廣州出版社，1999年，第544頁。

〔註73〕 張清華：《一次真正的詩歌對話與交鋒——「世紀之交：中國詩歌創作態勢與理論研討會」述要》〔J〕，《北京文學》，1999年第7期。

4月16日下午兩點，會議開始。

主持人吳思敬作了一個簡短的開場白。

楊克發言。大談《年鑒》的銷售業績，在鄭州書市上的良好走勢。談得過於具體（像個商人？），態度也不夠謙虛，有得意洋洋之嫌，引起了「知識分子」們的不滿情緒。

程光煒發言。老實講，這次會議將開成什麼樣子，能否吵得起來或吵到什麼程度，程光煒的態度將會起到舉足輕重的作用，原因不言而喻。程的態度並沒有想像的激烈，只是紅著臉為自己辯護，為《歲月的遺照》辯護。

伊沙插話。就程光煒攻擊沉浩波《誰在拿90年代開涮》（原文刊於《文友》，1999年1月號）「罵人」、「人身攻擊」之詞，我以責編身份談了不同的看法。

西川發言。談笑風生，很超然。從表面上看，西川在此次會議上是中立者，至少他想讓「民間寫作詩人」覺得他中立。

陳超發言。講了一則老生常談的寓言：一個林子裏不能種一樣的樹，不然就會得病，老虎如何、羚羊如何，不要相互指責。後來又掏出小本，就「烏托邦寫作」、「寄生性寫作」、「集體寫作」、「運動性寫作」等幾個概念有針對性地談了自己的看法。其針對性所指明眼人一望便知。

徐江發言。全場第一次有了笑聲。說其妻怕其好逞口舌之利而遭打，他說不會的，因為對方都是「知識分子」。徐江說這次開會他帶來了兩句口號：「向知識分子學習！向中年寫作致敬！」全場爆笑。徐江進而指責「知識分子寫作」是「當街手淫」，是「買辦主義詩人」寫的「國內流亡詩」。他的後一句話激起了下一位發言者。

王家新發言。口口聲聲「本來不想發言，不想開這個會」的王家新是開著私車來的，並運來了一萬多字的發言稿。他發言的題目叫《知識分子寫作何罪之有》。文章的主要線索是圍繞于堅為《年鑒》所撰的序言《穿越漢語的詩歌之光》進行反擊。令全場瞠目結舌而哭笑不得的不是王家新的觀點而是他的語言，在其詩和隨筆中滿紙唯美意象、文化掌故和大師引言的王家新，在他的批判（不是批評）文章及現場發言中竟然使用了恍若隔世的「文革」話語：諸如「何

罪之有」、「你們這是在搞運動」、「誰也沒有搞住誰」，間或，還令人
啼笑皆非地甩出「知識分子」原本十分不屑的市井幫會語言：「20
年後，咱們走著瞧！」王家新還對在《南方周末》上發表的《内在
的詩歌真相》一文的青年評論家謝有順「缺席審判」，他竟然非常低
級地把「謝有順，一個從來沒有聽說過的人」作了謝有順的「罪證」。
王家新開始發言時，于堅憤而退場以示抗議，中間回來發現王的發
言仍在繼續便再度告退。所以，王家新對于堅實施的也是「缺席審
判」。王家新，本次會議上情緒最為激動的人把論爭雙方完全帶入了
「打仗」的氛圍。

　　4月17日上午，會議繼續進行。

　　謝冕主持並首先發言。想起了20年前的「南寧會議」，現在的
爭論是在詩歌内部的爭論，這是歷史性的進步。交流就是目的，理
解高於一切，依然不試圖得出結論。

　　于堅發言。這是真正的詩人的發言，語言的魅力發揮到了極致。
如果我們不把這一切看作「打仗」，而僅僅如我所願視其為展覽性
情、揮灑語言的話，那麼于堅就該獲得本次會議的「最佳表現獎」。
有鑒於唐曉渡在他發言時攻擊于堅的發言為「表演」，我和徐江在飯
桌上決定授予于堅「人民藝術家」的光榮稱號。真的，他給全場（那
幾個「知識分子」除外）帶來了莫大的快樂，你能想像一個詩人在
一次研討會上的發言所博得的讓人前仰後合的藝術效果嗎？于堅的
發言並未把對王家新的反擊作為線索，顯得大氣磅礡，他即興隨筆
式地談著自己的狀況、遭遇和對詩的看法：「在雲南，我悲天憫人啊！
替你們著急啊！」、「在鹿特丹，一個美國詩人問我為什麼不學英語，
我臉都氣腫了！」、「上帝說有光，於是就有光。太初有道，莊子乘
鶴西去。」現場發言的于堅和文本的于堅完全是一致的：幽默、智
慧、揮灑自如。于堅的霸氣由於天然地與他的性情結合在一起（他
懂得自嘲），所以表現得煞是可愛。所以，我更加不懂為什麼在于堅
發言時，唐曉渡會始終陰沉著臉。

　　臧棣發言。臧棣在這次會議上始終繞不過去的問題是：他不明
白為什麼徐江會罵他傻（在《烏煙瘴氣詩壇子》一文中）。他兩度非
常納悶地說：「我又沒得罪你！」他的邏輯是：我選了你的詩，你為

什麼還要罵我？總是在細枝末節上打轉嚴重影響了臧棣總體上的發揮，本來如我等都很想一睹這位北大博士舌戰的風采。

伊沙發言。我談了這次來開會的感受：「我喜歡的人沒有辜負我的喜歡，我不喜歡的人也沒有辜負我的不喜歡。」我談了自己十年來的寫作經歷：「廣泛地受爭議成了我個人成就感的一部分。」、「相對而言，我是較有讀者，但我也是被誤讀最深的一個人。」、「我尊重閱讀，哪怕是誤讀。」也許是因為有關懷我的前輩謝冕、吳思敬在場，有我的老師任洪淵在場，有推助我的兄長沈奇、陳仲義、于堅、小海在場，有我兄弟般的朋友徐江、侯馬在場，在內心深處我還是不願意把這次會議完全視作「打仗」，我談得很真誠、很實在。沈奇在會下評論說：「一個最不講學理的人講起了學理。」

孫文波發言。該兄口拙，發言內容幾乎聽不清楚。

車前子發言。他主要是對「知識分子寫作」這一提法提出異議。其實車前子在飯桌上面對一條魚時的感歎更形象地說明了他的立場和觀點，這位蘇州詩人（現居北京）說一條魚怎麼能做得這麼沒有味道呢？像「知識分子寫作」。

西渡發言。主要針對徐江在頭一天的發言和徐江在《文友》上所列「詩集推薦榜」。我知道他們是朋友，所以這叫朝朋友「兩肋插刀」。徐江、西渡、戈麥、桑克四人曾在90年代初共組《斜線》，有過一段同甘苦共患難的經歷。「盤峰會議」後，遠在哈爾濱的桑克以一個實際行動表明了自己的立場，在會外站好了隊。這叫什麼呢？「生命誠可貴／友情價更高／若為打仗故／二者皆可拋」。

沈奇發言。他意味深長地說：「有必要提醒大家：人群之外還有一個人群，房子之外還有一所房子。」但沉浸於「打仗」氛圍中的詩人們未必能理解他的真意。

侯馬發言。真誠地回顧了自己十年來的寫作歷程，力主詩歌要爭取各行業優秀心靈的共鳴。對王家新發言中涉及到的諸如謝有順的資格等諸問題提出了批評。

王家新插話。承認自己頭天的發言情緒激動，在某些提法上有不妥之處。

4月17日下午，會議繼續進行。

《北京文學》副主編興安主持。

唐曉渡發言。唐曉渡的發言與他 90 年代以來為數不多的幾篇文章中的觀點一致，但與想像中他本來應該扮演的角色則大為不同，而且相當激動。唐說：「謝有順扮演一種揭穿真相的角色，這個玩笑開得比較大了。謝的文章顯然是被操縱的，人人心裏都有一口惡氣……權力社會下，人人心裏都有一口惡氣，也就人人心裏都有一種皇帝，我們自己是否也存在著意識形態批評呢？打著民間立場的道統，詩歌的目的是消解權力，對自己過分的張揚，對其他的排斥，當龍頭老大……」他從對「民間立場」的批評開始，就「詩人和批評家的關係」（針對于堅上午發言）問題，就「知識分子寫作」問題談了他的看法。因在發言中說出了他與于堅交往中的隱私性事件而使會場的氣氛陷入了空前的尷尬之中。

伊沙發言。我之所以要再度發言，是因為在聽唐曉渡的發言時有一種不得不說的衝動，因為這位「老江湖」說出的東西並不真實。我的反駁分以下幾個方面展開：(1)操作——「在今天，各行各業的操作都屬光明正大的行為，操作不等於陰謀。相反，以隱喻為最大特徵的『知識分子寫作』倒是天然的與陰謀結緣，修辭的陰謀，可以四面討好，文字表面的清潔，很容易在某些主流刊物上流通。」(2)誰壓制誰——「90 年代以來，『知識分子寫作』對其異己的壓制從來都是戴著學術面具進行的，到《歲月的遺照》開始變得明目張膽。」(3)知識分子寫作——「所謂『知識分子寫作』讓我想起了『女性文學』的提出，我對『女性文學』的感受同樣適用於『知識分子寫作』：作為男人，我平時很少想起也根本不用強調自己褲襠裏究竟長了什麼東西。」(4)中年寫作——「為自己可能出現的生命力陽痿提前做好的命名。金斯堡從來不說什麼『中年寫作』、『晚年寫作』，只要能操得動詩就能寫得出來。」(5)隱私——「這超過了《絕對隱私》，你犯規了！」

4 月 18 日上午。

吳思敬主持。

持中立觀點和徹底迴避了交鋒話題的與會者發言：任洪淵、小海、張清華、劉福春、陳仲義、林莽等。

楊克發言。想替屢遭「缺席審判」的謝有順作個辯護，遭到臧棣、王家新、程光煒圍攻。其間，西渡、臧棣、程光煒還向沈奇發難。因為他們「人人心裏都有一口惡氣」（唐曉渡語）。

吳思敬作總結發言。讓人覺得在座的都還是人，這種遊戲也還是有意義的。

會議在午飯後結束。「知識分子寫作」一行7人（西川於16日晚早退）分乘王家新、孫文波的兩輛私車回京，「民間立場寫作」詩人則和來時一樣與其他與會者、組織者一道乘會議專用的大巴返回⋯⋯

當天晚上，「民間立場」和阿堅、莫非、王一川、殷龍龍、江熙等在京詩人、評論家應邀到北師大參加了一個大型的詩歌朗誦會，據傳「知識分子」則去了其中一位的家⋯⋯〔註74〕

由於沒有公開的錄音資料，該篇描述是否真實可靠是個可以懸置的問題。我們只需要按照「爭」的邏輯來理解作為爭論一方的態度。按照這樣的描述，我們至少可以得出以下結論：

（一）風度之爭中，「民間立場」的詩人明顯壓倒了「知識分子寫作」的詩人。該文中涉及民間立場詩人的論爭風度時，描述用詞輕鬆幽默，溢美和欣賞的氣息時常溢出筆端，塑造出一個個個性十足、才氣橫溢、幽默風趣、大氣磅礴的民間詩人形象。比如說到「徐江發言。全場第一次有了笑聲。說其妻怕其好逞口舌之利而遭打，他說不會的，因為對方都是『知識分子』。徐江說這次開會他帶來了兩句口號：『向知識分子學習！向中年寫作致敬！』全場爆笑」；說到于堅發言，稱「這是真正的詩人的發言，語言的魅力發揮到了極致。如果我們不把這一切看作『打仗』，而僅僅如我所願視其為展覽性情、揮灑語言的話，那麼于堅就該獲得本次會議的『最佳表現獎』。有鑑於唐曉渡在他發言時攻擊于堅的發言為『表演』，我和徐江在飯桌上決定授予于堅『人民藝術家』的光榮稱號。真的，他給全場（那幾個『知識分子』除外）帶來了莫大的快樂，你能想像一個詩人在一次研討會上的發言所博得的讓人前仰後合的藝術效果嗎？于堅的發言並未把對王家新的反擊作為線索，顯得大氣磅礴，他即興隨筆式地談著自己的狀況、遭遇和對詩的看法⋯⋯現場發言的

〔註74〕伊沙：《世紀末：詩人為何要打仗》〔C〕∥《1999中國新詩年鑑》，廣州：廣州出版社，2000年，第518〜523頁。

于堅和文本的于堅完全是一致的：幽默、智慧、揮灑自如。于堅的霸氣由於
天然地與他的性情結合在一起（他懂得自嘲），所以表現得煞是可愛」。說到
伊沙發言，先是「談得很真誠、很實在」，後因爲覺得「老江湖」唐曉渡說了
不真實的情況，以五段論反駁，反駁的語言非常個性和自足。另一方面，對
於「知識分子寫作」立場大部分相關詩人和詩評家的描寫，塑造出的是一個
個急火攻心、惱羞成怒、口吃木訥、心機狹隘、毫無風度的虛僞酸腐知識分
子形象。比如說到王家新發言。「口口聲聲『本來不想發言，不想開這個會』
的王家新是開著私車來的，並運來了一萬多字的發言稿」。他發言的文章的主
要線索是圍繞于堅《穿越漢語的詩歌之光》進行反擊，令全場哭笑不得的不
是王家新的觀點而是他的語言，過去滿紙唯美意象、文化掌故和大師引言的
王家新，在他的批判（不是批評）文章及現場發言中竟然使用了「知識分
子」原本十分不屑的「文革」話語和市井幫會語言，諸如「你們這是在搞運
動」「誰也沒有搞住誰」，「20 年後，咱們走著瞧！」王家新大肆批評青年學者
謝有順，他竟然「非常低級」地把「『謝有順，一個從來沒有聽說過的人』作
了謝有順的『罪證』」；說到臧棣發言：「臧棣在這次會議上始終繞不過去的問
題是：他不明白爲什麼徐江會罵他傻（在《烏煙瘴氣詩壇子》一文中）。他兩
度非常納悶地說：『我又沒得罪你！』他的邏輯是：我選了你的詩，你爲什麼
還要罵我？總是在細枝末節上打轉嚴重影響了臧棣總體上的發揮，本來如我
等都很想一睹這位北大博士舌戰的風采。」說到孫文波發言：「該兄口拙，發
言內容幾乎聽不清楚。」說到唐曉渡：「唐曉渡的發言與他 90 年代以來爲數
不多的幾篇文章中的觀點一致，但與想像中他本來應該扮演的角色則大爲不
同，而且相當激動。……他從對『民間立場』的批評開始，就『詩人和批評
家的關係』（針對于堅上午發言）問題，就『知識分子寫作』問題談了他的看
法。因在發言中說出了他與于堅交往中的隱私性事件而使會場的氣氛陷入了
空前的尷尬之中。」而且，還談到在于堅發言時，唐曉渡始終「陰沉著臉」。
更值得一提的是幾處細節，文中兩次提到知識分子寫作詩人的「私車」，一處
是開頭，「口口聲聲『本來不想發言，不想開這個會』的王家新是開著私車來
的」。一處是結尾『會議在午飯後結束』。『知識分子寫作』一行 7 人（西川於
16 日晚早退）分乘王家新、孫文波的兩輛私車回京，『民間立場寫作』詩人則
和來時一樣與其他與會者、組織者一道乘會議專用的大巴返回」……私車似
乎暗示「民間寫作」一直抨擊的「知識分子寫作」詩人們名利雙收、功成名

就的腐朽秩序和「僞民間」眞相，大巴則暗示眞正的民間精神。「私車」和「大巴」的對比是非常富有深意的。也是兩者風度之爭中二元對立形象的一部分。

（二）詩學之爭成爲陪襯，「打仗」成爲會議的主色調。除了描述出整體的「打仗」氛圍，文中提到「打仗」4次，還可以得出現場「打仗」的導火索問題：「王家新，本次會議上情緒最爲激動的人把論爭雙方完全帶入了『打仗』的氛圍。」而作爲會議主題的「中國詩歌創作態勢與理論建設研討」在文中幾乎沒有提及，「打仗」雙方要麼是短兵相接、單打獨鬥，要麼是群起攻之、缺席審判，「人人心中都有一口惡氣」，在這樣的氛圍中，詩學之爭只是一個虛構的、堂皇的主題。

（三）從該文運筆著墨的多少來看，可以看出「打仗」雙方有主將、副將，在上文中，雙方著墨描寫最多的「民間寫作」一方的于堅、伊沙和「知識分子寫作」一方的唐曉渡、王家新。這也可以從伊沙在《我在「盤峰論爭」中的邪念》一文中印證。他說「當時于堅和唐曉渡僵在一句話上，作爲本方『副將』，我只有挺身而出，這是『團隊精神』。而從個人風格和表現欲來說，我願意和對方『主將』會一會，我想別說唐曉渡，就是他們 8 個人（加上跑掉的西川）加起來也不是我的對手。事實也是如此」。〔註75〕打仗、主將、副將，勾勒出組織性、策略性十分明確的兩個集團的較量。

（四）「打仗」表面無結果，但實則暗示了「民間寫作」一派詩人的勝利。從前述兩類形象描寫中，「民間」一方的輕鬆幽默和「知識」一方的沉重惱怒，至少是前者佔了心理上風，充分實現了「打仗」前的意圖定點：挑起爭端、攪亂秩序、激怒對手；後者雖有備而來，但作爲防禦保位的思想在前者江湖式炒作和表演下顯得力不從心，頗有「秀才遇到兵」的尷尬和無奈。

上述分析代表「民間寫作」一方的表述和暗示，由於「知識分子寫作」一方沒有關於會議的直接描述，只在會後的論爭文章中有對交鋒的相關論點和整體表現的敘述，所以他們的回應將在會後的「爭」中分析。那麼，會議中「爭」的內容和各方表現還可以從相關紀要和新聞媒體報導中尋找。鑑於紀要和報導的內容過於籠統，筆者只提出與伊沙的敘述有爭議的地方。參見的文章主要是張清華《一次眞正的詩歌對話與交鋒——「世紀之交：中國詩

〔註75〕伊沙等：《十詩人批判書》〔C〕，長春：時代文藝出版社，2001年，第67頁。

歌創作態勢與理論建設研討會」述要》（以下簡稱《述要》）和《中國青年報》1999 年 5 月 14 日的報導《十幾年沒「打仗」的詩人憋不住了》以及《科學時報·今日生活》1999 年 7 月 31 日的報導《詩人口槍舌彈亂作一團 媒體筆戈墨陣又起烽煙──「盤峰論劍」是非後的是非》，7 月 6 日北京《文藝報》刊出的《「民間的」還是「知識分子的」？詩人為寫作立場而爭論》，7 月 12 日《北京日報》刊出靜矣的《'99 詩壇：「民間寫作」派與「知識分子寫作」派之爭》。

首先看《述要》，它與伊沙式的現場表演式側重報導完全不同，作為嚴肅的學術會議紀要，它的表述無疑是標準的全景式的。第一章是承接與回應，講述會議背景和詩歌批評前輩、著名詩歌批評家謝冕對召開會議意義的綜述，以及會議前雙方的分歧，其實涉及到會議「導火索」的問題。從《述要》看來，雙方分歧的「導火索」主要是程光煒編選的、北京社會科學文獻出版社出版的《歲月的遺照》（以下簡稱《遺照》）和楊克主編、花城出版社出版的《1998：中國新詩年鑒》。第二章是交鋒與對話。其中涉及到誰先發難的問題。按照《述要》的表述，首先是「民間寫作」一方的尖銳批評引起了「知識分子寫作」一方的反駁。他先提到于堅、伊沙、沈奇、楊克、徐江等的批評立場，然後說到：「對於上述批評，王家新作了尖銳的反駁，……唐曉渡在發言中也為『知識分子寫作』進行了辯護，……程光煒、臧棣等人的發言既是為『知識分子寫作』辯護，也是為批評工作辯護。」〔註 76〕「反駁」、「辯護」等詞語的運用，明顯是對於「民間寫作」發難的被動招架和應戰。可以得出會議中「民間寫作」首先發難、整體進攻性和目標性十分明確。第三章的靜觀與辨析中，可以看到大部分批評家的立場，雙方各打五十大板，分別辨析各自立場的優長與不足。然後依然沒有結論。

再看《中國青年報》的報導，從報導開頭「據與會人士分析，此次論爭的激烈和白熱化程度近十幾年詩壇罕見」……〔註 77〕，可知寫報導的記者並沒有到場，內容的依據是與會人士的採訪。內容裏面也涉及了爭論的兩個關鍵性內容：「誰先發難」「會前導火索」。關於誰先發難的問題，與前述紀要的隱晦不同，報導十分肯定的說：「會上，民間寫作詩人首先發難。他們認為，

〔註 76〕張清華：《一次真正的詩歌對話與交鋒──「世紀之交：中國詩歌創作態勢與理論研討會」述要》〔J〕，《北京文學》，1999 年第 7 期。

〔註 77〕田湧：《十幾年沒「打仗」的詩人憋不住了》〔N〕，《中國青年報》，1999 年 5 月 14 日第 8 版。

90 年代，中國新詩日益被讀者冷淡，正被無情地逐出我們的生活空間。造成這種局面，知識寫作詩人有不可推卸的責任。」而「知識分子寫作『是在』面對民間寫作詩人的無情指責，知識寫作詩人開始反擊」。〔註78〕會前導火索問題，與紀要和其他批評家公認的兩本書（《遺照》和《年鑒》）作爲導火索不同，報導很明確的說到：「據瞭解，此次爭論在會前已有背景。導火索源於今年 2 月花城出版社出版的《1998 中國新詩年鑒》。」〔註79〕與此類似的還有《科學時報·今日生活》1999 年 7 月 31 日第 8 版的報導《詩人口槍舌彈亂作一團　媒體筆戈墨陣又起烽煙——「盤峰論劍」是非後的是非》，該文的敘述邏輯是：《年鑒》對九十年代詩歌及眾多詩人、詩評家進行了「大肆攻擊和指責」，隨後謝有順《內在的詩歌眞相》一文把衝突歸結爲「民間寫作」和「知識分子寫作」之間，並對後者進行了「武斷、粗暴的責難」，徐江等人也發表文章，對「知識分子寫作」詩人和詩評家進行「肆意詆毀和攻擊」，然後，才有「盤峰會議」眾多詩人和詩評家針對質疑，「對一些問題進行了澄清」。顯然，潛在的邏輯是「民間寫作」的詩人和詩評家們是導火線和發難者，會議上「知識分子寫作」的辯護只是「澄清」一些問題。〔註80〕

　　幾篇文章和伊沙的表述在兩個問題上產生了分歧。首先看誰是「打仗」的導火索問題。伊沙在《世紀末：詩人爲何要打仗——關於「導火索」》中花了極大的篇幅，約 3000 字，討論了「關於導火索」的問題。他認爲，雖然在會議中正是這兩本書（《遺照》和《年鑒》）「被論爭雙方反覆提及、相互攻擊，構成此次會議的兩個刺目的焦點」〔註81〕，但可以從以下幾個方面得出導火索的結論。一是兩本書出版的時間先後，《遺照》是 1998 年 2 月，《年鑒》是 1999 年 2 月。正是先出版的《遺照》盜用「90 年代詩歌」的冠名，而選取的詩人又是小圈子內的，才出現了一年後表達「民間立場」好詩標準的《年鑒》，孰先孰後是「導火索」問題的關鍵；二是兩本書發行後的不同命運。《遺照》「標明印數 10000，但在各地書店中都極難見到」〔註82〕。《年鑒》「在近

〔註78〕田湧：《十幾年沒「打仗」的詩人憋不住了》〔N〕，《中國青年報》，1999 年 5 月 14 日第 8 版。

〔註79〕田湧：《十幾年沒「打仗」的詩人憋不住了》〔N〕，《中國青年報》，1999 年 5 月 14 日第 8 版。

〔註80〕《詩人口槍舌彈亂作一團　媒體筆戈墨陣又起烽煙——「盤峰論劍」是非後的是非》〔N〕，《科學時報·今日生活》，1999 年 7 月 31 日第 8 版。

〔註81〕楊克：《1999 中國新詩年鑒》〔C〕，廣州：廣州出版社，2000 年，第 515 頁。

〔註82〕楊克：《1999 中國新詩年鑒》〔C〕，廣州：廣州出版社，2000 年，第 517 頁。

年詩集發售的頹勢中創造了一個不小的奇迹，主渠道、二渠道齊發，出版數
月約 20000 冊書已全部批發到位，出版人楊茂東已決定加印，投資迅速回收
已爲來年《年鑑》的出版創造了一個良性循環」。〔註83〕伊沙按照兩本書的印
數做出判斷，發行印數多的肯定是得到更多認可。而且，正因爲《年鑑》受
到歡迎可能引起了「知識分子寫作」的氣憤和不滿，通過各種渠道攻擊它，
讓人誤以爲《年鑑》是引起後來「打仗」的導火線。這有一個本末倒置的問
題；三是兩本書的內容決定了誰是挑起爭端的「導火索」。《年鑑》尊重90年
代詩歌眞相，以藝術的標準而不是圈子趣味編選詩歌；《遺照》則嚴重歪曲事
實，以「90年代詩歌」之名行圈子趣味之實。據此，《遺照》才是眞正的壓制
詩歌眞相，引起90年代眾多詩人不滿，進而激起爭端的「導火線」。他對《中
國青年報》關於「導火索」問題的報導十分不滿，質疑道：《中國青年報》
在一篇題爲《十幾年沒「打仗」詩人憋不住了》的引人關注的報導中，稱其
中的一本（即《1998中國新詩年鑑》）爲此次『盤峰論劍』（陳超語）的『導
火索』，採寫這篇報導的該報記者田湧並未到會，他的根據大概是對某些（大
概主要是在京的）與會者的採訪。」質疑中對記者報導來源的「大概主要是
在京的」暗指「知識分子寫作」（「知識分子寫作」一方的詩人多是在京居
住）。同樣，在關於「誰先發難」問題上，前述伊沙的現場實錄式報導中指出
是「王家新，本次會議上情緒最爲激動的人把論爭雙方完全帶入了『打仗』
的氛圍」。而且，作爲「民間寫作」一方的主將于堅和副將伊沙的尖銳批評和
發言在王家新之後。但多數媒體和批評家在綜述和報導時把于堅的尖銳批評
寫在最前面，造成的感覺確實是「民間寫作」首先發難，「知識分子寫作」被
迫辯護。但伊沙沒有質疑《述要》和其他批評家的相關表述，他還是在《世
紀末：詩人爲何要打仗——關於「誰先發難」的問題》一文中指責：「還是那
篇《中國青年報》的報導稱：『在會上，民間寫作詩人首先發難』。」〔註84〕
更證明他懷疑這篇報導背後的採訪根據是「知識分子寫作」詩人，該篇報導
就是「知識分子寫作」詩人的聲音。「知識分子寫作」利用地理和文化資源，
可以引導媒體的表達和傾向，增強了對「知識分子寫作」作爲江湖中強勢力
量的印象，由此可以反證自身的弱小和被壓迫。

　　一個值得思考的問題是，爲什麼各方要糾纏在「導火索」和「誰先發難」

〔註83〕 楊克：《1999中國新詩年鑑》〔C〕，廣州：廣州出版社，2000年，第517頁。
〔註84〕 楊克：《1999中國新詩年鑑》〔C〕，廣州：廣州出版社，2000年，第518頁。

－81－

的問題中？它對會議中的「爭」有什麼特殊意義？

　　我認為，這兩個問題是關於「爭」的正義性和合法性的問題。按照常識，如果一方正義合法，另一方就是不義。「打仗」要師出有名也是這個道理。它可以為自身的鬥爭加分，為取得最後的勝利贏得人心。各方關於這兩個問題的表述，實質暗含著對雙方鬥爭的合法性判斷。

　　「民間寫作」一方很明顯認為自身的鬥爭源於長期被江湖強勢力量「知識分子寫作」故意壓制，而且該勢力已成腐朽的詩歌秩序，把自身作為歷史的選擇來揭露腐朽的詩歌秩序「內在的真相」，一切鬥爭都是為詩歌內部的「清場」和釋放被壓抑的生存空間。伊沙在談到我到底為什麼而戰時說：「我骨子裏的回答是：生存！我為自己詩的生存空間而戰！為生存而戰就是『聖戰』。有人為爭霸而戰，有人為恩怨而戰，我只為生存而戰！」〔註85〕為生存而戰的邏輯是：「知識分子寫作」一方的詩人和詩評家無視 90 年代伊沙們對中國詩歌的貢獻，故意排斥他們。「程光煒那本臭名昭著的《歲月的遺照》在『90 年代詩歌』的名目下不收我，成了《北青報》的一條書評，是別人先我感到了奇怪，別人在會上評價了我，他要在會下和別人理論，已經不止一次了；呂德安作為評委之一推薦我為『劉麗安詩歌獎』候選人，同樣作為評委之一的臧棣從中阻撓，奚密在北大講到我，他要站起來跟人理論，也是目擊者先我感到了奇怪；作為評論家的唐曉渡、陳超（可視為唐的影子）在他們的表揚稿、總結報告之類的文字中從來不提我的名字，不提就不提唄，也是別人先我感到了奇怪，說那是故意不提，難道我不知道那是故意不提？在這個行當裏待久了，我能從他們的屁聲裏聽出話音，尤其是陳超，他不僅是故意不提，他是想罵我，而且已經罵過了，沒點名字罷了。……」〔註86〕既然他們無視 90 年代詩歌真相，就是不義的、反動的，「因此，我堅定地認為所謂『盤峰論爭』絕不是先鋒詩歌或者說純正詩歌陣營內部的口頭爭論，而是中國詩歌得以持續不斷髮展的承擔者們與反動的保守勢力的一場面對面的較量。」〔註87〕「發展的承擔者」和「反動的保守勢力」的指認，清楚地表明了「打仗」中「民間」一方的合法性、正義感和「知識」一方的反動性。從這裡，也可以看出 90 年代的「詩江湖」雖然重視鬥爭的策略、手段，但對於

〔註85〕伊沙等：《十詩人批判書》〔C〕，長春：時代文藝出版社，2001 年，第 70 頁。

〔註86〕伊沙等：《十詩人批判書》〔C〕，長春：時代文藝出版社，2001 年，第 71 頁。

〔註87〕伊沙等：《十詩人批判書》〔C〕，長春：時代文藝出版社，2001 年，第 71 頁。

鬥爭的「正義感」還是十分重視的。這也是它與新世紀以來的詩歌江湖世界表現的微妙不同，關於這點的闡釋還將在下章具體分解。

被伊沙質疑爲根據對「知識分子寫作」一方的某位與會人士採訪寫就的《中國青年報》的報導以及相關類似的媒體報導《詩人口搶舌彈亂作一團　媒體筆戈墨陣又起烽煙——「盤峰論劍」是非後的是非》，比較明顯地傾向於「知識分子寫作」一方。對於「打仗」的原因和過程突出了「民間」一方的主動挑釁和「知識」一方的「正當」辯護和回應，認爲「這屬於完全正當的詩歌論爭」。〔註88〕值得注意的是，這兩份報紙都是屬於北京的媒體，代表了與「民間寫作」抵牾的立場傾向。

除了有明顯傾向的批評家，以《述要》爲代表的大部分持中立觀點的批評家，迴避了對鬥爭雙方的直接傾向。但他們也認識到鬥爭雙方詩人寫作立場「深刻的偏執」，並「帶上明顯的『表演』色彩，其根本性的『立場』和特定情境或對立關係中的具體『策略』的關係更加曖昧，難以區分。當然也不排除某種『圈子』的因素」。〔註89〕對於雙方的爭論，他們更願意認爲都是詩學立場之爭，都是具有「合法性」的。

三種不同的表述方式分別代表三種聲音：「民間寫作」詩人、中立批評家和部分媒體。指出表述中的分歧並不是要尋求最後的定論；究竟誰說的是眞的？而是通過這種比較，看出在「詩江湖」中一個事件引起的多方不同反應，正是多方的角逐構成了詩歌江湖烽煙四起、刀光劍影的江湖性質。從上述的關於「是否有錄音」和「導火索」、「誰先發難」幾個問題的辨析，可以看出各方按照自己的立場做出了不同的表述。在江湖世界裏，「求眞」是很複雜的一件事，媒體的目的在於挑起更大的論爭，吸引更多的注意力，它在乎的是「傳播」的成功。所以對於採訪的資料不會做眞假辨析，甚至在關鍵問題上故意埋藏一些噱頭，其中難免有不負責任的「失實報導」。當事雙方更是從自身利益出發，宣揚本方行動的正義性，更由於對「媒體」傳播功能的了解，努力增加鬥爭的表演性質和事件效果，表述是比較誇張的。中立者更多地迴避了現場實際，努力把現場的刀光劍影上昇到理論的高度，不可能明確觸及現場鬥爭的本身，因爲那是些不夠冠冕的有損詩人形象的江湖爭鬥，很難納

〔註88〕《詩人口搶舌彈亂作一團　媒體筆戈墨陣又起烽煙——「盤峰論劍」是非後的是非》〔N〕，《科學時報·今日生活》，1999 年 7 月 31 日第 8 版。

〔註89〕王巍：《世紀之交的詩歌論爭——中國詩歌創作態勢與理論研討會紀要》〔N〕，《太原日報·雙塔文學周刊》，1999 年 7 月 26 日第 5 期。

入正規的學術討論，所以他們大多以詩學觀念共存、互補等作爲對鬥爭本身的迴避和規訓。基於這樣的職業立場和慣性，以及與現場詩人們複雜的關係或者不願意捲入鬥爭，他們的表述含蓄，對現場鬥爭中立化、理論化的描述與實際「眞相」有一定距離。事實上，詩歌江湖中的「鬥」、「爭」是永恒的，只不過是策略、手段和表現不同，「占位」的邏輯是不可避免的，所謂的觀點共存、相互接受和共同進步作爲一種理想，只能在場域中構建一種關於未來的想像空間和發展動力。

上述三者之間看似脫節和抵牾，實際上卻是互動互補的，媒體追求「注意力經濟」──詩人製造事件促使媒體注意──批評家規訓──詩人辯護──媒體反過來製造更多事件的噱頭──詩歌事件擴大──鬥爭推向高潮。這種互動在會議後的「爭」中也得到了充分的表現。

二、會議後「爭」的表現和特點

會議後的「爭」主要在各大媒體、雜誌組織的各種論爭文章中，從現場面對面較量轉移到媒體上的口誅筆伐。諸多媒體策劃了爭鬥，使整個爭論事件化、輿論化。根據劉富春先生的收集整理，先後組織論爭的媒體、雜誌和論爭的文章有：《詩探索》1999 年第 2 輯發表王家新《知識分子寫作，或曰「獻給無限的少數人」》、徐江《俗人的詩歌權利》、西渡《對幾個問題的思考》、孫文波《我理解的 90 年代：個人寫作、敍事及其他》等文；《北京文學》1999 年第 7 期刊出謝有順《誰在傷害眞正的詩歌》、韓東《附庸風雅的時代》、陳超與李志清《問與答：對幾個常識問題的看法》、西川《思考比謾罵更重要》、唐曉渡《致謝有順君的公開信》；7 月 13 日和 20 日四川《讀者報》兩次刊出「關於『知識分子寫作』的爭論」專輯，有于堅《眞相大白》、侯馬《腐朽的「寫作」》、王家新《詩人何爲》、安琪《「知識分子寫作」在當下中國可能嗎》、伊沙《如此三段論！》、沈奇《誰在傷害》等文章；7 月 31 日北京《科學時報・今日生活》專版刊出《詩人口槍舌彈亂作一團　媒體筆戈墨陣又起烽煙──「盤峰論劍」是非後的是非》，包括王家新《也談「眞相」》、孫文波《事實必須澄清》、蔣浩《民間詩歌的神話》、唐曉渡《我看到……》、陳均《于堅愚誰》；《北京文學》1999 年第 8 期又刊出《關於詩歌及批評的爭論（之二）》，有于堅《眞相──關於「知識分子寫作」和新潮詩歌批評》、臧棣《詩歌：作爲一種特殊的知識》、西渡《爲寫作的權利聲辯》、孫文波《關於「西方的語言資源」》、王家新《關於「知識分子寫作」》、沈奇《何謂「知

識分子寫作」〉、侯馬《90 年代：業餘詩人專業寫作的開始》；9 月出刊的昆明
《大家》1999 年第 5 期發表謝有順《詩歌在疼痛》、程光煒《新詩在歷史脈絡
之中——對一場爭論的回答》；9 月出刊的《詩探索》1999 年第 3 期發表張曙
光《90 年代詩歌及我的詩學立場》、姜濤《可疑的反思及反思話語的可能性》
等文。

　　可以補充的還有 1999 年 8 月 28 日《科學時報‧今日生活》第 8 版《北
京詩人劍入鞘　外省騷客又張弓》組發的四篇「民間寫作」回應稿件，包括
于堅的《誰在製造話語權力？》、伊沙的《究竟誰瘋了》、徐江的《敢對詩壇
說不》、沈浩波的《讓爭論沉下來》。

　　另外，在王家新、孫文波編的《中國詩歌——九十年代備忘錄》和楊克
編的《1999 中國新詩年鑒》中，還收錄了上述未提及的爭論文章，包括前者
收錄的桑克的《詩歌寫作從建設漢語開始：一個場外發言》、周瓚的《「知識
實踐」中的詩歌「寫作」》、楊小濱的《一邊秋後算賬，一邊暗送秋波》、楊遠
宏的《暗淡與光芒》、陳曉明的《詞語寫作：思想縮減時期的修辭策略》、陳
東東的《回顧現代漢語》、耿占春《沒有終結的現時》、崔衛平的《為什麼是
偽問題》；後者收錄的曾非也《看詩壇熱鬧》、林白的《靈魂的回頭與仰望》。
這兩本書分別是兩個陣營的人編選的，上述收錄的文章似乎是沒有參加爭論
的旁觀者，但這些旁觀者都是有立場傾向的，前者收錄的上述幾篇文章，大
多都是支持「知識分子寫作」，質疑「民間寫作」；後者收錄的正好相反。僅
從收錄的文章數目看，前者的旁觀支持者比較多，一共 8 篇，後者的旁觀支
持者較少，只有 2 篇。

　　從這些文章看來，兩個陣營在會後的「爭」愈加激烈，雙方你來我往、
針鋒相對。它有以下幾個方面的主要特點：

1. 爭論的人身攻擊化

　　如果說，會場上的人身攻擊由於沒有看到完整的錄音資料不得而知，那
麼，會後的爭論文章已經清楚地表現出這場爭論作為江湖鬥爭的一個特點之
一：人身攻擊。「除了于堅、臧棣、韓東、王家新、程光煒等少數批評家，寫
出像《論民間》（韓東）、《詩歌：作為一種特殊的知識》（臧棣）那樣有理有
據的探討詩歌和文化問題的文章外，『大多參與者的批評方式是雜文式的，特
別是伊沙、徐江、沈浩波、沈奇等人的文章，帶著十分強烈的火藥味』，春秋
筆法的行文與謾罵、揭短、譏諷交織，尖刻犀利，咄咄逼人，有時把文學批

評降低為喧囂的爭吵和罵街的行為。……伊沙戲弄孫文波口拙有『聽覺缺陷』、臧棣『傻氣』，在《究竟誰瘋了》一文中和西川「牛 B」式的較勁，都遠遠超出學術論爭的範圍，蛻變成了道德怪圈的人身攻擊。」〔註 90〕「知識分子寫作」一方主要攻擊對方「公然一副市井流氓嘴臉」「內心污穢」「下三濫」「典型的權力欲和性變態症候」；〔註 91〕「江湖潑皮」「不過是寫了只『啤酒瓶蓋兒』、『命名了一隻烏鴉』，不過是在『黃河上撒了一泡尿』，『摸了髮廊女的屁股』」；〔註 92〕「瘋三混混」「詩歌黑社會」〔註 93〕。「民間寫作」攻擊對手：「連一點起碼的自尊和自信都沒有」〔註 94〕；「小丑式的誇張」「弱智般的任性」「『知識分子』的下流趣味和自以為是的陰損」〔註 95〕等等。這樣的爭論沒有邏輯學理，只有辱罵結論；沒有平和探討、只有激烈泄憤。目的在於醜化對方。除了言語上直指的人身攻擊和武斷結論，以揭秘對方隱私或「潛規則」作為論據也大行其道。比如，王家新在文章中提到「民間」一方編輯《1998 中國新詩年鑒》的不為人外界所知的一些手段：「早在編輯《年鑒》時，他們就使出一招：這次要把受『知識分子寫作』壓制的擡出來，而你，就是被壓制的一個！結果，有些收到『特殊約稿信』的詩人感到莫名其妙：我什麼時候被壓制過？誰壓制誰了？一時引為笑談。」〔註 96〕還提到在盤峰詩會上，「于堅一定要某詩人在會上『表明立場』，別人不願意，結果被罵成『甫志高』」。〔註 97〕而伊沙、于堅、徐江等多位「民間寫作」詩人，更是在多篇文章中指出盤峰會議上陳超、唐曉渡等抖露早年和于堅交往中的一些隱私事

〔註 90〕 羅振亞等：《先鋒詩的「多事之秋」：世紀末的論爭和分化》〔J〕，《北方論叢》，2003 年第 3 期。

〔註 91〕 唐曉渡：《我看到……》〔C〕//《1999 中國新詩年鑒》，廣州：廣州出版社，2000 年，第 571～572 頁。

〔註 92〕 孫文波：《事實必須澄清》〔C〕//《1999 中國新詩年鑒》，廣州：廣州出版社，2000 年，第 548 頁。

〔註 93〕 西川：《思考比謾罵更重要》〔C〕//《1999 中國新詩年鑒》，廣州：廣州出版社，2000 年，第 539 頁。

〔註 94〕 于堅：《真相——關於知識分子寫作和「新潮詩歌批評」》〔C〕//《1999 中國新詩年鑒》，廣州：廣州出版社，2000 年，第 588 頁。

〔註 95〕 徐江：《敢對詩壇說「不」》〔C〕//《1999 中國新詩年鑒》，廣州：廣州出版社，2000 年，第 569～570 頁。

〔註 96〕 王家新：《也談「真相」》〔C〕//《1999 中國新詩年鑒》，廣州：廣州出版社，2000 年，第 546 頁。

〔註 97〕 王家新：《也談「真相」》〔C〕//《1999 中國新詩年鑒》，廣州：廣州出版社，2000 年，第 546 頁。

件。幾乎「民間」一方所有參與論爭的都提到對方「大揭隱私」，以此作爲「『知識分子』自以爲是的陰損」的重要論據。還有部分評論家也提到這點：「大家相互抖露隱私，有人甚至威嚇他人。」〔註98〕伊沙還認爲關於隱私事件的揭露，是「知識分子寫作」違規了。「這超過了《絕對隱私》，你犯規了」！〔註99〕所謂的規，應該是指詩歌場域內部的一些「潛規則」，它長期存在且爲大家心照不宣，但在涉及雙方利益激烈爭鬥的情況下，暴露潛規則支配下的一些個人隱私行爲成爲人身攻擊的一個重要手段。〔註100〕

2. 爭論的輿論化

觀察雙方會後的論爭文章，可以發現鬥爭雙方基本採取「短、明、快」的檄文風格。文章的字數大多數在 1000～2000 左右；語言簡短而富有刺激性；沒有學理論證、結論武斷明確。這些特徵當然是鬥爭策略的需要，如果浪費時間在冗長而深沉的學理論證上，形不成雙方「短兵相接」的效果；另一方面，媒體的邏輯也很清楚地滲入到論爭文章的特徵中。「在報紙上，有版面的要求，從而字數受到嚴格控制，並且，寫作的內容也不能晦澀難懂，否則會失去一批主要是外行的讀者。」〔註101〕一個版面要集中組發 4～5 篇文章才能充實內容，當然要求這些文章的字數必須控制在適當範圍之內。其次，媒體的「注意力經濟」邏輯也牽引著鬥爭雙方在謀篇布局和語言策略上的短小和富有刺激性。「假如先鋒文學不構成一種令人好奇的新聞事件，不具有一種誘人的故事性，它就會變成大眾媒介的盲點，變成一種匿名的存在」。〔註102〕要誘人並且令人好奇，對語言敘述方式的選擇就十分重要。以《科學時報・今日生活》1999 年 8 月 28 日第 8 版四篇爭論文章爲例，最長的一篇2000 字左右，最短的 1000 字左右。文章題目基本採用疑問句加祈使句，分別

〔註98〕唐晉：《「盤峰會議」的危險傾向》〔N〕，《太原日報・雙塔文學周刊》，1999年 7 月 26 日第 5 期。

〔註99〕伊沙：《世紀末：詩人爲何要打仗》〔C〕//《1999 中國新詩年鑒》，廣州：廣州出版社，2000 年，第 522 頁。

〔註100〕除了伊沙的文章，收錄在《1999 中國新詩年鑒》中的多篇文章包括：于堅《誰在製造話語權力？》、徐江《敢對詩壇說「不」》、謝有順《詩歌在疼痛》、林白《靈魂的回頭與仰望》、曾非也《看詩壇熱鬧》等等都提到揭秘隱私事件。

〔註101〕朱國華：《文學與權力──文學合法性的批判性考察》〔M〕，上海：華東師範大學出版社，2006 年，第 135 頁。

〔註102〕朱國華：《文學與權力──文學合法性的批判性考察》，上海：華東師範大學出版社，2006 年，第 136 頁。

是《誰在製造話語權力？》、《究竟誰瘋了？》、《敢對詩壇說不》、《讓爭論沉下來》，疑問句令人好奇，「誰在製造」、「誰瘋了」，刺激人們瞭解的欲望；祈使句霸氣十足、針對性明確，給讀者帶來瞬間的閱讀快感。另外，雙方敘述邏輯也是富有刺激性的。兩方的整體思路基本都遵循：對方盤峰落馬（即都認為對方盤峰會議論劍失敗了）然後某某瘋了、開始大造假輿論；原因是權力欲、滅他人以擡高自己；手段是密謀、騙取、裝孫子、裝無辜、矇騙、撒謊；結論是無恥。〔註103〕都是欲將對方從詩學成就到人格品行徹底的消滅，批判方式被稱為「舍我其誰的文革式批判」〔註104〕。媒體和各方也根據事件輿論化的需要，把論爭簡化為「兩個陣營」、「北京（詩人）和外省（詩人）」的鬥爭。特別是對於「北京和外省」的強調，巧妙地把「中心和邊緣」、「主流和民間」等有對抗性的歷史和想像結合在一起，比如《科學時報・今日生活》1999 年 8 月 28 日報導的標題：《北京詩人劍入鞘，外省騷客又張弓》；「民間寫作」一方的詩人也在刻意強調「知識分子寫作」的北京地域身份。比如于堅說：「我很少到中國的文化中心去，偶爾路過北京，很奇怪，那個城市怎麼能住詩人？昨天，打完網球回來，看到幾位『現居北京』的外省讀者……」〔註105〕還有會前伊沙說的關於「北伐」和「鴻門宴」的傳聞：「據林莽介紹：此會在會前已被傳聞成『北伐』和『鴻門宴』，何謂『北伐』？何謂『鴻門宴』？『民間立場』大都居於外省，而『知識分子』大都住在北京，故有如此兩說。」〔註106〕而且，在伊沙描述的盤峰會議上，說唐曉渡指斥《1998中國新詩年鑒》為「一本外省編的詩選」〔註107〕——類似如此的敘述微妙

〔註103〕見王家新《也談真相》一文的語言和敘述邏輯，這些語言均取自該文；伊沙在《王家新論》一文中對上文的回應既提取了這些用於攻擊「民間寫作」的語言和思路，並認為王家新借罵「民間寫作」及其詩人為他和「知識分子」十年來的工作做了最好總結：××瘋了、盤峰落馬、大造假輿論、權利欲、滅他人以擡高自己之欲、騙子、騙取、裝孫子、裝無辜、矇騙、撒謊、誘騙、無恥、裝時髦、謊言、老詩人、評論家、密謀——真是十年辛苦不尋常。這叫借人諷己。

〔註104〕蔣浩：《民間詩歌的神話》〔C〕//《1999 中國新詩年鑒》，廣州：廣州出版社，2000 年，第 564 頁。

〔註105〕于堅：《誰在製造話語權力？》〔N〕，《科學時報・今日生活》，1999 年 8 月 28 日第 8 版。

〔註106〕伊沙：《世紀末：詩人為何要打仗》〔C〕//《1999 中國新詩年鑒》，廣州：廣州出版社，2000 年，第 523 頁。

〔註107〕伊沙：《兩本年鑒的背後》〔N〕，《中國圖書商報》，1999 年 6 月 15 日。

地把「北京和外省」這個具有獨特輿論價值的話題帶入爭論，可以激起眾多讀者的閱讀期待和參與感。

3. 爭論的空泛化

爭論中出現頻率最高的詞彙是「真相」，「似乎是哪一方都想把握、恢復論爭歷史本質深層的最真實的東西；可是意氣用事的對抗態度和揚己抑彼的立場導致他們往往都把注意力集中在對對方的攻訐上，偏離了真相本身」。〔註108〕這使雙方所謂的真相十分空洞。從這場爭論看來，雙方都是人身攻擊對人身攻擊、輿論對輿論、理論對理論，完全否定對方的寫作立場，以誰對誰錯為爭論的鵠的，而不是以文本對文本，以作品來證明是否完成自己的理論設想。論爭文章雖然很多，但各方基調相同、方式相同、結論相同，湊熱鬧或者表達立場、站隊的表演性質大於爭論的性質，使整個論爭流於空洞浮泛。鄭敏等老詩人評論說：「本來各種流派都有其長短，最好是拿出自己的作品，僅是理論上互相攻，沒有什麼意思，作品擺到桌上，它是否達到你所要達到的目標，有待於大家來判斷。」〔註109〕而且，爭論並沒有對各方立場有絲毫影響，「知識分子寫作」在爭論後同樣以「90 年代」的名義編選了《中國詩歌九十年代詩歌備忘錄》和《九十年代詩歌紀事》，基本上還是沿用論爭前的思路。所以，從根本來說，論爭只是一場雙方的表演秀。

基於上述的分析，如果從詩學的立場看，大多數關注者認為此次論爭是無效的。〔註110〕但問題的關鍵是，詩歌是否只是靠知識分子們總結出的詩學理論在推動？詩人的名聲是否只靠作品和詩學理論的相得益彰？盤峰論爭的性質和意義是否只能從詩學範圍界定？我們將在下節繼續探討。

2.4 「盤峰論爭」的江湖啟示

1999 年 4 月詩歌場域內部爆發的「盤峰論爭」，由於持續時間長、波及範圍廣、論爭話題的敏感，引起了眾多參與者和關注者，成為世紀末詩壇的一件大事。關於它的原因和性質，多數認為：「盤峰論爭」的表面原因似乎是

〔註108〕羅振亞等：《先鋒詩的「多事之秋」：世紀末的論爭和分化》〔J〕，《北方論叢》，2003 年第 3 期。

〔註109〕王巍：《關注者的聲音》〔N〕，《太原日報・雙塔文學周刊》，1999 年 7 月 26日第 5 期。

〔註110〕代表觀點有馬策的《詩人之死》，張閎的《權力陰影下的分邊遊戲》。

兩本書引發的爭論，其實深層的因素是世紀末「文學史」的焦慮和大師情結膨脹。論爭就是一場利益驅動下的話語權爭奪，是「權力陰影下的分邊遊戲」。〔註111〕

羅振亞等認為：「其實論爭之所以能夠成為事實遠不像媒體報導的那樣簡單，圍繞兩本詩集的征討與維護，也並非知識分子寫作和民間寫作對立的開始，它僅僅是論爭的導火索而已，在論爭出現的戲劇性突變背後還包蘊著諸多相當複雜的背景和內在深層的契因。」〔註112〕該契因就是具有梳理、總結、提升一個時代色彩的世紀末腳步逼近，刺激著許多大師情結急遽膨脹的詩人，產生「非此即彼的二元對立思維」和「確立自己在90年代詩歌史上位置的文學史焦慮」，在巨大的利益驅動下，「兩個陣營，競相進行狹隘的派系經營和話語權利爭奪」。〔註113〕基於此，一些觀察者定位該論爭只是「一場鬧劇」，「無非是對上一次『崛起』的拙劣的模仿」〔註114〕：「究其實，這只是一個在美學事件掩護下進行的爭名逐利的商業事件。功名顯赫者需要藉此進一步鞏固他們在詩壇的霸權，新貴們的位置則渴望得到詩壇的進一步確認並寄望有所晉升。這樣一來，兩個陣營、兩條路線就成了兩個利益主體，兩個利益目標，他們的爭霸動力，無非就是用個人的奮鬥史換來自己的文學史。」〔註115〕當然，對論爭無意義的判斷建立在詩學立場上，在否定了論爭詩學意義的同時，也有部分批評家在詩學的意義上為雙方提出了一些建設性的意見，「應該怎樣，不應該怎樣」的勸告是有著祈望論爭回到詩學上的良苦用心。還有一些詩人指出兩者的詩學立場並沒有根本的分歧，「兩者一個強調活力，一個強調高度；一個傾向於消解，一個傾向於建構，正好優勢互現，不足互補，因此大家要達到兼容互諒，保持自省」。〔註116〕無可否認，這些結論和期望都是從詩學的角度審度，有理有據且一語中的。但問題的關鍵

〔註111〕張閎：《權力陰影下的「分邊遊戲」》〔J〕，《南方文壇》，2000年第5期。
〔註112〕羅振亞等：《先鋒詩的「多事之秋」：世紀末的論爭和分化》〔J〕，《北方論叢》，2003年第3期。
〔註113〕羅振亞等：《先鋒詩的「多事之秋」：世紀末的論爭和分化》〔J〕，《北方論叢》，2003年第3期。
〔註114〕張閎：《權力陰影下的「分邊遊戲」》〔J〕，《南方文壇》，2000年第5期。
〔註115〕馬策：《詩壇的博弈》〔EB／OL〕，《馬策雜誌》，http://macede.blog.tianya.cn，2004-10-19。
〔註116〕張清華：《一次真正的詩歌對話與交鋒——「世紀之交：中國詩歌創作態勢與理論建設研討會」述要》〔J〕，《北京文學》，1999年第7期。

是，作爲有著多年寫作經驗和成果的雙方，並不是不懂這些問題，而是本身並沒有眞正把這場論爭定位爲「詩學論爭」，而是類似江湖的「幫派之爭」。在他們看來，論爭是否有意義，要看是否達到或超越他們的「意圖定點」。這就要從「詩江湖」的角度看待這場論爭，是否可以得出一些不同的結論和啓示。

如果從「詩江湖」的角度看，就要分析詩人作爲常人、俗人的心理體驗。由於詩歌的誕生與古老的巫術相聯繫，善於創造語詞魔力的詩人曾被賦予神話的色彩。在西方傳統裏，根據大量史實材料，人們相信，「詩被魔術般發明出來；它發源於神；它依賴於由一種特別釀製的液汁所帶來的醉人的力量，並由此傳布超越人類的智慧」。〔註 117〕雖然中國傳統裏由於神話的歷史化，沒有關於類似的詩人神化的大量史料記載，但人們也把李白稱爲「詩仙」、「謫仙人」，把白居易稱爲「詩魔」，對運用語詞符號魔力的巫十分敬畏和崇拜。即使隨著現代社會實踐理性、工具理性對詩人的袪魅，但保留在人們集體記憶中的對於詩人的期待還是有異於常人。尤其是 80 年代詩人所扮演的「文化英雄」的角色，使得人們總不能從常人的角度來分析詩人。實際上，詩人寫作和任何一種寫作一樣，渴望交流、渴望被關注認可、渴望成功。只是，一部分詩人推崇「自在式書寫」，而另一部分推崇「自爲式書寫」。自在式是有限的書寫功利化，寫作是爲了個人情緒的表達，詩作不追求發表，只是自我欣賞或者小範圍交流。這種書寫是純性情化的書寫，是一種自在的生活方式和狀態，很少能影響或推動詩歌的發展；「自爲式書寫」是有著寫作野心的書寫。通常，這部分詩人有著強烈的文學史期待，儘管可能表現出對「文學史」不屑一顧——但恰恰是這類型的詩人，暗中在改變著詩歌的歷史和書寫狀態。比如 80 年代中後期，通過各種主義、口號崛起的「第三代詩人」，至今都還在影響著詩歌的歷史和寫作方式。所以，詩人渴望進入文學史渴望成爲大師，都是正常的理想，並不能作爲詩人「不務正業」的「罪證」。相反，有了這種期待，個人的努力才更有價值和歸宿感，這是一個非常簡單的道理。但是，要想進入文學史或成爲大師，僅靠作品就夠了嗎？這是一個非常複雜的問題。布爾迪厄說：「藝術品價值的生產者不是藝術家，而是作爲信仰的空間的生產場，信仰的空間通過生產對藝術家創造能力的信仰，來生產作爲偶

〔註 117〕朱國華：《文學權力——文學的文化資本》〔J〕，《求是學刊》，2001 年第 7 期。

像的藝術品的價值……作品科學不僅應考慮作品在物質方面的直接生產者
（藝術家、作家，等等），還要考慮一整套因素和制度，後者通過生產對一般
意義上的藝術品價值和藝術品彼此之間差別價值的信仰，參加藝術品的生
產，這個群體包括批評家、藝術史家、出版商、畫廊經理、商人、博物館館
長、贊助人、收藏家、至尊地位的認可機構、學院、沙龍、評判委員會，等
等。」〔註118〕雖然，布爾迪厄說的藝術品主要指繪畫作品，但對於藝術家成
功的決定因素的分析同樣適用於詩人。那些認為只靠作品說話的言論是理想
化的，作家的成功不僅是一個人的奮鬥，在很多時候，他不得不依賴於一個
團體，而當進入一個團體就不得不帶上這個團體的意識，如郭沫若回憶當年
創造社向文研會開戰所說的其實是「行幫意識」或者「團體意識」，使得原本
可以互補互融的觀念彷彿有了不可逾越的界限。〔註119〕

　　「行幫意識」再加上詩人們對90年代詩歌整體低迷的現實體認，他們不
得不另闢蹊徑。所以，當部分詩人勸導「盤峰論爭」中雙方拿出作品來論爭
的呼聲很大（比如牛漢、鄭敏、孫邵振等詩人和詩評家都提出這樣的呼籲），
也終歸被喧囂的更具實踐性的另一種論爭的聲音淹沒。因為鬥爭雙方都深深
明白上述道理。於是，當「知識分子寫作」一方利用自身各類資本的優勢（包
括評論家、詩歌史家的支持、出版商的支持），急於在世紀末以自身的寫作實
踐和相關詩人命名整個時代的時候，後來被命名為「民間寫作」的一方馬上
跳出來挑戰。無法否認，民間詩壇的挑戰裏不乏打破詩壇「鐵板一塊」的舊
秩序的努力，但在深藏不露的潛意識下，還是把詩壇當作詩歌政治角力的名
利場，「他們之所以對《歲月的遺照》群起攻之，一方面是它尚欠公允，一方
面也不能排除它對民間寫作者詩歌選得過少，使民間詩群批評期待落空的因
素」。〔註120〕而且，我們在第二節裏已經分析他們也組合起與「知識分子寫作」
爭奪位置的相應資本，戰火在20世紀的最後兩個年頭燒起來，伴隨著「盤峰
論劍」越燒越旺。

　　雙方論爭的意圖各有不同。「民間寫作」一方開始是為了激怒對手、形成

〔註118〕〔法〕皮埃爾·布爾迪厄：《藝術的法則——文學場的生成和結構》〔M〕，劉
　　　　暉譯，北京：中央編譯出版社，2003年，第276～277頁。
〔註119〕劉納：《打架，殺開了一條血路——重評創造社「異軍蒼頭突起」》〔J〕，《中
　　　　國現代文學研究叢刊》，2000年第2期。
〔註120〕羅振亞等：《先鋒詩的「多事之秋」：世紀末的論爭和分化》〔J〕，《北方論
　　　　叢》，2003年第3期。

爭鬥、製造事件、引起關注，後來是爲了打破舊秩序，爲詩歌場域已有和潛在位置的重新組合掃除障礙，確立和擴大自身在詩壇的影響和地位；「知識分子寫作」一方本來是想保持現有秩序，但在激烈的挑戰下感到威脅，只有被動應戰，鞏固自身一直經營的「九十年代詩歌」場的權威位置。如果從引起關注度來說，雖然「知識分子寫作」一方也贏得了關注，但相比起來，他們不可能如「民間寫作」一方渴望這樣的關注，畢竟，他們是被動的，是有著較爲穩定的地位的，在詩歌場內，通常已經得到認可和權威地位的一方傾向於穩定現有秩序。而「民間」一方無疑是相當成功的，此次論爭「被公認爲朦朧詩論爭以降關於詩歌文化走向的最大的一次論爭，其論爭的規模與意識形態的影響雖不及朦朧詩，但其激烈和白熱化程度卻屬空前」。〔註 121〕張清華認爲：「『盤峰詩會』的一個重要收穫，是他順應了市場和傳媒時代的趣味和要求，通過『事件』的敘事吸引了觀眾的『圍觀欲』，從而使得詩歌在整體上的『受關注程度』大大提高，因之生存狀況也得到了改善。」〔註 122〕論爭確實讓「民間寫作」一方新新勢力一夜成名，比如沈浩波〔註 123〕、謝有順等；也讓已有名氣的更加有名，比如于堅、伊沙、徐江、沈奇等。〔註 124〕他們主要闡釋的「民間」的概念也的確贏得了人心，後來成爲詩歌場的主流概念；從打破舊秩序方面看，「民間寫作」一方也是成功的。「盤峰論爭」後，「70 後」迅速崛起，「第三條道路寫作」應運而生，等等，的確打破了 90 年代被反覆闡釋的「知識分子寫作」單一陣營化的沉悶和壓抑氣氛。「論爭導致的先鋒詩歌裂變和分化，爲更年輕的詩人出頭露面提供了機遇，爲 70 後詩人的橫空出世搭好了起跳的平臺」。〔註 125〕所以沈浩波說，「『盤峰論爭』使一代人被『嚇

〔註 121〕吳井泉：《平衡與生長——中國先鋒詩歌的文化走向》〔J〕，《文藝評論》，2006 年第 3 期。

〔註 122〕張清華：《好日子就要來了麼——世紀初的詩歌觀察》〔J〕，《當代作家評論》，2002 年第 2 期。

〔註 123〕他自己說：「作爲論爭中『民間立場』一方的重要參與者，毫無疑問也扯過了名聲上最大的收益者」，參見《詩歌的 70 後和我》，《詩江湖》創刊號，第 60 頁。

〔註 124〕論爭中及論爭後各大媒體的報導和專訪讓他們的曝光率和知名度持續增長。比如《今日先鋒》、《閱讀導刊》、《北京電視周刊》等媒體都做了他們的專訪和作品、理論展。見徐江：《從頭再來》，《民刊詩參考》，2001 年 4 月，第 254 頁。

〔註 125〕羅振亞等：《先鋒詩的「多事之秋」：世紀末的論爭和分化》〔J〕，《北方論叢》，2003 年第 3 期。

破的膽』（源於朵漁的話，他說 70 年代的詩歌愛好者是被『嚇破了膽』的一代，先被海子的『麥地狂潮』給蹂躪了一把，後被『知識分子』的修辭學和考據學給唬弄了一把）開始恢復癒合，使一代人的視野立即變得宏闊，使一代人真正開始思考詩歌的一些更為本質的問題。使一代重新擁有了『逐鹿中原』的江湖氣質。……可以說，盤峰論爭真正成就了『70 後』。」〔註 126〕——也正是基於這個意義。另外「盤峰論爭」「以 90 年代詩歌沉寂歷史的終結擴大了先鋒詩歌和它們各自的知名度，敦促著人們又重新開始對生態大為改善的詩壇充滿了期待，這種多贏格局是論爭雙方提供給漢語詩歌的最大收益」。〔註 127〕論爭過後，「《作家》、《上海文學》組稿了詩歌『兩刊聯展』，部分的『民間』詩人、第三代詩人、70 後詩人開始獲得了跟十年來國刊的常客——『知識分子』詩人同樣的亮相機會。甚至連《新華文摘》這樣的雜誌也開始刊載了詩作。這一切在一年前還似乎是難以想像的，但它們現在確實成為事實」。〔註 128〕從這個意義來說，「知識分子寫作」無論如何努力，都無法達到「維護和鞏固權威地位」的意圖定點。難怪伊沙說：「『盤峰論爭』之前的日子（指『知識分子寫作』）好啊！引進外資給他們自己發獎，引進外資在最權威的官方出版社出他們的書，不論何種形式的出國都是出訪，『流亡者』也可以想回來就回來，用只有偽詩人才會酷愛的所謂『學術論文』的方式相互吹捧自我炒作了長達十年，他們說什麼人們就信什麼，他們想誰就是誰，那種主流感，那種惟一性。懷念吧，永遠地懷念吧，那一去不復返的好日子。他們內部正要分封割據的時刻忽然有遭劫感，難怪西川要一聲怪叫『黑社會』。此番他們失去的恐怕不止是半壁江山和他們自以為可以獨霸的歷史，此番他們遭遇了一個讓他們坐臥不寧的堅硬的詞——那就是『真相』。」〔註 129〕拋開伊沙對「知識分子寫作」的刻意打擊，其中指出來的一些現象也是事實。因此，「盤峰論爭」於「民間寫作」的意義更為巨大。由此，他們塑造的一個充滿挑戰、拒斥和決裂的團體形象、策略方式也給新世紀詩歌場帶來了一些

〔註 126〕沈浩波：《詩歌的 70 後與我》〔J〕，《詩江湖》創刊號，2001 年第 7 期。

〔註 127〕羅振亞等：《先鋒詩的「多事之秋」：世紀末的論爭和分化》〔J〕，《北方論叢》，2003 年第 3 期。

〔註 128〕徐江：《從頭再來》〔J〕，《詩參考》，2001 年第 17、18 期合刊。

〔註 129〕伊沙：《作為事件的「盤峰論爭」——在「中國南嶽九十年代漢語詩歌研究論壇」的發言》〔EB／OL〕，《伊沙新浪博客》，http://blog.sina.com.cn/s/blog_489db0970100l2er.html，2010-07-26。

暗示和啓發，新世紀詩歌場更瘋狂的割據和炒作等江湖手段可以看做是對這次論爭「民間」成功方式的心領神會和延伸。

首先是善於製造事件。詩人們對當代詩歌現實的體認和實踐，使得想成功的詩人在文本達不到期待效果的時候，希望以不斷製造事件來獲得聲名。伊沙是這樣看待詩人當前製造事件的熱情和結果的：

> 中國現代詩發展的民間性，使這項事業注定帶有濃厚的宿命感，潛伏著諸多偶然，一首詩或一個詩人的成功已接近不可知。所以，它極度地依賴於事件的發生，無論是整個現代詩的事業還是詩人的個體寫作。詩壇沒有學術和尺度，有的只是陳舊的規範和一夥劃定秩序的既得利益者。製造事件成為打破僵局的惟一辦法。極端無聊但卻聲勢浩大的「朦朧詩」論爭才使得北島們最終擺脫壓制，走向民眾；如果沒有 1986 年「兩報大展」（儘管當時看起來有點故作聲勢），所謂「第三代」這撥人不知還要在地下寫多久；海子之死，我不能昧著良心說他是靠死亡提升了他的作品，但我也無法閉著眼睛說如果他現在還活著也能夠獲得出版全集的機會！〔註130〕

伊沙式的體認雖然偏執，但表達了「詩人和俗人」一體的眞實體驗：寫詩追求詩歌或詩人的成功，當成功的偶然性增加，製造事件就是一個很好的辦法。

製造事件也要講究天時、地利、人和，即相機而動。比如盤峰論爭，天時就是世紀末總結清盤的時候，躁動的情緒很容易被挑動；地利就是「民間」一方以「外省」的身份，完成了被「北京」所壓抑的詩人的共同想像。因為在很多外省詩人心理，北京既是成功的捷徑也是權威和秩序的中心，對「北京」的想往和反抗是詩人心理的兩面。作為常人，他們清楚北京作為政治文化中心，是積累各種資本的捷徑；作為詩人，對秩序和中心的疏離與反抗也是天性。伊沙說：「北京那個地方會和飯局像屎一樣多，經常露面也能混出個名堂來；還有一種混法：互相吹捧，一塊出名……而我在外省老實待著，孤身一人，只寫不說，不是很被動嗎？……這年頭。我是一點一點地變成了一個業餘混子的，先學會操作，再學會炒作，逮著機會，就讓自己熱鬧一下。有了條件，就像我幾年前指責于堅的那樣：『頻頻竄向北京』。上個月在北京的一個酒吧裏，何小竹剛要把我介紹給一位北京詩人，這位北京詩人馬上說：

〔註130〕伊沙：《詩壇呼喚艾滋病》〔J〕，《一行》（美國），1992 年第 18 期。

『認識，認識。老來，老來。』頗不耐煩的樣子，把我也逗樂了。正是這位北京詩人曾對我說過：『北京是大家的北京，誰都可以來。』他還說：『在外省就是需要折騰，但在北京不用。』北京詩人折騰得還少啊？！我難以忘懷的是他那種北京人的口氣。」〔註131〕這段話包含了幾個重要信息，一是外省詩人要想成功相對比較被動；二是已成名的外省詩人比如于堅、何小竹、伊沙自己都曾頻頻出入北京；三是北京詩人有著天然的優越感；四是伊沙對北京詩人優越感的反感。表面矛盾的心理非常深刻地反映了外省詩人壓抑的、無奈的實踐感知。「盤峰論爭」中「民間寫作」把「知識分子寫作」的概念有時偷換成地理的概念——「北京詩人」，作為攻擊的目標，從某種程度說就是代言了外省詩人反抗北京壓抑的共同想像，能夠激起更多的共鳴，表面的不利地理位置反過來成為「地利」的條件。人和，就是講究人員的組合搭配，資本互補。集團內的人員新老搭配、詩人和詩評家搭配。比如「民間寫作」的資本組合，既有 80 年代就有聲名的于堅、韓東，也有 90 年代崛起的新貴伊沙、侯馬、徐江等，還有更年輕的其時還是北京師範大學學生的沈浩波，他的一篇文章《誰在拿 90 年代開涮》可以說是打響了反對「知識分子寫作」的頭一炮，被于堅等發現才能後，馬上和他通電話。然後由其時在北京當警察的詩人侯馬（也是伊沙、徐江北師大的同學）親自到北師大和他們的小師弟沈浩波談至深夜。〔註132〕被「民間寫作」一方作為可資發展的重要新生力量。詩評家既有沈奇等「第三代詩歌最早且始終重要的發言人」〔註133〕，也有新生力量謝有順等等。新老力量的搭配，文化資本、象徵資本等各類資本的優化重組，使集團在保持競爭力的同時有了更強的衝勁和後勁。由於他們集體罵人又被人集體罵在了一起，形成了一榮俱榮、一損俱損的緊密關係，儘管日後證明這種關係也並不穩固。

　　善於製造事件，除了把握微妙的天時、地利、人和，還要講究策略和炒作。比如，前面章節談到的「民間策略」，還有在論爭中，「民間寫作」故意以「地攤小報筆法」〔註134〕應對「知識分子寫作」的學術式筆法，以嬉笑怒

〔註131〕伊沙等：《十詩人批判書》〔C〕，長春：時代文藝出版社，2001 年，第 68 頁。

〔註132〕根據筆者 2009 年 8 月 14 日在北京對沈浩波的採訪紀錄。

〔註133〕陳仲義：《中國前沿詩歌聚焦》〔M〕，北京：中國社會科學出版社，2009 年，第 363 頁。

〔註134〕徐江的一篇文章《烏煙瘴氣詩壇子》被「知識分子寫作」認為是「地攤小報

罵的言談應對嚴肅拘謹的言談，以「市井流氓」〔註135〕的方式應對知識分子
的方式，就是遵循不能以對方所長的方式和對方對抗的策略。「激怒對手，拒
絕學術八股，這便是我在此次論爭中的戰略方針。對於後兩點，于堅等人與
我有過分歧。但結果證明我是對的，就像在足球場上一樣，激怒對手是為了
逼其犯規，學術八股是他們一貫的方式，你用此跟他們玩就等於用糨糊桶砸
在糨糊桶上。」〔註136〕這段話傳達的信息是「民間寫作」曾為與對手論爭的
方法有過討論和分歧，最後的策略就是以對方不熟悉或者不恥的方式激怒他
們，並取得了效果。所以，看似一些不能理解的行為和言談，也是論爭策略
的一部分，「知識分子寫作」在痛斥「民間寫作」用「地攤小報筆法」和「市
井流氓」的方式時，他們的怒氣已經成為對手策略成功的一部分。伊沙們也
並不避諱談炒作、策略，甚至認為在市場經濟時代，詩歌中性意義的炒作是
可以的、必須的。「在今天，各行各業的操作都屬光明正大的行為，操作不等
於陰謀。」〔註137〕

除了善於製造事件，還有一個啟示是善於拉幫接派。幫派意識在中國有
很深厚的傳統，一個人入了某個幫派或者集團，言談舉止都帶上了這個幫派
的意識和烙印。兩個陣營利用各自的勢力範圍和資源關係，拉幫結派，使得
當時的大部分詩人不得不站隊，有些為兄弟關係而站，有些為湊熱鬧而站，
有些看哪邊利益更大而站，當然並不排除對自己喜歡的詩學主張的支持，以
致有論者指出一個奇特的現象：

> 一天，我與幾個詩人朋友一起吃飯，忽然聽到外面人聲喧鬧。
> 有人出去打探後，說：「是他們那邊的人。」在另一個聚會的場合，
> 有人問我：「你是哪一派的？」後來，還有人對另一位我的朋友談到
> 我時，說：「他是那邊的人。」又說：「他兄弟則是我們這邊的。」
> 聽上去好像內戰時期的故事，兄弟倆一個是白黨，一個是赤黨。這
> 裡的「這邊」、「那邊」指的是當下詩壇論爭中的「民間派」和「知
> 識分子派」。一條無形的界線將詩歌界一分為二，甚至將我與自家兄

筆法」攻擊的證明。

〔註135〕唐曉渡：《我看到……》〔C〕//《1999 中國新詩年鑑》，廣州：廣州出版社，
2000 年，第 571 頁。

〔註136〕伊沙等：《十詩人批判書》〔C〕，長春：時代文藝出版社，2001 年，第 70 頁。

〔註137〕伊沙：《世紀末：詩人為何要打仗》〔C〕//《1999 中國新詩年鑑》，廣州：廣
州出版社，2000 年，第 522 頁。

　　弟也分開了，其荒唐之處可見一斑。〔註138〕

　　談論策略、手段和拉幫接派，並不是爲它在詩歌場中的「合法性」辯護。只是分析了「盤峰論爭」中的一些事實。正因爲這些事實的存在，使得諸多關注者感覺到這場論爭把詩歌場帶入了一個公開的、表演化的江湖時代。這種方式帶給詩壇的衝擊和熱鬧一方面使很多人擔憂，「由於一些人的不正當的做法，使得詩壇成了一個名利場，或像武俠小說中的江湖」。〔註139〕「這種現象帶來的後果是，詩歌界『山頭主義』『圈子主義』泛濫，詩歌話語霸權沉滓浮起，一場又一場原本是『華山論劍式』的詩歌研討，最終都成爲『江湖大廝殺』」。〔註140〕另一方面，「江湖廝殺」帶來的莫名的興奮彷彿給詩歌場注入了一劑強心劑，新世紀，伴隨著網絡發展更加公開、熱鬧的詩歌江湖世界就是很好的說明。

〔註138〕張閎：《權力陰影下的「分邊遊戲」》〔J〕，《南方文壇》，2000 年第 5 期。

〔註139〕張曙光：《九十年代詩歌及我的詩學立場》〔C〕//《1999 中國新詩年鑒》，廣州：廣州出版社，2000 年，第 562 頁。

〔註140〕唐晉：《「盤峰會議」的危險傾向》〔N〕，《太原日報·雙塔文學周刊》，1999 年 7 月 26 日第 5 期。

3 命名與深入人心：「詩江湖」時代的全面到來

3.1 重評「下半身寫作」之「橫空出世」

　　談論盤峰論爭後的詩歌場域，一個繞不開的話題就是「下半身寫作」詩歌團體的出現。部分論者用了「驚世駭俗」「橫空出世」〔註1〕或者「忽然湧冒出」〔註2〕等詞語表達這個團體出世時帶給詩歌場域的巨大震動。鑒於這個團體的代表人物、寫作方式和策略方法對於理解「新世紀」十年「詩江湖」氣質和表現的意義，以及它們與上世紀末「盤峰論爭」的內在關聯，本部分將以它為點深入評述。

一、絕非「橫空出世」「忽然湧冒出」

　　「下半身寫作」作為 21 世紀初最早出現的影響較大的一個詩歌團體，能夠搶佔詩歌場在新世紀重組的先機，絕非像部分論者形容的「橫空出世」「忽然湧冒出」，它有著獲得聲名的諸多條件。除了該團體詩人內在的天分和才華，我這裡談論更多的是外在的關聯因素，這些因素不是簡單的相加，而是一個新的詩歌場域氣質構成混合物的發酵。

〔註1〕 王士強：《「下半身」詩歌症候分析》〔J〕，《棗庄學院學報》，2005 年第 12 期。
〔註2〕 陳仲義：《中國前沿詩歌聚焦》〔M〕，北京：中國社會科學出版，2009 年，第157 頁。

1. 與盤峰論爭後「70 後」詩歌概念炒作的關係

從已知的詩歌現場看,「盤峰論爭」的一個重大收穫就是改變了「沉寂而又日益封閉化的」90 年代詩歌場域,特別是給一些更年輕的詩人提供了嶄露頭角的機會,難怪有些更年輕的詩人情不自禁地喊出「好日子就要來了」〔註3〕「我們為所欲為的時刻到了」〔註4〕云云。事實也如此,「70 後詩歌」概念的炒作早在二十世紀九十年代就已經開始,1996 年南京的陳衛在自編民刊《黑藍》的封皮上標榜「70 年後——1970 年以後出生的中國寫作人聚集地」,首先亮出招牌。1999 年,深圳安石榴主編的《外遇》發表《七十年代:詩人身份的退隱和詩歌的出場》,開闢了「70 後詩歌版圖」,發起了 40 多名 70 後詩人的「70 後詩歌大展」。但是,他們的聲音在「知識分子寫作」和「民間寫作」轟轟烈烈的爭論中淹沒。直到 2000 年,由黃禮孩先後推出《詩歌與人》(2000 年 1 月 1 日)、《70 後詩人詩選》(2001 年 6 月),康成和黃禮孩合編《70 後詩集》(2004 年),至此,「炒了幾年的 70 後『概念股』,終於整體性浮出水面。」〔註5〕根據陳仲義的統計,「70 後」還出版《存在詩刊》、《第三說》、《東北亞》、《七十年代詩報》、《審視》、《偏移》、《詩文本》、《野外》、《詩歌通訊》、《外省》、《朋友們》等刊物,創辦《揚子鱷詩歌論壇》、《靈石島》、《詩江湖》等在國內聲名巨大的詩歌網站。〔註6〕強勁的勢頭使得部分論者認為:「70 年代出生的詩人,已經成為當下中國詩壇最為熱門的話題,甚至是唯一的話題。很少有人再去懷念被踏翻過去的『知識分子』了,儘管他們寫出了許多重要的、優秀的作品。」〔註7〕江湖就是這麼喜新厭舊。

「下半身寫作」正是抓住了詩歌場對「70 後詩歌」的巨大關注應運而生的。雖然他們並沒打「70 後」詩歌的招牌,但團體所有人員的 70 後身份是不言自明的。其中的主要代表人物沈浩波也坦誠「毫無疑問,我本人是『70後』這一概念的重要受益人之一。從我初學寫詩開始,『70 後』與我便結下了不解之緣,甚至可以毫不誇張地說,『70 後』這一概念的歷史在很大程度

〔註3〕軒轅軾軻:《好日子就要來了》〔J〕,《下半身》,2001 年第 2 期。

〔註4〕朵漁:《我們為所欲為的日子到了》〔J〕,《詩文本》,2001 年第 4 期。

〔註5〕陳仲義:《中國前沿詩歌聚焦》〔M〕,北京:中國社會科學出版,2009 年,第 64 頁。

〔註6〕陳仲義:《中國前沿詩歌聚焦》〔M〕,北京:中國社會科學出版,2009 年,第 64 頁。

〔註7〕馬策:《詩歌之死〔C〕》//《2000 中國新詩年鑒》,廣州:廣州出版社,2001 年,第 557 頁。

上是隨著我本人成長的歷史行進的。也可以說，我和『70 後』互相利用了一把。」〔註8〕而且，面對一些資深詩人對「70 後」詩歌概念炒作的不滿和不屑，認為「他們給中國的詩歌帶來了空前的恥辱，此前何曾有過詩歌界向小說界討概念的說法？」〔註9〕沈浩波也不遺餘力的進行辯護：「年輕的詩人們未嘗不知道這一稱謂的『膚淺』和骨子裏『庸俗』，但他們卻一如既往地使用和炒作著這個概念，並最終使『70 後』真正成了一個斷代的詩歌概念，朦朧詩、第三代、新世代、70 後，中國先鋒詩歌的輩分劃分因此而秩序井然。這是一個功利的選擇，是一代詩人在功利選擇下的合謀。詩壇如江湖，沒有名分何來席位？……包括我自己在內，沒有任何一個70 後詩人試圖過對這一概念的籠罩進行拒絕，其中的佼佼者們大都在這一兩年中牢牢地佔據了靠前的蹲位，他們知道，一代人的旌旗過後，剩下的名字總是寥寥無幾……江湖兒女江湖老，哪一代人不在夢想著屬於自己榮光？所以他們不會拒絕這個涵蓋10 年的代際劃分，這是他們成為一代人中的英雄的唯一機會。」〔註10〕很難想像，一個在90 年代末向「知識分子」寫作開戰，口口聲聲斥罵詩歌舊秩序、詩壇蹲位的人，轉眼間為另一種秩序、另一個蹲位辯護。可見，他對這個概念成全了自身是充滿感情的。因為他從最初在70 後詩歌刊物《外遇》中發表詩歌開始，到寫出《誰在拿九十年代開涮》、參與「民間寫作」的論爭一舉成名，成為「70 後」最知名的詩人，是先有了「70 後」的概念，才有了他作為一代人的代表。而「下半身寫作」團體也是以他為主要發起人並且是其中最知名的詩人。所以這個邏輯應該是「70 後詩歌」概念到「70 後詩人」代表再到「下半身」，所以，「下半身」即使不刻意強調70 後身份，即使如沈浩波後來所說「當時想面對的是整個詩壇」，而「不會傻到把自己框死在一個虛妄、狹窄而混亂的『70 後』概念中。」〔註11〕它的成名也脫離不了新世紀對「70 後」詩歌概念整體炒作成功的基礎。

2.「民間」前輩提攜、「北師大」幫的形成和性別因素

從「下半身」詩歌團體的人員組成來看，按照《下半身》創刊號人員名單的對外排名，依次是沈浩波、盛興、李紅旗、南人、朵漁、巫昂、尹麗

〔註8〕 沈浩波：《詩歌的70 後與我》〔J〕，《詩江湖》創刊號，2001 年第8 期。
〔註9〕 伊沙：《現場直擊——2000 年中國新詩關鍵詞》〔C〕//《2000 中國新詩年鑒》，廣州：廣州出版社，2001 年，第428 頁。
〔註10〕 沈浩波：《詩歌的70 後與我》〔J〕，《詩江湖》創刊號，2001 年第8 期。
〔註11〕 沈浩波：《詩歌的70 後與我》〔J〕，《詩江湖》創刊號，2001 年第8 期。

川、朱劍、馬非。其中沈浩波是直接得益於「民間寫作」與「知識分子寫作」的論爭，他的文章《誰在拿 90 年代開涮》引起了正對「知識分子寫作」滿腹怒氣的于堅、伊沙們的重視，打響了雙方開戰的頭炮，從而在論爭中一舉成名。沈浩波、朵漁、南人當初對伊沙的尊敬和伊沙對他們的幫助也是有目共睹的。朵漁曾說過：「伊沙的方向，可能預示了未來幾年的詩歌方向：不再爲經典寫作，而是一種充滿快感的寫作，一種從肉身出發，貼肉、切膚的寫作，一種人性的、充滿野蠻力量的寫作。」〔註 12〕這段對伊沙寫作的評論，很容易讓人聯想起「下半身寫作」的宣言。成員裏面另一個詩人盛興也曾說過，「詩歌的啓蒙來自伊沙在《世紀詩典》評點」，〔註 13〕而伊沙也說：「我知道我的寫作爲我供給了與青年詩人的天然緣分，如果說我和沈浩波、南人、朵漁的師兄弟關係還不足以說明問題的話，那麼我對馬非、盛興、朱劍的現場第一發現也會足以說明一切。此種緣分，是我的財富。」〔註 14〕沈浩波在談到「下半身」人員組成時，提到是伊沙給他推薦了盛興、朱劍、李紅旗。〔註 15〕後來，在伊沙被「下半身」諸將因爲一個問題圍攻的時候（將在下章詳細解讀），他連續使用了兩個反問句：「我沒有爲『70 後』和『下半身』做過一點什麼嗎？我沒有爲馬非宋烈毅盛興沈浩波南人朵漁巫昂尹麗川李紅旗李師江朱劍崔恕軒轅軾軻阿斐做過一點什麼嗎？」〔註 16〕在憤怒的同時可以讀出深深的失望，從中也可以想像當年他對「下半身」詩歌團體的貢獻。除了詩學的影響、人才的發現和提攜，他還曾不遺餘力、滿心歡喜的讚美他們：「我深信中國的詩歌在二十一世紀最初十年最生動最富生命質感的風景，是屬於他們的。」〔註 17〕根據這些現象，我們基本可以斷定，伊沙至少對「下半身」的成名做出了努力，起到了相當的作用的。有論者稱「伊沙在『下半身』團體中影子老大的江湖地位是鐵打的」〔註 18〕不是空穴來風，是

〔註 12〕朵漁：《是幹而不是搞》〔J〕，《下半身》創刊號，2000 年第 7 期。

〔註 13〕盛興：《瞬間的力量是快感》〔J〕，《下半身》創刊號，2000 年第 7 期。

〔註 14〕伊沙：《我所理解的下半身寫作和我》〔J〕，《下半身》創刊號，2000 年第 7 期。

〔註 15〕根據 2009 年 8 月 14 日筆者在北京對沈浩波的採訪記錄。

〔註 16〕伊沙：《中國詩人的現場原聲——2001 網上論爭透視之伊沈之爭》〔J／OL〕，《詩生活網站》詩人專欄，http://www.poemlife.com/showart-13973-yisha.htm，2011-10-13。

〔註 17〕伊沙：《我所理解的下半身寫作和我》〔J〕，《下半身》創刊號，2000 年第 7 期。

〔註 18〕馬策：《詩歌之死》〔C〕∥《2000 中國新詩年鑒》，廣州：廣州出版社，2001 年，第 552 頁。

有相當道理的。後來伊沙被「下半身」團體集體圍攻也是一個反證，「父親應當及時死去」〔註19〕的弒父情結和「影響的焦慮」勢必會讓「下半身」團體尋找機會對自己的影子父親伊沙「痛下殺手」。

還有一個細節值得挖掘，伊沙這條線可以看到「北師大」線的影子。「下半身」詩歌團體裏沈浩波1996年畢業於北師大，南人、朵漁都是1994年畢業於北師大。「民間寫作」一方的伊沙、徐江、侯馬均是1989年畢業於北師大。根據筆者於2009年8月14日對沈浩波的採訪記錄，他說他是這樣和這些師兄們認識的：他在校期間想編一本《北師大詩歌集》（不是十分確切的詩集名），開始與北師大以往的很多師兄師姐聯繫、溝通，認識了在北京工作的師兄侯馬，經常有一些溝通，彼此慢慢瞭解。他認為，1998年的某天，侯馬與他在北師大的徹夜座談開啓了「北師大幫」的歷史時刻，從此開始出詩集，組建相關隊伍，然後和詩歌界「北大幫」鬥。尹麗川的說法也可以有所佐證，尹麗川是北大畢業的，但她最終加入了「下半身」。她曾說到：「當時詩歌界北師大畢業的那幫和北大畢業的那幫的矛盾是很激烈的。我是北大的，沈浩波是師大的。有些人是直來直去地罵他，對我就很複雜，好像特別惋惜——怎麼跟他們混到了一起。」〔註20〕這段話確實佐證了當年伊沙、侯馬、沈浩波等組建「北師大幫」和「北大幫」鬥爭的歷史。所以，「下半身」幾位主要人員的北師大身份並不是偶然的，而是「民間寫作」一方「北師大」一脈的延伸。

關於「下半身」詩歌團體裏的兩位女詩人：巫昂和尹麗川的加入，沈浩波說是北師大教師譚五昌推薦的巫昂，在衡山詩會認識尹麗川，覺得她的一首詩於自己印象很深，尤其是裏面體現的那種身體性，覺得那就是他想像的方法，然後就給她打電話。〔註21〕當然，這裏也有考慮一個團隊的性別因素，既然是「下半身」，就應該是男女兩性都有的。沈浩波也談到了尹麗川對下半身的作用：「更主要的一點我想還是女性性別因素，在這一點上她相當於另一個招牌。這裏有一個很功利的說法，如果下半身沒有一個像尹麗川或者巫昂這樣的角色，起碼不會像現在這樣吸引人。我們兩個的招牌作用有助於炒作。」〔註22〕

〔註19〕源於徐敬亞一篇論述「下半身詩歌」的論文名《父親應當及時死去》的表達。
〔註20〕尹麗川：《實話實說「下半身」》〔J〕，《詩江湖》創刊號，2001年第8期。
〔註21〕根據2009年8月14日筆者在北京對沈浩波的採訪記錄。
〔註22〕沈浩波：《實話實說「下半身」》〔J〕，《詩江湖》創刊號，2001年第8期。

二、炒作有理：炒作與關於「炒作」的炒作

　　「下半身」寫作的成名，被多數人認爲或指斥爲是「極端炒作」的成名。最體現這方面特質的當屬沈浩波爲《下半身》寫的發刊詞：《下半身寫作及反對上半身》。如果按照一篇理論文章角度來看，此篇發刊詞從建立理論的基礎到推論和結論都是站不住腳的，很多論者指出了它的虛幻性和矛盾性。問題的關鍵是，能否把這篇發刊詞當作詩歌理想和理論建構來認識。很多時候，當我們以理論要求來反駁一種炒作和運作，以理論建構的完整來要求一種非理論的宣言行爲時，就會產生一種批評的錯位，成爲批評不到場的證據所在。那麼，分析發刊詞究竟是理論建構還是宣言炒作就十分重要。在這篇發刊詞中，二元對立性、極端性的言辭比比皆是。「從 80 年代開始，追求先鋒精神的詩人們一直在跟知識、文化進行著較量，……這是通往詩歌本質的唯一道路，這是找回我們自己身體的唯一道路，……」「只有找不著快感的人才去找思想」「只有肉體本身，只有下半身，才能給予詩歌乃至所有藝術以第一次的推動。這種推動是唯一的、最後的、永遠嶄新的、不會重複和陳舊的。因爲他乾脆回到了本質。」「對於我們而言，藝術的本質是唯一的──先鋒；藝術的內容也是唯一的──形而下。」〔註 23〕「唯一」「第一次」「本質」等詞語和「只有……才……」「這是、這是……」等句式以不容置疑的詩歌仲裁者的口氣，強行確定、推行詩歌場的合法界線，把「知識、文化、傳統、詩意、抒情」等等驅除在這個界線之外，知識、文化、傳統、詩意、抒情、哲理、思考、承擔、使命、大師、經典、餘味深長、回味無窮……這些屬於上半身的詞彙與藝術無關，這些文人詞典裏的東西與具備當下性的先鋒詩歌無關。〔註 24〕很難想像，這樣的措辭是一篇理論性的建構文章極力突出的。顯然，這裡面包含有遵循 20 世紀 80 年代以來的詩歌宣言、口號炒作的套路，但是，他也以更加的徹底性和君臨一切的方式比他的前輩們走得更遠。發刊詞高舉「讓詩意死得很難看」「讓那些學而知之的傢伙離我們遠點」、「語言的時代結束了，身體覺醒的時代開始了」「詩歌從肉體開始，到肉體結束」，把從中國到西方的傳統，從 80 年代非非主義和他們詩群以及整個所謂 90 年代詩歌所

〔註 23〕沈浩波：《下半身寫作及反對上半身》〔J〕，《下半身》創刊號，2000 年第 7 期。

〔註 24〕沈浩波：《下半身寫作及反對上半身》〔J〕，《下半身》創刊號，2000 年第 7 期。

構築的「反文化」堡壘、語言意識堡壘和知識譜系堡壘，統統摧毀了，以至有論者得出「他們的江湖霸氣，驚世駭俗，毫不隱晦的露骨表白，充滿了剿滅、屠龍般的對中國詩歌末世審判意味。」〔註25〕

當然，發刊詞也確實有觸及中國詩歌缺失的理論建構理想，但卻在宣傳炒作成名的急迫和焦慮中淹沒。作爲名校中文系畢業的沈浩波也不可能沒有對發刊詞的理論漏洞有所察覺，甚至，他是非常清楚的有意爲之。那麼，他這樣的表述必然有他的道理，即他並非爲眞正的詩歌理想和理論建構，而是爲出名炒作。因爲他們「要建立這樣一些運動的一個抽象模式所需要的就是這種假設；背離一種規範會引起人們的注意。如果一個集團的一員想把注意力的焦點集中在自己身上，那麼達到這種目的的一些理性手段就近在手邊。」〔註26〕所以，該篇發刊詞就是運動宣言式的理性炒作手段，通篇極端化的言辭和江湖戾氣當然是有意爲之，爲了擺出姿態，挑起爭端，積累特殊資本。布爾迪厄認爲，一個場的新來者「最缺少特殊資本，他們在一個生存就是區分，就是佔據一個不同的和有區別的位置的空間中，僅僅是這樣存在的，他們無需特意，就通過推行新的思想模式和表現方式，表現他們的身份，也就是他們的差別，讓別人認識和承認（『給自己造名聲』），與現行的思維模式決裂，注定通過他們的『晦澀』和『無動機』製造混亂。」〔註27〕這裡的「晦澀」和「無動機」我更願意理解爲上述宣言、綱領等的狂妄和漏洞的層出不窮，而從理論上「製造混亂」恰是「給自己造名聲」的炒作手段之一。除了宣言的炒作手段，「下半身」炒作的方式還有很多，我們不一一列舉，因爲還需要探討的是另外一個有趣的現象：炒作有理。

文學炒作在現代社會任何時候都是有的，只是方式不同。但總的來說，大部分方式都是秘而不宣甚至要做足了漂亮的美學外包裝的。即使如伊沙們在「盤峰論爭」中直言詩歌寫作不排斥炒作和策略，他也很謹愼地選擇了「不排斥」以及「適當」等詞語。但耐人尋味的是，發展到「下半身」詩歌團體，情況發生了很大的變化。他們並不否認炒作，相反卻大張旗鼓地證明自己就

〔註25〕馬策：《詩歌之死》〔C〕//《2000中國新詩年鑒》，廣州：廣州出版社，2001年，第552頁。

〔註26〕〔英〕貢布里希：《理想與偶像：價值在歷史和藝術中的地位》〔M〕，范景中等譯，上海：上海美術出版社，1991年，第97頁。

〔註27〕〔法〕皮埃爾・布爾迪厄：《藝術的法則——文學場的生成和結構》〔M〕，劉暉譯，北京：中央編譯出版社，2003年，第287頁。

是炒作，炒作有理。

朵漁在談到「下半身」集結的功利目的時，曾說過：「如果能夠被人們議論，這件事已經做成了一半，我是相信『功夫在詩外』的。」〔註28〕沈浩波則從「下半身」的命名、宣言和寫作上都在證明炒作的必須性。

從「下半身」的命名看，雖然是一個偶然的事情，但他們認為是相當成功的。「『下半身』的這些人如果不是有『下半身』這樣一個東西，有這樣一個姿態的話，這些人要成名可能更需要一個過程，會被遮蔽，不被接受，現在你有了這樣一個東西，馬上就成了眾矢之的，我覺得在策略上是對的。」〔註29〕「當然從炒作的角度來說『下半身』這個詞是很成功的，已經快一年了，各種網絡上的文化論壇還是『下半身』『下半身』的，他們的興致比我們還高。」〔註30〕（伊偉、沈浩波、尹麗川：《實話實說下半身》，《詩江湖》創刊號，第70頁）針對其宣言和寫作中的炒作因素，比如《下半身》組發的詩歌《我的下半身》、《肉包》、《壓死在床上》、《每天，我們面對便池》、《姦情敗露》、《乾和搞》、《性生活專家馬曉年與特邀主持人孫岩》、《把愛做幹》等等中「性」和「色情」的成分太多，而且詩作風格內容太相似，他也說到：「第一期成為那個樣子有我編輯的因素，就是要很強烈，要有衝擊性。從這個角度講我的編輯目的完全達到了。」「還有個考慮就是這種姿態的東西起碼在炒作上是必須的，你有一個姿態，別人就會衝著你這個姿態來。因為他沒有這個自覺衝著你的文本來，評論家也好其他人也好，你有這個姿態他馬上衝你這個姿態來。那你就成了。」〔註31〕同時他還承認加入尹麗川和巫昂兩位女詩人更重要的是炒作，等等。這是一個比較有意思的現象。炒作雖然已經無處不在，但很少有人對自己的炒作做如此直接的交代，尤其在詩歌領域。為了更好地理解這個問題，我們應該先簡單理清炒作的概念和發展。

「炒作」的說法在20世紀90年代已經在民間流傳，當時人們將一些有意識的、誇張性的、渲染性的報導和報導方式稱之為炒作。〔註32〕但在2001年以前的各類詞典裏都沒有收入「炒作」這個詞語，2001年版的《當代漢語

〔註28〕朵漁：《是幹而不是搞》〔J〕，《下半身》創刊號，2000年第7期。
〔註29〕伊偉等：《實話實說下半身》〔J〕，《詩江湖》創刊號，2001年第8期。
〔註30〕伊偉等：《實話實說下半身》〔J〕，《詩江湖》創刊號，2001年第8期。
〔註31〕伊偉等：《實話實說下半身》〔J〕，《詩江湖》創刊號，2001年第8期。
〔註32〕魏劍美等：《商業策劃與新聞炒作》〔M〕，北京：中國商務出版社，2005年，第178頁。

詞典》中有詞組「炒作新聞」的解釋，即「反覆地報導並加以渲染」，把「炒作」單獨列為一個詞條的是在 2002 年。2002 增補本《現代漢語詞典》的解釋是「為擴大人或事物的影響而通過媒體反覆的宣傳」。2003 年版的《新華新詞語詞典》中將炒作定義為「為擴大影響而反覆傳播」，同年版的《二十一世紀新知識詞典》中則為「故意誇大某個事件或事實，以達到目的從中獲得利益」。2004 年版《現代漢語字典》則為「為擡高身價而反覆宣傳』」。目前最新版的 2005 年版的《現代漢語詞典》為「擴大人或事物的影響而通過媒體反覆做誇大的宣傳」。

這些定義並沒有給出關於「炒作」的十分明確的概念，有時是中性意義的，比如「為擴大人或事物的影響而通過媒體反覆的宣傳」。有時又是有一定貶義色彩的，比如「故意誇大某個事件或事實，以達到目的從中獲得利益」。定義的左右搖擺暗示了解釋這個詞的困難。但從最初的詞源和事實看，誇張、渲染性的特點有違基本事實的條件是成立的，無疑也證明這個詞是有「原罪」的。尤其發展到當下，當各種炒作鋪天蓋地而來，其中的「原罪」也必然被層層疊加，何況還有很多炒作給社會帶來嚴重後果的案例，〔註 33〕造成人們對炒作直覺的排斥和反感。而關於詩歌等文學藝術的「炒作原罪感」更加沉重，一個基本的思路是認為好的作品，歷史自會裁定；只有作品不好，才會有炒作。那麼，「下半身」詩歌團體對炒作的大肆宣傳有什麼特別的意義呢？

其中的緣由我以為無非以下幾個方面。其一：他們年輕無負擔、天不怕地不怕，無炒作的原罪感，是怎麼做的就怎麼說，非常自然，不需要掩飾。其二：他們無法掩飾，因為炒作的痕迹太多太重，索性「實話實說」。比如他們在宣言中說到：「我們亮出了自己的下半身，男的亮出了自己的把柄，女的亮出了自己的漏洞。我們都這樣了，我們還怕什麼？」〔註 34〕其三：這是關於「炒作」的炒作，他們從實踐中證明了炒作於成功的重要性，就是要把成功和炒作的關係故意暴露給大家，把一些潛規則透明化，讓詩歌炒作不再有原罪感。

〔註33〕 比如原記者孫樹興、蔡原江在長城公司非法集資案中為虎作倀、為其瘋狂炒作的案件。（鄭慶東、陳雄偉：《新聞記者孫樹興、蔡原江違法犯罪紀實》，《人民日報》，1994 年 4 月 13 日，2004 年十大假新聞）。

〔註34〕 沈浩波：《下半身寫作及反對上半身》〔J〕，《下半身》創刊號，2000 年第 7 期。

不論是哪個方面的原因，或者三者混雜在一起的原因，都無法迴避也是他們認可的事實：他們的成功（無論是負面的還是正面的）確實更多源於炒作，而不是作品本身，成功使他們的炒作有理，「我覺得我們可能都會有一些成就感，因爲眼睜睜地看著下半身被罵成狗屎，然後搞得特別有名。」〔註35〕他們在「炒作有理」的炒作中掩飾不住內心的得意洋洋和對炒作的尊崇。就是支持他們的伊沙也說過：「宣言開篇、理論先行，以流派或集團的面目出現，總是要不斷受到這樣的拷問：『你們說的很好，你們說的那套你們做到了嗎？』……他們是否意識到了年輕也同樣意味著他們的寫作需要經歷更多的時間？」〔註36〕那麼，對於炒作有理的宣揚或者說對於「炒作」的炒作除了消除詩歌炒作的「原罪感」，爲詩人成名成功證明另一條更實際更快捷的道路，他們的內心是否有一點對自己的作品的不夠自信，或者乾脆就認爲作品在成功的道路上根本就不是很重要的心理呢？

三、鬥爭突圍

很多論者指出了「下半身」詩歌理想的虛幻性和矛盾性，「這樣的詩歌理想實際上只是假想中的空中樓閣，它本身是虛浮和自相矛盾的。首先，依靠一個擺脫了『知識、文化、傳統』等因素的『肉體』來實現其革命，這種前提就是不成立的……其次，「下半身」詩歌的運思推演方式也有嚴重問題，如前所引，『下半身』詩歌完全是以『上半身』爲假想敵而構建其理論體系的，這種非此即彼的二元對立並沒有超出原有的思維方式和價值誤區。如果說原來『上半身』的『知識、文化、傳統、詩意』存在問題需要改造的話，那麼『下半身』卻在潑髒水時把孩子一起潑掉了，它要建立的是將『上半身』取而代之的一種專制。」〔註37〕這當然十分準確地指出了下半身的理論漏洞，但問題的關鍵是，「下半身」的出名是依賴理論架構的紮實和突破性嗎？當然不是這麼簡單。事實上，下半身的一舉成名（不管是臭名還是美名，出名是一個事實。研究新世紀詩歌和詩歌人物，「下半身」和其代表人物沈浩波都是一個繞不開的話題）有著非常複雜的原因，它是整個詩歌場域在盤峰論爭後

〔註35〕伊偉等：《實話實說下半身》〔J〕，《詩江湖》創刊號，2001 年第 8 期。

〔註36〕伊沙：《現場直擊——2000 年中國新詩關鍵詞》〔C〕//《2000 中國新詩年鑒》，廣州：廣州出版社，2001 年，第 428 頁。

〔註37〕王士強：《虛擬的自由或誇張的表演——回望「下半身」詩歌運動》〔J〕，《山西師大學報》，2007 年第 5 期。

的新世紀重組中，多種因素發酵的結果。除了前面談到的「民間前輩的提攜」和炒作成名的強烈欲望，他們也有在危機感面前的實際行動力量和鬥爭突圍的意識。他們並不是只知道宣泄青春期的快感，可以說，他們從成立到發展都是與危機感伴生的，正是這種危機感，使得他們保持著旺盛的鬥志和行動的勇猛。

對於「下半身」來說，危機感主要來自他們的詩歌宣言和作品的獨立合法性總是遭到質疑。一是認爲他們的宣言仍然是「民間寫作」一脈反對「知識分子寫作」的延續。宣言中對「知識、文化、哲理、思考、承擔、使命」和西方文化傳統等的反對在「盤峰論爭」中已經爲于堅、韓東、伊沙等說得很清楚明白。所以，有反對者認爲：「根據我的知識，你好像沒說出什麼新東西呀，比起『兒童木馬』裏的羅馬尼亞人，你還真算不上先鋒？頂多是個守門員。再牛一點兒算個後衛。」〔註38〕「民間」一脈前輩們的強大成爲揮之不去的陰影。更讓他們苦惱的是，「下半身」的作品始終籠罩在伊沙的陰影下，伊沙對他們的幫助和影響反過來成爲他們「影響的焦慮」，一些帖子指出：「『下半身』出現之前，伊沙等人早就『下半身』了。你們還能比伊沙更形而下嗎？」〔註39〕「可是他（指伊沙）十年不變單一化的口語方式誤導了沈浩波們（只有朵漁例外），換句話，方向是正確的，而語言必須是個人寫作的事了，爲什麼還要集體使用同一種伊沙的口語方式？就像一塊口香糖，伊沙早已嚼爛了，你們願意還撿起放進嘴裏嗎？」〔註40〕儘管伊沙也表示並不存在這樣的影響，他也在向「下半身」詩人學習，「沒有前輩，沒有誰影響誰，最重要的是我們都在同一時空下寫作而且時刻準備有所作爲。別老提我和下半身的關係，我就有點討厭自己了。」〔註41〕但刻意撇清的跟帖反過來證明他反對的認識根深蒂固。而沈浩波也在隨後老那爲下半身辯解的跟帖後說到：「謝謝老那，但阿翔也是善意的批評，有些話我覺得值得考慮……另外一殺（指伊沙）的語言實際上是不可模仿的，他那口氣別人沒

〔註38〕石可：《關於下半身問題，我對這篇文章的看法》〔J〕，《下半身》創刊號，2000年第 7 期。

〔註39〕胡子博：《意象·口語·朋友》〔J／OL〕，《江湖月刊》，http://www.wenxue2000.com/yk/yk002b.html，2001 年第 2 期。

〔註40〕阿翔：《論下半身》〔J／OL〕，《江湖月刊》，http://www.wenxue2000.com/yk/yk002b.html，2001 年第 2 期。

〔註41〕伊沙：《論下半身》〔J／OL〕，《江湖月刊》，http://www.wenxue2000.com/yk/yk002b.html，2001 年第 2 期。

有。」〔註 42〕對為「下半身」辯解者的感激、表面的謙虛和看似隨意把伊沙的名字打成「一殺」，沈浩波內心複雜的動蕩、潛伏的危機感和微妙的「殺意」是可以捉摸的。在危機感的壓迫下，「下半身」需要釋放和突圍。而釋放和突圍的方式莫過於借機會「罵戰」和「打仗」。2001 年 4 月，伊沙在《說出侯馬》的短文中把自己、侯馬、徐江這一撥 1989 年大學畢業的詩人稱為「最後一批理想主義者」，沈浩波馬上出來發帖反駁，但事後給伊沙打電話做了解釋。伊沙認為，這個藉口差點讓他們沒沈住氣，但憋著的氣總有一天要爆發，對「影子父親」「一殺」或者如伊沙所言「搞掉他」是遲早的事。〔註 43〕其時，伊沙已經感覺到「詩江湖」網站是「下半身」的地盤，在 2001 年 2 月他已應邀擔任另一個詩歌網站「唐」的版主。2001 年 6 月，詩人蕭沈在《唐》網站上貼了《打倒江湖化詩歌》等幾篇理論文章，結果成為爆發「下半身」和伊沙鬥爭的導火索。伊沙發表在「詩生活」網站上的《中國詩人現場原聲——2001 網上論爭回視》一文中對事件的起因是這樣敘述的：

> 我在他貼於《唐》網站的短文《打倒江湖化詩歌》下面發帖說蕭沈是「具有發言能力的人」，因為蕭文中有一個觀點：認為 70 後寫的都是「伊沙類詩歌」，「是在拾伊沙詩歌牙慧」，沈認為我稱讚蕭沈就是在贊同這句話，立馬發帖對我和蕭沈提出「質疑」：「我的這個質疑的前提是，我認為蕭沈對這幾年中國詩歌的發展是不清晰的，在很大程度上是不在場的。他對網絡上詩歌的發展同樣是不清晰的，是剛剛到場的。一個剛剛在網上貼了數手舊作的資深詩人，是不是就可以作出這樣的總結？我表示懷疑。」「我的這個質疑的必要性在於，當我看到蕭沈用跟沈奇一樣的邏輯，把 90 年代以降的口語詩歌，簡單地歸結『伊沙類詩歌』，並斷然聲稱『下半身』以及其他一些年輕詩人在這方面的努力是拾伊沙詩歌牙慧時，我認為這時的蕭沈是無知的，缺乏對詩歌文本起碼的細讀能力。這種無知我此前在沈奇那裡已經見識過了，他們始終給一種現代的、健康的、甚至是成為常識的寫作方式找一個想當然的代表，並聲稱，只有這個

〔註 42〕沈浩波：《論下半身》〔J／OL〕，《江湖月刊》，http://www.wenxue2000.com/yk/yk002b.html，2001 年第 2 期。

〔註 43〕伊沙：《中國詩人的現場原聲——2001 網上論爭透視之伊沈之爭》〔J／OL〕，《詩生活網站》詩人專欄，http://www.poemlife.com/showart-13973-yisha.htm，2011-10-13。

代表的寫作是成立的！這仍然是將這種寫作視爲『邪路』的成見在作祟！所以我說，蕭沈的心態仍然停留在 4、5 年前。」「當伊沙面對如此無知和武斷的言論，仍然覺得蕭沈具有發言能力時，我感到震驚！莫非你真的以爲我們都在寫作一種『伊沙類詩歌』？別開玩笑了。」「我對伊沙在對蕭沈的荒謬說法表示贊同的同時，又一味強調『唐』上詩歌的『天才』性表示反感。在網絡上，『唐』是革命先進嗎？是勞動模範嗎？是一方淨土嗎？我認爲這是在開玩笑！每個富有生機的網站都出現過很多有資質有天才的詩人，伊沙這種對『唐』的刻意強調令我反感，你不是要當老混蛋老垃圾的嗎？怎麼現在就這麼想當一個虛妄的『詩歌學校』的老師？怎麼現在就這麼想確立一個革命導師的身份？我不懂！」〔註44〕

按照敘述，沈浩波質疑的重點不是蕭沈有沒有發言能力，而是伊沙稱讚他有發言能力，而且，伊沙稱讚的原因是由於蕭沈的一個觀點：「下半身」是在寫「伊沙類詩歌」。其實這個觀點在以前就有人提出過，但伊沙出來表了態，比如前面提到的伊沙說自己其實也是在向「下半身」學習。但這次，面對蕭沈的觀點，伊沙卻用了一句十分曖昧的話「蕭沈是有發言能力的」來回應。那麼，沈浩波的邏輯顯然是，伊沙認同蕭的發言，當然也就認同那個觀點，同時，伊沙在「唐」網上大肆表揚新人新作，似乎是有意在另一個網站上扶持一幫勢力來壓倒「詩江湖」和「下半身」，一面是暗含的貶低一面是高調的表揚。「下半身」長期積累下來的壓抑正好在這個時機爆發出來。繼沈浩波連續口氣強硬的質問後，「下半身」諸將也迅速發帖表示對伊沙的不滿。其中南人發帖《伊沙，送你六個字：詩可以，人不行。〔注：詩指「鱷魚與老水手」以前的詩。〕》、朵漁發帖《網戰、友誼及其它》等對伊沙進行批駁。伊沙與「下半身」曾經的友誼在現實的鬥爭中告一段落。

除了上述與「影子父親」伊沙鬥，他們還與民間的另一位前輩韓東斗。爆發於 2001 年 1 月 12 日的沈韓論爭，浩浩蕩蕩持續了 40 餘天，波及的範圍涉及到「下半身」與南京「他們」流派，四川「非非」派等。接著，「下半身」與「垃圾派」「第三條道路」又爆發了長期的鬥爭。可以說，從「下半身」

〔註44〕伊沙：《中國詩人的現場原聲——2001 網上論爭透視之伊沈之爭》〔J／OL〕，《詩生活網站》詩人專欄，http://www.poemlife.com/showart-13973-yisha.htm，2011-10-13。

成立初與網絡上眾人的唇槍舌戰伊始,「鬥」成爲其詩歌活動的主要方面,貫穿了「下半身」的整個發展。

幫派淵源、炒作、鬥爭突圍,「下半身」抓住這三個方面的優勢,運用極端的詩歌觀念和寫作強勁出擊,迅速成爲世紀初著名的詩歌寫作群體。他的「橫空出世」和影響暗示了新世紀諸多詩歌群體即將面臨和最終選擇的道路。

3.2 《詩江湖》網站和雜誌的創建:命名與象徵

2000 年 3 月 20 日,《詩江湖》網站創建,南人擔任版主。2001 年 8 月,同名雜誌《詩江湖》問世,主編符馬活。網站和雜誌是傳播的媒介,通過同名網站和雜誌等傳播媒介的力量,作爲一種場域現象的「詩江湖」迅速深入人心。同名網站和雜誌的命名和興盛,其實就象徵著一個詩歌江湖時代的全面到來。本節將全面概括《詩江湖》網站的創建經過,並以此爲依託,以「江湖」的視角進入媒介(主要是網絡媒介)與江湖關係的闡釋。

一、創建與命名

從最初創建者帶著玩耍心態炒作個人詩歌主頁開始,到爲了提高點擊率炒作概念「北師大詩人群」,最後在具有「知識分子氣質」的「詩生活」網站的刺激下定名「詩江湖」炒作「民間詩歌」,創建者南人的實踐方式向我們敞開了一個認識「詩江湖」的新視角。鑒於《詩江湖》網站的創建細節和過程對於認識網絡與江湖的關係、認識網絡對詩歌場發展關係的重要性,筆者在此將發表在《詩江湖》網站一週年紀念專輯中南人自述抄錄如下(刪去了一些無關的細節),並附上《詩江湖》網頁的一個截圖:

> 去年 3 月初某日,我在電話裏跟別人胡吹,說 6 月份一定能建起個人主頁,到時候,自己就擁有了一個流動的網上個人展室。沒想到當晚我無意中申請一個主頁空間,網易迅速地答應了我的請求,並要求:一周內上傳主頁,否則,已申請的空間作廢。周六、周日兩天,我硬著頭皮用 WORD97 先製作出一些文檔,然後再轉換成 HTML 文件,幾經反覆之後終於上傳成功⋯⋯
>
> 我最初做主頁的動機很簡單,無非是公開吹吹自己,騙幾個讀者點擊自己的詩歌。我給主頁起了個名字——「南人世界」,並把所

圖1：《詩江湖》網頁截圖〔註45〕

文学网站　43

詩江湖
www.wenxue2000.com

网络主创人员简历：
>南人：江苏泰县人，1994年毕业于北京师范大学中文系，1990年开始写诗，2000年3月创立"南人世界"个人诗歌网页，后改为"北京师范大学诗人群"，最后定名为"诗江湖"，现为"下半身"诗歌团体成员。
>沈浩波：江苏泰兴人，1998年毕业于北京师范大学中文系。"下半身"诗歌团体创建人之一。"诗江湖"网络月刊主编。
>朵渔：山东人，1994年毕业于北京师范大学中文系，现居天津。"下半身"诗歌团体创建人之一。"诗江湖年选"与"诗江湖季刊"副主编。
>符马活：广东人，"诗江湖年选"、"诗江湖季刊"主编。

网站创办时间： >2000年3月26日

网站创办宗旨：
>坚持民间诗歌写作立场，将诗歌带入网络，用网络发展诗歌。
>中国当代先锋诗歌原创作品发表阵地，"下半身"诗歌团体创作阵地。
>中国民间诗歌刊物网络发布阵地。

驻站作家目录：
沈浩波，男，1976年生于江苏泰兴，毕业于北京师范大学中文系，现为下半身同仁。
朵渔：天津一病乡绅：当骡子抖动全身的月光／最步在黄叶枯草间／……不是感动／而是一种深深的惊恐
尹丽川：喜爱男人，爱上就不放过，江湖版于赠一外号"酷男杀手"。与红旗并称"男女双杀"。
李红旗：清除伪饰的现场写作，被人唤做下半身的一面红旗。外号"靓女杀手"。
巫昂：不少男性诗人为她神魂颠倒，不想被一唤做"小崔"的西安诗人一把搞定……预阿
轩辕轼轲：山东诸人。山东一莽汉，愚昧不驯，坚持搞倒为止，闹完死睡。
南人，江苏泰县人，1990年人北师大中文系，因为当班主牺牲了许多，比如排在下半身最后一名。

资料提供：赵刚　本栏主持人：刘照如

〔註45〕《詩江湖》網頁截圖〔DB／OL〕，http://d.g.wanfangdata.com.cn/Periodical_ddxs 200202022.aspx。

有的詩歌作品以及老婆孩子的幾張照片一古腦兒塞進去，算是逮著千禧之年這個特殊的機遇在網上搞了點「圈地運動」——現在想來，只是搭了個窩棚而已。……

因為我和老婆早已是昨日黃花衰草，女兒也才剛滿兩歲，所發布的作品也只是一人之作，所以，觀眾回頭率很低。出租空間的網易和樂趣園對訪問量有嚴格要求，主頁一個月不更新，訪問量低於一定限度，系統會將個人主頁自動刪除。所以，我和一些剛走馬上任的新「板豬」一樣，無不極盡坑蒙拐騙之能事，四處「拉皮條」，懇求網上遊客到自己的網頁逛一逛，好像在說：「來吧，來我的網頁，強姦我的作品吧！」實在沒人來就自己先下線了再上線，如此反覆幾次，計數器便多跳幾位數字。後來我才知道我這一招太傻，其實在線上的時候，用不著下線，只要點一下刷新就能達到同樣的效果。再後來，我這個剛上網的新手倒想出一個連老網蟲也難想出來的辦法：在每張網頁上都放上同一個計數器，別人看了你的首頁會跳一位數字，點開每個內部頁面，計數器的數字又跳一次，如果你怕別人看出來的話，也可將這個計數器弄得小小的，像個小小的圖標，不容易被人注意。

搞了一段時間後，我覺得繼續這麼幹不爽，於是，我拋出了炒作網頁第一招——扯大旗。

我扯出第一面大旗上書：「北師大詩人群」。

「北師大詩人群」這個概念一經提出，在網上就獲得網友們尤其是北師大的同仁們的熱烈響應，自90年代初伊沙、徐江、侯馬等人的嶄露頭角到90年代末朵漁、南人的新鮮出籠以及在此中間把自己整個兒扔到詩歌並多次釀造事件的沈浩波的出現，在十年之內，北師大湧現了七、八位各具特色的詩人，與北大湧現出海子、西川以及其後的臧棣、胡續冬等無意中形成了兩道風景。一方價值取向偏重於知識、技巧，而另一方則注重生活、現實。

「北師大詩人群」一經亮相，便引起詩歌網民的熱烈關注。隨著幾次聊天室熱點話題的討論及文章的發表，在聊天室及留言板的文貼中，不時有人引用「北師大詩人群」這一概念，與此同時，也有人開始不經意地把「北師大詩人群」看成了與知識分子詩歌的對

立。……

　　有趣的是，在「南人世界」更名爲「北師大詩人群」之前，一個價值取向完全相反的的站點——「詩生活」也已正式亮相，這是一個以知識、技巧寫作爲前提的站點，起點高，一開始就想弄出點名堂。這種擠壓迅速帶來了「南人世界」繼轉變爲「北師大詩人群」之後的又一次變革。

　　這次的策略是將網站更名爲「詩江湖」，團結民間寫作。常來詩江湖的網民很快發現，詩江湖有自己一套非常寬鬆的話語環境，許多批評性的觀點、文章從不會被刪去，而是保留爭論狀態，讓一些後來者能清清楚楚地瞭解某一爭論的來龍去脈。

　　很快，在沈浩波、朵漁等的影響下，一批詩人、詩評家紛紛加盟。其中不乏復旦才女巫昂、北大鍍金學子尹麗川、詩評家謝有順、熱點詩人盛興和李紅旗等，這一切促成了「南人世界」僅用兩個月的時間，便順利完成了由個人主頁到一個全國性的專業詩歌站點的過渡，站點點擊率迅速攀升。統計數字顯示，詩江湖論壇申請序號位處樂趣園上海社區 3307 位，而從點擊率看，很快就衝到娛樂與文藝類第十位，而且勢頭越來越猛，2000 年 11 月之後，一直穩居第一。

　　至此，在現實生活中，詩歌的民間寫作與知識分子寫作形成對峙；在虛擬世界中，詩江湖又與詩生活形成一種對峙。這兩種對峙逐漸暗合，從而使詩江湖逐步成爲民間寫作的陣營，而詩生活也逐漸以刊發知識、技巧性的寫作爲審美情趣。〔註46〕

通過南人的自述和網站截圖，我們至少可以得出以下幾點：

1. 詩人對自身詩歌傳播的渴望以及網絡對於詩歌傳播的源動力

　　自述中，詩人用「胡吹」、「吹吹自己」、「圈地運動」等表達了對於被重視和交流的渴望。而網絡傳播方式對於詩歌的推動力也是十分巨大的。首先，它十分快捷，本來預計六月能開通個人主頁，結果當天「無意中申請一個主頁空間，網易迅速地答應了我的要求」，而且必須在一周內展示出來，所以逼得詩人只能用最快的速度趕製網頁和貼詩；其次，它要求點擊率和不斷更新。

〔註46〕南人：《詩江湖》網站一週年紀念〔EB／OL〕，http://www.wenxue2000.com/yk/yk002b.html，2001-07-04。

如果詩人製作的網頁沒有達到規定的訪問量，就會被刪除；同時主頁必須在一個月內有所更新。為此，詩人為提高訪問量想了很多辦法並且幹了一些蠢事然後逐漸摸索出一些新方法。那麼，網站貼詩的內容必須經常更換，除了寫詩，還有很多「詩外的功夫」是必須摸索積累的，甚至成為詩歌傳播的關鍵。再者，它容易弄虛作假。通過各種技術手段可以提高點擊率和關注度。這裡提到了網絡詩歌傳播的幾個關鍵詞「圈、快、新」，圈就是圈地、圈子；快就是快捷；新既是更新。

2.《詩江湖》的實質仍然是以個別群幫為核心的江湖

結合《詩江湖》網頁的截圖，可以看到「詩江湖」的命名，雖然是為了團結「民間寫作」，從它的主創人員來看，四個當中有三個是北京師範大學的，還有當時南人拉入的伊沙、徐江等最初一群《詩江湖》的主力陣容都是北師大畢業的師兄弟關係。所以，儘管命名的外延更大更廣了，其內涵仍然是「北師大詩人群」的核心基地，後來構成「下半身」詩歌團體的主要陣地。其內在的邏輯是「北師大詩人群」——「下半身」詩歌團體——《詩江湖》——民間寫作。

3. 對特性的「民間」定位仍然是炒作的關鍵

從吹吹個人到扯出「北師大詩人群」的大旗到扛出「民間」大旗幟的「詩江湖」亮相，詩人在網絡的實踐中領悟到繼續使用「民間」的策略對於搶佔山頭的重要性。從《詩江湖》網頁截圖上看，主創人創辦網站的宗旨第一條第一句是：堅持民間詩歌寫作立場；最後一條：民間詩歌刊物網絡發佈陣地；再看《詩江湖》雜誌，首頁上緊接著《詩江湖》的標題後面是連續三個「民間詩歌的傳播者」字樣。」而且，按照自述，「北師大詩人群」隱約含有與「北大詩人群」相對立的因素，把兩條線的傳統歸為偏重生活與現實的「民間」和偏重知識和技術的「知識」的對立，使得「有人開始不經意地把『北師大詩人群』看成了與知識分子詩歌的對立」。《詩江湖》的命名也包含有與代表知識、技術為前提的《詩生活》網站的抗衡，這面旗幟是為了「團結民間寫作」，比「北師大詩人群」概念外延更廣更大。那麼，南人「扯大旗」的炒作仍然是有針對性，仍然是在「民間寫作」與「知識分子寫作」對立的範疇內思考問題。它定位明確，而且恰好符合其時詩歌界知識分子與民間的對峙。所以，一批有影響力的民間立場詩人們紛紛加盟（比如伊沙、沈浩波、徐江、朵漁等），這是其他詩歌站點所沒有的——但這正是詩江湖得以迅速發

展最重要的因素。並且，詩江湖能在過去三四年的網絡詩歌發展基礎上第一個提出「民間寫作」立場，搶佔了先機——這也是後來所有的民間詩歌論壇所不具備的。在現實生活中，詩歌的民間寫作與知識分子寫作形成對峙；在虛擬世界中，詩江湖又與詩生活形成一種對峙。這兩種對峙逐漸暗合，從而使《詩江湖》逐步成為民間寫作的陣營，而《詩生活》也逐漸以刊發知識、技巧性的寫作為審美情趣。

二、網絡與江湖

那麼，上述結論對於我們認識網絡與江湖的關係具有什麼意義呢？網絡的刺激對詩歌場域的江湖化具有什麼樣的作用呢？

關於網絡和「詩江湖」的關係，已有一些網絡詩歌研究的專家在不同程度上認識到。比如何同彬認為：「網絡詩歌面對這種空間生產，參與人數、詩歌產量的浩如煙海乃至論壇、博客等的活躍存在，並不能證明屬於詩歌的空間構築成功了，自由、迅捷、公正、透明的表象後面是情緒化、江湖化、隱匿性和偽公共性。」〔註47〕另外，批評家陳仲義和紫薇雖然沒有明確指出「詩江湖」這幾個字，但他們分別把新世紀十年網絡詩歌場域比作「新羅馬鬥獸場」〔註48〕和「黑社會火拼場」〔註49〕，突出了網絡上血腥殘酷的江湖爭鬥場面。另有一篇《詩歌進入江湖時代》，以「詩江湖」網站和「下半身」的運作和風格出發，宣稱「詩歌從此進入江湖時代」。這些分析從網絡對於詩歌的空間和場域構築出發，得出了網絡促進了詩歌場域江湖化的結論，無疑是十分敏銳的。當然，「詩江湖」在80年代曾經風雲一時，到90年代在潛隱中發展，網絡更多的是促進了它的凸顯和全面化。結合這些分析和「詩江湖」網站的發展過程，從江湖的視角來看，網絡與詩歌江湖的關係可以從以下三個維度來做具體的闡述。

1. 網絡加劇了江湖的手段化和操作化

法國思想家魏瑞里奧將技術主義影響下的社會形態遞變進行了歸納：一

〔註47〕 何同彬：《空間生產與網絡詩歌的瓶頸》〔J〕，《當代作家評論》，2010 年第 2 期。

〔註48〕 陳仲義：《中國前沿詩歌聚焦》〔M〕，北京：中國社會科學出版社，2009 年，第 107 頁。

〔註49〕 紫薇：《網絡「黑社會」》〔EB／OL〕，《星星論壇》，http://www.bj2.netsh.com/bbs/95633/，2003-11-09。

方面是時間與空間角色地位的轉換；另一方面是速度與效率的空前提升。
〔註 50〕網絡將個體的社會交往進入各種技術界面，從電腦鍵盤、鼠標、屏幕
到數據流等，個體的命運在某種程度上被接收器、傳感器和其他遠距探測器
所控制。因此，速度和效率是技術主義者追求的目標。恰如南人所說：「無意
中申請一個主頁空間，網易迅速地答應了我的請求，並要求：一周內上傳主
頁，否則，已申請的空間作廢。」速度和效率伴隨著高速的新舊更替，機器
的鐵面和冷漠無情促使使用者必須以快、精、準的速度和技術搶佔網絡資源。
從某種程度來說，南人引以為傲的《詩江湖》網站的成功（成為詩歌場內唯
一與「詩生活」網站抗衡並在人氣上快速佔據第一的網站）就是最早一批有
網絡技術意識和技能的詩人搶佔詩歌網絡資源的成功。另一方面，在虛擬的
網絡上，詩歌作品、詩歌觀點、詩歌流派、詩歌網站的傳播率和人氣率，主
要是通過各類數字反映出來，比如點擊量、跟帖數、轉載量、收藏數等等，
南人引以為傲的《詩江湖》的成功也是通過點擊率快速躍居第一反映出來的。
看似客觀公正的數據，背後卻有一系列的學問。後臺數據管理者和南人談到
的「刷屏」等技術都可能改變這些數據，朝著理想的方向發展。同時，網絡
書寫提供大量技術支撐，比如下載鏈接、複製黏貼、排列填充等等。因此「網
絡技術」成為新世紀詩歌場域不得不面對的一個「關鍵詞」。在這個關鍵詞的
支持下，江湖原本就湧動的操作的暗流逐漸形成匯流之勢，使得整個詩歌場
域充斥著種種操作化的手段。主要包括以下兩個方面：

　　首先，各類詩歌網站、詩歌評獎、博客等的「刷屏」與「拉票」。以 2006
年當代漢語詩歌研究中心、《羊城晚報》、《詩歌月刊》、《瀟湘晨報》、紅網、
天涯社區聯合主辦的「中國十大新銳詩人評選活動」爆出來的醜聞為例：該
活動於 2006 年 5 月 24 日正式開評，截止日期為 2006 年 6 月 30 日晚十二
點整，前期階段為網絡投票階段，總計投票數為 1797564 票。再看這次獲得
票選前十名的名單，他們是：陳先發 54298 票，占 3.02%；伊沙 54164 票，占
3.01%；桑克 53650 票，占 2.98%；譚克修 52563 票，占 2.92%；魯西西 52211
票，占 2.90%；張執浩 51375 票，占 2.86%；沈浩波 51037 票，占 2.84%；尹
麗川 49586 票，占 2.76%；宇向 48958 票，占 2.72%；余笑忠 48384 票，占
2.69%。這些數據說明了兩個問題，其一，在一個月左右的時間裏，當代漢語
詩歌的一次評獎被點擊了 180 萬次；其二，票數差距很小，十位候選者都在

〔註50〕周憲：《圖像技術與美學觀念》〔J〕，《新華文摘》，2004 年第 23 期。

51000～55000 之內。這些數據讓很多網友和部分詩人質疑：「這是一個多麼鼓舞人心而又具有諷刺性的數字啊！在詩人被徹底邊緣化的今天，居然有這麼多網友在黑暗的屏幕前默默關注著當代詩歌！有誰會相信？看看那些票選，裏面的遊戲不是太離奇了嗎？據我一個網站的朋友告訴我，在這種不受限的票選中，作弊是輕而易舉的事。只要你有足夠的無恥和虛榮，這種不受限的投票活動可以讓一個候選者每天撅著屁股爲自己投上一萬票。而組織者對最後票選結果的更改也易如反掌——既然投票網站也是這次活動的『組織者』之一。有一點我可以確定：除了那些『撅屁股者』夜以繼日的自擊外，所有入選者的票選都不會超過 5000 個。也就是說，組織者最後將票選數至少都乘以了 10 或者 100。這是一次被人爲擴大了的票選。」〔註51〕面對這些合理的質疑，某位獲獎詩人還十分輕鬆地說：「有什麼啊？我覺得詩人刷刷自己的票挺好的。挺可愛。挺眞實。」〔註 52〕回答從另一個角度證明了「刷屏」的事實，而且詩人們並不以此難堪，相反卻認爲這是極其自然眞實的事。這個事實也說明此類靠網絡技術掙名的手段在「『圈子』裏倒眞是司空見慣了——只要能擴大影響，哪管用的什麼招數」。〔註53〕

其次，慫恿了大量「灌水」操作和後現代拼貼。詩歌寫作變成如此容易，敲敲鍵盤，將一段文字分行排列，一首詩就寫出來了。然後，再邀請自己的朋友或者網友給自己灌水，提升點擊量。在「灌水」操作和拼貼技術的支持下，網絡詩歌寫作數量大幅度飆升，一些詩人一天可以寫出幾首、幾十首詩歌。福建一位詩人，2004 年三月下旬上網，到年底 7 個月間共寫出短詩 321 首，200 行以上的長詩十五首、組詩十三首、評論文章 14 篇。〔註54〕表面技術的熟練程度越提高，越容易走向類型化，而心靈的寫作難度卻大大下降了。當這種現象走向極端，就出現了號稱「詩歌寫作機」的「寫詩軟件」。2006 年 9 月 25 日，一網友在網上開通了一個「寫詩網」，並在上面推出一款自己製作號稱「詩歌寫作機」的「寫詩軟件」。聲稱只需輸入幾個關鍵詞，該軟件就能

〔註51〕朵漁：《「詩人‧時代‧小文人」的爭》〔J〕，《詩歌現場》，2006 年第 1 期。

〔註52〕汪雨濤：《與無可無不可之間——近年來詩歌民刊觀察》〔J〕，《文藝評論》，2011 年第 5 期。

〔註53〕汪雨濤：《與無可無不可之間——近年來詩歌民刊觀察》〔J〕，《文藝評論》，2011 年第 5 期。

〔註54〕冰兒：《2004 年詩歌自述》〔EB／OL〕，《第三說詩歌論壇》，http://blog.tianya.cn/blogger/post_read.asp 敘 BlogID=123573&PostID=1374599，2005-03-23。

自動將其合成一首「國家級詩歌」。短短十多天裏，其註冊的會員已超過 4600 多名。只要使用了網站內提供的「寫詩軟件」，輸入幾個簡單的詞語，不出 60 秒，軟件便會做出一首「國家級的詩歌」。截至 2006 年 10 月 8 日，網站上的自動寫詩機已經做出 13 萬多首詩歌，人氣十分火爆，目前站內的詩歌量仍在以每小時 384.5 首的速度遞增。〔註 55〕經典的詩歌標準受到了來自網絡技術的致命挑戰。

2. 網絡推進了江湖的「圈子化」、「碎片化」

在紙質媒體時代，詩歌的圈子往往通過一些民間刊物表現出來。由於紙質媒體創辦的時間周期較長，成本較高，過濾了其中的一些極端因素，圈子的數量也可以得到有效地控制。但是，網絡的即時性、低成本性和高操作性，爲詩人們建立自己的領地提供了機會。「南人世界」僅用兩個月的時間，便順利完成了由個人主頁到一個全國性的專業詩歌站點的過渡，而且站點點擊率很快位居同類網站之首。它的快速崛起和作爲「下半身」的詩歌重地的圈子化，引發了其它一些詩人自立門戶的想法。如南人所說，「一開始很多人都在『詩江湖』玩，玩著玩著，大家發現，肯定有主場和客場的關係。你在客場作戰的時候，對方主場形成的那種氛圍和壓力，你會感到不爽。或者你被別人的聲音淹沒了，甚至你自己受了影響找不到狀態。這個時候當然需要找一個地方，就是自己也建一個足球場，沒必要老租別人的場地踢。這裡有好幾撥人，像『橡皮』，就是一些詩人見「『下半身』詩人建了自己的地盤，他們自己也建起來一個。『他們』也是這樣。還有一些人，原來就在『詩江湖』摸爬滾打，後來自己出去了，建自己的論壇。比如劉春就去建了『揚子鱷』論壇，他最早也是一直在『詩江湖』玩的。還有『或者』的小引也是這樣。我印象當中還有『甜卡車』，康城他們弄的。當時『詩江湖』是樂趣園最早的詩歌論壇，後來在這裡跟著產生了很多詩歌論壇。」〔註 56〕短短幾年時間，除了上述的論壇，另有《唐》、《北京評論》、《第三條道路》、《第三說》、《揚子鱷》、《中國自由詩歌》等等幾百家各種類別詩歌網站、論壇飛速出現。詩歌網站、論壇等數量的增加當然並不足以說明它們就是一個個「山頭」，因爲可

〔註 55〕楊崢：《網上驚現「詩歌寫作機」》〔N〕，《重慶商報》，2006 年 10 月 9 日第 5 期。

〔註 56〕南人：《十年回顧——當生命遭遇詩的江湖詩江湖》〔EB／OL〕，《詩江湖》，http://www.wenxue2000.com/yk/yk002b.html，2010-03-31。

以說這是詩歌的繁榮和多元並生。網站中確實也存在著一些具有自身獨立特色和品格的詩歌網站，比如成立較早的《界限》，它的藏詩樓和肖像館成爲後來詩歌網站倣仿的經典；以收儲詩歌資料見長的《靈石島》、《中華詩歌網》；以規模宏大、體系全面著稱的《詩生活》；還有以紀錄、整理詩歌活動出彩的《詩歌報網站》等等，它們不刻意炒作，以自己紮實的工作和獨特的品味爲詩歌的發展做出了實質性的貢獻。但是，這樣的網站畢竟爲數不多。整體上看，當前詩歌網站更多的是一個個炒作概念的小圈子、小山頭以及相互之間的攻擊和隔絕。

圈子從詞源意義看，是具有相同興趣、愛好或者具有共同目標而聯繫起來的一群人。根據《新華字典》的解釋，它從「環形、環形的東西」引申爲「周圍的界線」、「傳統的做法、固定的格式」，最後引申爲「集體的範圍或人的活動範圍」。〔註57〕但是，當它成爲詩人們分類的標籤，並刻意突出圈子之間的分野和鬥爭之時，它實質上就具有了政治歸類和詩歌勢力的意味。一個詩人置身於這個系統中，或主動自覺加入一個圈子，或無意識地捲入一個派系，或純粹是被別人當做是某某的「人」，多多少少都會被歸類和貼標籤。一個圈子就是一股詩歌勢力，要想完全置身事外，其結果很可能就是被邊緣化了。〔註58〕詩歌江湖中多少都存在這樣的詩歌勢力，再經由網絡的高操作性刺激，江湖的圈子化、碎片化更加醒目。

網站爲了提升人氣和點擊率，策劃者往往會有意識地推出一些新的團體和個人，挑起一些爭端和看點。《詩江湖》網站成立以來，就一直處於高度緊張的戰鬥狀態，天天都有罵架的多方混戰，熱鬧強烈的現場感確實吸引了不少好鬥者和看客加入。另一個「垃圾派」在網絡上的迅速崛起也見證了網絡如何成就幫派和圈子的名氣。2003年5月到7月，「垃圾派」以《北京評論》爲大本營，在「老頭子」的領導下，樹起「垃圾派」的大旗，爲了推廣「垃圾理論」，在幾個月的時間裏，他們瘋狂製作網頁、網刊、增刊、個人電子詩集、人物排行榜推銷自己的詩觀，更派人持續不斷地打擊「下半身」核心人物，不但在《北京評論》、更在《詩江湖》掀起鬥爭浪潮，製造事端、重捶打擊、突破封禁、黑論壇、拉支持，最後，僅「垃圾派」與「詩江湖」的論戰文章就佔據了多個網站的資源。亂鬧鬧幾個月下來，「垃圾派」的「垃圾寫作」

〔註57〕圈子：《新華字典》修訂版，北京：商務印書館，1998年，第415頁。
〔註58〕張健鵬等：《圈子》〔M〕，北京：當代世界出版社，2006年，第58頁。

主張，「在責罵和詆毀中羽翼豐滿、路人皆知，垃圾派的崇低、向下、審醜等一些口號被人們不得不記住，讓人們見識了一種網絡時代的新的詩歌幫派極端炒作方式。2003 年遂成詩歌場內『垃圾年』。」〔註59〕

另一方面，網絡還推動了詩人們概念命名的熱情，導致概念命名的碎片化。「概念命名」是當代詩歌發展的一個重要現象，從朦朧詩開始至 20 世紀 90 年代，中國當代詩歌進入概念命名的快速發展階段，這是詩人們文學史自覺意識對長期以來喪失詩歌史敘述權利的報復性反彈。網絡時代，技術的支持更是喚起詩人們對歷史自我檢索關鍵詞的領悟，更深地喚起了詩人們命名的欲望。欲望更經由網絡推力泛濫化。短短幾年，「下半身」、「第三條道路」、「垃圾派」、「中間代」、「廢話主義」、「後政治寫作」、「神性寫作」、「第三極詩歌」、「中產階級寫作」等等概念命名頻繁出新，這還是比較引人注目或者引起討論的命名。近年來，網絡上更有無數詩歌小「山頭」舉起概念的旗幟，可惜命名翻新不久即宣告流產。觀察網絡時代詩歌的命名，其中的大多數並不具有持續的闡釋能力，只是曇花一現，且沒有實質性文本為根基，更多地呈現出概念的碎片和泛濫的話語權欲望，導致網絡上到處都是詩歌命名的「早產兒」。這種網絡江湖式的命名和具有清醒的文學史自覺和深厚文本根基的命名，雖然同樣具有話語權欲望，卻在本質的區分下相去甚遠。

3. 網絡讓江湖賦魅讓詩歌祛魅

按照筆者觀察，江湖被賦魅的過程就是詩歌被祛魅的過程。作為一門古老的技藝，深具象徵意義的詩歌本來擁有神秘的力量，滋養和吸引著具有內在精神追求的人類，觸動著人類複雜、立體的內心世界，我以為，這是它存在並不斷髮展的最根本理由。而詩歌的神秘魅力是詩人和世界的關係腳踏實地、惺惺相惜，詩人自我的精神世界、語言世界真正強大、內斂和節制所散發出來的氣場。然而，網絡詩歌江湖的放大，詩歌邊界和進入權的無限度擴大，詩歌標準與其說是多元不如說是無元，無元的虛無讓詩歌離開了詩意的棲息大地，在虛擬的新大陸，失去了眾神的庇護，很多人都想在這無邊無際的「新大陸」稱王稱霸，詩人和世界的關係變得虛擬可疑，詩人自我的精神世界、語言世界也變得虛弱和偽強大，由此滋生的氣場多是暴力、極端、策略、欲望的宣泄。更加上詩歌網站、論壇、個人詩歌博客及其人氣效果是積

〔註59〕小魚兒：《2003 年華語網絡詩歌不完全梳理》〔J／OL〕，《詩歌報》，2004 年 1 月 16 日，http://www.shigebao.com，2004-01-13。

累象徵資本和話語權的新方式，默默寫詩遠沒有在網上製造一次詩歌事件或論爭更能提高知名度（點擊率），集團衝鋒遠比孤軍奮戰更能強化話語權。這些大的變動促使詩人重新調整個人與詩歌場的關係，詩歌場與網絡場的關係，他們開始更多地關注詩歌以外的運作、策劃。這樣的氣場讓詩歌漸漸淪為一種工具：論證、口號的工具、攻擊他人或者拉攏他人的利器。網絡（internet）詞根（inter）的含義是「交互」，它突出的就是關係、系統，它解構的就是過去詩人和詩歌高不可攀的清高形象，詩歌神聖的面紗被網絡無形之手慢慢揭開，不斷被詩人和參與者們「袪魅」。「文學藝術不等於競技體育，但是，它們都是人類為自己發明的遊戲——都是由有血有肉的人來玩的。在虛構的高僧和現實的球員之間，它所處的位置還是距後者近些。」〔註60〕既然它同樣是人類發明的由有血有肉的人來玩的遊戲，那麼，詩人寫作就不應該要求其像高僧一樣無欲無念，「現實球員」在競爭中「贏」的目標是合乎人情的，「贏」的可能性和方式由很多因素決定並不僅僅取決於「技術」，所謂「高僧」的無欲無念只是歷史的建構物，詩歌並不是什麼神秘的東西，也不是無條件的東西，它是由一個複雜的、包括多種社會因素在內的環境系統決定的。在作為競技系統的「江湖」被賦魅的同時，詩歌和詩人被袪魅，成為合乎人情的目標。

在詩歌和詩人被袪魅後，會帶來一系列連鎖反應。人人都可以當詩人人人都可以玩詩，「玩詩歌」的心態成為一股暗流。由此，還帶著對詩歌神秘感應召喚的初入江湖者，看到一張張被抽空了神秘特質的詩歌的臉，它只能選擇要麼轉身離去，要麼成為江湖中的一個，然後在眾生的熱鬧中淹沒。所以，在歡呼詩歌江湖合乎人性、有利大眾化的時候，考量網絡詩歌江湖的大眾化究竟合乎人情地推出了多少詩歌本體意義上的新詩人、新詩歌、新的藝術理念，可以清楚的看到一些問題。更則，被袪魅後的詩歌，它的口號性意義遠遠大於文本形態的意義，詩歌文本的召喚力更加蒼白無助，大面積的詩歌複製和口水詩泛濫，使詩歌世界失去象徵、隱喻和魅力。江湖放大——詩歌縮小——世界失去象徵——江湖賦魅——詩歌袪魅，這是一個惡性循環，循環往複疊加。從接受層面講，讀者對詩歌、詩人更是從遠離到厭惡到調侃的一些現象，除了尋找時代和讀者的問題，梳理詩歌在江湖世界裏被袪魅的循環

〔註60〕伊沙：《看誰更有飢餓感——與姜飛同志商榷》〔J〕，《重慶評論》，2009 年第 S1 期。

過程也可以找到一些答案。

　　《詩江湖》的創辦者南人說，他所理解的「江湖」這一概念蘊含了三層特質：「一是自由，二是戰鬥，三是網絡化。」〔註61〕「江湖」與「網絡」的緊密聯繫可見一斑。事實上，《詩江湖》網站就是一個縮小了的詩歌江湖世界，它在新世紀的風起雲湧象徵了「詩江湖」時代的全面到來。

3.3 「詩江湖」時代的全面到來

　　隨著網絡的不斷髮展，新世紀詩歌場域的江湖化時代全面到來。本節將從江湖語言、江湖敘事、江湖人物和爭鬥等角度全面考察「詩江湖」的風貌。

一、江湖語言

　　狹義的江湖語言是指跑江湖的人和團體之間的黑話、切口和春點等等江湖術語和隱語。懂得江湖語言是江湖人和團體的生存之道。而廣義的江湖語言是游離於社會通用正統語言之外的語言，它們不完全是江湖隱語和術語，卻是在江湖隱語、術語的基礎之上發展起來的，具有和它們相關的戾、狠、粗、俗和曖昧等等特性。比如老大、修理、擺平、砍、混等等。我們這兒討論的「詩江湖」的語言就是廣義的江湖語言之一種。新世紀來，隨著網絡平臺的展現，詩歌場域充斥著的江湖語言越來越多、越來越明顯。要想在江湖行走，不懂得或者不會使用這些語言，就很難混出個名頭；不三句一個「他媽的」，四句一個「傻×」，別人就覺得你文縐縐的有「知識分子」的嫌疑，不是同類人。反之，則被視為有親和力、懂規矩的同道中人，願意與你交往。所以，在詩歌江湖中，要想贏得人氣和支持，學好江湖語言是首要的本領。而在學習和使用江湖語言的過程中，宣泄的快感也讓很多詩人為之上癮，江湖語言在不知不覺中滲透進了整個詩歌場域。紅葦說：「也許江湖語言就像煙一樣，讓我們在日常生活中不知不覺就上了癮。這時候首先要做的，也許不是要分辨誰對誰錯，而是要認清吸煙上癮的事實。」〔註62〕為了更好的認識江湖語言充斥整個詩歌場的事實，筆者把它們歸為以下幾類：

〔註61〕南人：《大話詩江湖——紀念詩江湖成立三週年》〔EB／OL〕，《詩江湖》，
　　　　http://www.wenxue2000.com/yk/yk002b.html，2010-03-31。
〔註62〕紅葦：《體驗江湖》〔M〕，上海：上海三聯書店，2003 年，第 1 頁。

（一）隱語：馬甲、主子、二人轉、跳蚤、雜碎、過節、罩著、地盤、站隊伍、敲門、砸狗等等

（二）惡語：滅、欠揍、對擂、修理、擺平、算賬、教育、出氣、過招、幹、搞、爽等等。

（三）仿武俠語：江湖、幫派、山頭、黑社會、拜把子、招兵買馬、嘯聚山林、扯虎皮、邪教、教主、草寇、俠女、俠客等等

（四）污言穢語：傻×、×（往往還伴隨著「中指朝天」的動作）、裝逼犯、靠、JB（涉及性器官）、屎、屁等等。

這幾類江湖語言，在某些詩歌網站上隨處可見，幾乎都是伴隨著多方叫罵隨口而出。鑒於 2010 年樂趣網已經關閉了多家詩歌網站，相關的鏈接已經打不開，筆者只有將以前保存的「詩江湖」網站上的帖子貼一段出來，感受江湖語言如何直觀地表達詩歌場域全面江湖化時代的事實。

詩人李磊不斷打擊（網絡詩歌吵作罵戰「黃金搭檔」）伊沙和徐江的兩場實況【李磊】12:11:58　2/09/04[38]　（13K）

真正的是兩個狗屎在自尉。【散人】16:29:58　2/10/04[1]（無內容）

有什麼鬧頭，那個戴眼睛的逼樣～老子瞧著就煩。【偉力】10:25:05　2/10/04[22]　（44）

你這穿馬甲的比樣，找抽的比貨！【江湖中人】14:35:21　2/10/04（無內容）

配合「人面魚」打假！！！！！【李磊】12:58:44　2/09/04（無內容）

傻逼，照年齡我可以叫你大叔了，既然你要找×【人面魚】23:11:40　2/09/04[30]　（278）

呵呵！小狗腿子！立即靠緊主子，馬上吐出屎泡。【李磊】13:43:41　2/10/04（無內容）

蠢貨！（一併送下面那為瘻什麼的）如你所願，×你最後一次【人面魚】14:10:58　2/10/04（無內容）

李磊可憐啊，一夥草寇圍攻你。【偉力】10:21:00　2/10/04（無內容）

呵呵！小蠢賊而已！【李磊】13:45:53　2/10/04（無內容）

知道「互文」麼？警察還沒自學到麼？那就得瑟吧，白癡。【長安伊沙】10:21:53　2/11/04（無内容）

照抄照搬古人原創的《唐詩三百首》也是互文嗎？你剽竊加工和抄襲潤色的:《唐》根本沒有藝術價值。雖然有時還能夠糊弄糊弄外國人，搞一些商業欺詐的事情騙取外匯。【李磊】10:47:24　2/11/04[1]（81）

口號狂！去你媽的，談JB詩！【長安伊沙】14:10:44　2/11/04（無内容）

哈哈哈。假牙笑掉了。【徐江】22:10:13　2/11/04（無内容）

呵呵！搬運工把自己抄襲與剽竊的行爲，美化成與古人的「互文」？不要臉！【李磊】14:56:21　2/11/04（無内容）

李磊，詩學的問題可以探討，千萬不要用文革大字報的形式和我對話；我會弔你。你下了結論，我是睜眼瞎，那你是什麼，偏執狂？還是道德的僞道士？【老德】01:36:07　2/11/04[14]（72）

戳穿謊言人人有責，你明明在詩學問題上撒謊，硬說自己的謊言是真理？明明你的所作所爲顛倒黑白，硬說別人是僞道士？你的睜眼說瞎話恰恰是文革的文痞作爲。【李磊】09:48:31　2/11/04[1]（78）

詩這個美妙的詞從你嘴裏出來就成了狗屎——有完沒完了你？【金軻】17:02:15　2/11/04（無内容）

奴才！大家眼見著你的兩個主子被我左一拳右一拳地打倒了，目前你還不夠級別。【李磊】09:29:01　2/12/04（無内容）

明明是你們這夥勢力小人欺騙詩歌觀眾遮蔽藝術事實還哪裏有臉指責別人？【李磊】09:52:02　2/11/04（無内容）

賤民怒了，以頭搶地，何不集體自焚？【長安伊沙】17:52:31　2/10/04（無内容）

老哥，你確實厲害～就憑老兄罕見臉皮之厚度，你不得大名，還真說不過啊～況在這個豬名狗名——出名就算成功的時代，人的臉皮值幾個錢？佩服啊，實在佩服！～【魯西狂徒】18:45:47　2/10/04[15]（79）

也是因爲你（伊沙）他媽的太該×了。【散人】16:18:03　2/10/04（無内容）

這段對話只是「詩江湖」中江湖氣十足的成千上萬帖子中的一個。還有一些民刊收集整理的一些網上文章，比如《下半身》創刊號收錄的一些文章和帖子題目是：《是幹而不是搞》，《和謝有順：臀部在爬行》，《詩壇搞笑選擇題》之請問：創辦《屎餐尻》（指民刊《詩參考》）的詩人是 A 釣魚島、B 長島、C 中島、D 臥倒，《尹麗川、胡續冬網上過招》，《致惹不起的胡少俠：色情與黃色》等等。

紅葦說：「當江湖詞語濫出江湖本『專業』領域攻城略地而被社會廣爲認可時，這已經表明江湖日漸增強的影響不可小覷。」〔註63〕同樣，當江湖語言在詩歌場內攻城略地並深入人心，這已經表明江湖日漸增強了對詩歌場的影響。

二、江湖敍事

除了交流、對話、罵戰中使用江湖語言成爲一種趨勢，按照江湖的方式談詩歌品詩人論詩事也成爲十分流行的話語空間。由於江湖敍事的範圍很廣，我們這裡描述的主要是近年來比較泛濫的評論詩歌和詩人的江湖方式。下面的描述雖然將江湖敍事分爲三類，但其實這三類敍事互有交叉重疊，我們只是取其主要傾向。

（一）武功套路式

這類敍事以武俠小說中人物、武功套路和招數點評詩人及其詩歌，比如評論朱劍的詩歌：

> 朱劍：小李飛刀，力（例）不虛發？
>
> 這個人的詩歌透露出的挖苦、諷刺不是刻薄，而是惡毒、仇恨，恨入骨髓的那種。朱劍尖刀手刃，與語言短兵相接。語感、語義的修辭是他的枷鎖，而枷鎖一旦拆除，詩意就顯得蒼茫而老邁。劍走偏鋒，詩行邪惡，朱劍是 70 年代詩人中理所當然的"西毒"，甚至比伊沙更邪毒。〔註64〕

（二）娛樂段子式

這類敍事喜歡正話反說、反話正說，以調侃、搞笑的方式達到敍事目的，

〔註63〕紅葦：《體驗江湖》〔M〕，上海：上海三聯書店，2003 年，第 6 頁。

〔註64〕《詩江湖》詩歌月刊，http://www.wenxue2000.com/yk/yk002b.html，2001 年第 1 期。

多爲一些小段子。比如《詩生活》網站上的幾個批評「下半身」的小段子：

怎麼回事？北大和師大在下半身結合啦？〔#4090:0,1/1〕
（07/04/2000 10:02:06）

不要亂講！人家只不過想當北大的娜拉和師大的覺慧而已。
〔#4090:0,0/0〕（07/04/2000 10:05:54）

統統給我回去＿＿（鬍子）

受不了了，這頭按住了那頭又起來了，師傅在江湖上的信譽全
讓你們幾個小蹄子毀了。不要光胡鬧，實在有想法可以搞一些特色
服務嘛，等他們下半身搞累了咱們天竺電子商務部可以賣點彙源腎
寶太太口服液什麼的，這樣去西天的路上還有的賺頭，可以給盲炳
治眼睛，給元謀人買花樹葉子穿。

統統給我回去進貨！

八戒，快回來做網頁，剛説你師兄亂扔金箍棒，你就出來扔釘
耙，哎＿＿

眞要命，貧僧剛從印度回到網站，時差還沒倒過來，貧僧火速
調查了一下，查出本網站一干弟子出於對沈先生、尹小姐的微言大
義還沒有領會徹底，貿然亂扔了幾根金箍棒，砸傷了小朋友，砸壞
了花花草草，進而激怒了瓜胸，都怪貧僧管教不嚴，佛説「我不入
地獄誰入地獄」，貧僧這廂代爲陪罪，等弟子們明白了捨生取義的道
理，就自然會和我一起唱：「去你媽的，我就去你媽的，管他什麼宣
言主義＿＿」〔註65〕

（三）點將封神式

這類敘事將詩壇詩人與造成較大影響的中國傳統小說、神話裏的人物一
一對應，重在評價詩人的性格、地位和成就，同時道出許多詩壇掌故。影響
比較大的有《詩壇英雄座次排行榜》、《民間詩壇封神榜》。「百曉生」以水
滸梁山伯 108 單將排座次的體例對應 108 位詩人，編撰《詩壇英雄座次排行
榜》。比如，將評論家謝冕先生封爲白衣秀士王倫，理由是：中國詩壇能有今
日，一要感謝黨，二要感謝謝教授。當年他在詩歌評論界豎起「朦朧派」這
杆大旗，居功甚偉。如今雖已老邁，尚有弟子若干，組成「謝家班」，不時在

〔註65〕 胡子：《關於「下半身」的網絡批評》〔J〕，《下半身》創刊號，2000 年。

江湖上興風作浪。故應列爲次席。另將「知識分子寫作」的代表王家新和「民間寫作」的代表于堅分別封爲大頭領及時雨宋江和玉麒麟盧俊義，理由分別是：王家新成名甚早，原爲「朦朧派」豪傑，後流落歐洲數年，詩風大變，仍不失溫柔敦厚。現閒居京城，隱然爲「北京幫」龍頭老大。軍師程光煒對他忠心耿耿，推崇備至。故應列爲大頭領首席；于堅向有「雲南王」之稱，又是江南「他們盟」的精神領袖，詩風大開大闔，一向與「北京幫」勢不兩立，時時有併吞中原之心，其手下豪傑遍佈華夏，一日起事，當能統一河山。故應列爲大頭領二席。〔註66〕《民間詩壇封神榜》假託姜尚封神體例封于堅爲「雲南王」，稱他李白轉世；封韓東爲「金陵王」、杜甫轉世；封楊黎爲漢中王、蘇軾轉世；封何小竹爲川王、宋玉轉世——如此等等，將詩歌「民間寫作」譜系中的第三代、新世代、70後和女性詩人們逐一做了分封和點評。〔註67〕點將封神式敘事由於暗合了人的內心對名位、座次的追逐和渴望，更兼其符合了讀者對詩壇掌故的瞭解欲望，因而非常容易引起關注，導致《詩壇英雄座次排行榜》等文章在網絡上被反覆黏貼和仿傚，出現一篇篇各類排行榜和對照榜。比如《〈70〉80後詩壇英雄座次榜》等等〔註68〕，還有詩人仿傚《詩壇英雄座次排行榜》敘事語氣和方式，將空出「金」元素後的 108 個化學元素對應 108 位詩人，寫作《化學元素與詩人之對照》。〔註69〕

　　通過上面的列舉，幾類江湖敘事各有側重點，但仔細分析，可以發現其中一些共同的特點。

第一，借構性

　　幾類江湖敘事大都是借武俠或神話故事的作者、人物和體例嫁接當代詩歌場，將人物顛倒，時空古今、中外錯置，使得敘事獲得一種穿越的快感。所借之故事和人物大多是民族文化記憶或者公共話語空間的一部分，才能使人深諳其中之味。比如前述例子所借的《封神榜》、《小李飛刀》等故事和人物，皆是江湖文化譜系中的經典。還有借中外詩歌名人說事的，比如借金斯

〔註66〕百曉生：《詩壇英雄座次排行榜》〔J／OL〕，《中國網絡文學聯盟》，http://www.ilf.cn/Theo/50723_1.html，2011-11-06。

〔註67〕姜尚：《民間詩壇封神榜》，《詩江湖》江湖月刊，http://www.wenxue2000.com/yk/yk002b.html，2001 年第 2 期。

〔註68〕丁成：《80後詩壇英雄榜》〔EB／OL〕，《天涯論壇》天涯詩會，http://bbs.tianya.cn/post-poem-48775-1.shtml，2005-08-03。

〔註69〕蕭沈：《化學元素與詩人之對照》〔J〕，《文學自由談》，1999 年第 3 期。

伯格作詩諷刺「下半身」。〔註70〕

第二，虛構性

同樣是評論詩歌、詩人和詩事，學術等正規敘事要求作者眞實，論據科學，推論符合邏輯，結論力求眞相。而江湖敘事大多是虛構或者（匿名）的作者，虛構或（傳聞）的人物和故事，不追求敘事邏輯，沒有明確結論，以恣意的態度和個性在虛構的言說中追求一種擺脫現實囚禁的快感。比如前述例子中《詩壇英雄座次排行榜》作者百曉生，是武俠小說中一個虛構的做兵器譜的人物。而《詩壇英雄座次排行榜》也是一種想像和虛構，現實中不可能眞有一個排行榜，因爲它們沒有定性定量的標準。

第三，解構性

無論是借構還是虛構，江湖敘事其實都是在解構詩歌場內官方敘事的正規性、學術性和嚴肅性，追求敘事的自由創造性。同時，它也在解構關於詩歌和詩人「區隔」的身份。經過歷史沉澱加於詩歌和詩人身上的神秘面紗，被江湖敘事的娛樂、快感之手揭開，詩歌和詩人成爲暴露在江湖中被調侃或者嘲弄的對象。他們或者是江湖大哥或者是江湖混混，被解構後的詩歌、詩人的身份認證混亂而虛無。

三、江湖爭鬥

江湖社會，「鬥」是核心。個人與個人鬥，幫派與幫派鬥；爲利益鬥，爲意氣鬥，爲權力鬥；鬥狠、鬥勇、鬥資本、鬥勢力——總之，「鬥」是江湖社會的一個重要觀察點。詩歌江湖時代，一個重要的標誌就是江湖爭鬥此起彼伏。詩人方閒海說：「詩江湖眞是一個殘酷的戰場／飆詩已經飆出了血／糯米團的生活／心中全裹著／帶刺的詩歌（方閒海：《當詩歌在時代中成爲眞正的飯碗》）。」一些專家和觀察者也用「羅馬鬥獸場」〔註71〕和「黑社會火拼場」〔註72〕來表達對詩歌江湖爭鬥的觀感。陳仲義說：「它是後現代語境在高科技援助下新上演的『古羅馬鬥獸場』：立場與立場決鬥、思維與思維決鬥、

〔註70〕 參見《下半身》創刊號第四卷娛樂版，第 186 頁，作者假託金斯伯格於天堂作詩：《對偉大的下半身的供奉——爲沈浩波們而作的新藝術宣言》。

〔註71〕 陳仲義：《中國前沿詩歌聚焦》〔M〕，北京：中國社會科學出版社，2009 年，第 107 頁。

〔註72〕 紫薇：《網絡「黑社會」》〔EB／OL〕，《星星論壇》，http://www.bj2.netsh.com/bbs/95633/，2003-11-09。

觀點與觀點決鬥、圈子與圈子決鬥、文本與文本決鬥、意氣與意氣決鬥。白刀子進紅刀子出。流血、包紮、舔舐、攻營拔寨、快意復仇、兩肋插刀、赴湯蹈火。」〔註73〕細心分析這段話，可以發現一個有趣的現象，陳仲義先生在描述這些爭鬥時所採用的語言是典型的「江湖語言」。可見，江湖爭鬥的熱鬧、激烈和血腥影響到的不僅僅是詩人，還有詩評家、觀察者和讀者等等，也就是幾乎整個與之關聯的詩歌場域。

新世紀十年來，大大小小的江湖爭鬥之多，是無法窮盡描述的。「大到潮流風氣、未來走向，中到社團運動、流派圈子，小到詩人臧否、作品的棒喝或封堵，及至單個語詞刪除更改。應有盡有，不一而足。」〔註74〕筆者在這裡論述的江湖爭鬥，只能限於持續時間較長的、參與人數較多的、在詩歌場產生較大影響的。即使這樣，也很難完全為其分類。通常，各類爭鬥背後都是一些非常複雜的因素混合發酵，彼此之間相互交集的地方也很多。如果我們以詩歌陣營為界點來看，可以從陣營內的分裂和陣營外的鬥爭來做一個大致的分類。

陣營內的分裂主要有沈韓之爭（沈浩波和韓東）、伊（沙）沈（浩波）之爭、徐（江）韓（東）蕭（沈）楊（黎）之爭、韓（東）于（堅）之爭（關於推舉新人問題）、于堅大笑門事件（主要由伊沙、沈浩波對于堅的諷刺引起于堅與伊沈的決裂）、「垃圾派」內部退派事件、「老非非」和「新非非」之爭、「第三條道路」內部譙達摩和林童之爭；陣營外的鬥爭主要是「下半身」、「垃圾派」和「第三條道路」三大群體空前混戰，「第三極」詩歌運動引發的「高」、「低」詩歌陣營之爭。

誠然，這些論爭的起因有些基於意氣，有些基於立場，有些基於圈子，還有些也是基於詩學。陳仲義就曾經把十年網絡詩歌論爭歸為「意氣之爭」、「立場之爭」和「詩學之爭」。我們並不排除一些抱著真誠的心交流詩學觀點的論爭或者只是性情比拼的爭論，但是，應該看到，儘管很多爭鬥的起因可以看到正常的詩歌論爭的影子，但隨著後來者和煽動者的加入和挑動，多數論爭的味道一變再變幾乎無一例外的淪落為「名利場邏輯」〔註75〕的犧牲

〔註73〕陳仲義：《中國前沿詩歌聚焦》〔M〕，北京：中國社會科學出版社，2009年，第107頁。

〔註74〕陳仲義：《中國前沿詩歌聚焦》〔M〕，北京：中國社會科學出版社，2009年，第107頁。

〔註75〕〔英〕貢布里希：《名利場邏輯：在時尚、風格、趣味的研究中歷史決定論的

品，成爲話語權爭奪的狂歡表演。下面對多數江湖爭鬥的主要性質進行一些分析。

（一）幫派性大於流派性

江湖爭鬥的主體主要是各個詩歌幫派或者集團，即使最開始由個人恩怨開始，但很快會發展成幫派行爲，這是新世紀江湖爭鬥的一個重要特徵。儘管這些詩歌幫派自稱流派，並認爲流派的形式是詩歌傳播的大革命和大趨勢，比如垃圾派的徐鄉愁聲稱：「詩歌又掀起了一場大的革命。到了二十世紀末和二十一世紀初，中國詩壇仍然出現了幾個大的詩歌流派，比如『橡皮寫作』、『下半身』、『荒誕主義』、『現在主義』、『硬表現主義』、『第三條道路』等等，如果中國詩歌的發展理順成章的話，應該有一個跟以上都不同的主張「崇低」的詩歌流派。果然到了 2003 年 3 月，一個更徹底更放浪的流派——『垃圾派』在中國詩壇誕生了，它就像一顆引爆了的大當量的核武器，它的衝擊波迅速向四周擴散和輻射。」〔註76〕龐清明在《第三條道路與流派精神》中說「第三條道路」是「中國當代詩歌第一大流派」，並預言：「中國詩人以流派或圈子相聚首，中國詩歌通過流派或圈子傳播的時代真的來了，只有流派才能讓業已迷失方向迷惘無助的詩人找到歇腳、使力、彈跳的支點，詩歌流派將更加『名目繁多』風起雲湧在中國大地上。」〔註77〕但是，這些詩歌團體有多少文學史意義上的流派性質卻是一個需要探討的問題。

幫派和流派有一些共同的特徵，比如組織、綱領，但其中也有重要的差別。幫派重視組織、綱領，其組織、綱領強調個人崇拜、個人權威和自我封閉，重點在「幫」的構成和行爲；流派有組織、綱領，卻更重視鮮明的共同創作風格和創作成果。《中國大百科全書：中國文學卷》關於「文學流派」的說明是：一種有明確的文學主張和組織形式的自覺結合體。這種流派，從作家主觀方面來看，是由於政治傾向、美學觀點和藝術趣味相同或相近而自覺結合起來的，具有明確的派別性。他們一般有一定的組織和結社名稱，有共同的文學綱領，公開發表自己的文學主張，與觀點不同的其他流派進行論戰。

替代理論》〔C〕//《理想與偶像：價值在歷史藝術中的地位》，范景中等譯，上海：上海人民美術出版社，1991 年。

〔註76〕徐鄉愁：《中國垃圾派——從五月風暴到六月覺醒（詩江湖論戰綜述）》〔EB／OL〕，《民間文化網》，http://www.yanruyu.com/jhy/author/40801.shtml，2004-10-12。

〔註77〕龐清明：《第三條道路與流派精神》〔J〕，《文學自由談》，2007 年第 1 期。

但這些還只有文學集團的意義，只有進而在創作實踐上形成了共同的鮮明特色，這才是嚴格意義上的文學流派。〔註78〕按照這個定義，我們可以說創作實踐上共同的鮮明特色是指認流派的重要標準，也是文學流派區別於文學集團和幫派最重要的一點。綜合來看，幫派的標準是社會學意義上的姿態和行動，流派的最大標準是詩學意義上的風格和創作成果。判斷詩歌團體幫派性或者流派性質的比重，主要應該看其對文學場的影響重在社會學意義上的共同姿態還是詩學意義上的共同風格和創作成果。

　　觀察新世紀以來江湖爭鬥的主體，其詩學意義的影響遠遠小於其社會學意義上的姿態和炒作。有些號稱最具有影響當量的詩歌流派，比如前面提到的「垃圾派」，從組織、綱領到行動甚至與江湖黑社會組織無異。截取「垃圾派」口號和宣言的一部分可以清楚的看到這個性質。

　　　　1、東方黑，太陽壞，中國出了個垃圾派。它為詩人謀幸福，它是詩人大救星。2、垃圾派，只有垃圾派，才是創造中國詩歌的真正動力。3、領導我們事業的核心力量是中國垃圾派，指導我們思想的理論基礎是《老頭子詩箚》……6、大海航行靠老頭（子），萬物生長靠垃圾。……8、打倒下半身，解放全中國。……14、生是垃圾人，死是垃圾鬼。15、一人垃圾，全家光榮。……17、一切為了垃圾派。……21、男非垃圾派不娶，女非垃圾派不嫁。……24、戰無不勝的《老頭子詩箚》萬歲！萬歲！！萬萬歲！！！25、中國垃圾派萬歲！萬歲！！萬萬歲！！！〔註79〕

這些包括「生是垃圾人，死是垃圾鬼」和對創始人呼「萬歲」的二十五條口號混合文革紅衛兵口號、江湖幫派和黑社會的入會口號，與神話偶像的拜神主義和個人崇拜何其相似，甚至「垃圾派」創始人老頭子故意隱瞞的神秘身份也與一般黑社會大哥的隱秘身份相仿，這些恰恰是真正的詩人和詩歌流派所唾棄的。再看「垃圾派」的行動。幫派或黑社會行動的一個特徵是兵馬足、出手快、下手狠、有組織有目的。這和作為文學流派的散淡自由是有區別的。「垃圾派」從 2003 年 3 月成立，短短幾個月時間就迅速招攬眾多人馬，有目的地在《詩江湖》、《他們》論壇、《北京評論》、《揚子鱷》論壇（「垃圾

〔註78〕劉建軍：《文學流派》，中國大百科全書：中國文學卷，北京：中國大百科全書出版社，1988 年，第 952 頁。

〔註79〕皮旦：《「垃圾派」口號》〔J／OL〕，《垃圾派網刊》，http://www.fx120.net/scribble/zw1/200512191448403467.htm，2003 年第 1 期。

派」號稱南線、北線）等開關戰場，與「下半身」、「他們」等同時罵戰，完全不顧學理和道德底線，污蔑、辱罵、人身攻擊，黑論壇，只要能把動靜搞大，手段無所不用其極。並聲稱，他們是以黑制黑，以毒攻毒。而「垃圾詩人」的詩歌作品，在「垃圾」三原則的指導下，互相比拼誰比誰更垃圾、誰比誰更骯髒，一時間，屎尿作品和擦屁股作品鋪天蓋地。雖然莊子說「道在屎溺」，但並不意味屎溺即道，而垃圾作品卻標榜「屎溺」就是道，並近乎苛刻把這類「垃圾作品」奉為垃圾派所有入派成員的某種資格或標誌，從而把「垃圾詩歌」無限封閉。創始人還聲稱「垃圾派對中國文學史的影響必將超過虛無飄渺的上帝。我願與我的信奉者們一道，在中國這塊大地上，走出一條連上帝也無法走出的道路」〔註80〕——進而把自己神話化。以至於一些曾經密切關注並對「垃圾派」報以希望的觀察者也不無憂慮地指出：「詩歌的宗教化傾向有違藝術創作原則，這是垃圾詩歌所面臨的重大問題。……精神領袖的提法違背了垃圾詩人的自由思想，有拜神主義的盲目傾向，不符合這個時代的詩歌精神。因為，不由自主的盲目崇拜，最終將會導致拜神主義的歪理邪說，文革就是最深刻的歷史教訓。藝術流派不是團夥幫派，因為，拉幫結夥極易產生圈子作風，不適用於垃圾詩歌的自由創作。」〔註81〕一些之前出於各種原因加入的成員也不能忍受這樣的作品和行為，紛紛申明退派。「入派退派，快如輪轉」〔註82〕，退派的行為從某種意義上可以分辨出當初加入垃圾派的眾多成員，其實並未形成比較一致的美學趨向，有的是為了好玩，玩累了就退出；有的被嘩眾取寵的宣言所迷惑，結果發現實際與期望落差很大；還有的有別的野心，但發現其中個人迷信和關於「垃圾」寫作崇拜的力量太強大，只有退派自立門戶。可以說，「垃圾派」的名聲幾乎完全是建立在嘩眾取寵的寫作和你死我活的幫派鬥爭行為之上，號稱「即不要縱的繼承，也不要橫的移植，『垃圾派』空無旁依，獨劈蹊徑，『垃圾派』將開創中國詩歌的新紀元」〔註83〕的「崇低」寫作，也並未跳出口語寫作、「下半身」

〔註80〕老頭子：《關於垃圾派——老頭子的話》〔J／OL〕，《垃圾派網刊》，http://www.fx120.net/scribble/zw1/200512191448403467.htm，2003 年第 1 期。

〔註81〕李磊：《對老頭子的批判》〔EB／OL〕，《北京評論》，http://jsg6262.i.sohu.com/blog/view/132649797.htm，2003-05-20。

〔註82〕小魚兒：《2003 年華語網絡詩歌不完全梳理——垃圾寫作強檔出籠，攻城矛頭直指下半身》〔J／OL〕，《詩歌報》，http://www.shigebao.com，2004-01-16。

〔註83〕徐鄉愁：《中國出了個垃圾派》〔J／OL〕，《垃圾派網刊》，http://www.fx120.net/scribble/zw1/200512191448403467.htm，2003 年第 1 期。

等低詩歌陣營，後現代解構寫作的窠臼，沒有形成新的詩學建樹。陳仲義認為：「一定程度上誇大的假想敵和故意拉大的對立面，表面上的勢不兩立（指垃圾派和下半身的鬥爭）仍掩蓋不了雙方在本質上仍屬於『難兄難弟』。」﹝註84﹞面對這樣的詩歌群體，詩人紫薇定義的「詩壇黑社會」﹝註85﹞性質確實是有理有據的。毫不誇張地說，新世紀網上這些影響較大的詩歌群體，最引人注目的幾乎就是空洞的、歇斯底里的宣言和暴力的行為，創作成為宣言的表演，策略性的趨同性作品與作為流派最重要標準的、本質意義上的鮮明的藝術特色相去甚遠。種種行為消解了一個流派本身應該具有的思想層面的聯繫紐帶，突出了團體層面的宗法關係，因此，它們自身的江湖幫派性遠遠大於文學流派性。

（二）鬥爭性大於論爭性

鬥爭和論爭的目的都是「爭」，但所用方式的不同決定了性質的不同。「鬥」強調暴力、手段，「論」強調學理、邏輯。新世紀十年來的詩江湖爭鬥與其說是詩歌論爭不如說是關於詩歌的鬥爭，儘管裏面包含有詩學觀點的碰撞，甚至部分碰撞還激起了一些可能升發的思想火花，但遺憾的是，過於暴力的言語、手段和行為造成整個場域的鬥爭氛圍十分激烈，使得嚴肅的詩歌論爭不能正常的進行下去，壓倒了可能產生思想火花的論題或者想要表達詩學觀點和探討詩學問題的人。在這個意義上，詩歌論爭轉化成幫派鬥爭。下面以「垃圾派」和「下半身」的鬥爭來分析詩江湖「鬥」的主要表現。

1. 人員關係複雜的幫派大混戰

「垃圾派」和「下半身」的鬥爭歷時長、參與人數眾多，據垃圾派主將徐鄉愁介紹：「前來參戰的助威的或說長道短的扇風點火的何止三十、三百，來看熱鬧的袖手旁觀的詩歌群眾更是不計其數。」﹝註86﹞雙方有主將、鬥士和幫手若干，下半身主將：沈浩波、伊沙（也是對方主要攻擊對象）；鬥士：徐江、南人、口豬、尹麗川、閒手等；垃圾派主將：徐鄉愁；鬥士：管黨

﹝註84﹞陳仲義：《中國前沿詩歌聚焦》﹝M﹞，北京：中國社會科學出版社，2009 年，第 110 頁。

﹝註85﹞紫薇：《網絡「黑社會」》﹝EB／OL﹞，《星星論壇》，http://www.bj2.netsh.com/bbs/95633/，2003-11-09。

﹝註86﹞徐鄉愁：《中國垃圾派——從五月風暴到六月覺醒（詩江湖論戰綜述）》﹝EB／OL﹞，《民間文化網》，http://www.yanruyu.com/jhy/author/40801.shtml，2004-10-12。

生、餘毒、小月亮。捲入雙方鬥爭的各自的幫手：李磊、金珂、黑河、香港君臨、歐陽雪、原上飛、屍人、老德、土豆、艾泥、韓少君、魏風華、閒手、小引、哲荷、黔人、阿翔、吳幼明、劉立軒、口豬、金軻、牧斯、法清、香港君臨、花槍、陸陳蔚、水晶珠鏈、蘆花、唐突、秦風、梅潔、鮮婭、付興業、城父、小寬、趙思運、凡斯、漁天、叫獸、長山、汪峰、魯西狂徒、Wuhan 品超等等。雙方還互派「臥底」到對方陣營刺探「軍情」，先是幫對方陣營，瞭解對方戰略和弱點，然後突然露出本來面目。還有先屬於這派，後退派加入到另一派，立場不堅定被策反成功的「叛徒」。〔註87〕更有一個人多個化名的「馬甲」。主將、鬥士、幫手、特務、叛徒、馬甲，加上圍觀群眾和煽風點火的「路人」，活脫脫一場江湖幫派大混戰。

2. 江湖鬥爭招式

第一招是辱罵。辱罵也分幾個層次：污言穢語處於常用基礎層，幾乎三句話不離，多是涉及性器官、國罵的惡俗語言；其次給對手取諢號。通常根據外貌、性格、職業或者生理特徵命名，當然也根據命名者的褒貶態度決定。比如黑旋風李逵、母夜叉孫二娘等等。魯迅說：「中國老例，凡要排斥異己的時候，常給對手起一個諢號，──或謂之『綽號』。這也是明清以來訟師的老手段。假如要控告張三李四，倘只說姓名，本很平常，現在卻道『六臂太歲張三』、『白額虎李四』，則先不問事迹，縣官只見綽號，就覺得對方是惡棍了。」〔註88〕不問事迹，就覺得「對方是惡棍了」，這就是「命名」的威力。胡適曾經指出，中國人對「名」以及「名」所具有的不可思議的神力之崇拜，已經相當於西方人對上帝的崇拜了，所以，中國如果有宗教，不妨就是「名教」。胡適舉了個例子：「小孩跌了一交，受了驚駭，那是駭掉了『魂』了，須得『叫魂』。魂怎麼叫呢？到那跌交的地方，撒把米，高叫小孩的名

〔註87〕 在皮旦《關於李磊的老頭子批判》中多次提到：「詩江湖上那些策反垃圾群體的下半身的詩歌無賴相信大家已經看到了」；「垃圾派出現分裂現象的主要原因，就是有人一直沒有脫離下半身的影響和干係」；「當然更包括膽小怕事和做老好人，他們臨陣脫逃的心理因素就是害怕」；而且，後來證實皮旦就是老頭子的化名，《民間文化網》，http://www.yanruyu.com/jhy/author/35434.shtml；另外還有法清等被「垃圾派」認為投靠「下半身」的叛徒，因為他脫離垃圾派後高度肯定下半身，多次受到沈浩波的表揚。參見徐鄉愁：《從「垃圾場」到「紅番區」》，《民間文化網》，http://www.yanruyu.com/jhy/author/40803.shtml。

〔註88〕 魯迅：《華蓋集·補白》〔C〕//《魯迅全集》第三卷，北京：人民文學出版社，1956年，第79頁。

字，一路叫回家。叫名便是叫魂了。」〔註 89〕這就是名教的一種表現。既然「『名』就是魂」，名能表現魂，那麼，起名就非常重要，它要先聲奪人。從起名角度言，是「善名命善，惡名命惡」；而從接受角度言，「善名便引起我愛敬的態度，惡名便引起我厭恨的態度」。因此，這「名」本身，率先就給一個人定了性，同時也先在地決定了人們對此人的態度。中國民間還有一種巫蠱之術，既把要詛咒的人的名字和生辰八字刻在一個木偶上，然後用針扎這個木偶的心臟，同時嘴裏恨恨地叫著名字，據說就能將此人置於死地或者讓此人痛不欲生，而確定這個木偶的魂就是此人的關鍵是名字。可見，名的作用是非常重要的。在江湖鬥爭招式中，給對手取諢號成為另一種辱罵或激怒對手的技巧，比如「垃圾派」稱「陽痿患者沈浩波」、「沈牛比」、「偽黑社會老大伊沙」、「歪眼心邪徐江」，「垃圾派」也被諢為「老鼠會」，管黨生被稱為「詩歌流氓管黨生」、「管氏病毒」，徐鄉愁被稱為「徐想臭」、「徐鄉長」（垃圾鄉鄉長）等等。

　　第二招：挑撥離間。「離間計」原指使敵人的間諜為我所用，或使敵人獲取假情報而有利於我的計策。後指用計謀離間敵人引起內訌。它是三十六計中適用較廣泛的一種，建基於對對手內部矛盾的分析與掌握之上。由於詩歌江湖幫派的組織結構並不十分穩固，尤其是一些新興的幫派，人心不穩，相互猜忌或者各懷心思。由於各個幫派人員交情複雜，有些橫跨幾個詩歌團體，你中有我，我中有你，給離間計的實施帶來了很大的方便，成為詩歌江湖幫派鬥爭的重要手段。而且，從這些挑撥離間的話語本身，暴露出各個幫派內部一些潛藏的矛盾。官黨生曾經在罵沈浩波的時候說過一句話：「你知道我為什麼說你陽痿嗎？告訴你，因為是伊沙告訴我的，伊沙是聽愛情故事尹麗川說的……」〔註 90〕從離間的角度來講，沈浩波和伊沙是一個派系的，而且是師兄弟的關係，兩個人經常一起並肩「禦敵」，關係鐵杆，而且都有「江湖老大」的氣質。但從過去幾年的發展看，兩人之間明爭暗鬥、爭吵甚至翻臉的事情也不是一兩件，2001 年還爆發了「伊沈」之爭，「下半身」集體出場，試圖推翻「影子父親」伊沙的影響論，儘管最後言歸於好，但彼此防備之心還是很重，而且都在暗中較勁，看誰能笑到最後。管黨生就是察覺到兩人之間

〔註 89〕　胡適：《名教》〔C〕//《胡適文存三集》卷 1，上海：亞東圖書館，1924 年，第 48 頁。

〔註 90〕　管黨生：《再給陽痿患者沈浩波一針》〔EB／OL〕，《民間文化網》，http://www.yanruyu.com/jhy/author/40635.shtml，2004-10-11。

矛盾的微妙，利用曾經和伊沙、沈浩波的交情，放出這樣一句話，而且還把沈浩波的好朋友尹麗川也一帶牽扯進去，讓沈浩波自己去猜其中的真偽，不管有沒有預期效果，離間的惡毒之處盡顯。

第三招：揭隱私、打痛處。詩歌本身是維護個人隱私的，保護隱私是實現人的自由的一部分，西方的「自由觀」其實很大程度就是一部「人己權界論」。但是，就是這樣一個時時被自由、先鋒的詞語包圍的詩歌場域，打擊鬥爭的重點手段卻是揭隱私，詩人追求自由的精神被「打蛇打七寸」（「七寸」指蛇的心臟部位）的江湖精神所消解，這不能不說是一個巨大的反諷。揭隱私的威力在於人們的偷窺欲望，當人們突然發現自己關注的人在表面的言辭或者形象後面，還有許多見不得人的行為，在恍然大悟之餘心理會獲得一種滿足感，同時對這個人會產生一種厭惡心理。人在江湖，難免會有各種交遊，認識不同的人，說過不同的話，遭遇過不同的事，難免會在一些相識的人面前露出一些自己的底細。但當有一天雙方交惡，一方就會拿另一方的隱私、痛處說事。在「垃圾派」與「下半身」的鬥爭中，雙方互相揭對方隱私的鬥爭很多，當然，所謂隱私的真偽難辨，關鍵也不是去判斷真偽，而是如何更有力地證明對方人格的虛偽和齷齪。比如，管黨生爆料說：「小人沈浩波，我本來不想說你的可恥的事情，你既然首先開始了，我就配合配合。你在 2000 年給王家新的信還記得嗎？當時你是怎樣拍王家新馬屁的？後來怎麼又罵王家新了？」〔註 91〕他之所以提到這個事，邏輯是沈浩波是作為炮轟「知識分子寫作」的鬥士揚名江湖的，但他之前卻偷偷地拍過「知識分子寫作」代表王家新的馬屁，還給他寫過信，這就是他的痛處——揭開這個隱私就是打擊其關鍵之處，同時，可以證明沈浩波是「小人」，「可恥」。當然，這個隱私的可靠性是值得質疑的，他之所以爆出這個事情，主要的原因還是之前，沈浩波在《告示：從今以後禁止管黨生再拍我的馬屁》提到他的一些隱私，「每次在詩江湖被南人封殺，都無一例外的給我打電話，極盡低聲下氣，溜鬚拍馬之能事，……為了見我們，還特地買了一套西裝，人模狗樣地坐在臺下，臉上堆滿憨厚奉承的微笑。會後，你到我們所在的後臺，奴顏婢膝，尋求與尹麗川、巫昂握手的機會而險些不得。當我看著她們那麼不情願地與你握手，握過之後又迅速洗手的情狀時，不禁深深同情於你！……你見我與魏風華相

〔註91〕管黨生：《再給陽痿患者沈浩波一針》〔EB／OL〕，《民間文化網》，http://www.yanruyu.com/jhy/author/40635.shtml，2004-10-11。

約聊天室，特地尾隨而來，諂媚不已，一會兒口稱榮幸，一會兒請求我對你的寫作指點一二，一會兒又對我說最近你在網上的表現是情緒不正常所致！你那晚的表現太完美了，比三孫子還三孫子。你還記得麼？……你還記得麼，那天晚上，你大拍沈某人馬屁之時，突然發現有一名叫『問問』的旁觀者，你害怕極了，懇求『問問』不要嘲笑你，不要把聊天室的情狀外傳，直到「問問」答應你，你才滿意而走！」〔註92〕因此，他說沈浩波先拍王家新的馬屁又罵王家新，也是與沈浩波說他先大拍沈浩波的馬屁後罵沈浩波針鋒相對的。其實，詩歌江湖中的所謂隱私，往往是詩人之間的一些私人交往問題，其中的真偽成份只有詩人自己清楚，但在將攻擊的有效性作為目的的江湖鬥爭中，把它作為一種攻擊手段來運用確實是千真萬確的事實。

第四招：黑論壇。這是網絡衍生出來的江湖招數。雖然詩歌論壇被視為公共話語空間，但事實上，它有一定的「主權」。網絡上的大多數詩歌論壇都是一個詩歌圈的大本營。比如《詩江湖》是「下半身」的大本營，《他們》論壇是南京一幫詩人的大本營，《橡皮》是四川「廢話」詩人的大本營，《北京評論》是「垃圾派」的大本營等等。而「黑論壇」相當於對這些圈子大本營的進攻，不但侵犯了它們的「主權」，還會導致一些資料的流失，是大多數詩人所反對的。然而，反對歸反對，事實卻是無奈。自「垃圾派」與各大論壇爆發爭鬥，管黨生 2003 年 5 月首先黑了《詩江湖》的論壇以來，「黑論壇」成為鬥爭的一種突出手段。《他們》論壇、《北京評論》、《詩江湖》、《揚子鱷》、《現在主義》等論壇分別遭黑客攻擊，有的論壇還多次遭「黑」。當多數詩人強烈譴責「黑論壇」的手段時，徐鄉愁說：「黑客首先不是一個貶義詞。當黑客去黑掉腐朽與黑暗的論壇的時候，這就是以黑打黑，以毒攻毒。在中國，以黑打黑，以毒攻毒比正面教育更有力量和效果。」〔註93〕按照他的論調，黑客就是摧毀腐朽與黑暗秩序的「英雄」，然而，「黑論壇」的始作俑者管黨生的言論，卻暴露了徐鄉愁對「黑論壇」合法化的辯詞的空洞和針對性。管黨生曾宣稱：「今天，我黑了《他們》論壇，原因是一個叫旋復的人突然罵人，論壇版主沒有及時清理。從現在開始，任何論壇只要出現罵我的言論，一小

〔註92〕沈浩波：《告示：從今以後禁止管黨生再拍我的馬屁》〔EB／OL〕，《民間文化網》，http://www.yanruyu.com/jhy/author/40635.shtml，2004-10-11。

〔註93〕徐鄉愁：《中國垃圾年：2003 年垃圾派歲末大盤點》〔EB／OL〕，《文峰筆會東方網之東方論壇》，http://bbs.eastday.com/viewthread.php 敘 tid=438966，2004-01-08。

時內不清理，我堅決幫助清除。以上決定沒有任何討論的必要。」〔註 94〕後來他又黑了《詩江湖》論壇，理由是看不慣《詩江湖》對「垃圾派」成員「小月亮」作品的抨擊。由此可以看出，「黑論壇」的行爲其實是對個人或者幫派利益的畸形維護，是一種極端的報復行動。

四、江湖人物的江湖性格

在中國特色詩歌語境下，詩歌江湖人物特指那些因各種原因逸出體制內詩歌場域的詩人。由於主動拒絕或者失去了體制的庇護，多年的江湖打拼，使得他們的個性呈現出與體制內詩人相區別的一些特徵。當然，這些區別只是相對的，我們在此突出的江湖個性可能很多詩人身上都具備，只是所處的環境不同，使得他們身上的顏色順應環境的變化而有所改變或者加強，恰如熱帶植物的諸多現象。

（一）義氣

江河湖海總是充滿風險和變數，行走江湖的詩人沒有現成的「土地」可以收穫，沒有穩定的機構可以得到庇護，他只有在江湖中不斷尋找自己的同道，彼此互相幫助，結成「異性兄弟」或者幫會，這種中國傳統江湖社會的「類血緣關係」，爲在江湖漂流的流民們找到了安全感和棲身之所。這就是標榜獨立精神與自由創造的「詩江湖」，總是充斥著複雜的拉幫結派現象的實踐根源。看似矛盾，其實個中卻有著深厚的文化依據。個人的力量不足以應付江湖風浪，不足以與其他幫派「逐鹿江湖」。但是，「異性兄弟」或者「幫會成員」沒有可以依憑的血親關係可以信賴，那麼，相互間建立關係的基礎就十分重要。在長期的實踐中，「義氣」發展成爲這種關係非常重要的基礎之一。按照《辭源》修訂本對「義氣」的解釋，它一指「剛正之氣」；二指「忠孝之氣」。〔註95〕後來隨著詞源的演變，常與「江湖」一詞結合，稱爲「江湖義氣」。「江湖義氣」中的「義氣」儼然變成不以法律、道德而以交情爲基礎的是非正義觀，判斷是非的標準不是事實、眞相、眞理，而是朋友、交情和圈子的親疏關係，也就是俗話所說的幫親不幫理。當然，當朋友、圈子代表了眞相、事實，「義氣」也就具有了剛正和忠孝；反之，「義氣」則成爲幫兇，成爲「流

〔註94〕《江湖 O 記 VS 李磊》〔EB／OL〕，《民間文化網》，http://www.yanruyu.com/jhy/author/40642.shtml，2004-10-11。

〔註95〕《辭源》修訂本第 3 冊，北京：商務印書館，1979 年，第 2497 頁。

「氓氣」和「匪寇氣」的代名詞。

「詩江湖」中的江湖人物性格多數都具有江湖義氣，表現為對個人認可的兄弟、朋友、團體共同利益和自身在詩歌江湖中身份的確認所突出的「兩肋插刀、在所不惜」的氣質。「義氣」有詩人性格本體使然的驅動，但我們在此討論的「義氣」更多是策略性的：也就是為了在江湖中獲得朋友和身份確認的驅使，即江湖中的立身之本，同時也是群體穩定的紐帶。而且，在人際關係複雜的江湖社會，「義氣」也是相對的，他對這方有義，必定對對方無義。比如，沈浩波對其「下半身」成員的義氣，作為「下半身」的領袖，為了其成員和團體的利益，他不惜與昔日的師兄、前輩等決裂。在「伊沈論爭」中，他與伊沙決裂，除了「伊沙影響論」的焦慮，一個直接的理由就是認為伊沙欺負了「他的人」。〔註 96〕「他的人」證明了各自友誼的親疏關係，顯然，沈浩波與伊沙三年的友誼比不上與「戰友」們的義氣和「下半身」團體的利益。而「下半身」諸將在沈浩波於「沈韓之爭」中遭到南京詩人圍攻之時，面對南京詩人群裏過去的眾多師友，有些還是很好的朋友，最後還是選擇站在了沈浩波一邊，為他擺脫圍攻贏得了底氣。比如尹麗川、李紅旗和韓東私交甚好，受到韓東很多的關注。但在論爭中，他們還是跳出來表明立場：「是呀，真不希望吵……如果真打起來，我站在沈浩波這邊。」〔註 97〕前句話的無可奈何，加強了後句話明確表態的效果，兄弟義氣不但讓沈浩波激動，讓對手也發出：「知道朋友的好啦？給你一個教訓，不要翻臉不認人，特別是那些真正有才華的人，他們有自尊，也有義氣。」〔註 98〕還有徐江——伊沙的同門師兄弟，不管伊沙同任何人為任何事爭吵和鬥爭，他都會第一時間跳出來為伊沙擋「板磚」和「飛刀」，反之，伊沙對徐江也如此，兩人成為馳騁詩江湖戰場上的異性兄弟搭檔。80 後詩人阿斐在 2010 年元旦的佛山詩會

〔註 96〕伊沙在《我看網上論爭》中說：記得我在《二答沈浩波》的帖子中還在真誠地為他講述著我寫作中一段真實的經歷，怎麼他一到廣東就「如哽在喉」地以斷交相要脅。因為他覺得我欺負了他的人，胡言亂語的南人、尹紅旗不都是他的人嗎？他是在為他們扛，在替他們承擔，以我和他三年以來的友誼作為代價。參見《詩江湖》網站江湖月刊，http://www.wenxue2000.com/yk/yk007.html，2001 年第 7 期。

〔註 97〕李紅旗：《沈韓論爭及相關說法》〔J〕，《詩參考》內部資料，2001 年第 17、18 期合刊。

〔註 98〕丁龍根：《沈韓論爭及相關說法》〔J〕，《詩參考》內部資料，2001 年第 17、18 期合刊。

期間,當伊沙和他的 80 後兄弟丁成槓起來,丁成和其他幾個 80 後詩人以一句十分難堪的問話「伊沙是不是傻逼」詢問他態度,他還是不得不放下伊沙和他過去的交情以及曾經對他的提攜,選擇站在了他的 80 後兄弟一邊。儘管十分為難,但為難後的義氣往往是一個人更看重以哪個圈子、哪個團體作為身份確認的表現。

(二)霸氣

承接 80 年代中期第三代人「pass 北島」,盤峰論爭「民間寫作」大戰「知識分子寫作」式的霸氣,新世紀詩歌江湖人物將個性中的霸氣演繹得更加充分。霸氣,是詩歌江湖中一種「舍我其誰」或者「誰與爭鋒」的個性氣質。之所以說是「演繹」,突出兩點:一是聲名累積下個人感的強大;二是「逐鹿江湖」的姿態。伊沙說:「我使我的祖國在 20 世紀末有了真正意義上的當代之詩、城市之詩、男人之詩,我的先鋒與前衛由姿態變為常態,漢詩和後現代由我開創並隻身承擔。」〔註 99〕沈浩波說的「我正在通往牛逼的路上一路狂奔」〔註 100〕、「先鋒到死」〔註 101〕都是霸氣的演繹。當然,這並不是抹殺霸氣的天然性,而是突出:在詩江湖中,霸氣,也成為一種資本,一種與中國人傳統的謙虛謹慎、藏鋒避芒、溫柔敦厚的整體個性相區隔,具體到與官方體制內詩人和知識分子式詩人的溫文爾雅相區隔的符號資本。詩人的霸氣容易招致反感,反感方能激起鬥爭和關注。而另一方面,充滿鬥爭的江湖也需要霸氣才能不斷突圍。同時,霸氣總是和「先鋒」聯繫在一起的,不管「先鋒」的定義在詩歌場內有多麼混淆,但它最初是從軍事鬥爭的「先鋒」一詞發展而來的。而行軍或作戰的「先鋒部隊」一定要充滿霸氣的,這是一個不爭的事實。所以,爭強好鬥的詩歌江湖人物喜歡突出或者塑造性格中的霸氣。其中,沈浩波是比較突出的人物。他的霸氣體現在霸氣的語言、霸氣的舉動和對霸氣的人物和詩歌的推崇上。除了上面所說的兩句最有名的霸氣名言,他在衡山詩會上的發言也將江湖的霸氣演繹得淋漓盡致。在發言中,他將「第三代」的幾個重要流派和代表詩人在 90 年代缺乏先鋒性的創作逐一批判,非

〔註 99〕伊沙:《我整明白了嗎?——筆答《葵》的十七個問題》〔J〕,《詩探索》,1998 年第 3 期。

〔註 100〕沈浩波詩:《說說我自己》〔J〕,《下半身》創刊號,2000 年。

〔註 101〕沈浩波:《在衡山詩會上的即興發言》〔C〕//《2000 中國新詩年鑒》,廣州:廣州出版社,2001 年,第 471~479 頁。

非、他們、莽漢；楊黎、于堅、韓東、李亞偉，還有他的師兄宋曉賢、侯馬、徐江等等，這個舉動無疑在「盤峰論爭」後的「民間寫作」陣營中丟下了一顆炸彈。盤峰論爭時民間陣營鐵板一塊的關係被他的霸氣率先打破。從學術批評角度看，沈浩波以自己推崇的「強健、粗野、身體」的美學觀為尺度，批評了 90 年代詩歌的貧血不僅是「知識分子寫作」造成的，而且是詩人的共謀，的確道出了一些詩歌創作的現狀和弊病。從整個發言的文本來看，他是認真的。但是，他把自己的美學觀作為衡量一切創作的尺度，把自己界定的「先鋒寫作」定製成一把可以「橫掃千軍」的劍，也說明了他批評的霸氣。比如說到韓東，「韓東在 90 年代的好詩僅此一首，《甲乙》之外的韓東變成了一個抒情詩人，變成了一個想怎麼寫就怎麼寫的詩人，變成了一個有感而發的詩人。我覺得除了《甲乙》的韓東，變成了小詩人，而且他的詩歌充分展示了中國南方詩人的那種柔弱、精明式的才子性，小柔弱小情調在他的詩裏越發出現了。」〔註 102〕說到莽漢和李亞偉，「他在莽漢的階段作為天才的時候就不自信，如果他自信的話他不會到了 90 年代去詩裏玩文化、玩些玄乎乎的東西，去寫《旗語》那些不知所云的東西。……『莽漢』在 90 年代的沉淪，我覺得是活該。」〔註 103〕還有對其他詩人的批判，幾乎都提到了抒情、文化使得他們的詩歌缺乏了先鋒性，詩歌裏柔弱、悲憫的情懷是先鋒的敵人。當然，在現場也有很多人認為這是一個「作秀大師的表演」〔註 104〕，從表演的角度看，他的角色意識也是霸氣的。一個人向多個名人、熟人「掃射」，而且，讓「作為他師兄和朋友的徐江、宋曉賢的臉紅了」〔註 105〕，沒有霸氣是不可能的。

（三）善變

詩人多變，今天是朋友明天可能變敵人，今天是敵人明天也可能變朋友，今天罵這個明天可能讚這個，今天讚這個明天可能罵這個。多變，一方面可

〔註 102〕沈浩波：《在衡山詩會上的即興發言》〔C〕//《2000 中國新詩年鑒》，廣州：廣州出版社，2001 年，第 473 頁。

〔註 103〕沈浩波：《在衡山詩會上的即興發言》〔C〕//《2000 中國新詩年鑒》，廣州：廣州出版社，2001 年，第 474 頁。

〔註 104〕伊沙：《現場直擊：2000 年中國新詩關鍵詞之沈浩波》〔C〕//《2000 中國新詩年鑒》，廣州：廣州出版社，2001 年，第 422 頁。

〔註 105〕伊沙：《現場直擊：2000 年中國新詩關鍵詞之沈浩波》〔C〕//《2000 中國新詩年鑒》，廣州：廣州出版社，2001 年，第 422 頁。

能是詩歌江湖的詩人們性情的一面，但另一方面，也是詩歌江湖波瀾詭譎、關係複雜的投射。于堅作爲「民間寫作」的領袖和旗手，多年來一直是「反體制」的先鋒，對官方獎項和官方詩人的不滿、不屑是非常突出的，但新世紀以來，他對官方的獲獎和文學代表身份興趣日隆，多次接受官方的獎勵並作爲代表參加人民大會堂的會議。伊沙雖然在「沈韓論爭」中說到「我永遠不會衝韓東、于堅、嚴力這三人的人身而去，他們是我內心拜過的師傅——那是我永不背叛的過去。」〔註106〕但是，幾年後，他因于堅接受官方「魯迅文學獎」，並作爲代表在天安門前合影的事情，寫詩《從此再罵你僞民間我絕無異議》譏諷：作代會上的詩人們／正在人民大會堂／合影留念／三五成群或三三兩兩／每個人的臉上／都洋溢著／人民代表的莊嚴／登堂入室的滿足／終得欽定御用的幸福，我注意到其中一位／有點不一樣／不一樣就是不一樣哦／這堆人裏／惟有他的胸前／缺張胸牌（代表證？）／唉唉！小把戲爾爾／經常愛玩——那一定是／被他在拍照之前／偷偷摘下了／暫時揣在褲兜裏／這個動作定然委瑣／都到這會兒了／丫還能意識到／我等會看到此照／藉此暗示點什麼／身在曹營心在漢／去他媽的吧／牌坊都立了／還作婊子狀／此人正是所謂／「民間寫作」的領袖與旗手。另還貼詩《心中有座廟》、《大師標準像》攻擊于堅接受「朝廷招安」是爲了當大師被萬人供奉，其中語言之調侃、攻擊之犀利，和當年表達對「永不背叛的過去」的眞誠形成鮮明對比，雙方在「盤峰論爭」中建立起來的友誼關係從此破裂。另一個人物沈浩波當年對伊沙非常推崇，即使在他霸氣十足地對參加衡山詩會的各路詩人尖銳批評時，他對伊沙都是讚賞有加的，並且認爲伊沙1995年以後的詩作是「把中國先鋒詩歌從語言狀態推進到身體狀態的前驅者，起到了承前啓後的重要作用」。〔註107〕「承前啓後」當然是承認伊沙對作爲身體寫作的「下半身」的啓發作用。而且，他在2001年6月初在伊沙新作下還發貼說：「這仍是你的黃金時代，儘管我是多麼不願意承認這一點。」〔註108〕——依然是對伊沙的高度褒獎。但是，幾天之後，沈浩波就開始對伊沙發起攻擊，否認「下半身」

〔註106〕伊沙：《伊沙是眞的》〔EB／OL〕，《詩江湖》，www.wenxue2000.com/yk/yk200 10114.html，2001-01-14。

〔註107〕沈浩波：《在衡山詩會上的即興發言》〔C〕//《2000中國新詩年鑒》，廣州：廣州出版社，2001年，第478頁。

〔註108〕轉引自伊沙：《中國詩人的現場原聲——伊沈之爭》〔C〕//《中國網絡詩典》，南京：江蘇文藝出版社，2002年，第352頁。

寫作受到伊沙影響，雙方爆發「伊沈之爭」並宣稱斷交。自由詩人楊春光在2003年6月不顧多人反對，斷然決定加入「垃圾派」，發表熱情洋溢的入派宣言並激情高呼：「我願與垃圾派一起戰鬥，並視死如歸！……垃圾派萬歲！萬萬歲！！」〔註109〕「垃圾派」很多成員都為他的堅定和熱情歡欣鼓舞，認為他是經過深思熟慮加入垃圾派的。結果，五個月後，他又發表了退派說明。如此等等詩人多變的例子還很多，多變背後的原因十分複雜，有詩人天性使然，也有此時彼時場域氛圍的微妙刺激和應時而動的策略性手段和「名利場邏輯」。詩人性格的多變導致詩歌江湖風風雨雨，反過來，詩歌江湖的風風雨雨也刺激了詩人的多變和善變，二者在互動中加深了詩歌場域的江湖化。

〔註109〕徐鄉愁：《垃圾派論戰研究──楊春光及其思想》〔J／OL〕，《「垃圾派」網刊》，http://bbs.artron.net/viewthread.php 敘 tid=614582，2007-03-25。

4 既成的軌跡與潛規則

「潛規則」一詞是吳思的創造，他在《潛規則——中國歷史中的眞實遊戲》一書中對它的解釋是：「中國社會在正式規定的各種制度之外，在種種明文規定的背後，實際存在著一個不成文的又獲得廣泛認可的規矩，一種可以稱爲內部章程的東西。恰恰是這種東西，而不是冠冕堂皇的正式規定，支配著現實生活的運行。」〔註1〕

吳思的「潛規則」是在經濟理性人假設的前提下，對社會政治、經濟場域中種種「越軌」行爲的研究。後來又有很多學者對「潛規則」進行了跟進研究，多數人認爲，從文化心理學的角度看，「潛規則」作爲一種「亞文化」規則，「本質上就是江湖規矩」。〔註2〕在這些研究的基礎上，考察「詩江湖」的規矩，可以發現一些既成的軌迹。在詩歌場域內，除了理論家和詩人們提出的種種理論或者理念，更多的卻是，來自場域內部的一些不成文的又是大家心照不宣的規則，影響著詩歌場域的結構和變化——這就是詩歌江湖中的「潛規則」。

4.1 進入權與邊界：前輩合法定義權的利器

對於前輩（不僅指生理年齡，也包括結構上的、已經擁有較多各類資本的前輩和成名詩人）而言，他們擁有新人（不僅指生理年齡，也包括結構上

〔註1〕 吳思：《潛規則——中國歷史中的眞實遊戲》〔M〕，昆明：雲南人民出版社，2002年，第2頁。

〔註2〕 杜向陽：《江湖文化與文化認同——潛規則盛行的文化心理機制》〔J〕，《徐州師範大學學報》，2011年第9期。

的年輕和資本相對匱乏的詩人）進入權合法定義的利器。詩歌場域的進入權邊界可能比很多場域的界定都要鬆散和不確定。比如，大學提供的教職的進入權總是有系統的標準（學位、學術頭銜等等）和基本的邊界，「文學或藝術場的特徵與大學場的不同之處表現在前者系統化程度很低。它們最有意義的一個屬性就是它們界線的極端可滲透性和它們提供的職位以及與此同時碰到的合法性原則定義的多樣性：對動因屬性的分析證實了這個場既不要求與經濟場繼承程度相同的經濟資本，也不要求與大學場繼承程度相同的學術資本，甚或權力場的領域，比如政府高級職位。」〔註3〕正是這樣的鬆散和不可確定的弱系統性，使得人為的力量顯得尤其重要，詩歌的前輩可以根據自己的喜好和標準界定一個新人的進入權和等次。進入權包括一些不嚴格的定義和等級，比如詩人、優秀詩人或者天才詩人。界定的方式可以通過口頭推薦（書信、採訪中提及的名單），推薦在比較有影響力的刊物上發表詩歌，或者在自己主編的詩歌選本中重點推薦等等。一般來講，由於前輩們手握合法性定義權的利器，對新人的賞識和打壓就在一念之間。如果賞識，他們可以根據情況為新人的合法性開路。比如前輩們喜歡在很多場合開列詩人名單，在喝酒聊天時，在品詩論詩時，在寫文章做評論時，總忘不了羅列自己喜歡的詩人名單，當然，名單中不乏好詩人，但是，鑒於好詩人的標準難以明確和得到公認，他們完全可以根據自己的喜好制定相應的標準，其中圈子情（包括地域、學源等圈子）、人情、親疏關係、自身利益等種種複雜因素影響下的名單也不少。前輩們還掌握了不少的資源，評論家、媒體、詩歌刊物甚至他們的讀者，名單對他們都能產生一定的效果。他們還有各種機會做一些詩歌選本、年鑒的編委，各類詩歌獎的評委，對於編選進去的新人和獲獎的新人，合法性的等次會進一步提高。由此產生出的新人效應是顯而易見的：能夠獲得前輩名單認可的新人勢必在場域內會擁有更多的資源，也更容易脫穎而出。

其時仍是大學生的沈浩波在「盤峰論爭」中脫穎而出、一舉成名，一篇文章《誰在拿90年代開涮》固然重要，但更重要的是隨後韓東、于堅的鼎力推舉。按照沈浩波自己的說法：「早在 1998 年，當我還是一個大學本科學生時，韓東就和我有了接觸，他從我們學校的一份自印小報上看到我的一篇

〔註3〕 〔法〕皮埃爾·布爾迪厄：《藝術的法則——文學場的生成和結構》〔M〕，劉暉譯，北京：中央編譯出版社，2003 年，第 274 頁。

文章《誰在拿 90 年代開涮》後，給我寫了一封信，信不長，大意是說這篇文章很好，很重要，他想推薦給一些報刊發表。」〔註4〕于堅也和沈浩波通了話，通話具體內容雖然不得而知，但可以想像其中的讚賞和提攜的暗示。事後，這篇文章發表在了當時頗有影響力的《中國圖書商報》上。隨後，在當時十分著名的民間刊物《1998 中國新詩年鑒》的編輯中，于堅、韓東等作爲重要的編委，在第四卷「新人作品卷」里選用了沈浩波以筆名「仇水」發表的詩歌：《對話：秋韆時代的女人》，佔據了四個篇幅。〔註5〕沈浩波也承認，作爲一首詩歌的習作，能夠發表，「又是韓東，在編選《1998 中國新詩年鑒》時候力薦了我的另一首習作《秋韆時代的女人》」。〔註6〕從學生自印的小報到有廣泛影響力的媒體和刊物，沈浩波作爲民間詩歌場域新人的合法性得到前輩的界定和認可。其中經歷的時間雖然不長，但沈浩波在之前通過認識伊沙、侯馬、徐江等師兄再到認識韓東、于堅等前輩，並定期郵寄給他們自印的小報也是一個關鍵的過程。同樣是沈浩波，他的第二次聲名的高峰是創建「下半身」。雖然當時遭遇圍攻和辱罵，但前輩的合法性定義讓他及他的同人們收穫了不小的聲名。除了伊沙、徐江等的鼓勵和建議，楊黎、何小竹也發出公開信：「一群天才，集體出現。」〔註7〕從詩人到優秀詩人到天才詩人，前輩們以擁有的進入權邊界和等次的合法性定義權，參與改變了一些詩人的命運。

但是，合法定義權的隨意性也是顯而易見的。在「盤峰論爭」後的一年多時間裏，先後有幾個前輩對曾被他們界定爲優秀和天才的沈浩波的合法性予以否定。在沈韓論爭中，當初對他讚譽最多的幫助最多的前輩韓東、何小竹、楊黎等開始將沈浩波界定爲「混子」，並輪番對他進行攻擊。「不論80年代、90 年代，許多浪得詩名的人，功夫均在詩外。這壞習慣一路流傳下來，讓一些浮躁之人選擇了『混子』之途……王家新們是這樣，沈浩波們也是這樣。」〔註8〕當初被譽爲打響了反對王家新們第一炮的天才沈浩波，被界定

〔註 4〕 沈浩波：《沈韓論爭及相關說法》〔J〕，《詩參考》，2001 年第 17、18 期合刊。

〔註 5〕 仇水：《對話：秋韆時代的女人》〔C〕//《1998 中國新詩年鑒》，廣州：花城出版社，1999 年，第 258～262 頁。

〔註 6〕 沈浩波：《沈韓論爭及相關說法》〔J〕，《詩參考》，2001 年第 17、18 期合刊。

〔註 7〕 楊黎等：《給下半身的一封公開信》〔C〕//《2000 中國新詩年鑒》，廣州：廣州出版社，2001 年，第 566～567 頁；另根據 2009 年 8 月 14 日筆者對沈浩波的採訪記錄。

〔註 8〕 何小竹：《沈韓論爭及相關說法》〔J〕，《詩參考》，2001 年第 17、18 期合刊。

爲與「王家新們」一樣的「混子」，這個過程並不長，只有一年多時間。爭論的是與非並不重要，重要的是前輩們在天才與混子間界定的靈活性。對於沈浩波的詩名，如果說是浪得的，那麼當初推崇他的前輩的界定就有問題。如果當初的界定沒問題，現在定義他是功夫在詩外的「混子」就有問題。所以，詩歌場域進入權邊界具有相當的可滲透性，根據個人一時喜好和需要的原則也許超越了本身應該比較嚴肅的原則，但一切都可以在美學觀點不同的範疇回應質疑。

前輩詩人們各自掌握的資本和資源也是合法權界定的一個關鍵問題，「資本的擁有左右著在場中達成的特殊利益的獲取（比如文學權威）」。〔註9〕資本和資源的不平衡導致新人合法權界定的矛盾。掌握了詩歌資源的前輩，在編選詩歌時，對作品的推薦可以有不同的標準，雖然，在美學觀念不同的前提下推舉自己的名單，是無可厚非的。也不否認前輩們推舉出了一些好詩人好作品。但是，由於標準的蕪雜和高低難斷，各個編委間容易產生一些矛盾，一方推薦的人上了而另一方推薦的沒上，一方推薦的上得比另一方的多或者彼此看不起對方的標準，都是矛盾的導火線。矛盾的背後恰恰可以看出一些潛規則的登堂入室。

在編選《1999中國詩歌年鑒》時，曾經齊心協力編選《1998中國新詩年鑒》的編委們爆出了內訌。大致說法是：韓東的編輯方針與《年鑒》出資人楊茂東和主編楊克相左，因此在其作爲策劃人之一的《1999中國詩年選》序言《論民間》中有所指的稱《年鑒》方係「僞民間」。〔註10〕編輯方針相左，意味著選編標準的不同。作爲編委的韓東離開《年鑒》另起爐竈，顯然是出資人和主編在該書的編選標準上佔據了更主動地位，且不論這個主動地位是否源於他們詩歌標準的優勢，單就雙方在該書的資源比拼中，出資人和主編顯然佔據了更多的資源（包括經濟資源、人力資源和技術資源等等）。要想實踐自身的編輯理想或者推出自己界定的詩歌新人或者優秀詩歌作品，必須要有自己的陣地和資金支持，所以，韓東也很快另起爐竈。陣地和資金屬於經濟資本轉化的權力資本，由於權力資本的強力滲入，那麼，新人新作的名單至少有一部分是以體現權力資本的意志爲鵠的。韓東罵《年鑒》爲「僞民間」，

〔註9〕 〔法〕皮埃爾·布爾迪厄：《藝術的法則——文學場的生成和結構》〔M〕，劉暉譯，北京：中央編譯出版社，2003年，第279頁。

〔註10〕 徐江：《從頭再來——1999～2001詩人的被縛與詩歌的內在抗爭》〔J〕，《詩參考》，2001年第17、18期合刊。

並明確指出：「那些將民間視爲權力場所的人是絕對錯誤的。他們將民間作爲一種手段、工具，藉以實現個人的成功，最終獲取更大的權力。」〔註 11〕顯然，其中暗示了對《年鑒》將「民間視爲權力場所」的強烈不滿。我們雖然對具體的細節不得而知，但是，至少，可以做出如下判斷：如果韓東所指屬實，那麼《年鑒》背後確實有權力資本控制合法權的事實；如果不屬實，那麼韓東是否因爲他在其中由於資源的缺乏和標準的不同，自身想法不能實現，因此引發言論和另起爐竈，也是一件值得考究的事。兩者背後都是前輩在權力和詩歌標準之間的較量。

再看《年鑒》的另一個江湖鬥事件。2006 年，《年鑒》主編楊克邀請尹麗川、樹才擔任該年度執行主編。尹麗川按照自己的詩歌標準，按她自己的說法是「詩歌本身」挑選了很多詩人的作品，並著力推薦了新人而戈和發曉尋的作品。但最後印發的入選名單上，尹麗川所選的詩人和作品大多被取消，「重點推薦的發小尋、而戈、旋復、老了等人的詩歌，居然都消失得那麼乾淨」！〔註 12〕因而引發了伊沙、沈浩波、尹麗川的激烈抗議。伊沙宣佈：「從今日起本人自行退出《中國新詩年鑒》編委會，不再擔任『掛名編委』，特告知主編楊克。原因：道不同不相與謀。伊沙絕不與『僞民間』爲伍！」〔註 13〕在楊克的解釋下，伊沙最終還道出了退出編委的另一個原因：「即便是從哥們兒義氣的角度來說，沒有徐江（我也未見侯馬）的詩選，我不能掛編委之名」。〔註 14〕沈浩波非常氣憤的理由是：「那些平庸得近乎傻的名字是誰塞進來的？陳樹才這個二貨三道兒嗎？那些好的詩人和詩歌是誰閹割了的？陳樹才這個二貨三道兒嗎？今淪爲僞詩的樂園。看看這個目錄裏的那些貨色吧，那些平庸的三道兒，那些毫無靈魂的詩歌。」〔註 15〕他的意思是另一個執行主編陳樹才（也是「第三條道路」詩歌團體的代表人物）以他自己陣營的名

〔註 11〕 韓東：《論民間（代序）》〔C〕//《1999 中國詩年選》，西安：陝西師範大學出版社，1999 年，第 11 頁。

〔註 12〕 尹麗川：《公告》〔EB／OL〕，《詩江湖》，http://www.wenxue2000.com/yk/yk2007056.html，2007-06-03。

〔註 13〕 長安伊沙：《公告》〔EB／OL〕，《詩江湖》，http://www.wenxue2000.com/yk/yk2007056.html，2007-05-05。

〔註 14〕 長安伊沙：《公告》〔EB／OL〕，《詩江湖》，http://www.wenxue2000.com/yk/yk2007056.html，2007-05-06。

〔註 15〕 沈浩波：《公告》〔EB／OL〕，《詩江湖》，http://www.wenxue2000.com/yk/yk2007056.html，2007-05-07。

單壓制剝奪了尹麗川的編選權利。尹麗川則認為，她的稿子寄出去後，「此後便沒有消息，沒有回覆，我理所當然以為，那就是說沒有問題」。〔註16〕直到「知道《2006 中國新詩年鑒》的入選名單，因為之前沒有接到過主編及編委會任何形式的通知或說明，也不知道一切已然、照例變得如此不堪」。〔註17〕楊克回覆質疑的關鍵有三，其一是：「伊沙你也一直知道年鑒歷年承擔的所謂壓力大於你編書遇到的麻煩。對於知道內情的編委無須多說。」〔註18〕其二是由於出版的壓力，取消了尹麗川推薦的詩人作品。也就是他和另一個主編對尹麗川的詩歌名單和標準沒有通過，他「同意這結果」。其三是沈浩波當年編選《年鑒》也造成了很多麻煩，「但我已經承擔責任和損失。並未推給他」。〔註19〕

按照各方敘述的脈絡，且不論爭論的是非，我們至少可以得出以下幾點：

其一，各方爭論的焦點是各自名單的「出場率」上。兩個執行主編一方是「下半身」的代表，另一方是「第三條道路」的代表。而該本年鑒明顯是「第三條道路」的名單出場率佔了絕對優勢。而「下半身」的很多朋友和新人被遮蔽了，不但尹麗川推薦的新人而且伊沙的「哥們」、沈浩波的師兄徐江、侯馬的詩也被取消了。

其二，標準的曖昧。尹麗川說了一句很重要的話：「我可以負責地說，在編選過程中，我唯一的標準就是詩歌本身。我想問問楊克和樹才，你們的標準是什麼？當然你們也會說，是詩歌本身。」〔註20〕她大概想說自己是以詩取詩不是以人取詩，但她在質疑對方時也很無奈，因為她知道詩人們在遇到選本質疑時的殺手鐧——標準的曖昧。這也是我們前述的詩歌進入權標準的隨意性和弱系統性，它可能導致的是大量詩歌關係學和成名學的誕生。

〔註16〕 尹麗川：《公告》〔EB／OL〕，《詩江湖》，http://www.wenxue2000.com/yk/yk 2007056.html，2007-06-03。

〔註17〕 尹麗川：《公告》〔EB／OL〕，《詩江湖》，http://www.wenxue2000.com/yk/yk 2007056.html，2007-06-03。

〔註18〕 楊克：《公告》〔EB／OL〕，《詩江湖》，http://www.wenxue2000.com/yk/yk200 7056.html，2007-05-06。

〔註19〕 楊克：《公告》〔EB／OL〕，《詩江湖》，http://www.wenxue2000.com/yk/yk200 7056.html，2007-06-04。

〔註20〕 尹麗川：《公告》〔EB／OL〕，《詩江湖》，http://www.wenxue2000.com/yk/yk 2007056.html，2007-06-03。

其三,《年鑒》的編選並非如它標榜的「藝術上我們秉承:真正的永恆的民間立場」〔註21〕那樣自由和民主,外部除了受到經濟資本等入侵,還有政治資本經由出版的控制。可以想像,在表面的「民間立場」下,主編和經濟資本、政治資本的妥協和周全。沈浩波自己坦誠和楊克是朋友,也參與早期年鑒的編選工作,「很多事情,我本可不說,因為你確實是我的朋友」,但他最後還是質問楊克:「你在《中國新詩年鑒》交換什麼?你在搞統一戰線嗎?你到底是在編一本詩歌的年鑒,還是在搞你的詩壇關係學。……你成為盤峰的既得利益者之後你還想把《中國新詩年鑒》變成你的私人饋贈品,四處饋贈,你想換取什麼?……這些年,你遊走於民間、官方、知識分子和各路混子之間,如魚得水,你以為我們這些流著先鋒詩歌血液的詩人,也和你一樣,一切以交換為原則,長著一顆體制的、作家協會的心嗎?」〔註22〕即使沒有相關細節,但《年鑒》早已與「真正的永恆的民間立場」相去甚遠已是不爭的事實。

其四,《年鑒》每年都有類似名單勾兌的麻煩。楊克說「伊沙你也一直知道年鑒歷年承擔的所謂壓力大於你編書遇到的麻煩。對於知道內情的編委無須多說。你也知道自從有執行主編,編委出去了10人了……」以及「浩波選本的『麻煩』」,〔註23〕尹麗川說《2006中國新詩年鑒》「照例變得如此不堪」,〔註24〕顯然,是指《年鑒》每年都要面對名單勾兌的「指控」。其實,詩歌江湖中,涉及到詩歌選本和詩歌評獎等問題的矛盾已經屢見不鮮,其焦點幾乎都在掌握合法定義權利器的前輩們各自「名單出場率」的對抗。因為,各自「名單出場率」既關乎自身詩歌標準的影響,也體現自身在詩歌場中資本的多寡,更直接關係到新人合法定義權力的大小。

于堅和韓東在2001年有一場關於推舉新人的爭論,楊黎、何小竹等先後加入其中。〔註25〕起因是于堅不滿韓東推新人的舉動(韓東先後推舉了很多

〔註21〕 參見楊克主編各年度《中國新詩年鑒》封面,始於《1998中國新詩年鑒》。
〔註22〕 沈浩波:《公告》〔EB/OL〕,《詩江湖》,http://www.wenxue2000.com/yk/yk 2007056.html,2007-06-05。
〔註23〕 楊克:《公告》〔EB/OL〕,《詩江湖》,http://www.wenxue2000.com/yk/yk200 7056.html,2007-06-04。
〔註24〕 尹麗川:《公告》〔EB/OL〕,《詩江湖》,http://www.wenxue2000.com/yk/yk 2007056.html,2007-06-03。
〔註25〕 《于堅、韓東、楊黎、何小竹之間的一場爭論》〔J〕,《詩江湖》創刊號,2001年。

新人，在其參與主編的《芙蓉》雜誌中，專門開闢新人專欄，比如重塑 70 後作家），先後通過致信伊沙、沈浩波表達對韓東該行爲的不屑與憤怒，韓東回應，接著楊黎、何小竹也致信抵制于堅。暫且不論雙方的觀點，其實，支持和反對的背後都有一個容易被人忽視但卻十分簡單的道理，他們都有推舉新人的權力，只是用不用，或者用多用少的問題。而且，于堅針對韓東提出反對推舉新人，但事實上，他也推舉過新人，比如對伊沙、沈浩波的推舉。而且，他也在爲一些詩人寫序並接收所謂的（資金）資助〔註 26〕。于堅曾經在此爭論中指出「到底是熱衷扶持『新苗』這件事呢，還是熱衷扶持的權力？要扶持誰，不是以權力說了算嗎？沒有權力，扶持是談不上的。沒有權力，你可以照亮黑暗裏的誰呢」？〔註 27〕他十分有洞見地揭示了前輩們擁有界定新人合法進入權的利器，也就是如羅素所說能夠「產生有意的和預期的、針對別人的結果的能力」的「權力」。〔註 28〕這把利器使用的效果是隨著各個前輩擁有資本的結構變化而變化。爲了積累和強化自身的地位，有些前輩喜歡用「天才」、「某某後第一詩人」、「請選幾首傳到我的郵箱，我準備用」〔註 29〕之類的誘導和吹捧方式對待新人。而新人們也十分老成的觀望著各個前輩的表現，「敲哪家門、打哪家狗，很多寫作者甫一入道便分得清清楚楚」。〔註 30〕這些規則的後果是詩歌進入權的邊界在混亂中無限制擴張，「詩人」和「天才」兩個詞的貶值。很多新人「沒寫幾首詩就已經『代表作』一大堆，獎項一大堆！這個世界天才並不多，但恰巧所以的天才都上網了，都寫詩了，我們現在也只能這麼來理解」。〔註 31〕

〔註 26〕 早些時候韓東曾在網上對于堅等詩人接受王強（麥城）資助並爲其詩集撰寫評論一事提出了公開的批評，所以，于堅反對推舉新人並不是堅定的原則，可能是針對韓東對其的批評。見伊沙：《中國詩人的現場原聲——2001 網上論爭透視之韓於之爭》。

〔註 27〕 于堅：《關於扶植新人——致浩波》〔J〕，《詩江湖》創刊號，2001 年。

〔註 28〕 〔英〕伯特利·羅素：《權力論：新社會分析》〔M〕，吳三友譯，北京：商務印書館，2011 年，第 23 頁。

〔註 29〕 朵漁：《需要在黑暗中呆多久——網絡讀貼》〔C〕//《詩江湖——先鋒詩歌檔案》，西寧：青海人民出版社，2002 年，第 249 頁。

〔註 30〕 朵漁：《需要在黑暗中呆多久——網絡讀貼》〔C〕//《詩江湖——先鋒詩歌檔案》，西寧：青海人民出版社，2002 年，第 249 頁。

〔註 31〕 朵漁：《需要在黑暗中呆多久——網絡讀貼》〔C〕//《詩江湖——先鋒詩歌檔案》，西寧：青海人民出版社，2002 年，第 249 頁。

4.2 內部鬥爭與持久革命：新人占位

對於新人（不僅指生理年齡，還包括結構上的年輕作家）而言，前輩的推薦和扶持總是一座十分沉重的大山，他們在獲得資源的同時，也會感到肩上的負擔。沈浩波說：「這樣的前輩，我曾經在心裏認過不少，但隨著我自己的成長和成熟，我又一個一個的把他們從我的名單裏勾去，……剩下的這幾個，各有值得尊敬的地方，但從另一個方面說，這種尊敬也同時成爲一種負擔，我是一個不喜歡負擔的人，我希望把這些負擔甩去。」〔註 32〕這個負擔不僅僅是「影響的焦慮」，還有場內位置與配置的爭奪。表面上，他們對前輩尊敬順從，遵循外在的「秩序感」，但潛在的革命衝動無疑是一股暗流，一個場的變化往往從暗流出發，「變化的開端就其特性來說幾乎是屬於新來者的，也就是屬於最年輕的人，這一點千眞萬確」。〔註 33〕

新人占位通常很大程度上「是縮小爲一個充滿挑戰的、拒斥和決裂的團體：結構上最『年輕』的作家，也就是在合法化進程中最落後的作家，拒絕成爲他們最尊崇的先驅者那樣的人，否定他們做的事情，這一切在他們看來都『老掉牙』了」。〔註 34〕在詩歌江湖潛規則中，證明「前輩老了」「老掉牙了」是新人占位的法則之一。于堅是「民間寫作」的旗手，沈浩波的前輩。表面上，沈浩波對他在「盤峰論爭」中發掘和鼓勵自己非常感謝，但事實上，他在大四時寫下的詩《一個人老了》已經展露「殺機」：

> 一個人老了，請不要哀憐他
>
> 他還沒有認輸，還想統率他的老骨頭，支撐一個老英雄
>
> 他還會目光閃亮，他還在試圖反抗
>
> 還想再來那麼一場，固守他的老江山，開闢他的新疆場
>
> 別盯著我，老傢伙，沒什麼用途，你已經是一個老人了
>
> 不要試圖充滿寬容的撫摸我泛青的頭顱
>
> 不要以爲你還可以親撫和招安一個年輕的強盜
>
> 我要的不僅僅是俸祿和金錢，我更要你的江山和美人

〔註 32〕 沈浩波：《沈韓之爭及相關說法》〔J〕，《詩參考》，2001 年第 17、18 期合刊。

〔註 33〕 〔法〕皮埃爾·布爾迪厄：《藝術的法則——文學場的生成和結構》〔M〕，劉暉譯，北京：中央編譯出版社，2003 年，第 287 頁。

〔註 34〕 〔法〕皮埃爾·布爾迪厄：《藝術的法則——文學場的生成和結構》〔M〕，劉暉譯，北京：中央編譯出版社，2003 年，第 287 頁。

來吧，老傢伙，不要跟我說「浩波，你不錯。」

也不要跟我說：「未來是屬於我們的，更是屬於你們的。」

我早已不是送花的少年，我沒有一顆隱忍的心胸

我一直就痛飲狂歌空度日，你知道我飛揚跋扈爲誰雄

……〔註35〕

這首詩裏的「老傢伙」可以是新人們眼裏的任何前輩，老了還要「試圖反抗」、「固守老江山」、開闢「新疆場」，在新人面前既要擺資格又要裝慈祥。而新人對他們的鬥爭目的就是「要你的江山和美人」。它十分具體地描寫了成長起來的新人（「我已不是送花的少年」）對前輩內心的敵意和占位的企圖，而原因很簡單，就是「你已經是一個老人了」，「沒什麼用途」。沈浩波當時和其後很長時間並沒有把這首詩貼出來，也沒有指出這個「老傢伙」具體指的誰，但在很多年後，他貼在了和于堅決裂的一次網絡爭論上，並道出「那詩寫的就是 1999 年時的于堅」。〔註36〕不管他說的具體是誰，這首詩足以代表很多新人面對前輩的真實內心活動。前輩們是「老傢伙」了，你的心態老了，舉止老了、當然文本更老了——不但老了，還「酸得發餿」。〔註37〕而否定前輩文本的某些變化，比如題材、修辭、形式和情感等等；或者針對前輩的道德譴責——是證明其文本老而後退的關鍵，也是爲新人自己占位的可能性空間找到位置。與前輩和其文本、觀念越決裂（通常是借助一些具有刺激性的定義和標籤製造差異），占位的可能性就越大。當然，這個前輩必須是場內「連續不斷的代表詩人的典型形象」〔註38〕，新人鬥爭和革命搶佔的名聲和位置才具有有效性。

于堅和韓東是「民間寫作」的領袖和旗手，沈浩波首先反的是于堅，然後是韓東，並先後與二人決裂或爆發激烈的論爭。他「革命」的主要任務是證明二者精神和文本的後退。沈浩波認爲于堅精神的後退是他接受體制內寫作的「招安」。「一些人功臣名就，儼然以大師自居，出入於人民大會堂和各

〔註35〕沈浩波：《一個人老了》〔EB／OL〕，《中國詩歌圈博客》，http://blog.sina.com.cn/s/blog_4f3a03c501008k14.html，2008-02-20。

〔註36〕沈浩波：《沈浩波、伊沙與于堅決裂經過》〔EB／OL〕，《詩生活網站》，http://www.poemlife.com/thread-208597-1-1.html，2008-02-20。

〔註37〕沈浩波：《一個人老了》〔EB／OL〕，《中國詩歌圈博客》，http://blog.sina.com.cn/s/blog_4f3a03c501008k14.html，2008-02-20。

〔註38〕〔法〕皮埃爾·布爾迪厄：《藝術的法則——文學場的生成和結構》〔M〕，劉暉譯，北京：中央編譯出版社，2003 年，第 287～288 頁。

種頒獎的秀場」。而且「當年的先鋒派不但日益體制化，從精神世界內部趨向於保守和復古，甚至爭先恐後的嘲諷詩歌中的先鋒精神和現代意識」〔註39〕。「我們在安德烈‧紀德身上可以看到，先鋒派（這裡指『年輕的文學』）從正在得到認可的先鋒派和道德譴責中得出的表現的典型例子，道德譴責是先鋒派壓在其被看作妥協的成功上的重負：『影響紀德的東西，不是他蔑視的自命不凡的成功者，也不是功成名就的作家……而是與他那一類或他那個階層的作家的對比，儘管這些人是他的先輩，而且已經跨越了保留地的圍牆，但卻付出了他認為不可原諒的讓步的代價：……」〔註40〕在沈浩波這裡，于堅付出的不可原諒的讓步的代價就是一個「民間寫作」的領袖走進人民大會堂的象徵。精神的後退必然伴隨著文本的後退，于堅文本的後退表現在他把詩歌「照著假想的文學史和評論家的需要操作」以實現其大師的「野心」，比如他的《事件系列》、《零檔案》等等。在操作性寫作成效不明顯時，又提出要重建「漢語的詩歌之光」〔註41〕，既「要以司空圖的二十四品為模本，要重建漢唐的傳統」〔註42〕，「並且越來越堅定的成為一個復古主義者，穿著一身的西方名牌，去拼命的為古中國人的生存方式、生存智慧、老莊之道、山水風景文人畫甚至中國古建築等一切的一切大唱讚歌，甚至要將詩歌拉回到遠古東方的巫術時期」〔註43〕，「他的詩就變成了文化集中營，變成了文明的闡釋！連過個海關，都要按照文明的正確思維去寫首詩。他成什麼了？一個文明的闡釋者？一個知識分子？於是終於反口語了」。〔註44〕至此，沈浩波否定了于堅寫作的多個向度：精神、題材、語言與傳統，認為它們壓根不再是

〔註39〕 沈浩波：《中國詩歌的殘忍與榮光——目睹近幾年來的中國詩歌現狀》〔J／OL〕，《葵文學網站》，http://www.kuiwenxue.com/main/show.asp 敘 id=359，2008-10-11。

〔註40〕 〔法〕皮埃爾‧布爾迪厄：《藝術的法則——文學場的生成和結構》〔M〕，劉暉譯，北京：中央編譯出版社，2003 年，第 302～303 頁。

〔註41〕 于堅：《穿越漢語的詩歌之光》〔C〕 //《1998 中國新詩年鑒》，廣州：花城出版社，1999 年，第 1 頁。

〔註42〕 沈浩波：《在衡山詩會上的即興發言》〔C〕 //《2000 中國新詩年鑒》，廣州：廣州出版社，2001 年，第 249 頁。

〔註43〕 沈浩波：《中國詩歌的殘忍與榮光——目睹近幾年來的中國詩歌現狀》〔J／OL〕，《葵文學網站》，http://www.kuiwenxue.com/main/show.asp 敘 id=359，2008-10-11。

〔註44〕 沈浩波：《沈浩波、伊沙與于堅決裂經過》〔EB／OL〕，《詩生活網站》，http://www.poemlife.com/thread-208597-1-1.html，2008-02-20。

「民間寫作」、「先鋒寫作」和「口語寫作」的精髓，而是與它們背道而馳、撤退到過去曾經堅決反對的「知識分子」的文化、傳統等操作層面。從而在個人意義上完成了對于堅作爲先鋒詩歌領域「民間寫作」旗手形象的否定和顛覆。

否定韓東的文本是否定他在 90 年代以來除《甲乙》以外作品的有效性。沈浩波在衡山會議的發言中已經對韓東的小柔弱小抒情進行了批判，並在 2001 年的沈韓論爭中進一步否定了韓東文本「唯感覺和小才氣」〔註45〕的氣質，認爲這是缺乏先鋒性的表現。「由於缺乏先鋒性，我認爲你韓東在 90 年代的寫作大部分是失效的，而缺乏先鋒性的基本表現就是才子式的小吟詠『如果一萬人在海面打撈，我只對你吐露珍珠』；就是柔弱的小情調（『雪珠，多麼好聽的名字，好聽還因爲落在車棚上的聲音』）……與當年《有關大雁塔》和《我看見大海》相比，也許在韓東 90 年代的詩裏，體現的才是一個眞正的韓東，但是這個韓東已經失去了詩學上的自覺，已經陷入了日常生活的幻覺，已經沉浸在自己的所謂的「玄思」當中。」〔註 46〕一系列的「已經」，充滿了力證韓東老了的激動與興奮，同時，在先鋒性的範疇裏，將韓東的文本與先鋒區隔開來，歸爲「才子式寫作」。于堅、韓東本是作爲「第三代」寫作、「『民間寫作』的領袖和旗手」、「口語寫作」的先鋒人物，這是他們開闢的詩歌空間和在詩歌場中的矚目位置，沈浩波極力否定的一切，恰恰是他們的「先鋒性」、「民間性」，也就是對他們佔據的位置的革命。

新人與前輩的決裂首先從新人對前輩文本的決裂開始，然後才是人身的決裂。沈浩波與于堅、韓東最後的決裂均是從沈浩波對他們文本和精神向度的否定開始，然後爭論、謾罵至人身攻擊最後決裂——這就與網絡上一般的互相挑釁的人身攻擊區分開來。新人對前輩的態度——革命還是穩定，通常可以從新人對前輩詩歌的態度看出：讚美、不發表意見或者批判分別代表了不同的可能性。讚美代表要繼續穩定與前輩的關係；不發表意見就比較曖昧，其實就是已經對前輩的詩歌不滿，就是革命的前兆；批判已經是挑釁，更大的風暴隨後就會到來。一切過程要看新人占位的急迫性和時機的協調。比如沈浩波和他的師兄伊沙也曾經決裂，但觀察雙方的觀點，不提及文本，只涉及到交往方面的一些事情和對一些觀點看法的不同，所以，他們的決裂

〔註45〕 沈浩波：《沈韓之爭及相關說法》〔J〕，《詩參考》，2001 年第 17、18 期合刊。
〔註46〕 沈浩波：《沈韓之爭及相關說法》〔J〕，《詩參考》，2001 年第 17、18 期合刊。

不是真的決裂，而是暫時的分道揚鑣——不久雙方又和好的事實可以反證。雖然不一定如初，但由於沒有觸及文本向度的較量，雙方仍然可以共續友情。但是，這也不代表沈浩波就不想革「伊沙」的「命」、不想占「伊沙」的位，只是在他看來，「這仍是你（指伊沙）的黃金時代，儘管我是多麼不願意承認這一點」。〔註47〕

然而另一群 80 後詩人卻不這麼看，他們急迫地想革伊沙的「命」。2009年元旦「佛山詩歌高峰論壇」中，阿斐、丁成、唐納、蒙晦等四位「80 後」詩人集體向伊沙發難。〔註48〕他們的發難有幾個步驟：會前放出風聲刺激伊沙。伊沙說他在到達佛山前就接到先期到達的朋友的電話，稱「聽到某些年輕人情緒不對」。〔註49〕東道主任意好的說法：「在會前，考慮到新銳詩人中必須有個代表發言，我問阿斐，阿斐說他還是喜歡聽，不喜歡說，所以，我找了丁成，告訴他會議主題，讓他準備發言，其時丁成就問過我，他如果狠批了到場者而得罪了我的客人，會不會帶來麻煩」〔註50〕——也可以佐證。至少，鬥伊沙是 80 後詩人丁成預設好了的；然後，以各種姿態挑釁和人身攻擊，比如吃飯時故意不敬伊沙酒，或者明為敬酒實則侮辱刺激伊沙，比如說「80 後把 60 後喝趴下」「伊沙是不是個傻×」？〔註51〕後來為此雙方大打出手；最後，在會上，80 後發言集中批評伊沙的寫作是「狗屁寫作」、「粉絲寫作」（阿斐語）、是「上個世紀的寫作」，「新世紀跟你沒關係」（丁成語），「你們一定會過時，新生力量一定會勝利」（蒙晦語），「過時」仍然是焦點策略。並且，他們還利用了伊沙、沈浩波間微妙的關係，批伊褒沈，「認為沈浩波的寫作才是『21 世紀的寫作』」。〔註52〕由於會議錄音並未公佈，整個發言過程

〔註47〕 轉引自伊沙：《無知者無恥》〔M〕，北京：朝華出版社，2005 年，第 252 頁。

〔註48〕 子石：《首屆「中國御鼎詩歌高峰論壇」佛山舉行　80 後詩人集體發難》〔J／OL〕，《詩生活網站》，http://www.poemlife.com/newshow-4549.htm，2009-01-04。

〔註49〕 長安伊沙：《佛山論劍》〔EB／OL〕，《伊沙的博客》，http://blog.sina.com.cn/s/blog_489db0970100cgo3.html，2009-01-08。

〔註50〕 任意好：《御鼎詩酒，論劍佛山》〔EB／OL〕，《趕路論壇》，http://hi.baidu.com/wunaionaio/blog/item/48661ace25606a0493457e24.html，2009-01-08。

〔註51〕 長安伊沙：《佛山論劍》（下）〔EB／OL〕，《詩江湖》，http://blog.sina.com.cn/s/blog_489db0970100cgo7.html，2009-01-08。

〔註52〕 子石：《首屆「中國御鼎詩歌高峰論壇」佛山舉行　80 後詩人集體發難》〔J／OL〕，《詩生活網站》，http://www.poemlife.com/newshow-4549.htm，2009-01-04。

沒有詳細的文獻記錄，但有三條線索證明當天 80 後集體鬥爭行動的失效。一是東道主任意好根據錄音的簡單記錄：「浩波忽然暴發，先把丁成一頓猛批。諸如「不是阿斐作為主辦者之一，不是因為你們的朋友關係，他給了你一個發言機會，你有啥機會在我面前說話？……把話說通順了再來搞這些上不了臺面的小陰謀」（這裡的話發言的次序我忘記了是否出錯，但話絕對是真話，只是我記不清是這裡說的還是後邊才說的）。再把阿斐一頓猛批：「你們不就廬山結拜三兄弟嗎？……『褒沈批伊』，先攛一個上來，打倒另一個，下一個是不是輪到我？……你們是要殺一個人給我交投名狀嗎？我不需要……80 後的預謀……」，浩波的態度當然是傲慢的，語氣當然斬釘截鐵的，這樣狠快準的招，正是我印象中的沈浩波，雖非王道、卻具霸氣的沈浩波，一下挫了丁成、唐納和阿斐。阿斐自始至終一言不發。」〔註 53〕二是到場記者子石的報導：「伊沙則對阿斐的表現感到吃驚，但他隨即輕鬆的化解了 80 後們的發難，認為這些膚淺的批評沒有任何意義。」三是其他詩人的評論：現在的詩歌界真是一代不如一代，沒學會寫詩倒先學會搞事，結果三下五除二就被老江湖們繳了械」，「他們對伊沙發難倒也無所謂，但是也太著急了，連起碼的準備都沒有，發言能力和素質太差」〔註 54〕。而且，從中也可見，雖然東道主任意好質疑「集體發難」說（任意好指責詩生活的報導，認為只是丁成針對伊沙的行為），但諸多敘述證明了「80 後」新人集體對伊沙發難的事實，甚至還有東道主方為了擴大論壇的影響有意無意的暗示和鼓勵。但是，整個鬥爭過程先從人身攻擊開始，表現出明顯的心浮氣躁，「革命」意氣大於「革命」實力和「革命」準備，結果，被伊沙、沈浩波兩個「老江湖」（任意好語）一反駁就敗下陣來。

從沈浩波對于堅和韓東、丁成等 80 後對伊沙，新人和前輩的對峙、新人對前輩的持久革命始終是一道潛在的規則，雙方力量比拼的結果是導致詩歌場結構變化的起點，也是有待開發的可能性空間。但是，如果沒有對前輩詩歌文本的深入理解，沒有對自身詩歌可能性空間的敏銳把握，鬥爭更容易陷入表面化和流俗化。詩人方閒海說，「當詩歌在時代中成為真正的飯碗」，「詩

〔註 53〕 任意好：《御鼎詩酒，論劍佛山》〔EB／OL〕，《趕路論壇》，http://hi.baidu.com/wunaionaio/blog/item/48661ace25606a0493457e24.html，2009-01-08。

〔註 54〕 子石：《首屆「中國御鼎詩歌高峰論壇」佛山舉行　80 後詩人集體發難》〔J／OL〕，《詩生活網站》，http://www.poemlife.com/newshow-4549.htm，2009-01-04。

江湖」就成了一個「殘酷的戰場」，〔註55〕當前，詩歌江湖中許多的內部鬥爭和新人占位或許更多就是類似的表面和流俗。

4.3 詩人拜名教：象徵資本的分配

按照中國詩教傳統，詩人是「詩歌殿堂」的代言人。清潔高雅、出淤泥而不染的屈原，「安可摧眉折腰事權貴」的李白，「茅屋爲秋風所破」仍然憂國憂民的杜甫，等等。詩人被賦予「仙」、「聖」的形象並隨著文化積澱傳承下來，逐漸形成一些關於詩人的心理定勢：詩人是神人，至少是英雄（比如80 年代關於詩人的英雄崇拜和詩人自我英雄設計），應該是最淡泊名利的群體，安可爲「名利」而折腰？這樣的看法其實在國人的集體意識中一直普遍存在，即使到了現代，大多數人潛意識裏也非常自覺的以此來要求和界定詩人。「現在的詩人應該說，我是來寫詩的，不是來爭當大師、大師兄的；我是來寫詩的，不是來從良的，也不是來立高聳入雲的牌坊的。說到底，這是個常識問題，也是個心態問題」〔註56〕這是學者姜飛的一段話。他認爲，詩人就是「來寫詩的」，「不是來爭當大師、大師兄的」或立「牌坊」的，意思也就是寫詩從來不是爲了爭名奪利──這「是個常識問題」。不僅僅是他，對於詩人寫作行爲功利性的摒棄幾乎被定義爲一條公開的規則，但這條神聖的規則在具體的詩歌實踐中卻顯得十分脆弱和不可靠。不但許多詩人寫作本身的策略具有功利性（比如下半身、垃圾派寫作策略等等），更有許多詩外的功夫直奔功利而去。在跌宕沉浮的詩歌江湖中，心照不宣的事實是：詩歌作品本身並不是決定詩人成敗的唯一標準，寫作的要義不但在於自我排遣和精神提升，更有在江湖中一較高下的快感和「名」的欲望，這裡的功利主要是「名」──「詩名」、「史名」。也許伊沙對姜飛反駁的一段話可以看出詩歌江湖眞正的「名利」規則和詩人的眞實心態，他針對姜飛的上段話說：「我以爲這恰恰是缺乏常識的認識，人的常識，文學常識。至於說到『心態』，是姜飛自己的心態出了問題：發育不良──他有一顆處子之心！他用一顆處子之心在要求詩壇、詩歌、詩人……德國世界盃已經過去三年了，我至今仍然清楚地記得

〔註55〕方閒海：《當詩歌在時代中成爲眞正的飯碗》〔EB／OL〕，《詩生活網站》，
　　　　http://www.poemlife.com/thread-208597-1-1.html，2008-02-20。

〔註56〕姜飛：《歷史的美麗與詩人的春心──觀察被歷史搞得心神不寧的伊沙、伊沙們》〔J〕，《紅岩》，2009 年 S1 期。

決賽前記者採訪里皮請其預測賽果時這頭老謀深算的『銀狐』說過的話：『看誰更有飢餓感！』——結果，24 年沒有拿到世紀冠軍並有可能面臨牢獄之災的意大利隊最終戰勝了 8 年前的冠軍、那個時期的『全冠王』法國隊。當然，文學藝術不等於競技體育，但是，它們都是人類為自己發明的遊戲——都是由有血有肉的人來玩的。在虛構的高僧和現實的球員之間，它所處的位置還是距後者近些。」〔註 57〕「虛構的高僧」、「處子」和「現實的球員」、「充滿飢餓感的銀狐」對應了理論認知中的詩人和實踐感知中的詩人。從實踐的角度講，「名」的欲望是詩人寫作的動力，郭沫若、聞一多等詩人們當年為了「出人頭地」、「在文壇打出一條道來」〔註 58〕，採取的各種方式和鬥爭已可窺見「成名」的欲望與寫作的複雜關係。只是，九十年代以來，「名」的欲望和「成名」的手段經由現代傳播方式和市場經濟的刺激，呈現越來越泛濫的事實：

> 新詩壇長期形成發表作品的「潛規則」：詩作能否發表，並不完全取決於詩作的質量，名氣、關係和詩的質量都需要，甚至前兩者，特別是名氣是最重要的條件。這也是目前文學史或詩歌史選擇詩人或詩作入「史」的潛規則。這導致很多詩人本末倒置地致力於「詩外功夫」，通過拉幫結派當領袖、充當某種新術語或新理論的發明者，甚至當詩刊詩選的總編，請名人，特別是名詩評家寫評論，甚至不惜自我吹捧等「非詩」手段「炒作」自己的名氣。〔註 59〕

很多詩人成為詩歌「拜名教」的忠實信徒，在「名」的面前，詩歌反而成為陪襯。詩歌江湖中，一些詩人的名很響，詩卻沒有幾首能讓人記住的，「名」大於「詩」成為詩歌拜名教支配下的平常現象。

在詩歌場域內部，「詩名」的累積需要象徵資本的再分配。象徵資本的再分配往往通過「命名」、「編印詩集」、「詩歌朗誦會」、「詩歌評獎授獎」等方式潛在的進行。這就是詩歌雖然從公眾的視域中逐漸淡出，但近年來內部的活躍程度卻有增無減的重要原因。多年來，詩歌不同層次不同類別的自設獎項、各種名目的詩歌朗誦會暨詩歌活動、各類詩歌選本和合集、各種各樣的

〔註 57〕伊沙：《看誰更有「飢餓感」——與姜飛同志商榷》〔J〕，《紅岩》，2009 年 S1期。

〔註 58〕劉納：《怎樣在文壇「打出一條道來」——以聞一多為例》〔J〕，《黃河》，1999年第 3 期。

〔註 59〕王珂：《著名女詩人為何被惡搞？》〔J〕，《理論與創作》，2006 年第 6 期。

命名層出不窮。「單單 2005 年，據不完全統計，全國舉辦各類詩事活動高達
400 多項。」〔註60〕全國性詩歌年選，僅劉富春先生近十年來收集到的就多達
上百種。單 2008 年一年，比較大型的全國性詩歌年選本就有 12 種，另還有
各種各樣的網刊（世中人的「漢語詩歌資料館」「網絡詩歌叢書」，將網絡詩
歌刊物製作紙版保存，迄今已經製作四十多期，每期為 32 開 200 頁容量。至
2005 年底，已收集的網刊 100 多種 1000 多期。漢語詩歌資料館目前收藏民間
詩歌報刊一千餘種，近四千份），這些還不包括各個地域、流派、圈子等成百
上千的小型詩歌年選和選本。民間詩歌獎項近年來也逐漸升溫，比較有影響
力的包括「中坤國際詩歌獎」、「劉麗安詩歌獎」、「柔剛詩歌獎」、「界限詩歌
獎」、「極光詩歌獎」、「御鼎詩歌獎」、「中國當代詩歌獎」、「中國詩歌突圍年
度獎」、「野草詩歌獎」（關注 80 後）、「新詩歌獎」（關注作品力度）等等。另
有詩人利用自身掌握的資源設立的名目繁多的小獎項也十分豐富。詩歌的命
名更是應接不暇，「中間代」〔註61〕、「70 後」、「80 後」等代際命名，「下半
身」、「垃圾派」、「荒誕詩派」、「新死亡詩」、「第三極詩歌」、「第三條道路」、
「中產階級寫作」、「廢話寫作」、「草根寫作」等等，不一而足。當然，並非
各項詩歌活動、評獎、詩選、命名等等都是奔「名」而去，其中一些詩歌活
動、命名、獎項等確實推出了好詩人、好作品，對詩歌場域的結構調整起到
了作用。但不可忽視的是，在其他文學場域相繼擴容了可兌換為版稅、拍賣
所得、票房業績等市場實際資本的場域「象徵資本」的情況下，詩歌場域的
「象徵資本」總量卻在急劇收縮，其再分配的爭奪是激烈的，並遵循如下潛
規則：

一、詩歌刊物：自我加冕

近年來，泛濫於詩歌江湖的大詞、重詞、結論性用詞等等已成慣例。「先
鋒」、「民間」等意義模糊的大詞，「最佳」「最多」「最高」等口氣篤定的霸
詞，「鼻祖」、「某某後、某某代第一人」等語氣武斷的定詞，在詩刊、詩集、

〔註60〕陳仲義：《中國前沿詩歌聚焦》〔M〕，北京：中國社會科學出版社，2009 年，
　　　　第 5 頁。
〔註61〕「中間代詩群」指的是出生於 20 世紀 60 年代，詩歌起步於 80 年代，詩寫成
　　　　熟於 90 年代而沒有參加「第三代」詩歌運動的詩人。這一概念最早在 2001
　　　　年由著名詩人安琪命名。她把積澱在「第三代詩人」與「70 後詩人」之間被
　　　　忽略的「當下中國詩壇最可倚重的中堅力量」命名為「中間代」。

詩會、詩獎等自我加冕的儀式上常常可見。按照個人或圈子審美情趣編選年度詩選本無可厚非，但以「最」自我加冕個人或圈子的審美趣味，使得同一個年度的最佳詩歌選可以有不同的版本。比如，2008 年中國最佳詩歌就分別有周公度主編的《2008～2009 中國最佳詩選》〔註 62〕和宗仁發主編的《2008 中國最佳詩歌》〔註 63〕，這還不包括詩刊社選編的「中國年度最佳詩歌」。2004 年復刊的《撒嬌》，在扉頁赫然印著「中國後現代主義詩歌鼻祖：何拜倫」幾個大字和一張何拜倫的巨幅照片，〔註 64〕自我神話和加冕的意味十分突出。

　　再來看一本普通的網站詩歌選本如何走向全國進而打開「中國詩歌嶄新的一頁」？由符馬活主編，青海人民出版社 2002 年 5 月出版的《詩江湖：先鋒詩歌檔案》，在《詩江湖》的版權頁和圖書在線編目（CIP）數據上，它的副標題都注明是「2001 網絡詩歌年選」。事實上，這本書的前身是香港銀河出版社的《詩江湖 2000》──一本普通的詩歌選本。但在這本書的裝幀和《詩江湖》網頁（www.wenxue2000.com）上，被反覆強調的副標題卻是「2001 先鋒詩歌檔案」。到了該書最醒目的封面，具體年份乾脆也被「省略」，副標題直接成為「先鋒詩歌檔案」。這不是一次偶然性事件，也不僅僅出於包裝上的技術考慮。在他們為自己做的網絡廣告上，赫然寫著《詩江湖──先鋒詩歌檔案》。破折號（「──」）產生著等號（「＝」）的錯覺，彷彿「詩江湖」就等於先鋒詩歌檔案。從某年度「網絡詩歌年選」（準確地說，應該是《詩江湖》網站詩歌年選）到「某年度先鋒詩歌檔案」再到「先鋒詩歌檔案」，這個三級跳虛張聲勢地宣告著虛構的「狼」的「動物兇猛」。編者在「補充的後記」中這樣解釋：「關於這本書的名字，先鋒詩歌檔案也好，網絡詩歌年選也好，都是一個名字，關鍵是我在編選的過程中得到了快樂。」〔註 65〕快感說固然沒錯，但這「此地無銀三百兩」地掩蓋了另外一重目的：「先鋒詩歌檔案」這種龐大的詞語，彷彿誇張的廣告詞，可以使一本普通詩選盡量免於被文學史和文學市場遺忘的命運。

〔註 62〕周公度：《2008～2009 中國最佳詩選》〔C〕，西安：太白文藝出版社，2009 年。

〔註 63〕宗仁發：《2008 中國最佳詩歌》〔C〕，瀋陽：遼寧人民出版社，2009 年。

〔註 64〕默默：《撒嬌詩刊》〔C〕，北京：中國文聯出版社，2004 年，扉頁。

〔註 65〕符馬活：《補充的後記》〔C〕 //《詩江湖：先鋒詩歌檔案》，西寧：青海人民出版社，2002 年，第 316 頁。

二、詩歌獎項：另一種勢力

當大大小小的詩歌獎項近年來紛紛登場，勢力的角逐和圈子劃分也慢慢浮出水面。內部可以操作的流程在於：評委未必都通讀了備選作品，投票往往會根據對人而不是對作品的既有印象打分，造成人情票、印象票、名氣票或者跟風投票；同時，掌握詩歌獎項的外部勢力比如商界「回歸」的詩歌勢力，海外漢學和部分謀求「經濟搭臺、文化唱戲」的財經勢力，媒體，等等，通常擁有操作和最終決定權。因此，獲獎的主導型因素在於人與人之間關係的角逐，詩歌獎項的設立與頒發成為詩歌場關係勢力的另一種表現。

詩人曾德曠曾經寫文章詳細談過他獲得「劉麗安詩歌獎」的整個經過。他談到：在他窮困潦倒之時，上魯迅文學院進修時遇到詩人廖亦武，和廖亦武有過一段時間的交往，之後他得到了想都沒想過的「劉麗安詩歌獎」，事後知道是由於廖亦武的大力推薦。「劉麗安詩歌獎」是 20 世紀 90 年代由美籍華人劉麗安女士設立的資助大陸有才華且生活貧困詩人的詩歌獎項，前後受益的詩人不計其數。曾德曠得獎的原因非常簡單：生活貧困，有與「詩歌獎」評委有交往的名詩人的推薦。接著，他又講述了被取消這個獎項的經過，也十分簡單，「『劉麗安詩歌獎』的中間代理人 H 給了我一個讓我震驚的答案，他說：『你的錢已經被停止了，因為你沒有教養，劉麗安停止了你的獲獎資格。』」〔註66〕當然，這個經過的背後可能還有詩人沒有或者不能講明白的一些原因，僅僅從這個過程來看，一個「詩歌獎」背後的主導力量是人或者人與人之間的關係，而不是詩歌或者作品本身——是顯而易見的。另外，從「劉麗安詩歌獎」首屆評委和得獎詩人名單也可以看出一些規則。1995 年首屆「劉麗安詩歌獎」評委有蕭開愚、黃燦然、陳東東、臧棣、呂德安，十分明確的是，這個名單裏面佔優勢力量的是當時「知識分子寫作」一脈的詩人，呂德安是「他們」流派的詩人。最後得獎的是孫文波、王家新、西川、張曙光、胡軍軍、龐培、唐丹鴻、王艾、楊健、朱文〔註67〕，其中佔優勢的也是「知識分子寫作」詩人，楊鍵、朱文是「他們」大力推薦的詩人。評委關係力量的對比決定了不同立場獲獎者的比例。能證明這條規則的一個反例還有伊沙

〔註66〕 曾德曠：《煮熟鴨子又飛走，落魄京城究可哀——曾德曠談當年遭遇劉麗安詩歌獎》〔EB／OL〕，《武岡人網・文學・知名人士》，http://www.4305.cn/City/Show-492.aspx。

〔註67〕 子岸：《90 年代詩歌紀事》〔C〕//《中國詩歌 90 年代備忘錄》，北京：人民文學出版社，2000 年，第 377 頁。

被排斥在外的一次評獎，伊沙稱爲他個人「自取其辱的經歷」。他說：「九七年，身爲評委之一的詩人呂德安打電話給我說準備推薦我參選『劉麗安詩歌獎』，我聽了很高興就把作品寄去了，結果再無消息。後來一位詩人打電話給我說呂德安又去美國了，說他一直不好意思再打電話給我，因爲他把我的作品剛遞上去就遭到另一位評委臧棣的拼命反對，據這位打電話的詩人說：呂德安當時都氣哭了。如此說來我還是沒有進入投票的程序。」〔註68〕同是評委的呂德安和臧棣的矛盾正是詩歌背後人與人之間關係的矛盾，也是圈子的矛盾（臧棣是「盤峰論爭」中「知識分子寫作」方的代表之一，伊沙是「民間寫作」的主將）。臧棣的勝利可以證明「劉麗安詩歌獎」最初幾年的主要決定力量是「知識分子寫作」的詩人們，這與90年代「知識分子寫作」詩人在詩壇的地位和資源優勢是相互應證的。

另一位詩人安琪也談到她獲得「柔剛詩歌獎」的經過。她說：「我之登上詩壇的很重要的一個起點即是柔剛詩歌獎。」〔註69〕可以看出，「柔剛詩歌獎」對她個人詩名的重要性。根據她的敘述，在那一屆「柔剛詩歌獎」評選前，她並沒有勇氣投稿。直到她在參加一個文代會拜訪舒婷的過程中，舒婷邀約了柔剛一起見面，因爲當時第四屆「柔剛詩歌獎」開始徵稿，「舒婷是順口舉了我的名字，我卻是在她和柔剛的鼓勵下堅定了回去投稿的信心」。〔註70〕結果，經過這次見面後的安琪獲得了第四屆「柔剛詩歌獎」。我們無法窺視評獎的具體環節，但從安琪講述的這個過程，仍然可以推論一個詩歌獎項的獲得和人與人之間印象、關係的建立和維護有著深度地關聯，這並非否定獲獎詩人作品的意義，而是指出了當下詩歌評獎規則中潛在的支配性力量，所有獎項都是出自操作者之手。

基於各類面向整個詩壇詩歌評獎的複雜關係和潛在規則，各個詩歌圈子也根據自身掌握的資源設立一些有利於自己的大獎，在各自的圈子裏你來我往。由此產生出像《詩參考》十年獎、御鼎詩歌獎、長安詩歌節獎、突圍詩歌獎、第三條道路詩歌獎等分別代表「詩江湖」、「突圍詩社」、「第三條道路」

〔註68〕伊沙：《獲獎感言》〔EB／OL〕，《詩生活網站》，http://www.poemlife.com/showart-15379-1268.htm，2003-05-21。

〔註69〕安琪：《我與柔剛詩歌獎》〔EB／OL〕，《安琪新浪博客》，http://blog.sina.com.cn/s/blog_48c557e2010003av.html，2006-04-28。

〔註70〕安琪：《我與柔剛詩歌獎》〔EB／OL〕，《安琪新浪博客》，http://blog.sina.com.cn/s/blog_48c557e2010003av.html，2006-04-28。

等詩歌圈子的獎項，當然，最終的得獎者也往往是各個圈子裏的名人或者名人推舉的新人。比如《詩參考》「十年成就獎」獲得者伊沙、「御鼎詩歌獎」第一屆和第二屆的獲得者比如沈浩波、宋曉賢、伊沙、唐煜然等，都是與「詩江湖」網站密切相關的成名或青年詩人。長安詩歌節獎更是將獎項的圈子集中在西安幾個發起詩人上，「長安詩歌節」由詩人嚴力、伊沙、秦巴子、朱劍、西毒何殤、艾蒿、王有尾等發起，獲得「長安詩歌節」首屆「現代詩成就大獎」的是嚴力，「新世紀十年成就獎」的是伊沙和秦巴子。〔註71〕「第三條道路」詩歌獎的特別貢獻獎、實力詩人獎、實力批評家獎、新銳獎等幾乎囊括了「第三條道路」的創建者、成熟詩人到新詩人等各個關係維度，等於是關起門來給自己的家人頒發各種獎項的一個家庭遊戲。〔註72〕而且，很多這類的詩歌獎項沒有獎金或者只是象徵性的獎金、獎品，詩人們在乎更多的是圈子內象徵資本的再確認和再分配。

表一：部分詩歌獎項

詩歌獎項	「御鼎詩歌獎」	「長安詩歌節」系列獎	「第三條道路」詩歌獎
發起人	任意好（廣州）老德（《詩江湖》詩人）、阿斐《詩江湖詩人》等	嚴力、伊沙、秦巴子、朱劍、西毒何殤、艾蒿、王有尾等西安詩人	龐清明、林童、安琪
獲獎者	沈浩波、宋曉賢、唐煜然、伊沙等	嚴力：首屆現代詩成就獎 徐江：第二屆現代詩成就獎 伊沙、秦巴子：現代漢詩新世紀十年獎	特別貢獻獎：老巢、林童、龐清明 實力詩人獎：莫非、樹才、安琪、車前子、凸凹、馬莉 實力批評家獎：楊然、胡亮 新銳獎：楚中劍、愚木、野松、遠觀、北殘、舒雨湖

在江湖中「行走」多年的詩人朵漁說：「官方的獎充滿秩序、正統與交易，它只獎給『好孩子』；民間的獎充滿遊戲、銅臭和別有用心，它只獎給『哥們兒』。」〔註73〕遊戲、銅臭就是指控製詩歌獎項資源的勢力，它的用心並不必然指向優秀作品，更多時候是利用資源優勢進行「諸侯分封」。當

〔註71〕 《長安詩歌節五月盛典　秦巴子伊沙嚴力等人獲獎》〔EB／OL〕，《長安詩歌節官方博客》，http://xian.qq.com/a/20110515/000097_4.htm，2011-05-13。
〔註72〕 《第三條道路八年詩歌獎聯展》〔J〕，《第三條道路》，2008年第9期。
〔註73〕 朵漁：《脫掉，脫掉，全部脫掉》〔J〕，《詩歌現場》，2006年第1期。

前，「很多詩歌獎項的背後往往有外部勢力的操控，包括部分謀求『經濟搭臺、文化唱戲』的政經勢力，從商界「回歸」的詩歌勢力、海外漢學等等，他們能夠「以小範圍擴容場域內部『象徵資本』的方式干預場域運轉邏輯，並進而導致『占位』和『象徵資本』分配狀況更加轄域化、更加破碎和弔詭的局面」。〔註74〕這類詩歌獎項設立和頒發的潛規則加劇了詩歌場圈子與勢力的孤絕化，「詩歌獎項引起的關注很難傳遞到該獎項所依託的群落之外」〔註75〕，因此，事實上是削弱了整個詩歌場象徵資本的影響力，反過來又加劇了詩人們對象徵資本攫取的欲望，形成當前詩歌獎漫天飛卻毫無影響力的惡性循環。

三、國際詩歌節：國際路線

　　90 年代以降，中國詩人和世界各國詩歌的交流互動逐漸頻繁。除了詩歌翻譯和出版等活動之外，國際詩歌節也成為重要的文化交流活動之一。國際詩歌節的資源稀缺，尤其是一些有著深厚傳統和重大影響力的詩歌節日，比如世界三大詩歌盛會：斯特魯加國際詩歌節、荷蘭鹿特丹國際詩歌節與加拿大的自由河國際詩歌節。因此，能夠受邀參加這類交流活動，對於詩人象徵資本的建立或者累積無疑具有十分重要的意義。

　　由於國際交流首先要經由海外漢學家的詩歌翻譯和推薦，海外漢學家遂逐漸成為影響中國詩歌場域的一支不可忽視的力量。參加國際詩歌活動的詩人，很多背後都有漢學家或旅居海外的名詩人的推薦。伊沙指出自己能夠參加第38屆鹿特丹國際詩歌節，最初也是源於「我的十首詩作被澳大利亞翻譯家西敏譯成英文並發佈在他擔任編輯的鹿特丹國際詩歌節基金會辦的『國際詩歌網』上」。〔註76〕在尚未有互聯網的 90 年代，北京成為海外漢學家首先到達或者主要到達的地方。因此，北京與外省的差距就凸顯出來。當時，被劃歸為「知識分子寫作」的詩人們由於地處北京，與海外漢學家建立關係因此佔有絕對的先機和優勢。「在 1990 年代，五位北京詩人請一位某國來

〔註74〕胡續冬：《近十年來的詩歌場域：孤絕的二次方》〔N〕，《南方都市報‧副刊》，
　　　　2009 年 5 月 5 日。
〔註75〕胡續冬：《近十年來的詩歌場域：孤絕的二次方》〔N〕，《南方都市報‧副刊》，
　　　　2009 年 5 月 5 日。
〔註76〕伊沙：《中國當代詩歌：從「全球化」說開去》〔C〕//《全球化時代的世界文
　　　　學與中國》，北京：中國社會科學出版社，2010 年，第 105 頁。

的漢學家吃飯，席間，其中一位對他大言不慚地介紹道：『中國最好的五位詩人全都在這兒了！』——曾經，中國本土詩人『走向世界』的機會就埋伏在這種北京式的飯局上或使館區的文化活動中，這是北京詩人的『地緣優勢』」。〔註77〕

　　部分外省尋求國際資源的詩人也深諳其道，不時來北京使館區散發他們的民間刊物或者詩歌作品。比如詩人廖亦武 1997 年在北京又呆了一個月左右，期間，他在友人陪同下，幾次去大使館活動，分發他創辦不久的地下刊物《知識分子》。「當時，我還不知道他為什麼要那麼做，因為我覺得，外國人不懂中文，把地下刊物送給他們沒什麼用。現在，在瞭解了某些詩人，特別是那些通過各種途徑千方百計出國的詩人的掌故後，我總算明白了廖亦武那麼做，叫作『走國際路線』，或者叫『曲線救詩』」。〔註78〕

　　除了地緣優勢，詩人的姿態和寫作策略也容易吸引和積累國際資源。以王家新為例，90 年代以降，他相繼寫作了關於國外諸多流亡詩人的詩歌，對於「流亡詩人」寫作資源的關注，使得他在詩壇享有「王流亡」的戲稱。我們不排除詩人生命中與國外「流亡詩人」命運和處境體驗的相關性，但不可否認的是，從寫作策略的角度看，「流亡詩歌」比較容易吸引海外漢學家的興趣，因為，在大多數時候，特別是 89 事件過後不久的 90 年代，海外漢學家對中國當代詩歌的興奮點恰恰在於與意識形態相關的一些姿態上。儘管，也有部分海外漢學家如柯雷認為，需要對中國詩歌進行「去政治化」或者「去中國化」〔註79〕的解讀，但是，西方讀者（尤其是學者）認為中國詩作最重

〔註77〕伊沙：《王家新：一塊提醒哭泣的手帕》〔J／OL〕，《詩生活》，http://www.poemlife.com/showart-14847-yisha.htm，2011-10-13。

〔註78〕曾德曠：《煮熟鴨子又飛走，落魄京城究可哀——曾德曠談當年遭遇劉麗安詩歌獎》〔EB／OL〕，《武岡人網·文學·知名人士》，http://www.4305.cn/City/Show-492.aspx。

〔註79〕柯雷於 1996 年出版的《粉碎的語言：中國當代詩歌與多多》（Language Shattered: Contemporary Chinese Poetry and Duoduo）中，對多多努力進行「去政治化」與「去中國化」的解讀，這點在梁建東、張曉紅《論柯雷的中國當代詩歌史研究》一文中提出，原文是，一些文學作品或詩歌被譯介到西方後，又被視為中國詩人拋給西方讀者的政治「繡球」。在西方讀者（尤其是學者）看來，這些詩作最重要的特質是其「政治性」和「中國性」，忽略了這兩方面就無法閱讀和理解中國詩歌。這種觀念在西方讀者心目中根深蒂固，中國先鋒詩歌所具的「普遍性」和「世界性」因素反而因此遭到刻意的忽視和遺忘。反對這種忽視和遺忘，正是柯雷整個研究的出發點。詩歌本身是社

要的兩方面特質——「政治性」和「中國性」等根深蒂固的觀念，也不是僅僅因爲西方學者的有意無意的「誤讀」，它必定與中國當代詩人有意無意地呈現在海外漢學家眼中的姿態有直接的關係。王家新以「流亡」的姿態在 1992 年至 1994 年兩年間的國際交流活動也爲他贏取了較大的國際聲名：

> 1992 年：元月赴英國。應邀在英格蘭東北部及中部講學、朗誦……6 月，分別應邀參加倫敦大學、荷蘭萊頓大學的中國詩歌研討會及鹿特丹國際詩歌節。7～10 月，應邀在比利時、德國一些大學和藝術節講學、朗誦。10 月下旬返英，在 LINCOLN 文學節上朗誦。12 月再赴比……1993 年：3 月返英，在倫敦威斯敏斯特大學做訪問學者……5 月，詩歌作品在荷蘭文學雜誌 Raster 由漢學家柯雷編譯出；7 月，應邀在倫敦南岸文學藝術中心的『聲音之屋』朗誦，同月其英譯詩集《樓梯》作爲有聲讀物在倫敦出版；10 月，應邀去英格蘭紐卡索朗誦……1994 年：1 月回國。〔註80〕

無論是準流亡體驗，還是國際交流活動，對於尚處於沉悶和封閉狀態下的大多數中國詩人來說，這樣的國際活動和資源的確令人嚮往。當時，居住北京的詩人的確以地緣優勢和部分姿態性寫作創造並佔有了具絕對優勢的國際資源。以世界三大詩歌盛典之一的「鹿特丹詩歌節」爲例，前後參加的詩人北島、芒克、顧城、多多、王家新、宋琳、翟永明、西川、于堅、蕭開愚、孫文波等，幾乎都是北京的詩人：「朦朧詩」代表和「知識分子寫作」的代表。

所以，當新世紀到來，伊沙被邀請參加第 38 屆鹿特丹詩歌節後，他抑制不住內心的激動，寫了洋洋灑灑 5 萬字的遊記《鹿特丹日誌》，在網上高調連載發表，掀起了一股「鹿特丹詩歌節」的狂潮，引來無數詩人關注，或叫好，或辱罵，或不屑，種種情緒演變成雙方的交戰怒罵。最後，有細心人更是從「鹿特丹詩歌節」官網上對伊沙的介紹中發現了問題。按照該網站對伊沙的介紹：「Sha Yi edited a literary magazine named Not-Not, which played a

---

會語境中多種因素的混合產物。因此，柯雷對多多詩歌所作的「去政治化」或「去中國化」努力，在理論和實踐層面上既生動有趣又複雜微妙。蘇州大學海外漢學（中國文學）研究中心，訪問地址：http://www.zwwhgx.com/content.asp 敘 id=2877。

〔註80〕子岸：《90 年代詩歌紀事》〔C〕//《中國詩歌 90 年代備忘錄》，北京：人民文學出版社，2000 年，第 365～394 頁。

central role in the lively, alternative poetry circuit outside Peking.」〔註81〕有人指出，這句話的中文意思是：伊沙主編一本名叫《非非》的詩歌雜誌，這本雜誌在北京之外的活躍又獨立的詩歌圈中扮演著主要角色。實際上，伊沙從來沒擔任過《非非》的主編，據此，伊沙是冒充《非非》主編周倫祐去的鹿特丹，周倫祐也發表聲明譴責伊沙。2007 年 3 月 10 日，長春《新文化報・新文化網》一篇署名報導《詩人伊沙偽造身份出席國外詩歌節？》被多家媒體和網絡反覆轉載和報導，《詩江湖》網站更是罵聲一片，很多詩人跟帖辱罵伊沙。在強大的輿論壓力下，伊沙一方面與對方辯駁，一方面出示了據稱是「鹿特丹詩歌節」策劃人之一的簡・威廉・安科爾（Jan-Willem）的電子信件：「之前網站上關於你的信息，坦白說，我也不確定從何而來。我們大概是在網上得到的。」又說：「我們可以並將修改你的簡介。」〔註82〕從這個事件來看，不論最後的真相和結論，整個過程反映出的關於中國詩人對國際詩歌節的心態確是耐人尋味的。

伊沙高調宣傳自己在「鹿特丹國家詩歌節」的表現，這與他一貫的高調行事風格是一致的。多年來，哪怕是接受一個小小的採訪，伊沙都是十分高調的宣傳和記錄。但是，這次為什麼引來大家的非常關注？最重要的一點恐怕與中國詩人過分看重「國際詩歌節」這個名頭有關。一般來講，由於國際詩歌節有限的資源累積了象徵資本的高度，能參加「國際詩歌節」對於詩人的名聲和榮譽都是一次巨大的提升，羨慕的情緒十之八九──這是經驗範圍內的自然期待。但由於這樣的詩歌節邀請的詩人並不一定都能代表國內詩歌的最高成就，致使很多詩人對其中隱藏的潛在關係學和機巧感到疑問。如果碰巧能夠找到細節應證他們的判斷，可以降低他們對國際詩歌節的期待和這類詩歌節能提供的象徵資本的高度，是否可以減少對於國際資源較少的詩人的潛在焦慮呢？就像一位詩人說到：「我現在可以正告那個『鹿特丹詩歌節』的什麼策劃簡・威廉・安科爾（Jan-Willem）：這個事情已經不僅僅牽涉伊沙，而成了你們那個「鹿特丹詩歌節」的一大醜聞！你們是如何從『不確定從何而來』（到底從何而來？）『我們大概是在網上得到的』（哪個網站？哪個

〔註81〕「鹿特丹詩歌節」官方網站〔EB／OL〕，http://www.poetryinternational.org/piw_cms/cms/cms_module/index.php 敓 obj_id=976。

〔註82〕伊沙：《第 38 屆荷蘭鹿特丹國際詩歌節邀請函、荷蘭鹿特丹國際詩歌節策劃簡・威廉・安科爾回伊沙的信》〔EB／OL〕，http://q.sohu.com/forum/14/topic/1704467，2008-03-11。

網頁？）『伊沙主編一本名叫《非非》的詩歌雜誌』的虛假信息，並在你們的官方網站上發佈的？你們的根據何在？如果如這位簡·威廉·安科爾（Jan-Willem）狡辯的，你們對伊沙的介紹沒有錯誤，只是『翻譯表述上有所擴大』，那為什麼要急急忙忙修改伊沙的簡介？這又作何解釋？你必須就這些問題向網上關注此事的眾多中國詩人作出解釋！伊沙請來幫他滅火的這位簡·威廉·安科爾（Jan-Willem）沒想到會引火燒身，但這把火最後一定會燒到這位扮演滅火者的荷蘭人身上——這是由這件事的內在邏輯所決定的。」〔註83〕

〔註83〕周倫祐：《謾罵改變不了「醜聞」》〔J〕，《中國藝術批評》，2008 年第 4 期。

5 「詩江湖」與詩歌寫作

5.1 「反」的意識與詩歌寫作

　　詩歌場域作爲一種中介系統，它對詩歌標準、詩歌創作及其有效性的影響是非常突出的。當詩歌發生和發揮作用的中介場域被江湖化，詩歌標準以及相應的寫作無疑也被打上了江湖印記。當然，「江湖」相對於「官方」的自在和活力給詩歌創作也帶來了一些新鮮的空氣，實驗的勇氣和寫作的霸氣。但是，同樣的，我們不能把關於江湖的浪漫想像看做其主流，而應該清醒地思考：江湖的主流意識是什麼？它給詩歌寫作帶來的最大影響是什麼？爲什麼當前詩歌創作表面上看似「紅紅火火」，實際上卻被大多數人（包括詩人、詩評家和讀者）視爲是「垃圾多、精品少；作者多、名家少；圈子多、建樹少；遊戲多、思考少；隨意多、學理少」〔註1〕的無效寫作？這「多」與「少」的關鍵在哪裏呢？這些都是需要認眞回答的問題。

　　自盤峰論爭中「民間寫作」「造反」以來，詩歌江湖中「反」的意識逐漸深入。「反」主要是針對現存秩序的「造反」，對接到寫作，既包括一種執拗對抗、極端排他的「反」的寫作意識，也包括「反腐敗、反社會、反文化」等「反」的寫作內容。比如「民間寫作」反「知識分子寫作」，「下半身」反「上半身」寫作，「垃圾派寫作」反「下半身」再到「高詩歌寫作」反「低詩

〔註1〕　寒山石：《網絡詩歌的批判與建設》〔J／OL〕，《新啓蒙》，http//www.xinqimeng.
　　　　cn/dispbbs.php 敘 boardid=9&id=5696&replyid=29999&skin=1&star=1，2008-12-
　　　　19。

歌寫作」,「形形色色的對峙、擠壓,聳起各自的山頭,以及山頭上步步爲營的寨門」。〔註 2〕「反」的意識看似與先鋒相聯繫,因爲先鋒的基本含義中有破壞現存秩序的意味,而幾乎所有宣稱造反的詩人都以「先鋒詩歌」的代言人自居,比如「反對上半身寫作」的「下半身詩人」沈浩波宣佈要「先鋒到死」〔註3〕;「號稱既反對縱的繼承又反對橫的移植,反對現行的一切寫作,『空無旁依,獨劈蹊徑』」〔註 4〕的「垃圾派」寫作宣佈自己將「開創中國詩歌的新紀元」;宣稱與現有的詩歌文本和詩歌理論對立的江海雕龍自我標榜爲「中國先鋒詩歌第一人」。〔註 5〕他們似乎固執地相信:只要是「造反」就是「先鋒」,結果造成兩者之間相當混淆和曖昧的關係。但是,深究下去,「先鋒」一詞中蘊含的破壞現存秩序並不僅僅是「造反」的意味。

「先鋒」最早是一個軍事術語,指行軍或作戰時的先遣部隊和將領。在西方,這一術語在 1870 後成了一個新造的文化名詞,「在文化和政治意義上,該術語表指對現存秩序的反抗。『先鋒』一詞的已知意義是:與讀者和市場作對,破壞歷史觀,詛咒語言在穩定局勢和傳統中所表指的一切」。〔註 6〕隨著西方先鋒文學藝術運動的次第展開,「先鋒」成爲西方文化的一個重要現象,並深刻地改變了藝術家的思維和創作。大眾對先鋒的態度也發生了根本的變化:從痛恨到不肖一顧到喜歡再到崇拜再到最後的期待,那時的畫廊推舉新人購藏新畫漸漸形成潮流,也推動了大眾對先鋒的進一步認可。人們達成了一種共識即:藝術必須不斷的革新。那時的先鋒實驗者對先鋒的理解更多是「藝術和文化的一種先驅的現象……它應當是一種前風格,是先知,是一種變化的方向……這種變化終將被接受,並且真正地改變一切……征服一個時代,……只有在一種先鋒派已經不復存在,只有在它已經變成後鋒派的時候,

---

〔註 2〕 陳仲義:《詩寫的個人化與相對主義》〔C〕//《中國前沿詩歌聚焦》,北京:中國社會科學出版社,2009 年,第 16 頁。

〔註 3〕 沈浩波:《在衡山詩會上的即興發言》〔C〕//《2000 中國新詩年鑑》,廣州:廣州出版社,2001 年,第 471～479 頁。

〔註 4〕 徐鄉愁:《中國出了個垃圾派》〔J/OL〕,《垃圾派網刊》,http://www.fx120.net/scribble/zw1/200512191448403467.htm,2003 年第 1 期。

〔註 5〕 參見江海雕龍於 2009 年 9 月 1 日 11:36:12 在【中國低詩潮】發表的:《先鋒就是江海雕龍》2009 年 8 月詩選和「百度百科」江海雕龍詞條,http://baike.baidu.com/view/4334472.htm。

〔註 6〕 〔美〕弗萊德里克·R·卡爾:《現代與現代主義》〔M〕,陳永國等譯,長春:吉林教育出版社,1995 年,第 11 頁。

只有在他已被『大部隊』的其他部分趕上甚至超過的時候，人們才可能意識到曾經有過先鋒派」。〔註 7〕按照對「先鋒」一詞簡單的發展梳理和一些研究者的考論，「先鋒」的「破壞」、「反抗」與「革新」和「創造」緊密相連，它對現存秩序的挑戰更多地是能夠建構起一種新的穩定和精神，而不是帶來毀滅和災難。革新、創造是有預見性的發現，需要時間和歷史的檢驗。因此，先鋒中的「反」是有難度的、有時間性的、厚重的，既必須先有經得起時間檢驗的與眾不同的新的建設，才有人們對其先鋒性的認知和有效的共識。它不是輕飄虛浮、一蹴而就的。所以，先鋒意蘊中的「反」更應該被理解為「反叛」，重心在「叛」，突出精神的「叛逆」維度。比較起來，詩歌江湖中的「造反」是打著「先鋒」的旗號，推行一系列「反叛」的概念和口號，概念和口號遠遠大於實際的成果。它也意味著對舊秩序的破壞，但落腳點卻在「造」，充其量是一種詩歌政治的實踐，重點在「反」的動作而不是精神，動作的結果更多的意味著災難、災禍和災害。在這種情況下，要「反」一種詩歌標準、詩歌流派、詩歌批評、詩歌定義的合法性非常簡單，「只要將其宣佈為『無效』並表示對其不屑一顧即可。與此同時，隨時都可以推出另一種詩歌標準、定義來取而代之，而這種『取而代之』的邏輯也會無窮複製」〔註8〕。因此，詩歌江湖中的「造反」是一件過於容易做到的事情，徒具先鋒「反叛」精神的皮相，卻缺乏其根本的血肉，所以，最終容易滑向不顧倫理底線、缺乏節制的粗鄙和污穢，充其量是一種「偽先鋒」、「偽反叛」。

在這樣一種「反」的偽先鋒意識支配下，關於「反」的概念化的空洞叫囂成為江湖詩歌的一大特點。造反、反腐敗、反官僚、反社會、反學校，只要有「反」的概念都可以直接赤裸裸的安排進詩歌，然後再加上一些腐敗、官僚、社會、醜惡現象等空洞的賓語，認為這樣的詩人就是民主鬥士，這樣的詩歌就是先鋒詩歌，並樂此不疲。

> 江海雕龍在詩歌實踐中提供的經驗，
>
> 有的是過去的詩歌文本上所沒有的，
>
> 更有的是過去的詩歌理論所反對的。

〔註 7〕 呂周聚：《中國當代先鋒詩歌研究》〔M〕，北京：中國廣播電視出版社，2001年，第2頁。

〔註 8〕 劉大為：《詩歌標準重建：從江湖化到政治化》〔J〕，《海南師範大學學報》，2008年第4期。

詩至江海雕龍，無所不詩。

因爲胡適，中國有了新詩。

因爲江海雕龍，中國新詩徹底的完全的從必然走向了自由。

一╳到底就是詩歌革命。

一╳到底就是將革命進行到底。

一╳到底就是將詩歌大革命進行到底。

一╳到底就是造反有理。

一╳到底就是先鋒到死。

一╳到底就是寫死詩歌。

打破詩的界限，

顛覆詩的定義。

江海雕龍：《先鋒就是江海雕龍》（節選）

長腿

就是反官僚主義

踹

反官僚主義就是反腐敗

使勁踹

反腐敗應該作爲一項基本國策

長期踹

日益腐敗的官僚和日益腐敗覺醒的人民群眾之間的矛盾

是當前社會的主要矛盾

是改革開放新時期的階級矛盾和階級鬥爭的新動向

斬殺貪官污吏

共建和諧社會

執法犯法

一律斬殺

一定要把腐敗分子打翻在地

再加上一隻腳

一

踹

到

底

江海雕龍：《豐乳肥臀細腰長腿》（節選）

學校害慘了我們

我們要反抗

把老師全殺光

把教學樓都炸掉

在一片

廢墟之上

我們舉行徹夜的狂歡

慶祝偉大的解放

大腿：《把學校都炸掉》

我反社會

你

反什麼社會

我反社會一切醜惡現象

我反包二奶我反走後門

我反貪污腐敗我反警匪一窩

我反礦難我反拖欠農民工工資

我反包養女大學生

我反一切虛榮奢侈墮落

我反金錢和一切物質享受

大腿：《反社會》節選〔註9〕

上述幾首詩除了幾個乾巴巴的「反」的口號和命令，沒有任何有價值的思想、語言和技巧，無非是「反」、「反抗」、「解放」等抽象名詞的概念化演繹，無非是江湖政治口號以詩歌名義的嫁接。但是，這樣的詩歌在江湖化的詩歌場域中卻具有較高人氣，許多人靠寫此類詩歌名揚江湖，更被列入《詩江湖》網站十年精選。

除了在詩歌中提口號、宣言，概念化寫作還包括印證式書寫。既把關於

〔註9〕《詩江湖十年詩人詩選》〔J／OL〕，《詩江湖月刊》，http://www.wenxue2000. com/wenxue2000.rar，2010-08-24。

詩歌的觀念機械生硬地文本化，文本生吞活剝詩歌觀念。這類寫作在激烈反對「上半身寫作」的「下半身寫作」和極端反對「下半身寫作」等一切寫作的「垃圾派寫作」中隨處可見。

在「下半身」詩人的寫作裏，以「下半身」替代「上半身」思考和發言的觀念體現在了這首詩裏：

> 刑場上
> 我要求法警
> 對著我的下體開槍
> 因爲
> 那是我的大腦

大腿：《對著我的下體開槍》〔註10〕

本來，如果「下半身」詩人的肉身書寫按照這個脈絡進入，將大腦和下體對抗對立又互爲因果的關係深入挖掘和展開，那麼，「下半身」「反」的意義在當時的中國詩歌領域中就具有了眞正的先鋒氣象。可惜的是，「下半身」詩人們機械地理解了「下半身」的命名，大家像中了魔似的，勁往一處使，這一處主要是人的生殖器。在他們的詩歌裏，到處是性器、性愛以及與此相關的快感、偷窺、意淫等動作的展示和炫耀。似乎只要是各種各樣的生殖器、各種各樣赤裸裸的性愛描寫就是反對以大腦爲代表的「上半身」，就是「詩歌寫作的貼肉狀態」〔註11〕。更有甚者，那些跟風者們，基本擺脫了「下半身」詩人剛開始寫作此類詩歌的些微矜持和隱晦，更加機械化地圖解「下半身」反抗的革命意義，在寫作中肆無忌憚地用各種語言稱呼和書寫生殖器，宣泄純粹動物似的快感，文本不堪入目。請看這些題目：《把愛情做幹》、《一把好乳》、《吮槍》、《×我吧，如果你有錢》、《每一次插入都是一發子彈打進我體內》。

尼釆讚賞藝術家的肉身原欲時說：「藝術家使我們想起動物的活力狀態，它一方面使旺盛肉體活力的形象世界和意願世界的湧流噴射。另一方面是借崇高生活的形象和意願對動物機能的誘發；它是生命感的高漲，也是生命感的激發。」〔註12〕在尼釆那裡，動物機能的誘發是借助肉體的活力和崇高生

〔註10〕《詩江湖十年詩人詩選》〔J／OL〕，《詩江湖月刊》，http://www.wenxue2000.com/wenxue2000.rar，2010-08-24。

〔註11〕沈浩波：《「下半身」寫作及反對上半身》〔J〕，《下半身》創刊號，2000年第7期。

〔註12〕〔德〕尼釆：《悲劇的誕生》〔M〕，周國平譯，上海：三聯書店，1986年，第

活的形象和意願，它是一種高漲的生命感，是可以多向度實現並得以表現的。而在以「動物性存在的下半身」反抗文化軀體的詩人那裡，人的動物機能彷彿就在且只在生殖器和性活動中，他們把人的動物機能簡單地理解為動物的性交本能，而不管機能是一個多層次的系統和網絡，它可以並且更多地包含在如動物般靈敏的嗅覺和視覺的開發之中。

「垃圾派」詩人眼見「下半身」詩人在詩壇叱吒風雲、應者雲集，為了比「下半身」詩人表現得更加徹底地反叛，他們開始「實施新一輪詩歌的『暴動起義』和『犯上作亂』」〔註13〕，把「下半身」的「下」推到了極端。在他們的寫作中，對應著垃圾的概念，不僅生殖器可以入詩，與生殖器相關的屎尿，與屎尿相關的蒼蠅、蛆蟲、垃圾等等都可入詩。這些東西入詩還不是關鍵──波特萊爾的《惡之花》中也有腐爛的垃圾、蠕蟲、屍體，關鍵的是詩人能否賦予這些骯髒、醜惡的事物以美學的關照。試看「垃圾派」代表詩人徐鄉愁著名的「屎詩系列」的節選：

> 院牆的裏面是單位
> 單位的裏面是房子
> 房子的裏面是房間
> 房間的裏面是人
> 每一個人都穿著衣服
> 衣服的裏面是肚皮
> 肚皮的裏面是腸子
> 腸子的裏面是屎」

徐鄉愁：《院牆裏面》

> 屎是米的屍體
> 尿是水的屍體
> 屁是屎和尿的氣體
> 我們每年都要製造出
> 屎 90 公斤
> 尿 2500 泡

---

315 頁。
〔註13〕陳仲義：《中國前沿詩歌聚焦中》〔M〕，北京：中國社會科學出版社，2009年，第156頁。

屎半個立方
另有眼屎鼻屎耳屎若干
莊稼一支花
全靠糞當家
別人都用鮮花獻給祖國
我奉獻屎

徐鄉愁：《屎的奉獻》

　　第一首詩從外到裏，院牆、單位、房子、房間、人、腸子、屎，最後的落腳點在屎，顯然作者在極力陳述一些基本事實，用以表達世界的眞相、人的眞相：被層層剝開後就是一些骯髒的東西——但這樣的觀念首先不是他個人的發現，他只不過將眞相往往是醜陋的觀念用屎來演繹了一次。他頂多重複了這個觀念：人的本質是屎。同樣，第二首詩也是在陳述這樣一個觀念，只不過加上了尿、屁、眼屎鼻屎耳屎，還是在突出人醜陋骯髒的內在眞相。但是這樣的發現對於人有什麼樣的建構作用？對於詩有什麼樣的美學啓迪？對於詩藝有什麼樣的難度和技巧呢？波德萊爾「以醜爲美」的發現具有對詩歌關注對象的革新意義，骯髒醜陋的對象經過詩人靈魂的過濾成爲可以洞穿人類精神和靈魂拯救的通道。但是，「垃圾派」類似的大多數作品卻是在宣泄作者的噁心癖和猥褻心理，充其量是在享受將平時私下裏說說的語言公開、集中宣泄出來的快感，這類寫作更本質的是一場「反」「下半身」鬥爭中的「垃圾概念」炒作式寫作。

　　其次，江湖「反」的意識還與詩歌寫作的暴力敘事緊密相聯。「造反」需要力氣和力量，造反者崇拜精神的力量和肉體的力氣。「力」的崇拜往往是人類暴力的隱秘來源。90 年代末，「民間寫作」與「知識分子寫作」暴力相向，「盤峰論爭」的歷史可以被歸結爲以「民間」的語言暴力反抗「知識分子」的語言壓迫的歷史。至「盤峰論爭」以後，詩歌江湖籍由互聯網將民間式的語言暴力發揮到極致並進而在詩歌寫作中爆發出來。江湖詩的暴力傾向體現在暴力語言、暴力內容和與此相關的暴力敘事中，它所指涉的一方面是詩人由「造反」而激發的或明或暗的「暴力書寫衝動」〔註 14〕；二是迎合讀者群「或大或小嗜血的胃口」。

　　江湖詩的暴力敘事呈現出幾個特點：一是「瘋子」式暴力敘事。「瘋子」

<hr>

〔註14〕海力洪：《暴力敘事的合法性》〔J〕，《南方文壇》，2005 年第 3 期。

的現代文學形象可以追溯到魯迅，從某種角度看，《狂人日記》的敘事就是一個「瘋子」的暴力敘事。但這樣的暴力敘事因爲啓蒙的內容而將其中的暴力因素「清潔化」了。讀《狂人日記》，大都去關注「吃人」的啓蒙意義，很少有人去想像其中「吃人」的暴力細節。其實，「吃人」本身就是一個暴力事件，吃人必然有細節，但「啓蒙」的意圖將其中的「暴力」細節簡潔化、掩蓋化了。江湖詩中，「瘋子」式暴力敘事是十分突出的，他們的敘事也具有與「清潔化」敘事相同的特點。下面以「垃圾派」的幾首比較有代表性的作品爲例來具體說明。

> 媽媽是個神經病
> 生下我這個神經病
> 我們這個家
> 就是一個小小的瘋人院
> ……
>
> 媽媽又用繩子
> 把妹妹捆綁
> 弔到了屋梁
> 我和哥哥
> 在底下看熱鬧
> 有時還給媽媽
> 遞木棍子
>
> 被弔的妹妹
> 像一條狗
> 我們大聲恥笑
> 我們也接過媽媽手中的木棍
> 揍她幾棍
> 每揍一下
> 妹妹就大叫一聲
> 我說妹妹
> 你能不能叫大聲點
> 我便更用力
> 最後

妹妹不叫了

我們都認為

她在裝死

便用更大的力氣

回家的爸爸

放下仍被弔著的妹妹

發現她已死了

我和哥哥便一聲抱怨

真不好玩

這樣就死了

妹妹死了

我們又少一個玩耍的對象

最後他們把目光

投向了這個家中年紀最小的我

他們合夥把我揍得半生不死

還逼我學狗叫

無聊人：《癲癇》節選

蓬，蓬，蓬；蓬啦，蓬啦，蓬啦，蓬；蓬蓬蓬

殺死狗日的！殺死你們這些狗日的！

殺死你們這些紅狗日的！殺死你們這些黃狗日的！殺死你們這些藍狗日的

殺死狗日的！殺死狗日的

我已打爛了十隻鐵皮垃圾桶！今夜我要打爛一百隻鐵皮垃圾桶！

打爛一千隻、一萬隻鐵皮垃圾桶

蓬，蓬，蓬；蓬啦，蓬啦，蓬啦，蓬；蓬蓬蓬；蓬蓬蓬；蓬蓬蓬

殺死豬日的！殺死你們這些豬日的！

殺死你們這些紅豬日的！殺死你們這些黃豬日的！殺死你們這些藍豬日的

殺死豬日的！殺死豬日的

　　我已打爛了二十隻鐵皮垃圾桶！今夜我要打爛一百隻鐵皮垃圾
桶！
　　打爛一千隻、一萬隻鐵皮垃圾桶
　　蓬，蓬，蓬；蓬啦，蓬啦，蓬啦，蓬；蓬蓬蓬
　　殺死驢日的！殺死你們這些驢日的！
　　殺死你們這些紅驢日的！殺死你們這些黃驢日的！殺死你們這
些藍驢日的
　　殺死驢日的！殺死驢日的
　　我已打爛了三十隻鐵皮垃圾桶！今夜我要打爛一百隻鐵皮垃圾
桶！
　　打爛一千隻、一萬隻鐵皮垃圾桶

皮旦：《瘋人之夜》

　　我要把金錢踩在腳下，
　　我要把大便含在口裏，
　　我要對著那些神像咒罵：
　　你們那些正人君子，
　　對著我嘲笑，想把我送進監牢，
　　想把我送進瘋人院；
　　你們用力打我，
　　用你們肥厚的手拉我，
　　想牢牢地控制住我，
　　想讓我跟著你們走，
　　可是我把你們個個＊＊在地，
　　讓這一個來個嘴啃泥，
　　那一個連聲喊唉呀唉呀地疼！
　　看你們害怕地跑掉，
　　像膽小的老鼠一樣。
　　我看我簡直就是英雄，
　　問膽量和勇氣，
　　比你們強一百倍。
　　那些古希臘的英雄人物，

才是我讚賞的人，
你們只是鼠輩，
我只是小瞧你們！
你們要置我於死地，
你們一起上呀！
這一個手裏拿把殺牛刀，
那一個拿著打狗棍，
一齊向我撲來，
來勢多麼兇猛呀！
你們對著我，
捅了一刀又一刀，
讓我鮮血直流，
讓我血肉模糊，
讓我失去了人的形狀。
那一個用棍打我，
打得我骨頭斷裂，
我聽見我骨頭嘎嘎的響聲，
我想我再也不能站起來，
誰知道我天生頑強，
我吃的是垃圾，
飲的是垃圾，
我被你們怎樣打也是垃圾，
我還是活得好好的，
仍然要把金錢踩在地下，
仍然對著那保祐你們的神咒罵，
仍要在嘴裏把垃圾含著。
高貴的人呀！
我看你們是死定了，
渾身腐爛的是你們，
惡臭薰天的是你們！
而與你們相比，

> 我活得更像個人樣，
>
> 我憑自己的能力呼吸，
>
> 我知道什麼是愛。

小月亮：《瘋子》

十分明顯的是，拋開其中垃圾的觀念，幾首詩裏都關涉到瘋子的暴力行為和事件。第一首詩的「瘋子」既是暴力的施者也是暴力的受者；第二首詩裏的「瘋子」主要是暴力的施者；第三首詩裏的「瘋子」主要是暴力的受者。無論是施者還是受者，三首詩描寫的重點是非常瘋狂的暴力關係、暴力過程和暴力畫面。第一首詩裏幾個人之間複雜的暴力關係，媽媽、哥哥對妹妹變態、血腥地毆打場面；第二、三首詩裏暴力語言、暴力動作和音響的渲染，極大地宣泄著作者內心的嗜血性和扭曲變態。但是，這些暴力過程和動作由於都是在「瘋子」的名義下進行，施暴的瘋狂和殘忍被「瘋子」狂歡式的虛構詩意所取代，受暴的痛苦被道德上的清潔和「愛」所轉換，由是，「瘋子」暴力敘事很清楚地企圖通過「瘋子」的身份獲得一種道義上的合法性。即它不是純粹去宣揚真實的暴力，儘管這種暴力具有真實性，但卻被「瘋子」具有的虛幻和道德感清潔化所消解。

二是身體式暴力敘事。與瘋子敘事相比，這類敘事主要從身體細部入手，更加注目於血淋淋的暴力畫面，提供血肉模糊的身體解剖式的細節。仍然以「垃圾派」的幾首詩為例：

> 妹妹你在家裏好好呆著
>
> 等我把所有詩人都殺了
>
> 我就回去陪你
>
> 詩人都他媽的一個比一個會裝
>
> 我已把殺豬刀磨得雪亮
>
> 詩人以前說自己是豬
>
> 現在又說自己是狗
>
> 甭管豬狗
>
> 殺他我都不費吹灰之力
>
> 我不喜歡把豬狗殺了再拿開水燙去毛
>
> 我喜歡把它們放到燒開的鍋裏燙了去毛
>
> 然後再刨開肚膛把血塊清理乾淨

生豬狗放到開水裏是怎樣的情景
這個不說你也能想像
我還喜歡把豬狗的喉嚨捅破一小道
讓血慢慢的流
我不把豬狗綁住
而是把它們放開讓它們滿地跑
等血流乾淨了它們也就不跑了
看著它們倒地呻吟
我想你看了會很高興

無聊人：《給妹妹》

一具被弔唁過的屍體
才算真的死了
他停放的地方才可以是解剖室
解剖他的是一些從沒動過刀子的學生
醫學院的學生天生膽大
從肉多的地方開始他們的作業
骨頭多的地方得動用斧子
特製的斧子閃閃發光
指導老師通常讓一名男生先劈第一斧子
男生之後還是男生
女生抗議之後終於搶到斧子
可她劈不好
每一斧子下去基本上都能引起鬨堂大笑
作爲平衡，我是說心理上的平衡
該使用電鋸的時候
指導老師先安排了一名女生
而且讓她從頭顱鋸起
血液已是黑的
好在腦汁仍保持著潔白
電鋸經過時腦汁的飛濺構成小小的迷霧
這樣的迷霧在鋸木場每天都有

並且比這大得多
一具被弔唁過的屍體也只能這樣
再也無法興風作浪
一個女生累了另一個女生緊接過電鋸
她鋸的是正中間
是整具屍體的正中間
按指導教師的要求
她將把整個屍體一分為二
從長著陽具的地方鋸起
（如果女屍
那就是從長著陰道的地方鋸起）
一直鋸到長著咽喉的地方
鋸子雖經過長著心臟的地方
但鋸不著心臟
因為心臟已被掏出放進一個
盛滿藥水的瓶子裏泡著
就是沒被掏出往往也難以把一顆心臟
鋸成標準的兩半

皮旦：《解剖課》節選

不管拿動物的身體還是人的身體開刀，兩首詩都非常細密地、冷酷地描寫了施暴的細節。從身體的一個部位開始，開膛剖肚、腦汁飛濺的場面十分殘忍，讓人在生理刺激的同時感覺到心理上的刺激。由於癡迷於施暴細節，此種暴力敘事不再刻意追求道義上的合法性，放縱地遊弋於每一刀、每一鋸與每一處肉體之中。當然，《解剖課》裏顯然想要把施暴主體「醫學院學生」合法化，但卻不是最後的目的和效果，對身體細部的嗜血和變態才是最後的效果。與「瘋子」暴力敘事相比，身體暴力敘事以身體為主體，刺激和加強了寫作者和閱讀者共同的身體體驗和暴力的形式感，顯然，是以美學上的合法性為最終鵠的。

不管是追求美學上的還是道義上的合法性，江湖詩的暴力敘事都想通過一個途徑找到暴力敘事與人的肉身和精神的「力」的反動的相關聯繫，「反」仍然是江湖詩歌暴力敘事的主要動力。「瘋子」敘事中第一首詩是對正常家庭

倫理的反動，第二首詩是對正常人性的反動，第三首是針對「高貴的正人君子」的反動；身體敘事中，第一首詩明顯是針對「詩人」的反動，從《解剖課》的全文來看，也有明顯針對解剖課師生的反動。正是這樣露骨的「反」的意識，使得江湖詩的暴力敘事整體上仍然是觀念寫作的延伸。

5.2 「狂歡」與詩歌寫作

「狂歡」一詞在中文語境中的含義是「任情地歡樂」，〔註15〕魯迅在《且介亭雜文末編・記蘇聯版畫展覽會》中說：「然而它真摯，卻非固執；美麗，卻非淫豔；愉快，卻非狂歡；有力，卻非粗暴。」〔註16〕其中的「狂歡」與作為文學理論術語的「狂歡」是兩個不相等的詞。作為文學理論術語，巴赫金賦予了「狂歡」較為豐富的含義，既包括了它的狹義──基本上形成和盛行於中世紀和文藝復興時代的民間狂歡節，又賦予了它一個廣泛的含義，即泛指西方古代一切狂歡節類型的民間節慶、儀式和遊藝形式。巴赫金關於「狂歡」和「狂歡節」有幾個基本的範疇：其一是全民性和儀式性，所有的人不分等級都可以參與，甚至小丑可以變成國王，通過加冕和脫冕、譏笑和毆打等儀式，「取消等級制」；其二是戲昵與「插科打諢」，既人的姿態、行為和語言從等級制中解放出來，「人與人之間形成了一種新型的相互關係」；其三是「俯就」，使神聖同粗俗、崇高同卑下、偉大同渺小、明智同愚蠢接近起來；其四是「粗鄙」，「狂歡式的冒瀆不敬」「對神聖文字和箴言的摹仿譏諷等等」。〔註17〕在這裡，我們使用的「狂歡」一詞趨向於巴赫金狂歡節理論中的基本含義。

在詩歌江湖中，「狂歡」首先是詩人關於「江湖」「想像的狂歡」。在他們的敘述中，「江湖」首先是與日常生活世界相對的另一個世界，這個世界自由平等，沒有所謂的「精神導師」；〔註18〕誰都可以以此為據，「逐鹿中原」，一展雄風；這個世界是俠客出沒的世界，「十步殺一人，千里不留行」「殺人遼水上，走馬漁陽歸」「落魄江湖載酒行，楚腰纖細掌中輕」，充滿著「隻身仗

〔註15〕《新華字典》〔M〕，北京：商務印書館，1998 年，第 274 頁。

〔註16〕魯迅：《且介亭雜文末編・記蘇聯版畫展覽會》〔C〕 //《魯迅全集》(6)，北京：人民文學出版社，1958 年，第 16 頁。

〔註17〕〔俄〕巴赫金：《陀思妥耶夫斯基詩學問題》〔M〕，白春仁等譯，上海：三聯書店，1988 年，第 177～183 頁。

〔註18〕《巫昂小人看江湖》〔J〕，《詩江湖》，2001 年第 2 期，下卷。

劍、浪迹天涯、寰薄無形、燦爛快意」〔註 19〕的江湖豪氣和千古風流。這個世界是小人物的世界，敢把君子拉下馬，脫掉僞裝的面具，俯就草根的粗野。詩人們一面宣稱「我獨愛這個江湖」，〔註 20〕一面一頭紮入這個江湖難以自拔。這些關於江湖的想像無不激蕩著巴赫金理論核心中的狂歡精神和「狂歡節式的江湖感受」：「江湖」就是與正統世界秩序相對的「另一個世界」，它自由平等、雄健寬闊、粗野放縱。

其次，當「想像江湖」的狂歡遭遇互聯網，想像有了與現實接軌的媒介，並借助網絡插上了更加有力的翅膀，網絡也讓想像更加具體可感和切實可行，詩歌江湖中關於「江湖」「想像的狂歡」加入了「網絡的狂歡」。網絡的無邊界和進入標準的不設限對應了「狂歡節」廣場式全民參與的「取消等級制」。從某種角度來說，網絡就是一個全民狂歡的「廣場」；網絡的匿名性和虛擬性對應了「狂歡節」儀式上的面具和對「國王」的脫冕、加冕、毆打和戲昵。想像中詩歌江湖的自由平等、粗鄙放縱都可以在網絡中實現，網絡真正拓展了「另一個世界」「另一種生活」實現的可能。在想像的狂歡和網絡的狂歡共振的新語境下，詩人們感覺到「正在通往牛逼的路上一路狂奔」，〔註 21〕詩歌寫作從數量到內容也進入了「狂歡」的階段。

首先來看數量上的「一路狂奔」。數量包括各種詩歌民刊、詩歌網站和博客以及由此產生的詩人和詩歌作品的數量。上個世紀 90 年代以降的詩歌民刊繼續保持著 80 年代詩歌民刊的狂歡勢頭，較有影響且持續時間較長的和新創刊的部分民間刊物如下：

四川（18 種）：

《反對》、《象罔》、《外省評論》、《終點》、《詩鏡》、《存在》、《九十年代》、《詩研究》、《地鐵》、《21 世紀·中國現代詩人》、《獨立》、《非非》、《彝風》、《魚凫詩刊》、《屏風》、《詩·70P》、《人行道》、《芙蓉錦江》

北京（11 種）：

《現代漢詩》、《發現》、《大騷動》、《詩中國》、《偏移》、《翼》、《詩參考》、《朋友們》、《下半身》、《首象山》、《卡丘主義》

〔註 19〕朵漁：《詩歌走在江湖上》〔N〕，《中國圖書商報》，2002 年 8 月 1 日第 11 版。

〔註 20〕沈浩波：《我獨愛這江湖》〔J〕，《詩江湖》，2001 年第 2 期，下卷。

〔註 21〕沈浩波：《說說我自己》〔J〕，《民刊下半身》創刊號，2000 年。

廣東（11 種）：

《詩文本》、《故鄉》、《外遇》、《詩歌與人》、《聲音》、《白詩歌》、《詩歌現場》、《女子詩報》、《藍風》、《藍鯊》、《趕路詩刊》

上海（10 種）：

《傾向》、《南方詩志》、《大陸》、《零度寫作》、《撒嬌》（2004年復刊）、《活塞》、《喂》、《說說唱唱》、《太陽詩報》、《城市詩人》

東北（7 種）：

《太陽》、《過渡》、《空房子主義》、《東北亞》、《進行》、《流放地》、《剃鬚刀》

浙江（7 種）：

《北回歸線》、《阿波里奈爾》、《傾斜》、《有巢詩刊》、《遠方詩刊》、《野外》、《紹興詩刊》

福建（6 種）：

《新死亡詩派》後更名《詩大型叢刊》、《藍鯨二十年》、《陸》、《醜石》、《反克》、《多面主義》

陝西（6 種）：

《唐》、《此在主義》、《商洛詩歌》、《金臺詩刊》、《表達》、《上昇》

山東（6 種）：

《5 號地鐵》、《小拇指詩刊》、《不是》、《先鋒詩報》、《詩建設》、《轉折》

江蘇（5 種）：

《唱詩班》、《揚州詩歌》、《原樣》、《詩歌研究》、《實驗詩集團》、《南京評論》

安徽（5 種）：

《大象詩志》、《零號》、《抵達》、《大別山詩刊》、《河畔》

廣西（4 種）：

《自行車》、《星期三詩刊》、《相思潮詩群》、《漆》

河南（4 種）：

《陣地》、《外省》、《審視》、《鈍詩刊》

貴州（3 種）：

《低詩歌運動》、《零點》、《詩歌雜誌》

湖北：（3 種）

《地下》、《後天》、《啦啦詩刊》

湖南（2 種）：

《鋒刃》、《中國風詩刊》

寧夏（2 種）

《草根詩刊》、《核詩歌小雜誌》

山西（2 種）：

《世紀風》、《TT°詩刊》

天津（1 種）：

《葵》

內蒙古（1 種）：

《堅持》

甘肅（1 種）：

《大西北詩刊》

新疆（1 種）：

《大鳥》

河北（1 種）：

《67 度》

雲南（1 種）

《現代禪詩探索》

重慶（1 種）

《五月》

海南（1 種）：

《新詩》

海外民刊（5 種）：

《今天》、《一行》、《藍》、《新大陸》、《原鄉》〔註22〕

　　從此列表中可見，二十年來，中國大陸幾乎每個省份平均至少有一份民間詩歌刊物，四川、北京、上海、廣東等更多達十種以上，各種詩歌民刊總

〔註22〕以上民刊資料除了作者本人的收集，還參閱了阿翔、發星等詩歌民刊收藏家的編目。

數超過了 100 本。還有很多其他民刊，可能由於收藏的局限、生存期的短暫或者剛剛創辦，沒有列入，但可以通過一些數據窺見一斑。比如，詩歌收藏家世中人「收藏著一千種詩歌報刊資料」，〔註23〕拋開官方的一些詩歌報刊，現有幾百種民刊應該是不會高估。「目前為止，中國詩歌現場中大約活躍著幾百種民刊，其中比較活躍、紮實並具有自己小傳統的民刊有 60 多種（以吳謹程所編《中國詩歌民刊年選》為主要參考）」。〔註24〕而且當前，民刊還在各個省份各個城市快速發展。僅從吳謹程主編的《中國詩歌民刊年選》來看，自 2009 年出版以來，每年都有一些新的面孔出現在年選目錄上。

除了詩歌民刊數量的持續發展，新世紀以來，詩歌網站和博客更是進入持續狂歡階段。以下是幾組數據：

> 2002 年，全球詩歌網站有 26.5 萬個，其中中文簡體詩歌站點就有 12.7 萬個；截止 2004 年 8 月 26 日，獨立、專業、可實名搜索的漢語詩歌網站（論壇）503 個，其中大陸詩歌網站及個人網站就有 475 個、港澳臺詩歌網站只有 15 個。

> 2006 年 9 月收集到的一些漢語詩歌論壇或網站，共 801 個。估計，迄今共產生的漢語詩歌網站有 1000 多個。〔註25〕

數據顯示，中文詩歌網站在全球佔據了比較大的比例，其中大陸漢語詩歌網站在獨立專業的漢語詩歌網站中又佔據了絕對優勢。且近年來仍在持續飆升。由是，大陸漢語詩歌作品數量也在加速度生產。陳仲義先生曾隨機做了一次抽樣，天涯社區的天涯詩會 2005 年 9 月 4 日一天的詩歌帖子高達 251 個，《現代詩歌論壇》2003 年 2 月的發帖數 82076 個，並發函調查過幾個網站，保守地總結出每個網站「平均每天發詩量 20 首（扣去重複的），以此推算，全國年產量不低於 200 萬首。這個數字，是《全唐詩》的 40 倍。」〔註26〕他還對比了臺灣詩歌網站狀況，「2001 年臺灣陳去非曾統計說，臺灣紙介詩歌和網絡詩歌的生產量 2000 年持平，並且每年將以 10%的速度遞增，顯然，陳去非的數字太保守了。大陸不過只花四五年左右時間，它匪夷所思的

〔註23〕世中人：《詩歌民刊報主編訪談之世中人》〔J／OL〕，http://shigezhongguo.com/_d271837630.htm，2011-07-12。

〔註24〕董輯：《民刊：挺起中國詩歌的脊梁》〔J〕，《民刊》第三輯第五卷。

〔註25〕李霞：《漢詩網站眾生榜》〔EB／OL〕，http://blog.sina.com.cn/s/blog_61c621880100ekxz.html，2009-08-24。

〔註26〕陳仲義：《新世紀五年來網絡詩歌述評》〔J〕，《文藝爭鳴》，2006 年第 4 期。

『加速度』，使得網絡詩歌生產線的規模，大大超過另一條紙介生產線，這種崛起速度，真可謂一天等於二十年！」〔註27〕「一天等於二十年」的詩歌網站數量生產的神話，同樣伴隨著各類詩人數量的增長。2007 年上半年，中國詩歌網註冊會員已突破 15000 名，這還不包括沒有註冊詩歌網的詩人。據世中人提供的數據，2009 年他已收藏了 700 個詩人的個人詩集，他認為中國至少已經產生 2000 多名優秀詩人，「我計劃做到 2000 部之後申請吉尼斯紀錄，也正因為如此，我自嘲是『中國唯一的專職詩歌工作者』。申請吉尼斯的另外一個社會因素是，世界上只有中國這樣的詩歌大國才會在同一歷史時期產生數量如此之多的優秀詩歌寫作者，其他中等國家，恐怕在百年內不會有兩千位詩人產生，更何況產生兩千部詩集呢。」〔註28〕

不可否認的是，詩歌民刊、網站和詩人、作品數量的加速度生長，孕育出了一些優秀的詩人和作品，雖然這些優秀的作品可能被泥沙俱下、鋪天蓋地的詩歌寫作所遮蔽。我們在保持對這些詩人和作品尊敬的同時，也應該清醒地看到，詩歌江湖數字化狂歡的背後，是詩歌本身的陷落。內容的跟風複製、狂歡節式的口水寫作，成為江湖的寫作風尚。

內容的複製跟風體現在詩人不斷的自我複製和複製他人之中。一個詩人的詩歌產量很高，但是卻以不斷的複製為前提，這在江湖中一些名詩人和一般詩人的身上都不同程度地存在，有些甚至還十分突出。著名詩人伊沙，曾經寫下《餓死詩人》、《車過黃河》、《結結巴巴》等刷新詩歌感受力的作品，他對當代詩歌的貢獻也是不容置疑的。他始終保持著旺盛的創作精力，每個月都要寫作詩歌幾十首以上，同時還要創作長篇小說、詩歌批評和隨筆，十幾年如一日，「45 歲，50 本書」，自譽也被譽為詩歌江湖的「勞模」。〔註29〕這 50 本書裏面，有 19 本個人詩集。但是，觀察這些個人詩集的詩歌，真正具有個人突破性的不多，大部分寫作始終遵循著「脫口秀」的語言方式、解構的運思模式、無賴機巧的俏皮格調。近年來的《夢》和《無題》等組詩，已經寫到將近 200 首，雖然作者有意在其中開拓出一些新的寫作方向，比如他說：「我寫《無題》系列，最初的動機是針對口語詩把什麼都說得太明的弊

〔註27〕陳仲義：《新世紀五年來網絡詩歌述評》〔J〕，《文藝爭鳴》，2006 年第 4 期。
〔註28〕世中人：《詩歌民刊報主編訪談之世中人》〔J／OL〕，http://shigezhongguo.com/_d271837630.htm，2011-07-12。
〔註29〕伊沙：《45 歲，50 本書，我是勞模》〔EB／OL〕，http://www.ganlupoem.com/ShowAnnounce.asp 敘 boardID=1&RootID=25360&ID=26632，2011-11-15。

端。」〔註30〕試圖把握「語言邏輯」和「意象邏輯」的衝撞與融合，但在具體寫作中，作者的寫作慣性和風格卻很難有所突破，大部分《無題》詩仍在不斷重複寫作的套路，甚至以前套路中略有呈現的口水化、平面化和過於隨意化因素量的集中累積越來越突出，讀來讓人索然無味。另一部長詩《唐》，顯示了作者和傳統《唐詩三百首》互文的努力。誠如大部分人的閱讀感受，作品也並未形成新一輪的意義增值，全詩直接引用原文 570 句，對原文的過度引用和變相引用，連接過程的機巧和刻意，硬寫、隨意、湊數和重複，都是《唐》的硬傷。比如對杜甫《登高》的闡釋：「落木是無邊的落木，瀟瀟下／長江是不盡的長江，滾滾來／萬里悲秋是常爲異客／百年多病便獨自登臺／霜鬢是不染的霜鬢，天黑了／酒杯是新停的酒杯，不喝了」；作品226 號是對王維的《相思》的仿作：「告太平紅豆生南國／問公主春來發幾枝／願君多采擷這紅豆／此物最相思我王維／王維你可眞夠騷的呀／悄沒聲兒地弄出這首／千古一騷的詩／王維你可眞夠高的啊／將詩題於大明宮女牆／然後你就溜號／那就不相思也相思啦」。大部分詩句不過是原詩語調的加強或者句法上的變化，有些句子幾乎照抄，比如前一首詩的第三、四句；還有些句子仍然可見伊沙式「千篇一律的反話、引申話和並不可笑的俏皮話」，比如後一首詩的最後 7 句。因此，《唐》整體上被稱爲「最大的盜版」〔註31〕和複製品。

　　類似伊沙的名詩人創作的複製和翻版情況還有很多，他們在坐收自己名氣利息的同時，不斷拋出一些複製品。如果說，伊沙們的複製是出於「被遺忘的恐懼」，畢竟詩歌江湖人來人往，太多的詩人太多的詩歌面世，如果不經常出來露露臉，過不了多久人們就會遺忘。但多年來，由口語詩、廢話詩至口水詩的複製泛濫卻是一場眞正意義上的詩歌狂歡盛況。

　　自盤峰論爭「民間寫作」口語一脈詩人的大出風頭，整個詩歌江湖陷入了對口語詩膜拜的狂歡。于堅、韓東等「他們」元老在 80 年代開始實踐口語詩歌，成爲前期口語詩的代表。伊沙繼續他們的實踐並大肆推廣傳播口語詩歌，成爲「後口語時代」的代表。「非非」的楊黎也在 21 世紀初提出「廢話

〔註30〕朱劍：《〈無題〉：爲口語詩的未來命名》〔EB／OL〕，http://blog.sina.com.cn/s/blog_489db0970100gghu.html，2009-11-18。

〔註31〕龔蓋雄：《請看下半身終結者龔蓋雄剮詩壇「攪屎棍」伊沙的畫皮：寄生性寫作的三流典範——讀伊沙的《唐》及其評論》〔J〕，《中國詩人》，2003 年第 1 期。

寫作」，被封爲「廢話教主」。這些詩歌江湖大腕的實踐和推動，致使口語詩歌被一些初涉詩壇的入門者奉爲寫詩的圭臬，也給一些長期寫作卻不得志的詩人敞開了另一扇門。詩人們在並沒有紮實的口語詩歌理論的基礎上，甚至還沒有眞正弄明白口語詩歌的文學和文化價值以及寫作限度的情況下，再加上狂歡症候的遊戲精神，你寫我寫他也寫，致使口語詩歌在不斷的拷貝複製中最終淪爲口水的狂歡和娛樂。且不論趙麗華以《一個人來到田納西》和《傻瓜燈——我堅決不能容忍》爲代表的大量口水詩，下面列舉的一些詩歌基本也能反映口水詩泛濫的狀況。

請看《對白衣的讚美》：「天上的白雲 / 眞白啊 / 眞的，很白很白 / 非常白 / 非常非常十分白 / 特別白特白 / 極其白 / 賊白 / 簡直白死了 / 啊」（選自馬鈴薯兄弟編《中國網絡詩典》）。全篇就是幾個副詞「眞、很、非常、特別、極其、簡直」的口水話堆砌，沒有任何形象可言。《陌生人》：「因爲你看了我一眼 / 所以我看了你一眼 / 因爲你笑所以我笑 / 因爲你在抽煙 / 所以我在抽煙 / 因爲你吐了一口痰 / 所以我去了廁所 / 因爲電視完了 / 所以你走了我走了 / 所以我們不認得 / 因爲我們不認得 / 所以他媽的電視完了」。〔註32〕通篇在「因爲所以」的口水話中，提供了一些毫無價值的因果邏輯。還有《一點點》：「酒少喝一點點 / 飯少吃一點點 / 想我也一點點」。〔註33〕這類詩歌在毫無技巧難度的口舌運動中被大量生產，而且是在一些知名的民刊和網絡選本中作爲好詩被挑選出來。按照這樣的尺度，我們可以瞬間寫出許多「好詩」，比如模仿第一首，可以寫出《對黑土的讚美》、《對黃土的讚美》、《對紅花的讚美》、《對綠葉的讚美》等等。

口水詩的特點是語言的脫口而出、內容的扁平空洞、精神的遊戲娛樂和格調的粗鄙崇低，它與「狂歡節」的粗鄙、戲昵、隨便和插科打諢的方式相通，「取消等級制」的狂歡也取消了詩歌創作應有的技巧和難度的等級，消解了關於詩歌和詩人作爲一門古老而神秘的手工藝和手工藝者的魅力。正是無難度口水詩的泛濫大量侵襲著詩歌的肌質，詩歌的邊界一退再退。所以，當口水詩的代表「梨花體」和「羊羔體」被網民娛樂和圍觀，我們不能單純地批評網民不瞭解「現代詩」或者詩歌修養太差，而應該從長久以來江湖過

〔註32〕馬鈴薯兄弟：《中國網絡詩典》〔M〕，南京：江蘇人民出版社，2002 年，第96 頁。
〔註33〕默默：《撒嬌》〔M〕，北京：中國文聯出版社，2004 年，第 54 頁。

度自由和隨便的狂歡化寫作給讀者帶來負面的心理基礎來反省。臺灣詩人洛夫說「大陸詩歌趨向于口語化。一些年輕朋友寫的口語詩有如口水詩，不重視詩歌的美，這是可以改進的。」謝冕也指出，「中國詩人寫詩的確寫得太快、太多、太濫、太隨便了。……新科諾貝爾文學獎得主瑞典詩人托馬斯‧特蘭斯特勒姆自 1954 年發表詩集《17 首詩》轟動詩壇後，近半個世紀的時間，他留下的詩不過 163 首。……五四之後，我們開始新詩寫作，用白話爲基本的語言手段，一些爭論也隨之出現。當年俞伯平先生說，我們不能爲了白話而忘記詩。今天，我又重新提這個問題，我們不能因爲口語而忘記詩。」〔註 34〕

〔註 34〕北大教授謝冕批《「口水詩」泛濫玷污詩歌語言之美》〔N〕，《深圳特區報》，2011 年 11 月 3 日第 5 版。

6 關於「詩江湖」的反思

6.1 同情的理解與現實的反思

我們集中探討上個世紀 90 年代以降的「詩江湖」，首先是指「89 後」社會轉型時期的語境下，「詩江湖」越來越凸顯的表現和影響。這種凸顯，並非僅僅指它公然的命名，更指向它逐漸地深入人心。

深入人心首先表現在詩人們對它的浪漫的想像和熱衷的參與中。作為在中國當代特殊的文化體制中生存和寫作的詩人，對於詩歌江湖社會的想像似乎總是伴隨著一種浪漫的情結，即放大它與體制內的等級、身份和種種約束的對立，突出「江湖」無限開放和無限自由的意識形態幻覺；放大它的個人英雄氣質和俠義精神，忽略它在發展和演變中殘酷的鬥爭真相。意識中接受「仗劍走天涯」的俠客和英雄模式的想像書寫、現實中 80 年代「第三代詩歌運動」江湖行動的輝煌和成功，無疑為 90 年代以降的詩人們心中的江湖增添了無數刺激的因子。由此，詩人們關於「江湖」的表達總是與一種烏托邦的情緒相聯繫。

巫昂說：「我是喜歡江湖氣勝過學院氣或者正經氣的，大概由於我是個南蠻子並且生性中有俠氣，我最喜歡別人叫我某大俠，喜歡相見一笑泯恩仇，喜歡江湖中男女相對的平等，因為江湖中人皆小人，沒有見不得人的君子。……詩江湖是個刑場，每次小人巫昂把詩或者別的什麼狗不理的東西貼到上面之後總是戰戰兢兢，大概每隔一個小時就要回頭上去看看有什麼動靜，因為這裡的批評不顧情面，最像個仙人巴掌；……它沒有執行精神導師

制，沒有唯一權威和個人崇拜；……詩江湖是個新兵培訓部，我親眼看到的新人就有比如阿斐阿絲歐亞還有江湖上有一些人開始的時候是小孩子和閒大人，後來慢慢就變成了詩人，也就是，大家在這裡獲得了某種身份。」〔註1〕沈浩波也在一篇文章中大贊「盤峰論爭」，「使一代人被嚇破的膽開始恢復癒合，使一代人的視野立即變得宏闊，……使一代人重新擁有了『逐鹿中原』的江湖氣質。」〔註2〕並且宣稱「我獨愛這江湖」〔註3〕。朵漁說「江湖是俠客的世界，俠客精神在某種意義上代表了江湖精神的要義，比如強調獨立不羈的個性解放，強調自我價值的實現，主動迴避主流社會，堅持社會正義和草根立場。」〔註4〕這些表述至少可以有幾種解讀，一是為我們構建了一個關於「詩江湖」的抽象世界：俠義柔腸、雄健開闊、自由平等；二是展示了一個充滿活力與新生力量的「詩江湖」具象，這裡鍛造「新兵」，拷問「大俠」，每個人都有權力追求詩人的身份和話語權；三是「詩江湖」的價值在於迴避和挑戰主流社會和精英社會的語言、秩序和思維，在更大的時空中獲得創造的勇氣和自我價值的實現。

可以說，上述的表達在主流社會的對立面，建構起了「詩江湖」理想的內涵和價值。但是，我們要考察的是，在具體的詩歌場域建構中，它的關鍵詞「獨立自由、反叛開放」等等具有多大程度上的可靠性。儘管這些提法並沒有直接引用西方文化論者的觀點，但「江湖」的凸顯中明顯有西歐「市民社會」自由主義理論的痕迹。然而，由於社會歷史的差異，中國現實的社會結構中並不存在和西歐一樣獨立的所謂「市民社會」。不少研究者指出，西方市民社會由早期的商業城鎮經歷了資產階級革命與共和國的建設而最終發展成為現代意義上的「公民社會」，一個最為重要的前提條件是權力的多元化與分散化。惟其如此，「市民社會一開始就表現出與現實的政治——經濟——社會結構的異質性，這種異質性不僅意味著它要走獨立發展的道路，而且更重要的是，它使得市民社會代表了一種全新的、和現實的社會政治結構完全不同的制度模式，（民主的、法治的、人權的），進一步它還代表了一種全新的生活方式（個人主義的人生觀、價值觀）。」〔註5〕而在中國歷史上，「由於統

〔註1〕 巫昂：《小人看江湖》〔J〕，《詩江湖》，2001年第2期，下卷。
〔註2〕 沈浩波：《詩歌的70後和我》〔J〕，《詩江湖》創刊號。
〔註3〕 沈浩波：《我獨愛這江湖》〔J〕，《詩江湖》，2001年第2期，下卷。
〔註4〕 朵漁：《詩歌走在江湖上》〔N〕，《中國圖書商報》，2002年8月1日第11版。
〔註5〕 方朝暉：《對90年代市民社會研究的一個反思》〔J〕，《中國人民大學複印資

一的中央集權的政治權力結構的存在，使得市民階層走上了另外一種完全相反的道路，也就是說它要盡可能地表現出和現實社會及政治結構所代表的制度模式及生活方式的同質性。」〔註6〕因此，文化形態中所蘊涵的獨立與自由是極為有限的，它只能是置身其外者一種一廂情願的桃花源式的想像。

進一步我們來看「詩江湖」文化與「廟堂」文化的價值對抗意義。如上所述，很多情況下，詩人關於「詩江湖」的想像定義更多是建立在「廟堂／江湖、主流／非主流、約束／自由、限制／開放」等二元對立的模式中。刻意放大其中的對立因子，彰顯江湖文化某種道德或美學上的價值高度。事實上，江湖文化的來源十分駁雜。有被官方詩歌資源拋棄在外的迫不得已的詩歌「游民」，有叛逃於正常社會規範和詩歌秩序的詩歌「鬥士」，還有抱著好奇、遊戲和鬧事情緒的詩歌「群眾」、「遊戲潮人」和「投機分子」。無論是游民、鬥士、群眾還是投機分子，他們的價值歸屬都是不確定的，他們共同參與構建的詩歌江湖的價值取向也是游離不定的。雖然個體的價值取向可以多樣性，但要形成具有價值對立意義的新的價值方向，必須有建立在更大範圍內的觀念和立場的合力，有在更高層次上觀念和立場一致的公共話語平臺。可惜，我們看到的大部分江湖個體，只是在尋求另一種生存之道，有的今天在標舉獨立自由，明天就對官方投懷送抱；有的今天希望主持社會正義，明天又對社會退避三舍、蝸居到個人的狹小天地；有的今天大講江湖義氣，明天又「火併內訌」。當廟堂文化的擠壓比較強烈時，江湖文化的價值對抗比較突出；而當官方沒有興趣來打扮它時，江湖又陷入一種「不能承受之輕」的價值迷茫之中。

事實上，江湖文化的存在本身成了常規社會生活的補充形式，或者說是一種有機組成部分。一些江湖詩歌幫派與官方體制糾纏不清，官方詩歌資源向「江湖」邁進和敞開，彼此之間你中有我我中有你，並不存在真正的價值對立意義。具有煽動性的「詩江湖」價值對立實質上是不堪一擊的，根本不可能對既定的官方文化價值有根本的觸動。從更高層次講，江湖文化和官方文化所遵循的價值取向和遊戲規則性質一樣，只不過表現不同。廟堂文化講究排座次，江湖文化同樣講究排座次，《詩壇英雄座次榜》的風起雲湧就是典型的例子。文字和口頭的詩歌人物、詩歌流派的排名仍然十分重要，在四川

料文化研究分冊》，2000年第29期。

〔註6〕李新宇：《泥沼面前的誤導》〔J〕，《文藝爭鳴》，1999年第3期。

的詩歌江湖中，誰在公開正式場合先說「莽漢」後說「非非」必然會引起部分詩人的憤怒；廟堂文化講究秩序，江湖喧囂著最反感的是秩序，關心的卻同樣是秩序的建設，各種詩歌獎項、詩人的評選，動不動就冠以「中國、當代、先鋒、新銳」的名頭，不是重新梳理詩壇的秩序是什麼？廟堂文化看重官職和權威，江湖文化同樣。于堅被封爲詩歌江湖的「宰相」、韓東被稱爲「政委」、楊黎被封爲「教主」，權威、神話詩歌人物的故事甚至比官方有過之而無不及。當然，我們盡可以把這些稱謂看做江湖的調笑，但調笑的背後仍然可以分析出與官方價值取向不謀而合的心理結構。

其次，關於江湖的關鍵詞「獨立自由、反叛開放」。對這幾個抽象的詞本身的闡釋是十分困難的，只有結合具體的詩歌場域才能有比較清楚的把握。在現實的詩歌場域中，爲人津津樂道的是「詩江湖」寫作和發表的自由。的確，在詩歌江湖中，寫作和發表不再有體制內發稿的嚴格的編審程序和時間落差，幾個人組織一個刊物、網站、拉起一個山頭就可以隨便發表自己的詩歌和文字。在快速生產和發表的詩歌活動中，寫作的精神自由慢慢被「城頭變換大王旗」的「自由火併」和隨時製造一種詩歌標準「取而代之」的邏輯所替代，造成所謂的自由開放，就是詩歌場進入邊界的無限制擴容、詩歌標準的無限度降低，只要是分行的文字就是詩，只要寫了幾首分行的文字就是詩人。詩歌數量猛增，詩歌質量甄別需要的時間被加速度地開放創作所遮蔽，優秀作品本身越來越少，優秀作品被發掘出來的也越來越少。這種毫無標準的自由開放在太容易實現的過程中失去了「自由開放」應有的張力意義，成爲一個唾手可得的證明工具。而詩歌江湖中大行其道的「反叛」，本是詩歌美學「先鋒」的題中之意。但是，90年代以降，具有美學意義上的詩歌「反叛」精神寥寥無幾，充斥於其間的是打著先鋒旗號的詩歌政治學意義上的「造反」和「鬧事」。各個詩歌山頭，扯起一塊塊嚇人的「虎皮」當旗幟，營造出的成果卻是一場又一場鬧劇式的江湖「占位」的打鬥。

因此，深入人心的理想的「詩江湖」尚未到來。對應著它的，是詩歌場域中現實的鬥爭，「鬥」是核心，「爭」是鵠的，「人際圈子」是方式。儘管部分「俠客」的確抱有獨立不羈、鋤強扶弱的俠義精神，並企圖以此重建詩歌江湖的邊界，但卻改變不了詩歌江湖的眞相。90年代「知識分子寫作」和「民間寫作」之爭，新世紀以降以前被命名爲「民間寫作」的各種內訌：沈韓之爭、伊沈之爭、韓于之爭；下半身與垃圾派之爭、垃圾派的內訌等等；個人

與個人鬥、幫派與幫派鬥；為利益鬥、為意氣鬥、為權力鬥；鬥狠、鬥勇、鬥資本、鬥勢力，籠罩在整個詩歌場域的氛圍刀光劍影。詩人方閒海在《當詩歌在時代中成為真正的飯碗》中寫到：「詩江湖真是一個殘酷的戰場／颺詩已經颺出了血／糯米團的生活／心中全裹著／帶刺的詩歌⋯⋯」既描寫了詩江湖鬥爭的真相，也是詩人對詩江湖殘酷鬥爭的實踐體認。

　　從場域建設的角度講，以鬥爭為主題的江湖化最突出的影響在於詩歌場域被細分為一個個缺乏問題交集和公共話語平臺、自說自話的小圈子。有觀察家以「孤絕」來形容場域細分的結果。孤絕的含義首先在於與表面紅紅火火的詩歌繁榮局面相對的、詩歌在當代文化格局中孤絕的真相：詩歌出版物的種類比起上一個十年有增無減，以詩歌發佈和交流的名義出現的網絡論壇、博客多如牛毛，名目繁多的詩歌獎項令十年前關於中國詩歌缺乏獎掖建制的感喟變得無所適從，而以朗誦、討論、旅遊甚至乾脆就是一頓飯局的面目大行其道的各種詩歌「活動」更是密集得令一些外來的觀察者得出「從『運動』到『活動』的描述。⋯⋯但效果往往是：出版物流通的範圍越來越小，網絡論壇越來越呈現出比地域割據更加細碎的轄域化趨向，詩歌獎項引起的關注很難傳遞到該獎項所依託的群落之外，而詩歌「活動」大多數看起來更像是強化內部情誼、對「象徵資本」的再分配進行確認和微調的小規模聯歡。炙熱的內部活躍性和冷漠的外部關注之間像是由某種導熱性能極差的不良導體相連接，以至於那些來自詩歌這個行當之外的偶發式批評往往帶著深切的不靠譜性，它們只能在詩歌行當內部引發激烈的防禦性反饋而非良性的對話機制。〔註7〕

　　另外，更存在於詩歌場域內部各個派別之間多年來不斷細分的相互孤絕化。詩歌場域內林立的派別之間幾乎找不到任何共享文件夾。而饒有意味的是，每個小派別自己的文件夾裏幾乎都存放著容量驚人的信息：網絡交流的、出版物的、「活動」的、獎項的甚至對群落自身的小歷史進行宏大敘事的信息。如此多互不通約、互不搭界、落差巨大的信息在文件夾與文件夾之間締造了一種誇張與錯位的「坎普」〔註8〕奇觀；而在同一個文件夾內部，則誘

〔註7〕　胡續冬：《近十年來的詩歌場域：孤絕的二次方》〔J〕，《南方文壇》，2009 年第 4 期。

〔註8〕　「坎普」原指同性戀圈子的黑話，既「娘娘腔」。但 1964 年，蘇珊・桑塔格發表在《黨派評論》上《關於「坎普」的札記》一文開拓了「坎普」作為當代先鋒趣味和感受力的新內涵，其中包含有誇張與錯位的喜劇效果、遊戲娛

發了讓‧鮑德里亞所描述的「內爆」〔註9〕：在真實的寫作和關於寫作的種種擬真的「信息」之間界限的內爆。

詩歌內部的紅火與外部對詩歌的冷漠形成鮮明的對比，詩歌內部的紅火局限於各個小群落的自我宏大敘事和相互吹捧，各個小群落之間為爭奪有限的「象徵資本」相互鬥爭，有限的問題意識集中在代際、身份等場域「占位」之中，作為一個整體的詩歌場域的結構越來越破碎，分支結構之間形成不了有效地交集，缺乏有效地交集也就缺乏整體的合力，從而使得詩歌場域在整個文化場中越來越不可見，面對公共空間發言的能力越來越弱，面對整個文化的問題意識越來越稀薄，面對詩人高貴的精神品質和獨立的人格越來越遙遠。這樣的場域困境反過來也加劇了江湖內部無聊的械鬥，在一片空虛、迷茫和遊戲的情結之中，為了引起公眾的注意，詩人們除了偶爾為意氣鬥鬥、為圈子利益鬥鬥、除了脫脫衣服（蘇菲舒的裸誦事件）、搞詩歌手稿虛假地拍賣等炒作，還能有何為？

6.2 潛在的活力與重構的可能

對「詩江湖」整體現狀的批判視野，並非完全否定「詩江湖」的價值。作為一個批判性的思想資源，我們更多地是藉此召喚當代詩歌場域建設的活力與歷史價值，而不是根本地否定它。相反，在批判的過程中，它內部潛在的分散的活力因子也時而打動批評者，促使我們用更理性全面的眼光來整合它、重構它。

這種潛在的活力因子首先體現在它將詩歌還給了「個人」，使得詩歌場域的構建回到了常識和常態。

《尚書‧堯典》說「詩言志，歌永言，聲依永，律和聲」，指出詩是個人志向的表達；《毛詩大序》認識到了「情」在詩歌中的意義，肯定了「情」的

樂精神。

〔註9〕 內爆是由加拿大當代學者馬歇爾‧麥克盧漢（Herbert Marshall Mcluhan, 1911～1980）在他的《理解媒介》（Understanding the Media, 1964）一書中提出來的概念。後成為讓‧鮑德里亞後現代理論的一個關鍵概念，他認為內爆是信息進入人的內心不斷改造人們心靈世界的過程，是不同於人去改造客觀世界的「外爆」。電子時代信息總是被大規模複製和傳播，在締造傳播的過程中耗盡了自身，內爆了一切，導致真實和擬象之間界限的模糊，信息技術的似真性取代了人們對真實性的理解。

作用：「詩者，志之所之也。在心爲志，發言爲詩。情動於中而形於言，言之不足，故嗟歎之；嗟歎之不足，故永歌之；永歌之不足，不如手之舞之，足之蹈之也。」晉代的陸機在此基礎上進一步提出「詩緣情而綺靡」。因此，個人的志向和情感是詩歌創作的源泉，抒發人的情感是詩之爲詩的條件，這是關於詩歌的常識。當時代強行進入，把抒發情感限制爲只能抒發一個集體、一個階級的情感的時候，詩歌就背離了個人，背離了常識。謝冕說：「詩到底是一種個體作業，唯有充分的個性化，才能有充分的創造性。愈是個人的，便愈是詩的，這與『方向』無關，也與『道路』無關。」謝冕的論述裏有關於詩歌創作根本特徵的三個詞：個體、個性、個人。個體在哲學上的意思是指處在一定社會關係中，在社會地位、能力、作用上有區別的有生命的個人，它突出了「個人」的主體性。而個體作爲有區別的生命體，它的充分實現又是在「個性」的基礎之上的。個性是人的存在方式。因此，個人的詩歌首先是對個性的尊重，它的反面是一體化詩歌；其次，個人的詩歌應該回到個體，從個體出發也由個體承擔。它的反面是過度社會化，集體化。

但是，就是上述這些常識，在當代中國文化建設發展中，卻成爲一個很尷尬的話題。爲了更清楚地表達 90 年代以降的「詩江湖」怎樣讓詩歌回到了個人，回到了場域構建的「常識」，有必要對當代詩歌發展的歷史做一個大致的梳理。

中國詩歌進入當代伊始，主流意識形態就對「寫什麼」、「怎麼寫」進行了十分嚴格的界定。建國後第一本《詩選》的主編袁水拍在序言中對詩人的要求是：「詩人既不能是一個隱身者，也不能是一個旁觀者，更不能是一個僞善者！詩人只能是一個革命者，一個共產主義的戰士，一個像毛澤東同志所說的『毫無自私自利之心』的人，『一個高尚的人，一個純粹的人，一個有道德的人，一個脫離了低級趣味的人，一個有益於人民的人』。」〔註10〕既然不能是隱身者，旁觀者，只能是革命者、共產主義戰士，那麼他就沒有個人的特徵只有集體的品格，這個集體的品格在革命勝利後的新中國就應該是對新生活的歌頌者。

頌歌是建國後相當長一段時間詩歌寫作的靈魂。頌歌的內涵也有十分明確的規定：「當詩人歌頌祖國的時候，首先想到的必然是領導人民推翻反動統治、建立人民共和國的中國共產黨」、「愛祖國的主題是和愛我們的國家制度、

〔註10〕 袁水拍：《詩選：序言》〔M〕，北京：人民文學出版社，1956 年，第 3 頁。

黨和政府的政策相結合的」〔註11〕。極而言之，如郭小川所說，「歌頌偉大領袖毛主席是無產階級革命文藝的最重要使命」〔註12〕。這些破壞詩歌創作規律和常識的嚴格限制使得建國以來的詩歌創作千篇一律，偶有「百花時期」的短暫自由，最後也在更爲嚴厲的批判中緘默或者在遠離常識的道路上走得更遠，比如大躍進民歌、文革公開詩歌等等。在建國後相當長的一段時間，詩歌場域的「一體化」構建是不爭的事實，一切創作、公開發表、出版、交流必須圍繞政治這個唯一的中心。直到文革結束，新時期到來，由文革地下詩歌、朦朧詩、後朦朧詩、「第三代」詩歌組成的新的詩歌浪潮，開始推動詩歌的發展。

　　此時期的詩歌場域構建進入了一個新時期，詩人自主的力量日益強大。開明政治主動修正政治與詩歌的關係，給予詩歌較爲寬鬆的創作空間、發表空間。1979 年 11 月 1 日召開的第四次文代會，提出「寫什麼和怎麼寫，只能由文藝家在文藝實踐中去探索和逐步求得解放」〔註13〕。在經歷了相當長時期的文化饑渴之後，北島喊出的一句「我不相信」，帶動了整個 80 年代詩歌的熱潮。但是，這個時代放大了詩歌和詩人的社會功能，詩人走到時代的聚光燈下，成了一個國家的「文化英雄」，成了他們詩歌裏反對偶像崇拜的「時代新偶像」，肩負起詩歌本不能承受的社會之重。表面看，80 年代詩歌成爲社會文化的中心，似乎回到了詩人和詩歌創作的常態，找回詩歌寫作自由的常識了。事實上，「詩人、詩永遠也不可能成爲現實的中心與焦點，詩人、詩也不應走向中心與焦點，倘若是這樣，那就背離了專業性質。當然，這『專業性質』並無放棄社會責任之意，而是強調詩人、詩對社會的責任絕非是一個政治家、社會學家的責任，而是作爲詩人的知識分子——不是作爲知識分子的詩人——的責任。」〔註14〕詩歌的「英雄身份」當然也並非詩人與詩歌創作的常態，它只是歷史重壓下的一次報復性反彈。

　　90 年代以來，隨著政治、經濟、文化「一體化」的解體，詩歌從巨大的

〔註11〕袁水拍：《詩選：序言》〔M〕，北京：人民文學出版社，1956 年，第 4 頁。

〔註12〕郭小林：《1976：一個政治詩人的最後痛苦》〔C〕//郭小惠：《檢討書——詩人郭小川在政治運動中的另類文字》，北京：中國工人出版社，2001 年，第 328 頁。

〔註13〕鄧小平：《在中國文學藝術工作者第四次代表大會上的祝辭》〔N〕，《文藝報》，1979 年 11 月 2 日第 11、12 期合刊。

〔註14〕曹文軒：《二十世紀末中國文學現象研究》〔M〕，北京：作家出版社，2003 年，第 363～364 頁。

聚光燈下回到了小小的臺燈下，詩人也從時代的「英雄」狀態回到了日常生活狀態。經過一段時間的調整，詩人們開始直面正常的生活和寫作，在滾滾而來的市場經濟洪流下，詩人們首先面臨個人選擇：是繼續做一個詩人，孤獨前行？還是放棄？朱朱寫於 1991 年的《樓梯上》形象地寫出了作為選擇刻痕的「樓梯」：「此刻樓梯上的男人數不勝數／上樓，黑暗中已有蕭邦／下樓，在人群中孤寂地死亡」。這是個人選擇的時期，詩人們的選擇一目了然。一部分詩人放棄寫作投身到商海之中，「許多高聲朗誦慣了詩句的嗓子，正用亢奮的語調談論著錢的家族：外匯、股票、債卷……」〔註 15〕；一部分堅持寫作的詩人，上樓，如隱士般在江湖之野進行詩歌的探索，沒有關注、沒有讚美，當然，也沒有過去寒冬一樣的桎梏和壓制。在更真實平凡的語境中，詩歌也就在散佈各地的「江湖」深處生根發芽。如王光明所言：「朦朧詩從國家化的詩歌中浮現出了一代人的聲音，而後新詩潮又從一代人的聲音中凸現了個人的聲音。後新詩潮以後，思潮性的現象消失了，不是真正熱愛詩歌的人，很難對詩歌有一個整體的印象。但潮流性的現象消逝之後，真正的詩歌探索恰恰在這個時候得到了相當程度的展開。」「時代語境變了，詩人對語言與現實關係的理解也與過去不大一樣了，詩正在更深地進入靈魂與本體的探索，同時這種探索也更具體地落實在個體的承擔者身上。」〔註 16〕正是在這個意義上，我們說「詩江湖」把詩歌還給了個人。

在回到個人寫作的條件下，詩人們在詩歌的主題、內容和技術、境界方面，都有了相當多的探索和成果。比如關於「個人寫作」的思考和實踐：新敘事詩、口語詩（方言詩）的實驗，肉身書寫、草根書寫、神性書寫、新死亡書寫、生態詩寫、網絡視覺詩、多媒體詩歌等等的大膽探索，以及無數散佈在各個角落堅持寫詩、堅持實驗創作的詩人，比如西川、王小妮、伊沙等等，都是在詩歌回到個人的前提下取得的收穫。儘管這些收穫不再是如 50、60 年代藉此獲得一官半職、如 80 年代藉此引起轟動，但這正是詩歌寫作的常態，一種常態的東西不是去追求轟動和名利，而是伴隨一生；伴隨一生的理解和實踐，必定是充滿活力的語境。

在詩歌回到個人回到常態的前提下，「詩江湖」已經或者正在打開另一扇

〔註 15〕張桃洲：《導言：雜語共生與未竟的轉型》〔A〕//謝冕：《中國新詩總系》第 8 卷，北京：人民文學出版社，2009 年，第 12 頁。

〔註 16〕王光明：《個體承擔的詩歌》〔A〕//王家新、孫文波：《中國詩歌九十年代備忘錄》，北京：人民文學出版社，2000 年，第 248～251 頁。

詩歌之門：「民間」之門，這使得詩歌江湖充滿了現代新詩發展過程中少有的民間化傾向。

中國詩歌的重要源流「風騷」並舉，其中「風」是《詩經》中的十五國風，也就是周朝時十五個地方的民間歌謠。這些來源於民間的歌謠以其豐富的內容、優美的語言、開放的語境、生動活潑的魅力證明了中國詩歌的傳統不但有文人士大夫的「騷體」，也有民間多樣的「風」度。不過，在現代新詩發展過程中，西方資源佔據了強大的優勢，以致業已形成的新詩傳統被認為主要來源於西方。建國以來，雖然主流意識形態也提倡詩歌向民間歌謠學習，產生了如火如荼的「大躍進民歌」運動和「王老九」這樣的民間詩人，但這並不是真正的「民間」，而是被政治牢牢控制並扭曲的「民間」。民間當然不是完美的，它必然包括與政治合謀的部分，必然是藏污納垢的處所，但恰如陳思和先生所言：「民間的發達取決於廟堂和廣場的弱化」〔註17〕——這正是90年代以來「詩江湖」的民間語境。

90年代以來，由於廟堂對詩歌的控制相對隱退，「民間」對詩歌的影響開始浮現。「民間」在詩歌江湖中的提出，表面上是針對「知識分子寫作」的策略方式。事實上，按照「江湖」的邏輯，可以推導出「民間」在江湖的發展。「江湖」本身就是植根於民間，它是民間的一部分。按照前述「詩江湖」的界定，它就是詩歌民間生產力的割據狀態。因此，「民間」於江湖，必然是魚溶於水一般親近和自然。儘管90年代曾有過關於「民間」這一概念的激烈爭論，我們姑且懸置這些概念的糾紛，來分析90年代「詩江湖」中詩人們對民間的價值認同。

其時的「民間」提法，並非對現實民間的詳細描述，而是作為一種恒常價值觀被提出。「民間是這樣一種東西，它可能對任何一種主流文化都陽奉陰違。在統治思想的左派或右派之外，民間堅持的是常識和經驗，是恒常基本的東西。常識總是被意識形態利用或歪曲，一旦煙消雲散，露出水面的乃是民間平庸但實在的面貌，民間並不準備改造世界，它只是一個基礎。民間堅信的是世界的常態，而不是它的變態。而文學的基礎也是如此。真正有價值的文學必然是民間的。至少它們必須是在民間的背景下創作的。」〔註18〕「民

〔註17〕陳思和：《民間文化‧知識分子‧文學史》〔C〕//陳思和、楊揚：《90年代批評文選》，上海：漢語大詞典出版社，2001年，第142頁。

〔註18〕于堅：《當代詩歌的民間傳統》，載《當代作家評論》，2001年第4期，第87頁。

間不是一種反抗姿態，民間其實是詩歌自古以來的基本在場。民間並不是『地下』的另一個說法。地下相對的是體制。民間不相對於什麼，它就是詩歌基本的在場。……民間依附的永遠只是生活世界，只是經驗、常識，只是那種你必須相依爲命的東西，故鄉、大地、生命、在場、人生。」〔註19〕在這些論述中，有幾個非常關鍵的語詞：恒常、在場、故鄉、大地。這幾個詞與傳統、本土性有著很強的內在邏輯聯繫。恒常的東西必定是與傳統相守的，故鄉、大地、在場更是本土性的另一種表達。因此，于堅所闡釋的「民間」，如果排除他對「知識分子寫作」的西方資源的針對性，也的確碰觸到了中國現代新詩傳統中本土資源缺失的問題，承接了中國詩歌「風騷」應該並舉的傳統，爲詩歌的多向度展開打開了更爲開闊的時間和空間。其中一些關鍵語詞，比如「大地」、「在場」、「恒常生活」、「日常經驗」等等，在新世紀「草根寫作」、「打工詩歌」的成果中得到了呼應和體現。

新世紀伊始，詩人兼學者李少君敏銳地發現了詩歌江湖中一股生機勃勃的潛流，他將之定義爲「草根性」。「何謂詩歌寫作中的『草根性』，我的理解就是：一、針對全球化，它強調本土性；二、針對西方化，它強調傳統；三、針對觀念寫作，它強調經驗感受；四、針對公共化，它強調個人性。」〔註20〕表述中的幾個關鍵詞「本土」、「傳統」、「經驗感受」、「個人性」與于堅、韓東等關於「民間」的表述邏輯一致。可以說，這個概念的出現表徵了詩歌江湖中「民間」潛流的一個重要方向：本土性、日常性的詩化。在概念隨後的發展中，陳仲義根據「草根寫作」的作品，對「草根詩寫」做出了更貼合寫作本身的界定：一、自然在地：根繫生命；二、底層經驗：切身證詞；三、倫理關懷：廣批悲憫；四、重返源頭：母語原聲。〔註21〕這些表述，將潛藏在江湖之野的一些詩人的優秀作品提煉出來。比如農民詩人張聯、打工詩人鄭小瓊、佛教居士楊健的詩，在江湖先鋒實驗的喧囂聲中，始終保持大地一樣寬厚的品質，堅持內省，堅持對生命的高度關注，開拓了現代新詩的新題材、新視野，提升了新詩的精神品格。

〔註19〕 于堅：《當代詩歌的民間傳統》，載《當代作家評論》，2001年第4期，第84頁。

〔註20〕 李少君：《21世紀詩歌精選：草根詩歌特輯・序言》〔M〕，武漢：長江文藝出版社，2006年，第3頁。

〔註21〕 陳仲義：《中國前沿詩歌聚焦》〔M〕，北京：中國社會科學出版社，2009年，第204～215頁。

　　因此，我以爲，詩江湖重構之重點在於這些植根大地的、永恒的、寬厚的、悲憫的詩歌品格，是承續中國詩歌「風」度的民間之歌，以塡補中國新詩發展過程中中國經驗的缺失，與西方資源形成良好的互動。也許部分詩人認爲如草根詩歌一樣的東西不夠現代，不夠實驗性與震撼性，但是詩歌的品格不應該只是各種紛繁實驗的勇氣、霸氣，還應該有對於詩歌永恒的靜止的一面的堅守。波德萊爾說：「現代性就是過渡、短暫、偶然，就是藝術的一半，另一半是永恒與不變。」〔註 22〕在此基礎上，我恰恰以爲，對永恒與不變的辯證堅守是更深刻的現代性，也是詩江湖重構之堅實的基礎。

〔註22〕 〔法〕波德萊爾：《波德萊爾美學文選》〔M〕，郭宏安譯，北京：人民文學出版社，1987 年，第 485 頁。

餘　論

　　近二十年來，中國詩歌場域變化帶來的問題千頭萬緒。選擇「江湖」視角進入，對於重新解讀這些問題是比較有新意的。說「比較有新意」，一是在於「江湖」視角在文化領域的介入並不是全新的，已經有王學泰等著名學者從「江湖」的視角解讀了中國社會潛隱的、與精英儒家文化傳統相對應的底層的通俗文化傳統。但是，以「江湖」的視角去探析一直以來居於文學神殿首位的詩歌領域，可能會被認爲是藝瀆的、不冠冕堂皇的「打量」。不過，探討這個問題的新意在於「文學歷史本由冠冕與不冠冕的現象共同形成，只有不忽略各種現象──包括我們以往較少關注的現象，才能對文學歷史的發展過程作出比校接近於合理的解釋。」〔註 1〕其實，文學的「江湖」（包括詩歌的「江湖」）以前並不是不存在，甚至在某些時段成爲推動詩歌發展的主要動力。比如上個世紀 80 年代的「第三代詩歌」運動，就是活生生的詩歌江湖世界。只不過，近二十年來，詩歌場域江湖化從潛在到凸顯再到全面到來的過程，既承繼了江湖固有的問題又突出了一些新的質素。把這些固有的和新的東西表現並剖析出來，指出影響和推動當前詩歌發展的動力，往往不僅僅是知識分子總結出來的種種理論，更多的是具有民間文化樣態的「江湖」文化──描述並反思這種現象是筆者致力的方向。筆者認爲，以「江湖」作爲對近二十年詩歌發展主要問題研究的方法和向度，必須回答以下問題：「江湖」究竟是什麼？本書中的「詩江湖」是什麼？近二十年詩歌江湖表現出來的特徵有哪些？它與舊的江湖傳統和新的場域變化有什麼關聯？它對詩歌寫作本

〔註 1〕 劉納：《怎樣在文壇「打出一條道來」──以聞一多爲例》，《黃河》，1999 年第 3 期。

身有什麼樣的突出影響？

從前面緒論和正文的論述，也許已經部分地回答了提出的問題。

第一，對於「江湖」有多個向度的理解，除了通常的地理概念，它的文化身份一是千古文人俠客心中的「江湖」；這個「江湖」多是理想或者想像中的文化江湖。具有與主流社會文化相對的隱喻的特質：逍遙浪漫、自由獨立。它往往是中國文人在主流社會碰壁，實現不了入世的理想和抱負時的心理安慰，因此成為「廟堂」文化的重要補充，具有浪漫的色彩。它也是在現實秩序的重壓下，中國文人永遠的夢想。但是，必須廓清的是，這個江湖並不是真實的「江湖」。真實的「江湖」是在中國傳統農耕社會的宗法體制中衍生而來，並依據一系列的江湖規則運行發展而成的潛在社會。作為一種生存法則，它游離於主流社會的正常規範和生活秩序之外；作為一種文化，它構成了與主流精英文化相對應的底層文化，是投身於江湖的人物幾千年的文化積累與創造，具有極強的本土色彩，就像西部牛仔文化之於美國。歷史的事實證明，這個底層的「江湖」具有很強的生存發展能力和社會影響能力，在漫長的中國古代社會，它的實用性和相對於主流社會退縮保守的主動性和鬧事精神，在某些歷史時期，成為推動改變社會歷史發展的不可小覷的現實勢力。據學者考證，五代以後的改朝換代過程中，「除了元朝與清朝的少數民族入主中原外，其他時期皆有大量游民（江湖人物）投入了生死格鬥，並從中獲取了最大的利益。」〔註2〕那麼，這個真實的江湖具有什麼樣的特質呢？真實的江湖具有反社會性、暴力性和不確定性，它是建立在弱肉強食的生存體驗基礎之上，具有聚群、趨利、恃強、尊上、寄生的文化特徵，它所強調的人情關係、拉幫結派和江湖義氣頗能符合一般民眾實用主義的性格和真實的生活體驗，所以在底層社會產生極強的影響力和文化認同感。因此，這個由游民構成的「江湖」可以說是另一個中國，「潛在的中國」，我們不應忽視它在虛構和現實兩方面的影響力，而應該審慎客觀地分析它真實的面目，增強對中國底層文化的理解和反思。

第二，建立在對前述「江湖」的理性認知之上，我們還需要對「詩江湖」的影響力保持高度地關注和反思。同樣的，需要注意的問題是首先要真實地面對詩歌江湖的真相。很多時候，詩人們對於江湖的嚮往或者說近年來江湖的事實在詩歌場內大行其道，並不是建立在詩人們理性的認知之上，而是源

〔註 2〕紅葦：《體驗江湖》，上海三聯書店，2003 年，第 185 頁。

於當代中國特殊的詩歌語境、江湖文化根深蒂固的影響力或者「千古文人俠客夢」的虛構傳統。中國文人「江湖夢」中的「江湖」畢竟只是一個虛構和隱喻的世界，我們不排除它對文人詩人的精神慰藉作用，但是，如果已經活躍在中國詩歌現場中的現實的「詩江湖」，已然對詩歌寫作本身和詩人的精神人格塑造產生重要影響，那麼對待它的態度就應該是理性的、對它的思考就應該是謹慎的、對它的關注也應該是題中之義。其次，理性地看待中國詩歌的「詩江湖」，必須對「詩江湖」的主要特徵有清楚地認知。相對於當代體制內詩歌建制的沉悶乏力，「江湖」的詩歌場域的確透出了一定程度的活力，並且也在一定程度上解構了體制內詩歌場域的政治建構。但是，從最終對詩歌各方面的影響來講，它是具有相當消極和破壞性的特徵的。在場域建構方面，幫派化的、暴力化、潛規則化的手段與現代文明和理性精神燭照下的方式相去甚遠；在詩人的精神結構方面，傳統趨群心理和實用主義的行為原則對詩人的影響遠遠大於具有強大個體性、獨立性和創造性的現代「先鋒」精神對詩人的影響；詩歌寫作方面，複製、狂歡與概念性的寫作遠遠大於獨立、節制與創造性的寫作。因此，本書中的「詩江湖」，主要剖析了其中對詩人和詩歌寫作已經產生破壞性的方面。

第三，近二十年中國詩歌的「詩江湖」特徵既是固有的文化傳統所致，也有新的詩歌語境下新的質素的推動。兩者之間是一個交互闡釋的邏輯關係。誠如對「詩江湖」的界定和分析，「江湖」的幫派文化、人情關係文化和潛規則等固有傳統對中國詩歌現場一直有著深刻的影響，「詩江湖」的表現在不同時期不同程度地存在。但是，為什麼是近二十年激起了強烈的回應和反響——也是必須說清楚的問題。首先是與近二十年有直接關聯的上個世紀 80年代的「第三代」詩歌運動的餘緒。這個運動方式可以說是當代中國詩歌現場中第一次「江湖」方式的勝利。大量的詩歌無產者和「游民」依靠這個運動獲取了巨大的聲名，想像的「江湖」在現實「江湖」成果的刺激下，更加增添了無窮的魅力。更為關鍵的是，「第三代」詩歌運動的獲利者大多進入到接下來的時代並且成為其中的中堅力量，那麼接下來的時代中關於「江湖」的想像由於有了現實的成功模式，因而更加富有操作性和吸引力。其次，近二十年中國詩歌語境中的兩個關鍵詞「市場」與「網絡」，也為「江湖」「濃妝豔抹」地重新登場提供了條件，並且使其影響社會文化的力量越來越強大。因為「江湖」的意識特徵講究「強者為王」，與現代社會市場經濟對於競爭和

挑戰的強調有相通之處；同時，江湖的一些技術層面的東西，在市場和網絡狀態下，也越來越具有可供模擬的啓發性、可行性與改造性。近二十年來，關於詩歌的運作、策劃、造勢、炒作與鬥爭等等，在各個層面上都與市場經濟和網絡媒介的開放空間和技術便捷手段有極大關係。更需要說明的是，市場與網絡國外也有，但爲什麼在中國就成就了「江湖」的擡頭？這首先是一個文化土壤的問題。江湖文化是中國社會文化的「小傳統」，雖然沒有正規典籍相傳，但它確實通過世世代代老百姓的口耳相傳，具有強大的生命力。即使經過打壓，卻從未被「消滅」，一旦遇到合適的時機就會重新「擡頭」。另者，市場與網絡在中國也具有特殊性。因爲中國一直缺乏契約精神的法制文明傳統，導致發展市場與網絡所必須的法制監管、契約精神和制度性保障的缺失，使得市場與網絡的負面作用泛濫，勢必爲「江湖」提供壯大的溫床。另外，中國市場、網絡語境下的自由開放也只是有限度地開放消費娛樂方面的自由，片面放大公衆娛樂消費的自由，弱化或者限制公衆反思和質疑的理性精神，使得公衆對於精英文化或者知識分子文化不感興趣，相反越來越傾向於輕鬆實用的、在身邊隨時可以「拿來」的大衆文化、江湖文化。詩人們也如此，在消費娛樂文化的強力刺激下，主體精神的萎縮和惰性，導致實用主義、功利主義心態日漸強大，對「江湖」一味地追捧，缺乏反思與質疑的勇氣，也爲「江湖」負面的放大和影響創造了條件。

第四，需要闡明「詩江湖」中的「江湖」與「先鋒」的模糊關係。近二十年的詩歌江湖現場，有一個需要注意的問題是，詩人們總是有意無意地把「江湖」與「先鋒」混淆起來，總有一股潛流在左右著詩人的心理，似乎江湖的就是先鋒的，知識分子的或者官方的就是保守的陳腐的。比如「詩江湖——中國先鋒詩歌檔案」〔註3〕等等表述的象徵以及多數詩人心理對「知識分子寫作」的偏激和對「低詩歌」寫作的推崇。從文化傳統的角度講，中國大文化傳統強調中庸保守，在詩學傳統上也以「溫柔敦厚」的詩風爲上，是缺乏西方「先鋒文化」破壞、叛逆、偏激傳統的。而江湖游民由於脫離正常農耕生活秩序，生存風險和焦慮感增強，生存的鬥志和反動性、破壞性相對一般民衆更加強烈，形成江湖文化小傳統相對的主動進擊精神和叛逆精神。由於大文化傳統中「先鋒」傳統的缺失，詩人們對於充當「先鋒」的渴望找不到突破口，於是將「江湖」的叛逆性放大，與西方經過幾百年發展的「先鋒

〔註3〕參見符馬活編：《詩江湖——先鋒詩歌檔案》，青海人民出版社，2002年。

精神」等同起來，因此，造成近年來「江湖」與「先鋒」的無窮想像與關聯。
越是江湖化的人，自稱「先鋒詩人」的口號越多；越是江湖化的行爲，包裝
成「先鋒」的行爲越多；越是江湖化的詩歌寫作，自譽爲「先鋒詩歌」的越
多。所以，有必要將江湖文化與先鋒文化的「叛逆」進行一些關鍵的辨析。
最主要的方面是：前者的「叛逆」更多地是群體精神意義上的鬧事情緒和造
反意識，本質上破壞性大於建構性；而後者的「叛逆」更多的是個體精神意
義上的反叛和獨立，本質上是建構性大於破壞性。因此，對於近二十年來的
詩歌「先鋒」現象和「江湖」現象要進行仔細的甄別。一種可能的情況是，
眞正獨立自由的「先鋒」現象在強大的、群體性的江湖化場域中被遮蔽。而
眾多的「僞先鋒」借助「江湖」的手段和心理佔據「先鋒」的要塞之地。這
些都是需要進一步反思的。

　　第五，對於近二十年來中國詩歌「詩江湖」特徵的文化研究，最終還是
要回到詩歌的層面上來。江湖化突出的詩歌場域產生大量江湖化的詩歌。當
前詩歌寫作的一個重要方面就是「江湖詩歌」的泛濫。「江湖詩歌」的突出特
徵一是低俗性、二是暴力性、三是概念性、四是狂歡性。因此，從「江湖」
的視角透析近年來詩歌寫作的「低詩歌寫作」風潮、由口語至口水詩寫作的
「時尙」等等問題，可以找到很好的突破口。

　　作爲研究當前詩歌問題的一種方法，「江湖」帶給我們以全新的角度。本
書也儘其所能的將近二十年「詩江湖」的發展概貌和主要特徵表現出來。但
是，對這個角度的把握和消化還需要更多時間和資料的沉澱，筆者也會一直
努力關注。

參考文獻

一、報紙期刊類

（一）報紙

《科學時報・今日生活》《人民日報》《深圳特區報》《太原日報・雙塔文學周刊》《文學報》《中國青年報》《中國圖書商報》

（二）期刊

《安徽師範大學學報》《北京評論》《北京文學》《Chicago: University of Chicago Press, 1956》《重慶評論》《當代文壇》《當代作家評論》《湖北大學學報》《河南社會科學》《海南師範大學學報》《花城》《紅岩》《黃河》《廣西社會科學》《理論與創作》《馬策雜誌》《南方文壇》《詩刊》《詩探索》《社會科學論壇》《書屋》《詩參考》《沈韓之爭及相關說法》《山西師大學報》《唐山師範學院學報》《文藝爭鳴》《文史哲》《文學史研究》《文藝評論》《文學自由談》《新聞周刊》《新華網》（網刊）《徐州師範大學學報》《新華文摘》《新啟蒙》《中國詩人》《雲南大學學報》《棗莊學院學報》

二、民刊

《第三條道路》《今天》《撒嬌》《詩參考》《詩歌現場》《詩江湖》《詩文本》《下半身》《新詩》《一行》（美國）

三、網站

《葵》《靈石島》《詩歌報》《詩江湖》《詩生活》《星星論壇》

四、著作類

1. 〔俄〕巴赫金：《陀思妥耶夫斯基詩學問題》，上海：三聯書店，1988年。

2. 〔美〕哈羅德·布魯姆：《影響的焦慮》，南京：鳳凰出版傳媒集團江蘇教育出版社，2006年。

3. 陳仲義：《中國前沿詩歌聚焦》，北京：中國社會科學出版社出版，2009年。

4. 陳村：《網絡詩三百──中國網絡原創詩歌精選》，鄭州：大象出版社，2002年。

5. 陳平原：《千古文人俠客夢》，北京：北京大學出版社，2010年。

6. 程光煒：《歲月的遺照》，北京：社會科學文獻出版社，1998年。

7. 《辭源》修訂本第3冊，北京：商務印書館，1979年。

8. 費孝通：《鄉土中國與鄉土重建》，臺北：風雲時代出版公司，1993年。

9. 符馬活：《詩江湖──先鋒詩歌檔案》，西寧：青海人民出版社，2002年版。

10. 〔美〕弗萊德里克·R·卡爾著：《現代與現代主義》，陳永國、傅景川譯，長春：吉林教育出版社，1995年。

11. 洪子誠：《中國當代新詩史》修訂版，北京：北京大學出版社，2010年。

12. 紅葦：《體驗江湖》，上海：上海三聯書店，2003年。

13. 何小竹：《1999中國詩年選》，西安：陝西師範大學出版社，1999年。

14. 何銳：《批評的趨勢》，北京：北京圖書館出版社，2001年。

15. 胡適：《胡適文存三集》第一卷，亞東圖書館，1924年。

16. 〔英〕貢布里希著：《理想與偶像：價值在歷史和藝術中的地位》，上海：上海美術出版社，1991年。

17. Maghie Van Crevel, Language shattered: contemporary chinese poetry and Ouoduo, Leiden, The Netherlands: Research CNWS, 1996。

18. 劉建軍編撰：《中國大百科全書：中國文學卷》，北京：中國大百科全書出版社，1988年。

19. 梁漱溟：《梁漱溟全集》，濟南：山東人民出版社，1990年。

20. 魯迅：《魯迅全集》第三卷，北京：人民文學出版社，1956年。

21. 呂周聚：《中國當代先鋒詩歌研究》，北京：中國廣播電視出版社，2001年版

22. 默默主編：《撒嬌》詩刊，北京：中國文聯出版社，2004年。

23. 〔加〕馬歇爾・麥克盧漢（Herbert Marshall Mcluhan, 1911～1980）：《理解媒介》（Understanding the Media, 1964），何道寬譯，南京：譯林出版社，2011 年。

24. 〔德〕尼采：《悲劇的誕生》，上海：三聯書店，1987 年。

25. 歐陽江河：《對抗與對稱：中國當代實驗詩歌》，北京：中國社會科學出版社，1995 年。

26. 〔法〕皮埃爾・布爾迪厄著：《藝術的法則——文學場的生成和結構》，劉暉譯，北京：中央編譯出版社，2003 年。

27. 〔法〕皮埃爾・布爾迪厄著：《文化資本與社會煉金術——布爾迪厄訪談錄》，包亞明譯，上海：上海人民出版社，1997 年。

28. 〔英〕伯特利・羅素著：《權力論：新社會分析》，吳三友譯，北京：商務印書館，2011 年。

29. 邵燕：《傾斜的文學場——當代文學生產機制的市場化轉型研究》，南京：江蘇人民出版社，2003 年 10 月版。

30. 陶東風：《社會轉型與當代知識分子》，上海：上海三聯書店，1999 年。

31. 王學泰：《游民與中國社會》，北京：學苑出版社，1999 年。

32. 王家新：《沒有英雄的詩》，北京：中國社會科學出版社，2002 年。

33. 王家新：《夜鶯在它自己的時代》，上海：東方出版中心，1997 年。

34. 王家新：《遊動懸崖》，長沙：湖南文藝出版社，1997 年。

35. 王家新、孫文波：《中國詩歌九十年代備忘錄》，北京：人民文學出版社，2000 年。

36. 魏劍美、唐朝華：《商業策劃與新聞炒作》，北京：中國商務出版社，2005 年。

37. 吳思：《潛規則——中國歷史中的真實遊戲》，昆明：雲南人民出版社，2002 年。

38. 夏徵龍：《辭海》，上海：上海辭書出版社，1999 年。

39. 西川：《大意如此》，長沙：湖南文藝出版社，1997 年。

40. 于奎潮：《中國網絡詩典》，南京：江蘇文藝出版社，2002 年。

41. 楊克：《1998 中國新詩年鑒》，廣州：花城出版社，1999 年。

42. 楊克：《1999 中國新詩年鑒》，廣州：廣州出版社，2000 年。

43. 楊克：《2000 中國新詩年鑒》，廣州：廣州出版社，2001 年。

44. 伊沙、沈浩波等：《十詩人批判書》，長春：時代文藝出版社，2001 年。

45. 楊黎：《燦爛——第三代人的寫作和生活》，西寧：青海人民出版社，2004 年。

46. 朱國華：《文學與權力——文學合法性的批判性考察》，上海：華東師範大學出版社，2006 年。

47. 張健鵬、陳亞明著：《圈子》，北京：當代世界出版社，2006 年。

48. 張健：《全球化時代的世界文學與中國》，北京：中國社會科學出版社，2010 年。

五、論文類

1. 陳曼娜：《論中國傳統文化的心理結構》，《湖北大學學報》，1998 年第 6 期。

2. 陳旭光、譚五昌：《斷裂‧轉型‧分化——90 年代先鋒詩的文化境遇與多元流向》，《詩探索》，1996 年第 2 輯。

3. 陳仲義：《新羅馬門歐場——十年網絡詩歌論爭縮略》，《文藝爭鳴》，2009 年 12 月。

4. 陳仲義：《新世紀五年來網絡詩歌述評》，《文藝爭鳴》，2006 年第 4 期。

5. 陳思和：《民間的還原：文革後文學史某種走向的解釋》，《文藝爭鳴》，1994 年第 1 期。

6. 程光煒：《90 年代詩歌：另一種意義的命名》，《山花》，1997 年第 3 期。

7. 杜向陽：《江湖文化與文化認同：潛規則盛行的文化心理機制》，《徐州師範大學學報》，2011 年 9 月第 5 期。

8. 郭蓋：《詩歌進入江湖時代》，《新聞周刊》文化專欄，2002 年 7 月 29 日。

9. 韓東：《論民間（代序）》，何小竹編《1999 中國詩年選》，西安：陝西師範大學出版社，1999 年版。

10. 黑黑：《懸浮於失重時代的詩歌事件》，《安徽師範大學學報》，1999 年第 2 期。

11. 何同彬：《空間生產與網絡詩歌的瓶頸》，《當代作家評論》，2010 年 2 月。

12. 荒林：《當代中國詩歌批評反思——「後新詩潮」研討會紀要》，《詩探索》，1998 年第 2 期。

13. 何同彬：《空間生產與網絡詩歌的瓶頸》，《當代作家評論》，2010 年第 2 期。

14. 胡續冬：《近十年來的詩歌場域：孤絕的二次方》，《南方都市報‧副刊‧大家》，2009 年 5 月。

15. 寒山石：《網絡詩歌的批判與建設》，《新啟蒙》，2008 年 12 月。

16. 海力洪：《暴力敘事的合法性》，《南方文壇》，2005 年 3 月。

17. 姜飛：《歷史的美麗與詩人的春心——觀察被歷史搞得心神不寧的伊沙、伊沙們》，《紅岩》，2009 年 S1 期。

18. 李濤、劉鋒傑：《無奈的交換：消費時代的文學與政治》，《廣西社會科學》，2009 年。

19. 劉大先：《20 世紀 90 年代詩歌事件的文化意味》，《唐山師範學院學報》，2003 年 1 月第 25 卷。

20. 劉大為：《詩歌標準重建：從江湖化到政治化》，《海南師範大學學報》，2008 年 4 月。

21. 劉歌：《爭鳴：詩江湖質疑》，新華網 2003 年 4 月 15 日讀書頻道漢詩江湖欄目。

22. 劉平：《近代江湖文化研究論綱》，《文史哲》，2004 年 2 月。

23. 劉納：《怎樣在文壇「打出一條道來」——以聞一多為例》，《黃河》，1999 年第 3 期。

24. 劉納：《打架，殺開了一條血路——重評創造社「異軍蒼頭突起」》，《現代文學研究叢刊》，2000 年第 2 期。

25. 梁治平：《『民間』、『民間社會』和 CIVIL SOCIETY－CIVIL SOCIETY 概念再檢討》，《雲南大學學報》，2003 年第 2 期。

26. 羅振亞、周敬山：《先鋒詩的「多事之秋」：世紀末的論爭和分化》，《北方論叢》，2003 年第 3 期。

27. 馬策：《詩壇的博弈》，《馬策雜誌》，2004 年 10 月。

28. 歐陽江河：《89 後國內詩歌寫作：本土氣質，中年特徵和知識分子身份》，《花城》，1994 年第 5 期。

29. 歐陽江河、陳超、唐曉渡：《對話：中國式的「後現代」理論及其它（上）》，《山花》，1995 年第 5 期。

30. 評論家：《我們的詩歌缺乏力量》，《文學報》，2009 年 3 月 3 日。

31. 龐清明：《第三條道路與流派精神》，《文學自由談》，2007 年 1 月。

32. Redfield Robert, Peasant society and culture: an anthropological ap-proach to civilization. Chicago: University of Chicago Press, 1956.

33. 孫紹振：《後新詩潮的反思》，《詩刊》，1998 年第 1 期。

34. 沈奇：《詩歌：從「80 年代」到「新世紀」——答詩友十八問》，《當代文壇》，2007 年 6 月。

35. 唐晉：《「盤峰會議」的危險傾向》《太原日報‧雙塔文學周刊》文壇熱點，1999 年 7 月 26 日，第 5 版。

36. 田湧：《十幾年沒「打仗」的詩人憋不住了》，《中國青年報》，1999 年 5 月 14 日第 8 版。

37. 王家新：《夜鶯在它自己的年代——關於當代詩學》，《詩探索》，1996 年第 1 期。

38. 王學泰：《廟堂太遠，江湖很近——底層文化視角的中國社會》，《社會科學論壇》，2008 年 4 月（上）。

39. 王士強：《「下半身」詩歌症候分析》，《棗莊學院學報》，2005 年 12 月，第 28 頁。

40. 王士強：《虛擬的自由或誇張的表演——回望「下半身」詩歌運動》，《山西師大學報》，2007 年第 5 期。

41. 王珂：《著名女詩人為何被惡搞？》，《理論與創作》，2006 年第 6 期。

42. 吳思敬編：《磁場與魔方——新潮詩論選》，北京：北京師範大學出版社，1993 年。

43. 汪雨濤：《與無可無不可之間——近年來詩歌民刊觀察》，《文藝評論》，2011 年第 5 期。

44. 吳井泉：《平衡與生長——中國先鋒詩歌的文化走向》，《文藝評論》，2006 年第 3 期。

45. 謝向紅：《網絡詩歌的優勢與面臨的挑戰》，《河南社會科學》，2004 年 1 月。

46. 小魚兒：《2003 年華語網絡詩歌不完全梳理》，《詩歌報》網站，2004-1-16。

47. 謝有順：《誰在傷害真正的詩歌》，《北京文學》，1999 年第 7 期。

48. 蕭沈：《化學元素與詩人之對照》，《文學自由談》，1999 年 3 月。

49. 楊克主編：《2004～2005 中國新詩年鑒》，福州：海風出版社，2006 年。

50. 楊克：《中國詩歌現場——以〈中國新詩年鑒〉為例證分析》，《南方文壇》，2007 年第 3 期。

51. 伊沙：《看誰更有飢餓感——與姜飛同志商榷》，《重慶評論》，2009 年 10 月。

52. 伊沙：《1992，中國詩壇呼喚艾滋病》，嚴力主編《一行》（美），1992 年總第 18 期。

53. 伊沙：《我整明白了嗎？——筆答《葵》的十七個問題》，《詩探索》，1998 年 3 月。

54. 于堅：《當代詩歌的民間傳統》，《當代作家評論》，2001 年第 4 期。

55. 于堅：《誰在製造話語權力？》，《今日生活》報第 8 版「人文視覺」，1999 年 8 月 28 日。

56. 張大為：《詩歌標準重建——從江湖化到政治化》，《海南師範大學學報》，2008 年第 4 期。

57. 張遠山：《「江湖」的詞源——從陳平原《千古文人俠客夢》》,《書屋》,
2004 年第 5 期。

58. 張清華：《一次真正的詩歌對話與交鋒——「世紀之交：中國詩歌創作態
勢與理論研討會」述要》,《北京文學》,1999 年 7 月。

59. 張清華：《好日子就要來了麼——世紀初的詩歌觀察》,《當代作家評
論》,2002 年 2 月。

60. 張閎：《權力陰影下的「分邊遊戲」》,《南方文壇》,2000 年第 5 期。

61. 朱國華：《文學權力——文學的文化資本》,《求是學刊》,2001 年第 7
期。

62. 周憲：《圖像技術與美學觀念》,《新華文摘》,2004 年第 23 期。